Boeken van

De Gol

Terug n

De melancho

Een kamer in Ca

Zangeres op Zanzibar

De poorten van Damascus

3/10/93

Lieve Arian,

een presentje voor 't goede afsluiten van een Engels 'avontuur', maar ook om een nieuw mee te beginnen!

Liefs
Annelien

LIEVE JORIS

De poorten van Damascus

Meulenhoff Amsterdam / Kritak Leuven

Met dank aan het Fonds voor Bijzondere Journalistieke Projecten.

Om de betrokkenen te beschermen zijn sommige namen en omstandigheden in dit boek veranderd.

Omslagtekening Anna Ostrowska
Foto achterzijde omslag Herman Selleslags
Vormgeving Zeno

Meulenhoff Editie 1317
ISBN Nederland 90 290 4254 0/CIP/NUGI 300
ISBN België 90 6303 4970
D/1993/2393/37

I

Hala is zwaarder geworden en heeft haar haren naar de lokale mode geblondeerd, maar de manier waarop ze om zich heen kijkt, herken ik met vreugde. De besnorde dirigent van de militaire band in het park – ze stoot me aan en wijst met een veelbetekenend hoofdknikje in zijn richting –, hij verzuipt zowat in zijn jasje met zware epauletten. En dan die pompeuze gebaren! Terwijl de muzikanten niet eens naar hem kijken, die hebben alleen oog voor hun instrument.

'Waarom zijn er geen violen bij, mama?'

Hala strijkt Asma over de haren. 'Omdat het marsmuziek is. Kan je je voorstellen dat je met violen de oorlog ingaat? Daar heb je minstens trompetten voor nodig!'

Het is de eerste wandeling die we door Damascus maken en ik voel me aan haar zijde als een halve blinde: zij brengt mij naar vertrouwde plekken en langzaam komen de herinneringen terug. Boven de ingang van de soek hangt een panoramisch schilderij van een lachende Assad met Damascus als een miniatuurstad op de achtergrond. De president loenst een beetje, wat hem een sluwe uitdrukking geeft – niet zo'n flatterend gezicht. De hele stad hangt vol met dit soort afbeeldingen. Jong, oud, met bril, zonder bril, ik heb hem sinds mijn aankomst in allerlei gedaantes gezien. Vanochtend zoefde er zelfs een Mercedes voorbij met Assad-zonneschermen.

'Ik herinner me niet dat hij vroeger zo alomtegenwoordig was.'

'Dat idee heeft hij uit Noord-Korea meegebracht,' zegt Hala met een minzaam lachje, 'sinds hij daar is geweest, heeft hij het hele land laten volplakken. Alsof wij niet weten hoe hij eruitziet!'

Rond de Omayyaden-moskee is een deel van de soek afgebroken, zogenaamd opdat de president er op feestdagen per auto kan komen bidden, maar iedereen weet wat de werkelijke reden is: als er in Damascus een opstand uitbreekt, moet de oude stad bereikbaar zijn voor tanks.

Hala trekt me mee naar de specerijensoek, waar het geurt naar koffie, kaneel en nootmuskaat. Door de gaten in de golfplaten overkapping valt het licht in vlekken op de kasseien. We blijven staan bij een winkeltje met geneeskrachtige middelen; op een van de houten schappen prijkt een bokaal met gedroogde zeepaardjes. De verkoper heeft er in het Engels bijgeschreven: *Animal from the sea to make the man strong at night in the bed.*

We lachen en dwalen verder door de smalle straatjes van de oude stad. Hala bekijkt de overlijdensberichten die op lantaarnpalen en muren zijn geplakt, bestudeert de foto's van de overledenen, rekent uit hoe oud ze waren. Het is een rare afwijking, zegt ze, ze deed het al toen ze klein was.

Opgewonden stemmen waaien uit openstaande ramen de straat op. Asma spitst de oren. 'Haar favoriete radioprogramma,' fluistert Hala. Elke week wordt een gedramatiseerde reconstructie van een roemruchte moord uitgezonden.

'Waar gaat het deze keer over?'

Hala luistert. Het is een affaire die een jaar of tien geleden heel wat stof deed opwaaien. Op de universiteit van Damascus werd een studente vermoord. Om de paniek die uitbrak de kop in te drukken werd een willekeurige jongeman gearresteerd en opgehangen. 'Het is moeilijk om in dit land de waarheid over een misdaad boven water te krijgen,' zucht ze. Jaren geleden was een stadje in het noorden in rep en roer na een reeks verkrachtingen van jonge meisjes. De dader bekende er vijftien, maar de meeste meisjes schaamden zich om toe te geven wat er was gebeurd. Het was een gesloten stadje – de ouders van een verkracht meisje zijn in staat haar te vermoorden omdat ze niet langer maagd is. Niemand durfde erover te schrijven uit angst onrust te zaaien.

Al pratende zijn we verder gelopen, maar nu trekt Asma ongedurig aan Hala's arm. 'Waar gaan we naar toe, mama?'

'Nergens, we lopen zomaar wat.'

'Maar waarnaar toe?' Asma begrijpt het niet. Het is hoogzomer, de zon brandt ongenadig, ze wil naar huis. Als we eindelijk toestemmen, maakt ze een vreugdedansje.

Ze wonen in een volksbuurt waar de straten geen naam hebben, de huizen geen nummer. Hun huis is van de straat gescheiden door een muurtje, maar de overbuurvrouw van tweehoog kijkt zó de voorkamer binnen. Ze zit de hele dag bij het raam, een wit doekje om het hoofd. Als zij er niet is, neemt haar zoon het over. Ze zien wie er door de straat loopt, wie er bij de groenteman naar binnen gaat, wanneer iemand het huis verlaat, wie wanneer thuiskomt. Ze zien Asma voetballen met haar vriendjes en later op de ijzeren poort bonken, een zakje *bizr*, gezouten zonnebloempitten, in de hand.

Waarom we niet op de binnenplaats in de aangename schaduw van de vijgeboom gaan zitten, begrijp ik niet. Tot ik op een middag de was ophang. Ook de buren aan de achterkant loeren door hun ramen. Ze trekken hun hoofd niet eens terug als ik hen in de gaten krijg.

Hala had me over dit huis geschreven. Dat het groter was dan het vorige, dat er plaats voor me was. Ik had me er heel wat van voorgesteld en was enigszins teleurgesteld toen ik mijn koffers over de drempel tilde. Een smal gangetje, een zitkamer met een geruit bankstel, een slaapkamer, een keukentje met een granieten aanrecht. Hoog op de slaapkamerkast een plastic bloemstuk, verpakt in cellofaan. De grote Shanghai-klok in de gang stond stil.

Maar Hala, ontdek ik al gauw, is hier gelukkig. Van drie dingen heeft ze altijd gedroomd: een badkamer, een telefoon en een wasmachine. Ze heeft er hard voor moeten vechten, maar ze heeft ze alle drie gekregen. Voor eenzelfde woning zou ze inmiddels het tienvoudige betalen.

Later zie ik hoe zorgzaam ze deze kamers eigenlijk heeft ingericht. De kleur blauw van het bankstel komt terug in de gebloemde gordijnen, en overal tref ik sporen aan van haar gevecht tegen plaatsgebrek. De huwelijkscadeaus die in haar vroegere huis onder het bed stonden, liggen nu boven op de klerenkast. Het opklaptafeltje in de gang reist door het hele huis, van het keukentje – waar we 's middags eten – naar de voorkamer – waar we eten als de tv aanstaat. Het is Hala's schrijftafel, Asma's speel- en huiswerktafel.

Zodra we binnen zijn, gooit Hala haar kleren op bed en verdwijnt in de badkamer. Het kale hok met een boiler, een kraantje en een plastic kom wordt een Turks bad vol stoom en schuim. Zittend op een stoeltje zeept ze zich in en giet water over zich heen. Ze wast de warmte van de wandeling van zich af, het vuil van de straten. Gewikkeld in een badhanddoek komt ze eruit, lachend, voldaan, de stoom als een wolk achter zich aan. 'Op de eerste dag schiep God de wereld,' zegt ze, 'op de tweede dag het bad.' Ze trekt een nachtpon aan, een gewoonte die me eerst bevreemdt, maar die ik vlug zal overnemen.

Asma ligt op de bank in de voorkamer naar een tekenfilmpje te kijken, het zakje *bizr* op schoot. Wij luisteren op het grote bed in de slaapkamer naar de laatste cassette van de Libanese zangeres Fayruz. Soms valt op de binnenplaats met een zachte plof een vijg uit de boom, of klinkt er kindergehuil bij de buren.

Het is een buurt die veertig jaar geleden nog aan de rand van Damascus lag en zich inmiddels genoeglijk tegen de stad heeft aangeschurkt. Een dorp is het, al komen de bewoners overal vandaan en horen ze geenszins bij elkaar. Vorig jaar ontplofte een gasfles in een huis enkele straten verderop. Het gebeurde midden in de nacht, vrouwen snelden in peignoir naar buiten. Vijf doden. Het huis is inmiddels opgeknapt, maar niemand loopt er voorbij zonder aan die nacht te denken. Door zo'n drama krijgt de buurt in weerwil van zichzelf geschiedenis. Die middag vertelt Hala me over een ander voorval dat de buren niet makkelijk zullen vergeten.

Ze was hoogzwanger van Asma toen ze hier kwam wonen. Haar tante, die vroeger verpleegster was, had aangeboden haar te helpen, maar het werd zo'n moeilijke bevalling dat Hala bang was dat zij erin zou blijven. 'Zal ik het ziekenhuis bellen? Wil je toch liever daarnaar toe?' hijgde haar tante halverwege. Alsof dat nog kon! Haar zuster Zahra rukte onhandig aan haar benen – dagen later zou ze het nog voelen.

Hala had Ahmed gevraagd erbij te blijven, maar die vond het zo'n gruwelijk schouwspel dat hij naar de voorkamer vluchtte en uiteindelijk zelfs het huis verliet. Het was een ongemakkelijke periode in hun relatie. Typisch Ahmed, de mond vol van hemelbestormende ideeën, maar met dat wezentje in huis wist hij geen raad. Hij wilde het 's nachts tussen hen in nemen. Zo'n klein lijfje, zulke kleine vingertjes, Hala was bang dat hij het in zijn slaap dood zou drukken.

Na een week wilde hij al met het kind naar de markt. Daar is het nog veel te klein voor, protesteerde Hala, maar hij wikkelde Asma in een dekentje en ging op weg. Een uur later bracht hij haar terug: er was niets aan, klaagde hij, het kind keek niet eens om zich heen, het had de hele tijd geslapen!

Maar er waren ook andere momenten. Hala had gehoord dat zuigelingen meteen konden zwemmen als je ze in het water gooide. Zouden ze het proberen? Het was een opwindende gedachte. Ze zetten een kuip met water onder de vijgeboom en lieten haar erin glijden. Het was een aandoenlijk gezicht, dat spartelende wurmpje in die kuip, maar als ze haar er niet uit hadden gehaald, zou ze zeker verdronken zijn.

Asma was een maand oud toen er op een middag werd aangebeld. Hala was nog niet helemaal hersteld van de bevalling, ze voelde zich koortsig en vermoeid. Ze had net schapepoten opgezet, Ahmeds lievelingsgerecht. Ze deed het poortje open en stond tegenover een zwerm mannen met het geweer in de aanslag. 'Waar is je man?' Ze duwden haar opzij en stormden naar binnen. Het waren er wel dertig, ze vulden het hele huis en haalden alles overhoop. Hala liep ontredderd van de ene kamer naar de andere. Wat zochten ze? 'We zijn geen moslimbroeders,' zei ze. Ze wist dat de *mukhabarat*, de veiligheidsdienst, sinds enkele weken jacht op hen maakte.

'Daar zijn we niet naar op zoek,' snauwden de mannen haar toe, 'jullie zijn marxisten.' Ze stopten alle papieren, brieven en kranten die ze vonden in zakken, waarna een deel van hen vertrok. Zes agenten bleven achter. Ze zouden op Ahmed wachten, zeiden ze grimmig.

De geur van schapepoten trok door het hele huis. Ahmed kon elk moment thuiskomen. Hoe moest ze hem waarschuwen? Ze hoopte maar dat hij iets gehoord had. Of dat hij de ongewone bedrijvigheid in het straatje zou opmerken. Buiten werd blijkbaar ook gepost: de agenten waren druk in de weer met walkie-talkies.

Het kind was gaan huilen. Ze nam het op, probeerde het te sussen en begon zelf te huilen. Daar ging de bel. Het was een vriend van Ahmed. Heel even zag ze zijn verbijsterde gezicht, daarna werd hij beetgepakt en afgevoerd. Iedereen die die dag aanbelde, werd gearresteerd.

Maar Ahmed kwam niet. Toen de mannen aanstalten maakten om in de voorkamer te overnachten, trok ze zich terug in de slaapkamer. Angstig lag ze in het grote bed. Uren had ze gehuild en nu gloeiden haar wangen van de koorts. In het halfdonker zag ze Ahmeds geruite pyjama die hij die ochtend achteloos over de spijlen van Asma's bedje had gegooid. De deur ging open, een gestalte sloop naar binnen. Hij liep naar het bedje en pakte de pyjama. Haar hart bonkte in haar keel: Ahmed was toch gekomen! 'Je moet weg!' fluisterde ze. 'Het huis zit vol mukhabarat, ze zijn naar je op zoek!'

Maar toen ze wakker werd, lag ze alleen in bed en was het huis gevuld met het gekraak van walkie-talkies en vreemde mannenstemmen. Ahmed was de vorige middag aan het begin van de straat opgepakt. Later zou ze horen dat hij die eerste nacht vreselijk gefolterd was – en tijdens het folteren had zijn geest haar in een ijldroom bezocht.

De mannen bleven. Ze verwachtten blijkbaar nog andere bezoekers. De eerste die voor de deur stond, was haar moeder. De buren hadden haar gebeld dat er in Hala's huis iets vreemds aan de hand was. De agenten dwongen haar te blijven. Ze sliep op een bank op de binnenplaats, kookte voor de mukhabarat en stuurde hen om boodschappen. Asma huilde elke nacht en spuugde honderd keer achter elkaar haar fopspeen uit.

Op een avond belde een dronken vriend aan. Toen hij oog in oog stond met de mukhabarat begon hij te gillen; hij scheurde zijn hemd aan stukken en schreeuwde dat hij een van hen was. Ze sleurden hem naar binnen en riepen hun chef. Hij werkte inderdaad voor de mukhabarat, wat hen niet belette hem te arresteren.

Allengs werd het stiller. Hala vermoedde dat de razzia zich over de hele stad had verspreid. Wellicht was iedereen inmiddels gewaarschuwd, ondergedoken of opgepakt. De agenten bleken te wachten op een kopstuk van de communistische splinterbeweging waartoe Ahmed behoorde, maar die kwam niet, zodat zij na veertien dagen afdropen.

De avond is gevallen, het '*Allahu akbar*' van de muezzin in de nabijgelegen moskee heeft net geklonken en in de hele buurt lijkt de tv op hetzelfde kanaal te staan. Hoeveel uren liggen we op dit bed? Hala praat en praat, ze zegt dat ze in jaren niet meer zo gepraat heeft. Iedereen heeft hier dezelfde problemen, waarom zou je er elkaar mee lastig vallen? Maar nu ze eenmaal begonnen is, is ze niet meer te stoppen.

De tekenfilmpjes zijn allang afgelopen, Asma heeft al haar poppen uit de kast gehaald en een spuitje met water gegeven, en nog steeds liggen wij op bed. Opstandig staat ze voor ons: 'Mama, ik heb vandaag nog helemaal niks gezegd! Als jij de hele dag met *haar* praat, met wie moet *ik* dan praten?'

Hala neemt haar tussen ons in. De eerste nacht sliepen we met z'n drieën in dit grote bed, maar Asma slaat in haar slaap zo wild om zich heen dat ze naar de voorkamer zijn verhuisd. Daar slapen ze in de zomer altijd, stelde Hala me gerust, het is er koeler. 's Avonds hoor ik hen in die andere kamer lachen en fluisteren als geliefden.

Mijn komst heeft Asma's leventje danig in de war gestuurd.

Verscholen achter Hala stond ze bij mijn aankomst op het vliegveld, een klein, verlegen meisje met karbonkelogen. Thuis liet ze me al haar bezittingen zien: het Atari-spel, de verrekijker, de walkman, de cassettes van Madonna en George Michael, de Amerikaanse drinkbeker die een kerstdeuntje speelt, de stickers van Rambo en Batman, haar poppenfamilie. Ze is zuinig op haar spullen: de beer die ik zeven jaren geleden stuurde, heeft ze nog steeds, en ook het rode schoudertasje. De cadeautjes die ik deze keer heb meegebracht, heeft ze opgeborgen in de la naast het bed. Soms houdt ze een tentoonstelling op het opklaptafeltje.

Maar na deze kennismakingsrituelen zijn we onherroepelijk stilgevallen. Mijn Arabisch is niet zo goed dat we echt kunnen praten. Zij leert Frans op school, maar ik heb haar nog geen woord horen zeggen. Elf jaar lang is ze met haar moeder alleen geweest. Ik heb haar terrein betreden, ik neem iets van haar af. En wat geef ik ervoor terug? Ik heb nooit gehoord van de zangeres Sandra, ik speel geen Atari, ik kan niet kaarten, ik kan niks! De schroom van de eerste dagen is helemaal verdwenen, ze is een en al verzet.

'Het went wel,' sust Hala. Ze heeft gegrilde kip gehaald en is onderweg de melkman tegengekomen. Nu klinkt zijn schorre stem vlakbij: '*Halib! Haliiib!*' In de tassen die hij over de rug van zijn paard heeft gelegd, staan twee metalen kannen. 'Melk van het paard,' lacht Hala terwijl ze met kleine pasjes naar de keuken dribbelt. Vroeger kwam een man met zijn kudde schapen langs, die hij melkte waar je bij stond.

Buiten is het frisser geworden, de jasmijnboom voor het huis begint zoet te geuren – het ideale moment om de straat op te gaan. De winkels zijn nog open, de etalages verlicht. Op de hoek staat een groepje jongens, ze fluisteren: '*Marlboro, Winston, Lucky Strike.*' Smokkelwaar is het volgens Hala, afkomstig uit Libanon.

Mensen lopen langs de etalages, de mannen pink-aan-pink. Ze kopen bakjes *foul*, bruine bonen, die ze staande opeten. De avond blaast leven in de straten, neemt de harde contouren weg. De karakterloze nieuwe huizenblokken lossen op in de duisternis, de lichtgroene minaret van de moskee gloeit sprookjesachtig in de verte. De lelijke regenjassen die veel moslimvrouwen tegenwoordig dragen, lijken opeens minder grauw – onder hun hoofddoekjes kwetteren de vrouwen even uitgelaten als iedereen. Zelfs de foto van Assad die de *foul*-verkoper op zijn fiets heeft geplakt, ziet er in dit licht vrolijk uit.

Voor het eerst sinds mijn aankomst heb ik het opwindende gevoel de intimiteit van deze stad te betreden. Zo liepen Hala en ik destijds door de soek van Bagdad toen mijn blik viel op een piepklein kapperszaakje, niet veel breder dan de deur. Rood licht, glimmende wandversieringen – de frivoliteit van een bordeel –, en daartussen, gereflecteerd in een gebroken spiegel, het gezicht van een man die weldadig werd ingezeept. De barbier was iets aan het vertellen, te oordelen naar zijn bewegende lippen; de twee mannen die in versleten fauteuils zaten te wachten, moesten er hartelijk om lachen. Al het geweld van de Golfoorlog heeft die scène niet uit mijn herinnering kunnen branden. Overdag de spandoeken met holle slogans, de immense portretten van president al-Bakr en zijn rechterhand Saddam Hussein, en 's avonds die vier mannen, verenigd in een ritueel dat zo vertrouwelijk was dat ik beschaamd het hoofd afwendde toen ze me opmerkten.

Hala glimlacht. Laatst heeft ze een boek gelezen van een Damasceense barbier die twee eeuwen geleden een zaakje had in het hart van de soek. *De dagelijkse gebeurtenissen in Damascus tussen 1741 en 1762* heet het. De barbier schrijft over de gevreesde pasja al-Azm, de gouverneur die namens de Turkse sultan in Damascus de scepter zwaait, over de moorden in de oude stad, de soldaten die meisjes achternazitten, de stijgende prijzen, de steekpenningen die betaald dienen te worden. 'Als je dat leest, weet je dat er niets is veranderd. Vroeger was het oog van de pasja overal, nu dat van de president en zijn mannen.'

Asma is verdwenen in een winkeltje en komt terug met een zakje lokale smarties in giftige kleuren. Thuis mag ze aan haar moeder hangen, op straat is ze onafhankelijker dan andere meisjes van haar leeftijd. Jongensachtiger ook. Ze draagt jeans en een T-shirt waarop Hala met een strijkbout het nummer van haar lievelingsvoetballer heeft geperst. Ze weigert pertinent een rok te dragen. Binnen enkele jaren wordt haar gedrag vast een probleem. Hala krijgt er nu al opmerkingen over. Laat ze Asma zomaar buiten spelen? Met jongens? Wat als er iets gebeurt?

Het komt door deze buurt, zegt ze. Al die mensen die overal vandaan komen, ze zijn zo behoudend omdat ze al zoveel dingen zijn kwijtgeraakt. Echte Damascenen zijn veel vrijer. Zelf groeide ze op in een betere wijk, ze heeft als kind altijd met jongens gespeeld.

We hebben een heel eind gewandeld. Damascus ligt in een dal en nu zien we de Kassioun-berg opduiken, bedekt met een wirwar van lichtjes. Daarboven liggen de openluchtcafés vanwaaruit je een prachtig uitzicht over de stad hebt. We gingen er vroeger weleens de *nargileh*, waterpijp, roken. Maar Hala denkt aan andere dingen. 'Op alle heuvels staan tanks. Als hier ooit een opstand uitbreekt, wordt de stad meteen van alle kanten belegerd.' Haar stem klinkt droevig. 'Soms voel ik me zo opgesloten, net of Damascus één grote gevangenis is.'

Ik had de Arabische wereld achter me gelaten, dacht ik. De komplottheorieën over Israël en zijn westerse trawanten die de ondergang van de Arabieren op het oog hadden, waren op mijn zenuwen gaan werken. In 1982 was ik naar Israël gegaan. Het was geen gemakkelijk, noch een aangenaam bezoek geweest – daarvoor was ik te vertrouwd met de Arabische grieven –, maar het was moeilijk terug te keren naar de retoriek die onder mijn Arabische kennissen heerste. Tentoonstellingen van Palestijnse kindertekeningen over de agressie van de Israëlische vijand, ik geloofde er niet meer in.

En toen kwam de Golfoorlog. Aanvankelijk voelde ik me tamelijk onthecht. Ze moesten die Saddam Hussein maar een lesje leren. Ik was zowel in Koeweit als in Irak geweest: liever het regime van emir Al-Sabah dan dat van Saddam Hussein.

Maar de haatcampagne die met die oorlog gepaard ging, daar kon ik me niet in vinden. Tijdens een bezoek aan mijn ouderlijk huis ontdekte ik dat mijn vader al weken voor de buis hing. Saddam Hussein noemde hij Hitler, de Amerikanen waren de grote helden. Hij herinnerde zich hoe de geallieerden ons tijdens de Tweede Wereldoorlog hadden bevrijd – zonder hun hulp zouden we er nu heel wat minder goed voorstaan, zei hij. We kregen meteen laaiende ruzie.

'Je hebt je helemaal niet verdiept in wat de Arabieren zelf van die oorlog vinden,' verweet ik hem.

'De Saoediërs zijn anders blij genoeg met de Amerikaanse interventie!' riep hij.

'De Saoediërs!' Ik spuugde de woorden uit. 'Die hebben het een en ander te verdedigen, ja! De grootste casinobezoekers en hoerenlopers ter wereld zijn het, en thuis handen afhakken en hun vrouwen opsluiten. Mooie vrienden hebben de Amerikanen uitgezocht!'

Ik was verbaasd over mezelf. Wat zat ik in godsnaam te doen? Ik kwam op voor mijn Arabische kennissen. Ik hoefde hen niet te spreken, ik kon hun argumenten zó raden. Terug in Amsterdam probeerde ik met mijn vaders ogen naar die oorlog te kijken, en kon ik me voorstellen hoe hij vanuit de beslotenheid van zijn huis instinctief gekozen had voor de partij die het dichtst bij hem stond.

Maar op een feestje van vrienden hoorde ik dezelfde argumenten. Het bevreemdde me – deze mensen hadden toegang tot zoveel meer informatie. Toen ik het kordon van eensgezindheid aarzelend probeerde te doorbreken, beet iemand me toe: 'En jij durft die demagogen en godsdienstfanaten nog te verdedigen ook!'

Tegen die tijd hadden mijn Arabische kennissen weer namen en gezichten gekregen en was ik niet langer onverschillig voor de ontreddering die onder hen moest heersen. Regelmatig belde ik Joseph, een Libanese vriend in Parijs. En hoe zou Kamal zich voelen? Hij woonde in Washington, midden in het land van generaal Schwarzkopf.

Het moet in die dagen zijn geweest dat ik weer aan Hala begon te denken. Ik ontmoette haar twaalf jaar eerder op een conferentie in Bagdad, waar we in het gewemel als magneten naar elkaar toetrokken. Al gauw ontvluchtten we de hoge zalen van het congresgebouw, wandelden in de soek, voerden koortsachtige gesprekken aan de oever van de Tigris. Toen ze naar Damascus vertrok, reisde ik haar spontaan achterna. En daar ging de magie verder. Aan alles wat ik zag, gaf zij betekenis.

Ze kocht een beeldje voor me dat sindsdien op mijn schoorsteen in Amsterdam staat: ongeglazuurd aardewerk, niet bijzonder mooi om te zien, maar ik hield van het verhaal dat ze erbij vertelde. De lelijke god Zeus was zo verliefd op Leda dat hij zichzelf in een zwaan veranderde om haar te behagen. En Leda beminde hem; met een teder gebaar houdt ze de zwanehals tegen haar naakte lichaam.

Griekse mythologie in de straten van Damascus! Maar zo was het met veel verhalen die Hala vertelde: ze gaven me het gevoel dat ik ver van huis, in een land dat de reputatie had zo gesloten te zijn, een verwante ziel had gevonden.

Het kiekje dat een fotograaf van ons maakte bij de fontein van de Takieh-moskee, bewaarde ik zorgvuldig. De tijd legde een groen waas over de foto, maar als ik ernaar keek, voelde ik de warmte en zorgeloosheid van die dagen weer. Vijfentwintig waren we, meisjes nog, vol vertrouwen in wat komen zou. Zij was klein en smal, met lange zwarte haren en levendige ogen in een fijn gezicht. Vergeleken bij haar was ik bijna onhandig groot.

Ze was net getrouwd met Ahmed, die tot 1970 in Jordanië had gewoond en daar vol strijdbaarheid vandaan was gekomen. Ze werkten allebei aan de sociologische faculteit en waren opgenomen in een wervelende groep vrienden die elkaar elke avond troffen, maaltijden improviseerden en eindeloos discussieerden.

In Bagdad hadden we gegrilde vis gegeten aan de Tigris, in Damascus aten we in openluchtrestaurants aan de Barada. De liefde tussen Irak en Syrië bloeide hevig in die dagen. Uit luidsprekers klonken liedjes over de Tigris en de Barada die zouden samenvloeien tot één machtige stroom – wat volgens de kaart in mijn hoofd onmogelijk was. Enkele maanden later was de liefde bekoeld en gingen de grenzen tussen beide landen voorgoed dicht.

Thuis praatten Hala en Ahmed honderd uit, maar als we buiten liepen, spiedden ze achterdochtig om zich heen. Iedereen was bang voor de mukhabarat. Ze drukten me op het hart tijdens mijn verblijf geen letter op papier te zetten. Een familielid had ooit Hala's dagboek gelezen en gedreigd een rapport over haar te schrijven. Toen ik een Nederlander wilde opzoeken die in de diplomatenwijk woonde, bracht Hala me tot het begin van de straat. Verder durfde ze niet – ze wilde geen problemen. Het was een moment waarop ik voelde dat haar wereld misschien meer begrensd was dan ik kon vermoeden.

Ik luisterde geïnteresseerd naar de komplottheorieën die 's avonds over tafel gingen – daar hadden we in Amsterdam ook de mond van vol. Ik geloofde nog in de kracht van de verdrukten der aarde, en dat alles op een dag anders zou worden. Maar als Hala en ik alleen waren, hadden we het over heel andere dingen. Over Ahmed praatte ze als over een onstuimig kind. Hij dacht dat hij met geweren alles op kon lossen, zij geloofde daar niet in.

Hij was niet de eerste man in haar leven. Toen ze op haar achttiende naar de universiteit ging, beschouwde ze haar maagdelijkheid als een ballast die ze zo vlug mogelijk kwijt moest raken. Ze zocht haar eerste minnaar zorgvuldig uit, en schoof hem later achteloos terzijde. Tegen de mannen die ze daarna ontmoette, vertelde ze dat ze geen maagd meer was. Een van hen wilde met haar trouwen. Ze vroeg hem of ze door een kleine operatie haar maagdenvlies zou laten herstellen, zodat zijn eer in de huwelijksnacht niet zou worden aangetast. Hij knikte ja, waarop ze de relatie meteen verbrak. Zo'n hypocriet wilde ze niet. Met Ahmed was het anders geweest, die had zo'n weerzin tegen de moraal van de kleinburger dat ze het onderwerp niet eens ter sprake hoefde te brengen.

En zo had zij in dat landschap van grote woorden en alomvattende discussies haar eigen, kleine revolutie bedacht. Ik hield van de manier waarop ze vocht. Daarom was het ook zo moeilijk te accepteren wat er later gebeurde. Zij had willen reizen, net als ik. Hoe vaak hadden we elkaar niet kunnen tegenkomen. Maar ik kwam haar niet meer tegen, en telkens als ik op weg ging, realiseerde ik me dat zij thuisbleef.

Soms vroeg ik me af wat er van me geworden zou zijn als ik in haar plaats was geweest. Hoeveel jaren had ik erover gedaan om mijn bitterheid over het lot van de Arabieren weg te slikken, hoeveel landen bereisd, hoeveel kanten van de zaak bekeken. En wat was er ondertussen met haar gebeurd? Sinds het regime had ingegrepen in haar persoonlijk leven, waren alle wegen voor haar afgesloten. En nu had datzelfde regime in de Golfoorlog de kant van Amerika gekozen. Wat zou zij daarvan vinden?

Ik schreef haar een brief. Was haar uitnodiging van weleer nog steeds geldig? Geen antwoord. Ze was niet zo'n trouwe briefschrijfster. Toen belde ik. Ik was welkom, zei ze. Als ik wachtte tot Asma vakantie had, zouden we samen door Syrië kunnen reizen.

'De Arabische wereld!' zuchtte een collega vermoeid toen hij hoorde wat ik van plan was. 'Waarom ga je niet terug naar Oost-Europa? Dat ligt zoveel dichter bij ons, dat blijft de volgende jaren hét onderwerp.'

'We kunnen de Arabieren toch niet afschrijven,' zei ik, 'we zullen met hen verder moeten leven, of niet soms?'

Hij lachte meewarig: 'Dat zie je verkeerd. Niet *wij* moeten met *hen* leven, maar *zij* met *ons*.'

'Syrië!' protesteerde een vriend. 'Ga dan tenminste naar Irak!'

Maar ik was mijn koffers al aan het pakken. 'Ik ga niet naar Syrië,' zei ik, 'ik ga naar Hala.'

Nu ik hier eenmaal ben, ben ik bang haar te bruuskeren met de vragen die door mijn hoofd tollen. Ook zij heeft reserves, ik merk het aan de omzichtigheid waarmee ze de oorlog tot nog toe ter sprake heeft gebracht. Die wind in de straten van Damascus is niet normaal, zei ze vanmiddag in het park – de mensen noemen het de wind van de Golfoorlog. De brandende olievelden in Koeweit hebben de hemel aan flarden geblazen en alles daarboven in de war gestuurd. 'Nog even en het roet waait de stad binnen.'

Ik keek naar de maïskolf in mijn hand, die de verkoper net uit een kuip met dampend water had gevist. 'Zou je denken?'

Maar ze lachte. 'Dat zeggen ze.'

Even later voegde ze er aarzelend aan toe: 'Ze zeggen ook dat het nog niet afgelopen is, dat er een nieuwe oorlog komt.'

'Een nieuwe oorlog tegen Irak?'

'Nee, nee, tussen Israël en Syrië.'

Even voelde ik de weerzin van de afgelopen maanden weer over me komen. Een nieuwe oorlog, toe maar, alsof het nog niet genoeg was, alsof de uitkomst niet al van tevoren vaststond! En de Vredesconferentie over het Midden-Oosten dan, die net voor mijn vertrek werd aangekondigd? Had Syrië niet toegezegd daaraan deel te nemen? Maar ik hield die opstandige gedachten voor me, ik vroeg alleen: 'Oorlog tussen Israël en Syrië? Wie zegt dat?'

'Iedereen.'

'En waarom dan wel?'

'Denk je dat Israël zal toestaan dat Syrië in Libanon blijft?' Het was een vraag waarop ze geen antwoord verwachtte. Het is net als met de wind van de Golfoorlog: de mensen die deze geruchten verspreiden, hebben geen bewijzen voor hun stellingen nodig. En waarom zouden ze ook? Er gebeuren in deze regio zoveel onbegrijpelijke dingen.

Hala's moeder is misnoegd. Waarom hebben we haar niet verteld dat we naar de soek gingen, zij had saffraan nodig! 'Mama, je kan hier in de buurt ook saffraan kopen.'

'Maar niet dezelfde als in de soek!'

Hala werpt me een vermoeide blik toe. Haar moeder gaat zelden de straat op, ze stuurt haar altijd om dit soort boodschappen. Met enig geluk spaart ze op die manier vijftien pond – vijfenzeventig cent – uit, maar de vijfentwintig pond die Hala voor de taxi betaalt, rekent ze er natuurlijk niet bij. Elke week moet Hala vlees voor haar kopen bij een speciale slager aan het andere einde van de stad. Vlees van de ram, vooral geen schaap, dat is taai. Haar moeder denkt dat ze met de bus gaat. De bus! Alsof ze daar tijd voor heeft.

Ik moet lachen om hun gekibbel. Voor bomma moest ik vroeger ook altijd alle winkels van het dorp af: koekjes bij de Nera, kaas en vlees bij Theunis, dropjes bij Mia Wuytjens – ik zou niet gewaagd hebben met iets anders thuis te komen. Maar ja, dat duurde tot mijn achttiende, daarna liet ik het dorp en zijn winkels achter me.

Maar Hala raakte na de arrestatie van Ahmed weer helemaal op haar familie aangewezen. Zij had een 'verbrand gezicht': iedereen die met haar in contact kwam, werd meteen ondervraagd door de mukhabarat. Waarom hadden ze haar opgezocht? Wat was hun relatie met Ahmed geweest? Alleen aan haar familie kon niemand vragen stellen. Na een tijdje trok ze opnieuw bij haar ouders in: het was niet mogelijk om te werken en tegelijkertijd voor Asma te zorgen in de buurt waar ze woonde. Pas toen Asma groter werd, ging ze weer naar haar eigen huis.

Buiten is het klaarlichte dag, maar Hala's moeder zit in het halfdonker naar een Amerikaanse natuurfilm met Arabische onderschriften te kijken, in kleermakerszit, een sigaret in de mond, een kopje Arabische koffie binnen handbereik. Ze heeft het dikke boek met koranverzen dat op haar schoot lag, opzij gelegd en kijkt me van achter haar brilleglazen aan. 'Zie je wat een dochter ik heb? En zo zijn ze allemaal. Niets hebben ze over voor hun arme moeder.' In een ver verleden heeft ze Frans geleerd; ze haalt de woorden onder het stof vandaan om haar weeklacht kracht bij te zetten. 'Gelukkig heb ik mijn huis in Wadi al-Nakhla. Als dat klaar is, zien ze me hier niet meer.

Ya rabb! Oh, god!' verzucht ze, strekt haar stramme benen en loopt naar de keuken om het middageten klaar te maken. Ze is even klein als Hala, en twee keer zo dik.

Volgens Hala ben ik hier indertijd ook geweest, maar dat ben ik vergeten. Ik kan me helemaal niet herinneren dat haar familie een rol speelde in haar leven. Zij en Ahmed leken familieloos.

Alle kamers in dit huis komen uit op de zitkamer, die gemeubileerd is met lange banken en bijzettafeltjes die net als Hala's opklaptafeltje heen en weer reizen. In de tuin staan een fontein en een citrusboom vol laaghangende vruchten. Asma heeft *tété*, zoals ze haar grootmoeder noemt, omhelsd en is meteen naar buiten gelopen; nu cirkelt ze op haar fiets om het huis.

Als Shirin en Zahra puffend van de hitte uit hun werk komen, steekt tété haar hoofd om de keukendeur. 'Heb je meegebracht wat ik je gevraagd had, Shirin?' Hala knipoogt naar me. 'Zie je hoe ze haar dochters terroriseert?' Haar moeder houdt alle uitgaven bij in een zwart boek dat bijna zo dik is als het boek met de koranverzen. Geen pond blijft ongeteld.

In een van de zijkamers brandt een neonlamp. Te midden van kasten vol bokalen met marmelade en ingemaakte groenten staat een tafel waarop tété een dampende schaal met rijst en vlees zet. Iedereen schuift haastig aan en begint even haastig te eten. Shirin en Zahra hebben hun nachtpon al aan, Hala eet staande – ze kan geen stoel vinden. Tété zegt dat ze geen honger heeft, maar neemt na enige aandrang toch een bordje, kleiner dan de andere, en eet vervolgens meer dan iedereen.

Als de telefoon rinkelt loopt Hala naar de zitkamer, praat met de persoon aan de andere kant van de lijn, roept tété erbij, waarna ook Shirin zich met de mond vol naar de telefoon spoedt. Na tien minuten ben ik omgeven door zoveel chaos dat ik geen hap meer door mijn keel krijg. Ik ben weer in mijn ouderlijk huis waar we op zondagmiddag met z'n elven aan tafel zaten – een situatie die soms zo uit de hand liep dat ik met mijn bord naar het huis van bomma aan de overkant vluchtte. Hala knikt me bemoedigend toe: 'Neem nog wat, je hebt nog niet genoeg gegeten.'

Tegen de muur staat een enorme spiegel. Daarin kijk ik naar mezelf, en naar de dikkerdjes om me heen die gedachteloos, verveeld bijna, het ene bord na het andere uitlepelen. Ineens, zonder dat ik erom gevraagd heb, schept Shirin me een volle lepel op, en dan nog een. 'Ik wil niet meer!' Het is eruit voor ik het weet, en ik zie Shirin schrikken. 'Je hoeft het niet op te eten,' sust Hala, 'als je niet wil, hoef je niet.'

'Maar je moet aankomen,' zegt Shirin streng, 'zeker tien kilo, je bent veel te mager.'

'Dat maak ik zelf wel uit!' Mijn gezicht in de spiegel is rood aangelopen van de opwinding.

'Shirin maakt maar een grapje,' zegt Hala. Ze lachen nu allemaal, al voel ik dat Shirin wel degelijk geschrokken is van mijn uitval. Als de tafel afgeruimd is en iedereen in de grote kamer zit, vertellen ze over een tante die zo dik is dat ze uit haar stoel moet worden gehesen, en een andere die alleen zijdelings door de deuropening kan. Ze waggelen door de kamer en spelen dat ze drie keer zo dik zijn, zo overtuigend dat ik me een magere lat begin te voelen en iedereen om me heen verandert in een slanke den. De tranen rollen over mijn wangen van het lachen, ik sla mijn arm om Shirins schouder en bied mijn excuses aan, zij geeft me een gele nachtpon en even later liggen Hala en ik in de tweelingbedjes in tété's slaapkamer, waar een roze plastic ventilator ons koelte toewaait. Na al het gelach is de stilte van de siësta over het huis gekomen – zelfs Asma is op de bank in de zitkamer in slaap gevallen.

De kamer geurt naar jasmijnbloempjes die tété tussen het beddegoed heeft gestopt. Hala ligt op haar rug, de armen onder haar hoofd gevouwen, jonger ineens in dit kinderlijke decor van lichtblauwe kasten en beddespreien. 'Het spijt me van Shirin daarstraks,' zeg ik, 'ik ben die Arabische gastvrijheid ontwend.' Maar Hala weet niet eens meer waar ik het over heb. 'Het is hier altijd wat. Niks van aantrekken.'

Dan stel ik haar een vraag die op mijn lippen brandt. 'Hoe

heb je het in dit huis al die jaren uitgehouden?'

Hala glimlacht. 'Toen was mijn vader er nog.' Zijn foto hangt in de zitkamer, naast de barometer. Een mooie man met zachte trekken. 'Hij hield van Asma, hij was als een vader voor haar.' Sinds zijn dood is dit huis een slagschip dat stuurloos over de zee zwalkt, zucht ze. Haar enige broer werkt in de Golf; alle familieverantwoordelijkheden zijn op haar schouders terechtgekomen. 'Hoorde je mijn moeder daarstraks praten over Wadi al-Nakhla? De laatste tijd heeft ze het over niets anders.' Het huis ligt een vijftigtal kilometers buiten Damascus en is na vijf jaar nog steeds niet klaar. Elke reis ernaar toe is een expeditie waarvoor de hele familie wordt opgetrommeld. 'Ik moet nog zien dat mijn moeder één keer afreist zonder ons allemaal mee te nemen!' Inmiddels is Wadi al-Nakhla een magisch begrip geworden. Laatst had Hala ruzie met Asma. Het was elf uur in de avond, huilend stormde Asma de slaapkamer van haar grootmoeder binnen: 'Tété, geef me de sleutels! Ik ga naar Wadi al-Nakhla!'

We moeten al pratend in slaap zijn gevallen, want als ik wakker word is het huis weer vol geluiden en hoor ik iemand door de kamer schuifelen. Het is tété. Ik ga rechtop zitten, maar ze lijkt me niet te zien. Ze rolt een matje uit op de grond, legt een witte doek over haar hoofd en schouders, gaat op de knieën zitten in de richting van Mekka, valt voorover en begint te bidden.

Onze taxichauffeur rijdt bijna een vrouw omver. Ik schrik, maar Hala moet erom lachen. 'Wacht maar, jij hebt nog niks gezien!' In het centrum van de stad hangen grote borden met stichtende boodschappen. *Als je ziet dat iemand een verkeersovertreding maakt, kijk hem dan boos aan. Dit zegt onze leider Hafez al-Asad.* Terwijl zijn eigen militairen volgens Hala het hoogste aantal ongelukken veroorzaken. Velen komen net als de president uit de bergen in het noorden van het land; ze hebben geen stadscultuur. Laatst reed een soldaat een tweejarig jongetje omver. Iedereen praatte erover, maar niemand durfde erover te schrijven.

Mijn verbazing over alles wat ik zie, amuseert Hala. Nu pas beseft ze dat ze gewend is geraakt aan de vreemdste dingen. 'Je moet de familie van Ahmed ontmoeten,' zegt ze. 'Mijn familie, dat is niets vergeleken bij de zijne! Voor ik hem kende, wist ik niet eens dat er in Damascus nog zulke huishoudens bestonden.'

'Wat is er dan mee?'

'Dat kan ik je niet uitleggen, je moet het zien om het te geloven.'

Op een middag als we door de oude stad lopen, blijft Hala staan bij een deur met een koperen handje. Ze heft het handje op en tikt ermee tegen de deur. We horen opgewonden geluiden en dan een stem die vraagt: 'Wie is daar?'

Ahmeds moeder doet de deur open. De vrouwen die als verschrikte vogels alle kanten waren opgevlucht, komen lachend te voorschijn. Het zijn Ahmeds zussen, schoonzussen en hun kinderen. Terwijl we op de witgekalkte binnenplaats zitten, verschijnen er uit talloze deurtjes op de bovengalerijen steeds nieuwe gezichten, zodat ik op den duur helemaal de tel kwijt ben.

'Hoeveel mensen wonen hier wel niet!' fluister ik tegen Hala.

'Ik zou het niet weten, ik sta zelf elke keer weer voor verrassingen.' Een zus van Ahmed is overgekomen uit Amman; ze heeft haar schoonmoeder meegebracht, en een nichtje dat Hala nooit eerder heeft gezien.

De mannen zijn er niet – die werken overdag in de houtzagerij van Ahmeds vader. Of ze slapen, want sommigen werken 's nachts. De vrouwen kijken me nieuwsgierig aan. Een van hen geeft haar baby de borst en vraagt giechelend of vrouwen in mijn land dat ook doen.

Heb ik een man? En kinderen? Het liefst zou ik deze vragen ontwijken, want de antwoorden stellen zo teleur. Als ik zeg dat ik getrouwd ben, zullen ze zich afvragen waarom mijn man me alleen laat reizen. Dat er vrouwen zijn die geen kinderen willen, kunnen ze al helemaal niet begrijpen. Maar Ahmeds moeder zit zo verwachtingsvol naar me te kijken, dat ik tegen Hala zeg: 'Vertel maar dat mijn man en ik geen kinderen kunnen krijgen.'

Ze kijkt me vol medeleven aan. 'Komt het door haar of door haar man?' wil ze weten. Ik heb meteen spijt van mijn leugen.

Waarom heeft Hala me meegenomen naar de soek, sputteren Ahmeds zussen, ze moet me de moderne winkelstraten van Damascus laten zien! Volgens Hala zouden ze daar zelf verloren lopen, want de mannen doen in dit huis de boodschappen. Als de vrouwen de straat opgaan, worden ze steevast gechaperonneerd door Ahmeds moeder.

We drinken koffie en Asma verdwijnt met haar nichtjes in het huis. Alles is voortdurend in beweging, kinderen worden uit bed gehaald, andere erin gestopt en al vlug zijn Hala en ik onderdeel van het steeds veranderende decor geworden – niemand lijkt het erg te vinden dat we in een andere taal praten.

Tijd bestaat in deze familie niet, zegt Hala, ze kijken hier nooit op de klok, ze leven volgens een ritme dat nauwelijks verstoord wordt door de buitenwereld. Hoe vaak is ze niet uitgenodigd voor een lunch die pas tegen zessen werd geserveerd! De meisjes groeien heel anders op dan Asma. Ze gaan maar tot twaalf jaar naar school en kunnen nauwelijks lezen en schrijven, maar kennen veel meer vrouwengeheimpjes dan Asma – niets wordt voor hen verborgen gehouden.

Soms maakt een groep vrouwen zich los uit dit huis en gaat op bezoek bij familie. Zo'n bezoek is een ware volksverhuizing. Een schoonzus van Ahmed die naar haar familie gaat, neemt niet alleen haar eigen kinderen, maar ook haar schoonmoeder en een paar zussen van Ahmed mee. Als het eten laat wordt opgediend, kunnen ze niet meer weg, want ze verplaatsen zich niet in het donker – dan blijven ze dus slapen.

Toen ze Ahmed op de universiteit leerde kennen, dacht Hala dat hij alleen was in Damascus. Hij had een Jordaans accent en praatte niet over zijn familie – ze veronderstelde dat die in Amman was achtergebleven. Eigenlijk had hij het nooit over zichzelf. Politiek, dat was zijn onderwerp, en toen Hala voorstelde om een weekend met vrienden door te brengen, bleef hij maar doorpraten over politiek en maakte helemaal geen aanstalten haar aan te raken.

Tijdens een tweede weekend trok ze hem op een middag het bos in. Stuntelig was hij – ze kon voelen dat hij nooit eerder met een vrouw alleen was geweest. 's Avonds begon hij weer te discussiëren; met een zakdoek wiste hij het zweet van zijn voorhoofd en wierp haar verwarde blikken toe.

Haar vader was teleurgesteld dat ze met Ahmed wilde trouwen. Een familie van houtzagers, wat moest hij daarmee bespreken! Ze was nog jong, vond hij, ze had nog alle tijd – waarom zo'n haast?

'Ja, waarom eigenlijk?'

'Ik wilde gerespecteerd worden,' zegt ze, 'ik kon niet doorgaan met te leven als een vrije vogel, ik was bang voor mijn reputatie. De mensen hier kennen het verschil niet tussen vrijheid en prostitutie.'

'Was je verliefd op hem?'

'Nee, niet echt.' Ze lacht. 'Het was weinig romantisch. Ik dacht dat ik met hem zou kunnen leven, dat was alles.'

Een nieuwe klop op de deur doet de vrouwen op de binnenplaats uiteenstuiven, maar als ze de stem van Ahmeds jongere broer Rashid herkennen, halen ze opgelucht adem. Een slanke jongeman met strak achterovergekamd haar – hij lijkt op Ahmed. We stonden op het punt te vertrekken, maar daar is nu geen sprake meer van. Rashid nodigt ons uit binnen te komen en stuurt een neefje erop uit om Arabisch ijs met pistachenoten te halen.

In de ontvangstkamer zit volgens Hala nooit iemand, maar Rashid wil ze me absoluut laten zien. Zware Damasceense meubels, met parelmoer ingelegde kasten en stoelen met hoge leuningen – het zijn voorwerpen die ruimte nodig hebben, maar hier zijn ze allemaal op elkaar gepropt. Aan de muur tikt een klok met een afbeelding van het Kaaba-schrijn in Mekka.

Boven de tv in de zitkamer hangt een ingekleurde foto van Ahmed in een goudomrande lijst. In Hala's huis staat een kleine zwart-wit afdruk van dezelfde foto, waarop ik hem meteen herkende. Toen ik destijds in Damascus was, bood hij aan bij een vriend te gaan logeren. Dat nam me voor hem in, dat hij zich niet bedreigd voelde door de vriendschap die Hala in Bagdad met een vreemde had gesloten.

In deze omgeving bekijk ik hem ineens met andere ogen. Hij is geen bijzonder mooie man, maar zijn ogen stralen mannelijke trots en zelfverzekerdheid uit. Rashid kijkt net zo. Zijn blik hoort bij het natuurlijke overwicht dat hij heeft op de vrouwen in dit huis, bij de buitenwereld die hij voor hen vertegenwoordigt. Het is een verwarrende gedachte om Ahmeds trots in verband te brengen met dit soort dingen – het past niet in het beeld dat ik tot nog toe van hem had.

Hala heeft me verteld dat Rashid duiven houdt. 'Uren zit hij met zijn vrienden op het dak,' zei ze, 'je hebt geen idee wat ze uitspoken.' 'Duiven voeren natuurlijk,' veronderstelde ik, maar volgens haar was er meer aan de hand. Ze deed er zo geheimzinnig over, dat ik nieuwsgierig ben geworden. Rashid lacht verlegen als ik vraag of ik zijn duiven mag zien. Het dak is het terrein van de mannen, de vrouwen komen daar nooit, die mogen niet eens de was op de hogere etages ophangen als er geen mannen in huis zijn. Maar een buitenlandse vrouw kan je zo'n verzoek niet weigeren.

We klimmen naar boven, een stel kinderen in ons kielzog. Zodra we de smalle houten ladder naar het dakterras betreden, vliegen veertjes ons vanuit het trapgat tegemoet. Het licht op het terras is verblindend, we staan te knipperen met onze ogen. Een zee van daken, koepels en minaretten strekt zich voor ons uit. Rashid verdwijnt in een van de duivenhokken. Hij heeft net een paar vrouwtjesduiven gekocht die hij me trots laat zien. 'Ze zijn heel duur,' zegt Hala, 'je schrikt als je hoort hoeveel hij voor zo'n vogeltje over heeft.'

Rashid heeft een dertigtal mannetjesduiven vrijgelaten. Ze vliegen in een hechte formatie boven ons hoofd, in steeds wijdere cirkels. 'De buren hebben ook duiven,' zegt Hala, 'als zij ze tegelijkertijd loslaten, raken ze soms in elkaars vlucht verstrikt.' Dat blijkt het spel te zijn, dat buren elkaar duiven afvangen.

Hala had gelijk: dit heeft niets te maken met de duivensport die ik ken uit mijn jeugd, met de oude mannetjes die elkaar ontmoetten in cafés waar het rook naar tabak en verschaald bier. Dit is een sport die hoort bij de geslotenheid van de oude Arabische stad. *Kashash al-hamam*, duivenopjagers, hebben doorgaans geen goede reputatie. Het zijn moederszoontjes, wordt gezegd, die zich op straat niet kunnen handhaven, maar op het dak de held zijn. Ze zouden drugs gebruiken, en hun woord is niet rechtsgeldig.

'Wat doen ze eigenlijk met elkaars duiven?'

'Dat ligt eraan,' zegt Hala, 'laatst heeft Rashid een prachtig exemplaar van de buren de nek omgedraaid en het op de drempel van hun huis gelegd. Nu is het oorlog. Soms breken er zulke ruzies uit dat er gevochten wordt. Je hoort weleens dat er in de binnenstad iemand is neergestoken om een duif.'

De duiven cirkelen nog steeds in de lucht, maar bij de buren blijft het stil. Ik denk aan Ahmed. Hoe kon hij zijn revolutionaire ideeën verenigen met deze familiegewoontes? Hala hangt over de borstwering; ze wenkt me. We kijken zó de woning van de overburen binnen. Diep beneden ons ligt de straat, de deuren met de kloppers in de vorm van handjes.

'Ik zou het hier al vlug gezien hebben,' zeg ik.

'Maar Rashid en zijn vrienden niet!' fluistert Hala. 'Misschien heeft iemand een verrekijker bij zich om bij de buren naar binnen te kijken. Wie weet werpt een vrouw hun een heimelijke blik toe, of zien ze hoe ze zich omkleedt.' Ze lacht om mijn verbazing. 'Een gesloten samenleving zoekt vensters naar buiten. Daarom houden de mannen in dit huis hun vrouwen zo kort: ze weten welke gevaren op de loer liggen. Rashid wil niet eens dat zijn vrienden de naam van zijn vrouw kennen. Als hij koffie of eten op het dak wil, fluit hij naar beneden en zet zij een dienblad op de trap. Als een van zijn vrienden weggaat, leunt Rashid over de balustrade en roept: "*Yallah!*", waarop alle vrouwen het huis in vluchten.'

Ooit was Hala hier toen een groepje vrienden van Rashid aanbelde. 'Alle vrouwen moesten naar binnen, maar ik loerde door het keukenraampje. Ik zag een achttal mannen de trap oplopen, hun hoofden gewikkeld in zwart-wit geblokte sjaals. Een van hen trok mijn aandacht, hij liep anders dan de anderen en zijn gezicht was volledig bedekt door de sjaal.' Ze kijkt me samenzweerderig aan. 'Stel je voor, het was een vrouw!' Later zag ze dat de mannen niet naar het dak waren gegaan, maar over de balustrade van de tweede etage hingen; om beurten verdwenen ze in het kamertje waar de vrouw zich moest bevinden.

'Weten de vrouwen hier dat dit gebeurt?'

'Ik denk het wel. Rashids vrouw klaagt er weleens over. Af en toe stuurt hij haar voor een paar dagen naar haar familie; als ze terugkomt voelt ze dat er iemand in haar bed heeft geslapen, zelfs haar kleren heeft gedragen.'

'Dat ze dat pikt!'

'Ze weet niet beter. Vergeleken bij vroeger is ze erop vooruitgegaan, van haar vader mocht ze zelfs geen tv kijken! Als die hier op bezoek komt, zit ze als een muis in een hoek. De moeder van Rashid heeft haar voor hem uitgekozen omdat ze zo streng is opgevoed.'

Het doet me denken aan Abdelgawad, de familiepatriarch die de Egyptische schrijver Naguib Mahfouz in zijn *Trilogie* beschrijft: elke avond zit die in een bordeel, maar als zijn vrouw het waagt in haar eentje naar de moskee te gaan, krijgt ze een pak slaag.

'En als zijn vrouw vreemd zou gaan, wat zou Rashid dan doen?'

'Haar vermoorden,' zegt Hala beslist, 'daar hoef je geen moment aan te twijfelen.' Laatst had een getrouwde zus van Ahmed die in een ander deel van de stad woont, zo'n ruzie met haar man dat hij haar dagenlang alleenliet in het echtelijk huis. Ahmeds vader maakte zich zorgen: wat zou er gebeuren als ze de was ophing en een man naar haar floot? En wat als een ander dat zag en het rondvertelde? Dan zou hij haar de keel moeten afsnijden om zijn eer te redden, jammerde hij.

Rashid heeft een nieuwe vrouwtjesduif in de lucht gestoken en maakt kirrende geluiden om de mannetjes terug te lokken naar hun hok. Ze reageren meteen. In één vloeiende beweging dalen ze neer op het dak en laten zich gedwee opsluiten. Rashid lacht. 'Heb je het gezien?' Hij laat ons voorgaan op de smalle ladder naar beneden, waar het ijs ons wacht.

'Je zou met een man als Rashid moeten trouwen en een stel kinderen moeten krijgen,' zegt Hala als we later die middag op weg zijn naar huis, 'dan zou je na tien jaar wel een boek over Syrië kunnen schrijven.'

Het idee! 'Je denkt toch niet dat ik na die tien jaar de puf zou hebben om nog één letter op papier te zetten?'

'Waarom niet?'

Ik kan me niet voorstellen dat ze het meent. Zelf is ze de afgelopen dagen meer dan eens begonnen aan het uitwerken van onderzoeksgegevens voor de universiteit. Ver is ze nooit gekomen. Asma, tété, Shirin, ze staan te dringen om haar van haar werktafeltje weg te halen. De lange vellen waarop ze schrijft raken altijd weer verdwaald tussen Asma's tekeningen en voetbaltoto's. Mij vindt ze erg gedisciplineerd, al doe ik niet meer dan dagboeknotities bijhouden. 'Zeg eens eerlijk, dat geloof je zelf toch niet?'

Hala lacht mysterieus: 'Ik leerde de problemen van dit land pas kennen nadat ik trouwde. Je zou het toch kunnen proberen?'

We zijn alle drie blij als we weer thuis zijn, Asma nog net op tijd om *Captain Majed* te zien, haar lievelingstekenfilm over een voetballertje dat nu al drie achtereenvolgende dagen vruchteloos probeert een doelpunt te scoren. Alle kinderen in de buurt kijken, de supporterskreten echoën door de hele straat, Asma hangt kermend in haar stoel en is na afloop zo opgeladen dat ze boksend tegen imaginaire voorwerpen door de kamer stuitert. Dan moet ze de straat op, en alle kinderen met haar. Ze schreeuwen met hoge tv-stemmetjes: '*Majèèèd! Captain Majèèèd!*', terwijl hun voetbal tegen de muren bonkt. Als ze thuiskomt heeft Asma een poster van het Nederlands elftal bij zich en een foto van Marco van Basten die ze op de slaapkamerkast plakt, te zamen met een onooglijke sticker van captain Majed.

Hala maakt het huis schoon. Ik mag niet helpen, zij doet het wel even, het is zó gebeurd, verzekert ze me. Gebukt zwiept ze een natte dweil over de vloer heen en weer. Ik vind het een rotgezicht. 'Waarom doe je dat niet met een trekker?'

Ze wist het zweet van haar voorhoofd. 'Laat me maar, zo ben ik het gewend.'

Ze spuit de binnenplaats nat met een tuinslang, veegt de gevallen blaren en uiteengespatte vijgen bijeen met een bezem zonder steel. 'Dit is niets vergeleken bij het huis van mijn ouders,' zegt ze, 'hoe vaak ik dat niet gepoetst heb!' Als ze 's avonds weleens op pad moest voor haar werk, riep haar moeder: 'Hoe durf je je dochter alleen te laten! Ben je vergeten dat je een getrouwde vrouw bent?' Waarop Hala haar toebeet: 'Hoezo getrouwd? Waar is mijn man dan?' Maar pas als ze het hele huis had gepoetst, durfde ze weg te gaan.

Liefhebbend kijkt ze naar de wasmachine waarin onze kleren ronddraaien. Toen ze nog met de hand waste, stond haar hele huis telkens onder water. 'Ik heb echt respect voor deze machine,' zegt ze, 'ze is moedig, ze werkt voor me zonder zich te beklagen. Ik hou meer van haar dan van mijn moeder, weet je dat? Die doet niets zonder het in honderdvoud terug te vragen.'

Via de buitentrap klimt ze naar het platte dak, waar ze een laken uitvouwt. Haar moeder heeft haar gevraagd om *mulukhia*, een soort spinazie, te drogen. Voorzichtig spreidt ze de verse bladeren uit. De volgende dagen zal ze ze om en om draaien tot ze kurkdroog zijn. 'Het is aangenaam te bedenken dat mijn moeder er in de winter van zal eten,' zegt ze, zittend op haar knieën, 'dat er dus een winter zal zijn.'

Als alles achter de rug is en we de fles wodka uit het vriesvak hebben gehaald, vertelt ze dat Ahmeds moeder aangekondigd heeft binnenkort op bezoek te komen. 'Ik hoop dat ze het vergeet. Kan je het je voorstellen, die hele bende vrouwen in mijn huis?' Ze verplaatsen zich met een rij taxi's. Zodra ze binnen zijn, zijn ze overal, in de voorkamer, in de slaapkamer, in de keuken. De plaats waar ze hun schoenen uittrekken, verandert in een schoenensoek. Er zijn nooit genoeg kopjes voor iedereen en terwijl Hala af en aan draaft met koffie, eten en zoetigheden, kruipen de kinderen met hun schoenen op haar bed, plassen in de hoek en stoten alles om. Hun moeders trekken ondertussen haar kleren uit de kast, maken zich op voor de spiegel, inspecteren elk nieuw voorwerp en vragen waar ze het gekocht heeft. Als ze eindelijk vertrokken zijn, wordt er ineens weer aangebeld, dan is iemand op Hala's pantoffels de straat opgegaan, of hebben ze ontdekt dat ze een kind vergeten zijn.

Maar het ergste is als ze hun komst hebben aangekondigd en onderweg zijn blijven hangen bij een familie die een huwbare dochter heeft voor een van hun neefjes, zodat Hala in haar glimmende huis blijft zitten met al die pannen die ze voor de gelegenheid van vrienden heeft geleend en al dat eten dat zij en Asma in een week nog niet opkrijgen. Soms bellen ze later op, blijken ze een dag na de afspraak alsnog langs te zijn geweest en hevig teleurgesteld te zijn dat Hala er niet was.

Hala staat die ochtend vroeger op dan anders, schuifelt in het halfdonker door de slaapkamer, rommelt in de kast, doet de kleren die ze de avond tevoren heeft gestreken in een grote tas. 'Sorry, ik wilde je niet wakker maken,' fluistert ze. Maar ik heb mijn kamerjas al aan.

'Kan ik iets doen?'

'Nee, nee.' In de keuken schept ze suiker in een plastic zak. 'Hij heeft twee kilo per maand nodig. Ze delen het met elkaar. Er zijn er die nooit bezoek krijgen.'

'Koken ze zelf?'

'Ja, maar vraag niet hoe. Weet je wat ze eten? Eieren met yoghurt!' Ze rilt bij de gedachte.

In de voorkamer liggen de boeken waar hij om gevraagd heeft. Hala schudt Asma wakker. 'Opstaan, we gaan naar papa.' Asma is een treuzelaar. Ze legt de kussentjes waarmee ze 's nachts slaapt op een rij – ze hebben allemaal namen, van Suleiman tot Simsim –, en staat eindeloos voor de kast te aarzelen wat ze aan zal trekken. 'Ze heeft geen relatie met de klok,' zucht

Hala, 'net als de familie van Ahmed.' Asma ziet tegen deze bezoeken op. Een uur in de bus, en dan wachten bij de grote ijzeren poort tot de mukhabarat hun naam afroept. In de zomer kunnen ze nergens schuilen voor de stekende zon, in de winter slaat de sneeuw hen in het gezicht.

'Zal ik meegaan?'

Hala lacht. 'Als je vleeskleurige kousen aantrekt en een zwarte *abaya* omslaat, zullen ze denken dat je een zus van Ahmed bent.' Het is een absurde gedachte, verleidelijk om mee te spelen. Maar wat als iemand me zou aanspreken?

Bepakt en bezakt gaan ze de deur uit, voorbij de kippenverkoper wiens winkeltje zo klein is dat hij altijd in de deuropening staat, voorbij het oude mannetje dat een kar met zoetigheden voor zich uitduwt, de groenteman die op dit uur net zijn bakken buiten zet. Ik volg hen in gedachten; het is voor het eerst dat ik niet met hen mee mag.

Die middag hangen er vreemde kleren aan de waslijn. Pyjama's, trainingsbroeken, onderbroeken, geruite hemden. 'Dat is het enige fysieke contact dat ik als getrouwde vrouw met mijn man heb,' zegt Hala, 'dat ik zijn kleren was.'

Ze heeft hem verteld over mijn komst. 'Ik kan merken dat het je goed doet,' zei hij, 'je ziet er beter uit dan anders.' Enkele weken geleden is er een nieuwe gevangene op zijn afdeling gekomen, een Jordaanse spion die heel wat van de wereld heeft gezien. Ze zitten uren te praten – dat doet hem net zoveel goed, bekende hij.

'Ahmed zegt dat je iets over het gevecht voor vrijheid in dit land moet schrijven.' Het gevecht voor vrijheid – hij heeft blijkbaar nog steeds dezelfde abstracte ideeën over hoe de problemen in de wereld moeten worden opgelost.

Asma speelt gedachteloos met de balletjes die ze van haar vader heeft gekregen. Ze draait ze om en om in haar hand, test hun veerkracht uit op de vloer. Het zijn deegballetjes die Ahmed geel en rood heeft geverfd. Die avond worden ze bijgezet in de glazen kast met kralen vaasjes, hangers en doosjes van palmhars die Ahmed door de jaren heen maakte. Het ontroerendst vind ik het miniatuurhuisje van geverniste lucifers: het heeft een dak van olijfpitten, een gazon van groengeverfde rijst.

Vier uur is Hala weggeweest. Ik had verwacht dat ze een hoop te vertellen zou hebben, maar ze is stil en afwezig. De dicht beschreven brief die Ahmed stiekem door de afscheiding van draadgaas duwde, blijft ongelezen in haar tas zitten.

'Is er iets gebeurd?'

'Nee, ik ben alleen moe.' Haar stem klinkt mat. 'Zo ben ik altijd als ik in de gevangenis ben geweest. Het duurt minstens een dag voor ik weer bij de gewone mensen hoor.' Ze lacht. 'In het begin was het veel erger: toen duurde het wel een week!'

In de maanden na zijn arrestatie mocht ze Ahmed nauwelijks zien, maar later kwam er een bezoekregeling. Damascus werd een stad gemarkeerd door gebouwen van de mukhabarat: daar was het ziekenhuis waar Ahmed op de *intensive care* had gelegen nadat ze hem hadden gefolterd, daar het kantoor waar zij toestemming moest vragen om hem te bezoeken, daar de toren waar hij opgesloten zat. De elektroshocks die hij de eerste dagen van zijn gevangenschap had gekregen, waren zo hevig dat hij een half jaar lang nauwelijks kon lopen.

Toen hij opgepakt werd, hadden ze net ruzie gehad. Zij probeerde hun huwelijksleven in banen te leiden, maar hij gedroeg zich als een student zonder verantwoordelijkheden. Voordat ze trouwden had hij gezegd dat hij wilde leren koken – later repte hij daar nooit meer over. Zijn manier van lesgeven was stroever dan de hare, maar híj wilde háár raad geven over hoe ze met studenten moest omgaan.

Zij had meer ervaring met mannen dan hij met vrouwen; hij camoufleerde zijn onzekerheid daarover door geheimzinnig te doen, nachtenlang weg te blijven, nooit te zeggen wanneer hij thuis zou komen. Op een avond toen ze tegenover elkaar zaten te lezen, legde hij zijn boek neer, keek haar aan en zei: 'Jij bent stom, je denkt dat mannen met je omgaan omdat ze je aardig vinden, maar ze willen alleen met je naar bed.' Een jaar na hun huwelijk huilde hij ineens omdat ze destijds geen maagd was geweest.

Zij dacht dat ze met hem alleen getrouwd was, maar al gauw stond ze tegenover zijn hele familie. Hoe meer hij zich door haar bedreigd voelde, hoe meer hij hen tegen haar in het geweer bracht. Hij aarzelde zelfs niet om tété in te schakelen. 'Wist u dat uw dochter drinkt?' vroeg hij haar. Tété reageerde quasi geschrokken – natuurlijk wist ze dat Hala dronk.

Tijdens haar zwangerschap groeiden ze steeds verder uit elkaar. Soms pakte hij zijn spullen en verdween voor een paar dagen naar het huis van zijn ouders. Ze vermoedde dat hij een vriendin had en hoorde dat hij Rashid om tienduizend pond had gevraagd – het bedrag dat hij haar bij scheiding schuldig was.

Maar toen hij gearresteerd was, vergat ze al die wrijvingen. Nu was het tussen hen en de mukhabarat. Ze dacht toen nog dat zijn gevangenschap hooguit een jaar of twee zou duren en prees zichzelf gelukkig dat ze hem mocht bezoeken, dat hij niet naar de gevreesde gevangenis van Tadmur in de woestijn was gestuurd, waar de gevangenen geen bezoek kregen en nauwelijks kleren en eten hadden.

Hij vroeg haar een trui voor hem te breien. Als hij hem droeg zou hij weten dat ze aan hem had gedacht. Een trui breien, ze wist niet hoe dat moest. Maar ze haalde een patroon in huis en was avondenlang in de weer. Elke maand nam ze foto's mee van Asma, en van hun huis dat ze aan het inrichten was, want toen hij opgepakt werd, hadden ze nog nauwelijks meubels.

De eerste jaren van zijn gevangenschap voelde ze zich als verdoofd. Ze verlangde naar niets, het was alsof alles binnen in haar dood was. Soms benijdde ze hem: had hij het in de gevangenis niet gemakkelijker dan zij? Voor hem werd gezorgd, zij moest voortdurend vechten om in leven te blijven.

Op de universiteit was alles veranderd. Hoogzwanger van Asma was ze destijds naar een congres in Marokko gegaan, nu reisden andere collega's in haar plaats. En wilde ze nog wel weg? Was het niet erg genoeg dat Asma zonder vader opgroeide? Maar haar frustratie zocht een uitweg. Als Asma huilde, sloeg ze erop los, net als de moeders in de soek die hun kind aan de hand voorttrokken en almaar riepen: '*Bes! Bes!* Genoeg! Genoeg!'

Op een dag toen ze Asma uitzinnig van woede een pak rammel gaf, zei haar vader: 'Je moet ophouden dat kind te slaan.' Ze kwam met een schok tot zichzelf. 'Laat haar met rust, ik heb jou ook altijd laten begaan.' Ze wist dat hij gelijk had. Sindsdien heeft ze Asma nooit meer geslagen.

Aanvankelijk zat Ahmed in een gevangenistoren in het centrum van Damascus. Soms nam ze Asma mee. Ze moesten naar boven lopen over een trap met uitzicht op de binnenplaats. Daar werd op een dag een man geslagen, zo hard dat hij schreeuwde of hij levend gevild werd. Zijn gekrijs weerkaatste in het trappenhuis en wentelde met hen mee naar boven. Asma was net drie geworden, ze stapte met haar kleine beentjes voor Hala uit, keek over de reling naar beneden maar zei niets, ook later niet, toen ze thuis waren.

Eén keer dacht ze dat Ahmed vrij zou komen. De stad zoemde van de geruchten, ze kocht nieuwe kleren, poetste het huis, leende grote pannen en wachtte. Maar hij kwam niet. Het duurde een jaar voor ze bekomen was van haar teleurstelling. De kleren die ze had gekocht stopte ze in de kast. 'Die zijn inmiddels alweer te klein geworden,' lacht ze flauwtjes.

De jaren gleden als zand door haar vingers. Als het buiten kouder werd, haalde ze Ahmeds warme kleren uit de koffer boven op de kast, bracht ze naar de gevangenis en nam zijn zomerkleren mee terug. Toen hij om een nieuwe trui vroeg, liet ze hem stiekem door iemand anders breien. De derde trui zou ze in een winkel kopen.

'Het liefst zou hij willen dat ik elke avond bij mijn moeder zit en op hem wacht,' zegt ze, 'maar ik kan het niet meer opbrengen.' Vandaag vroeg hij of ze een taart voor hem wilde bakken. 'Ik zal er een kopen,' stelde ze voor. 'Nee,' drong hij aan, 'ik wil dat je aan mij denkt terwijl je in de keuken staat.' Hala kijkt me vermoeid aan. 'Zijn broers zijn net zo. Hard, maar ook sentimenteel. Hoe vaak ze niet huilen als ze bij hem op bezoek zijn!'

Die avond belt haar moeder om te vragen waarom ze niet

langs is geweest. Ze wil naar Wadi al-Nakhla; de keuken is af, ze is benieuwd hoe het is geworden. Broer Salim belt uit Qatar om zijn komst aan te kondigen. Zuchtend legt Hala de hoorn op de haak. 'Stel je voor, meneer wil ineens trouwen en vraagt mij om alvast op zoek te gaan naar een meisje. Alsof ik niet genoeg aan mijn hoofd heb!'

Van de weeromstuit krijgt ze wroeging over haar hardvochtigheid jegens Ahmed. 'Iedereen zit me op mijn kop, en wat doe ik? Ik zoek de meest weerloze uit om me op te wreken.' Maar die taart zal ze niet bakken, zoveel is me inmiddels wel duidelijk. En zelfs naar de brief van Ahmed blijk ik nieuwsgieriger dan zijzelf – als we naar bed gaan, heeft ze hem nog steeds niet gelezen.

Nadat de verkoper een liter yoghurt en een pak brood op de toonbank heeft gelegd, kan hij zijn nieuwsgierigheid niet langer bedwingen. '*Bulghari?*' informeert hij, en als ik ontkennend het hoofd schud: '*Ruski?*' Hala maakt geen praatjes met verkopers – dat is het beste voor een vrouw alleen, zegt ze. Ik had me voorgenomen hetzelfde te doen, maar dat gaat me op mijn eerste verkenningstocht alleen door de buurt niet makkelijk af. Aan Oosteuropese vrouwen die getrouwd zijn met Syriërs zijn ze hier gewend, maar een '*Beljikiyye*', dat is iets nieuws.

De drogist heeft in Duitsland gestudeerd en waarschuwt dat de Syrische tandpasta die hij verkoopt me lelijk zal tegenvallen. Als ik de kruidenier naar de kwaliteit van de lokale jam vraag, maakt hij een pot open en laat me proeven: met de vinger, welja, waarom niet. Hij raadt me af om papieren zakdoekjes te kopen, een doos tissues is veel voordeliger. Thuis moet Hala erom lachen. 'Dat soort advies krijg ik nooit!'

De sigarettenverkopers, die 's avonds een en al gefluister zijn, staan wijdbeens op de hoek van de straat te zwijgen. De jongeman in het midden, die met het knappe gezicht en het leren jack, is duidelijk hun leider. Zijn maatjes kijken nerveus de andere kant op als ik voorbijloop, maar hij kaatst mijn tersluikse blik brutaal terug.

Daar is Asma. Thuis is ze stug tegen me, maar nu laat ze haar vriendjes in de steek, springt vrolijk met me mee, wijst de winkels aan waar Hala doorgaans koopt en gaat met me op zoek naar *labneh*, uitgelekte yoghurt.

'Het wordt tijd dat we een sleutel voor je laten maken,' beslist Hala die middag. De schoenmaker drijft zijn handeltje in een roetig gat in de muur. Zwijgzaam neemt hij onze bestelling in ontvangst. Hij draagt een bril met borrelglaasjes, zijn openhangende stofjas ziet zwart van het smeer.

'Vroeger hielp zijn zoon hem,' zegt Hala als we verder lopen, 'maar hem is iets vreselijks overkomen.' Enkele jaren geleden werd een auto met twee moslimbroeders in deze buurt achtervolgd door de mukhabarat. Bij het stoplicht sprongen de moslimbroeders uit hun auto en werden op de vlucht doodgeschoten. De mukhabarat vermoedde dat ze een onderduikadres in dezelfde straat hadden. De verdenking viel op een huis dat door handelaars uit Homs werd gebruikt als opslagplaats van zangvogels die ze op de markt verkochten.

Op een avond besloot de mukhabarat het huis te doorzoeken, maar ze konden er niet binnen. 'Waar is hier een schoenmaker?' vroegen ze aan de buren. Die wezen naar het winkeltje van de oude man, dat al dicht was. 'Waar woont hij?' Ze wezen naar zijn woning tegenover de winkel. De oude schoenmaker deed open; hij kwam net uit bad, hij had zijn *gallabia* al aan. 'Ik loop wel even mee,' bood zijn zoon aan.

Hij opende de deur met een loper. De benedenverdieping stond vol lege vogelkooien. Ze liepen naar boven. Daar stuitte de mukhabarat op een deur die dicht was. Weer stak de jongen zijn loper in het slot. Toen hij de deur openduwde, werd hij door een hagel van kogels neergemaaid. De mukhabarat sleurde zijn lichaam voor de ingang van de kamer vandaan en trok hem naar buiten. Enkele minuten later vloog het huis de lucht in.

Hala kijkt schichtig om zich heen. 'Als je wilt zal ik je laten zien waar het gebeurde, maar we moeten erlangs lopen zonder stil te staan.'

Uit de huizenrij is een hap gesneden. Tussen de witgeverfde blinde muren is een plaatsje aangelegd met tegels en bakken rode bloemen. Ik zou er op elk ander moment achteloos voorbij zijn gewandeld, maar nu ik erop let, zie ik dat alles nieuwer en schoner is dan in de rest van de straat; de geschiedenis is hier met enige geestdrift weggepoetst. 'Het schijnt dat de kelder vol wapens zat,' zegt Hala.

Asma is gestopt om kauwgom te kopen, en daarom staan we iets langer dan verwacht bij die loze plek, die witte muren, die rode bloemen. Ergens gaat een deur open, een man komt naar buiten en staart ons aan. 'Wegwezen,' waarschuwt Hala.

Met zware benen loop ik verder. De winkelende mensen die in het gewoel tegen ons oplopen, de schoenmaker, die man in de deuropening – wat een geheimen delen ze met elkaar.

'Wat weet Asma van dit alles?'

'Ik weet het niet,' zegt Hala peinzend, 'zij beseft dat er gewone mensen zijn, en mukhabarat.'

Asma rukt kwaad aan haar arm en sist iets in haar oor. Hala speekt haar sussend toe, maar Asma blijft boos aan haar trekken.

'Wat is er?'

'Ze zegt dat we op straat niet over dit soort dingen moeten praten, dat zij zelfs snapt waar we het over hebben, al verstaat ze geen Frans – hoe moet het dan niet met andere mensen gesteld zijn!'

Zwijgend vervolgen we onze weg. Na een tijdje zegt Hala zachtjes: 'De schoenmaker is niet meer dezelfde als vroeger. Het was zijn oudste zoon. Ze hebben hem smartegeld gegeven, geloof ik, vijftigduizend pond, en een medaille, want zijn kind is gesneuveld in de oorlog tegen de moslimbroeders.'

'Weet hij dat jouw man in de gevangenis zit?'

'Nee, nee. Hij heeft genoeg verdriet in zijn leven. Iedereen heeft wel een familielid dat gesneuveld is of in de gevangenis zit.' Sinds de Baath-partij in 1963 aan de macht kwam, heerst hier de staat van beleg – een militaire rechtbank kan iemand in vierentwintig uur ter dood veroordelen. 'Herinner je je die vriend over wie ik je vertelde, die na Ahmeds arrestatie op een nacht dronken voor onze deur stond en riep dat hij voor de mukhabarat werkte? Weet je hoe lang die heeft vastgezeten? Anderhalf jaar! Ze willen je laten voelen dat je geen meester bent over je eigen leven, dat zij alles kunnen bepalen.'

Ik denk aan de moslimbroeders in dat vogelhuis, die de invallers naar boven hoorden komen, de loper in de deur van hun schuilplaats hoorden steken en wisten wat hun te doen stond. Het verbaast me eigenlijk dat ze nog actief zijn. In 1982 werd een opstand van de moslimbroeders in Hama door speciale eenheden van het Syrische leger op gruwelijke wijze neergeslagen – naar schatting tienduizend doden en een verwoeste stad. Ik had niet verwacht dat ze die nederlaag overleefd hadden.

Maar Hala zegt dat ze nog wel degelijk bestaan. Onlangs werd een agent die in Hama veel mensen had gedood, in zijn bed vermoord door twee insluipers. 'Het zijn meestal jonge mensen die zulke acties ondernemen. Zeventien, achttien jaar. Ze zijn niet bang om te sterven.'

De wijze waarop ze over die jongens praat – ik kan me nauwelijks voorstellen dat ze sympathie heeft voor hun ideeën, en toch klinkt er affectie in haar stem. Sommigen zitten bij Ahmed in de gevangenis, ze geeft weleens boodschappen voor hen door. In 1980 werden meer dan duizend moslimbroeders in de gevangenis van Tadmur doodgeschoten door de soldaten van Assads broer Rifat. Sindsdien mogen de meesten geen bezoek meer ontvangen: de autoriteiten zijn bang dat ze zullen onthullen wie er gesneuveld zijn. Eén moslimbroeder in Ahmeds omgeving heeft wel contact met zijn familie, maar hij durft hun niet te vertellen dat zijn broer in Tadmur is vermoord.

'Aanhanger worden van de moslimbroeders is een manier om nee te zeggen tegen de regering,' zegt Hala bedachtzaam. 'Assad is een alawiet, de moslimbroeders beschouwen hem als een ongelovige.'

Zelf is ze ook niet erg onder de indruk van het religieuze gehalte van de alawieten. Zij is soennitisch, zoals zeventig procent van de Syriërs; de alawieten behoren tot een sekte die zich heeft afgesplitst van de sjiitische islam. Omdat ze vervolgd werden, trokken ze zich terug in de bergen rond de kuststad Latakia, waar ze eeuwenlang geïsoleerd leefden.

Maanaanbidders worden de alawieten ook wel genoemd. Het verhaal gaat dat ze hevig verbolgen waren toen Armstrong op de maan landde: hij zou God hebben verjaagd. In de eerste helft van deze eeuw hadden ze nog een profeet, Suleiman al-Murshid, die in 1946 werd opgehangen. Volgens sommigen is Assad zijn opvolger.

'Het zou beter zijn als het land geregeerd werd door een soenniet,' zegt Hala.

Ik ben oprecht verbaasd. 'Wat kan jou het schelen tot welke religie de president behoort?'

'Mij misschien niet, maar de anderen des te meer. We hebben een charismatisch leider nodig, die door het merendeel van de Syriërs gesteund wordt.' Ze zucht. 'Het is een ingewikkelde kwestie. Ik weet niet of ik het je uit kan leggen.'

Rond haar veertiende was ze zelf even heel religieus. Ze bad regelmatig en hield zich aan de ramadan. Ze had een lerares wiskunde die erg bevlogen over de islam kon vertellen; de klas raakte zo in haar ban dat iedereen een hoofddoekje begon te dragen. Op een ochtend bekeek Hala zichzelf in de spiegel en besloot dat het geen gezicht was.

Niet veel later begon ze Sartre en Camus te lezen en toen ze achttien was zei ze tegen zichzelf: religie helpt niet. Op de universiteit maakte ze kennis met Pascal en Descartes. De opwinding die ze voelde als ze deze denkers las! Ver weg, in een wereld die er helemaal anders uitzag dan de hare, hadden ze dingen geschreven die haar zo vertrouwd voorkwamen, die ze zó op haar eigen omgeving kon projecteren. Een docent die in Parijs had gestudeerd, gaf hun Epicurus te lezen en maande hen aan over alles een eigenzinnig oordeel te vormen.

Het waren bewogen jaren. Tijdens haar studie begon ze haar eerste onderzoek te doen, naar de ervaringen van plattelandsdokters. Een van hen zei spottend dat het maagdenvlies in deze samenleving belangrijker was dan het trommelvlies en vertelde haar over Marx. Haar oren toeterden toen ze thuiskwam; ze was zo onder de indruk van wat ze over Marx had gehoord dat ze meteen op zoek ging naar zijn geschriften.

Op haar drieëntwintigste reisde ze met een nicht naar Parijs. 'We zetten onze koffers neer in het hotel en weet je waar we het eerst naar toe gingen? Naar Pigalle!' Maar toen ze daar rondliep, tersluiks glurend naar de roodverlichte etalages, was ze verbaasd: voor zich hoorde ze het accent van Hama, achter haar liep een groepje mannen uit Aleppo: het leek wel of ze opnieuw in Syrië was! En overal zag ze tentjes met falafel en andere Arabische gerechten.

De volgende dagen dwaalde ze door Parijs. Als ze stilstond om de kaart te bestuderen, werd ze onveranderlijk aangesproken. 'Kan ik je ergens mee helpen?' Het waren altijd Arabieren, al gaven sommige zich uit voor Portugezen. Eén man volgde haar zo hinderlijk dat ze een telefooncel invluchtte. Hij deed de deur open en fluisterde: 'Wil je het op zijn Portugees proberen?' 'Nee, dankjewel, dat heb ik vandaag al twee keer gedaan,' zei Hala. Toen was hij weg.

Ze wilde verder studeren aan de Sorbonne, maar na enkele weken in Parijs begon ze aan haar voornemen te twijfelen. Zou ze haar tijd in Syrië niet beter kunnen besteden? Hoe weinig wist ze nog over het leven buiten Damascus, hoeveel had ze nog te leren. Na twee maanden verliet ze Parijs en is er sindsdien nooit meer geweest.

Terug in Syrië vervolgde ze haar onderzoek op het platteland. Van Marx had ze geleerd hoezeer de economie het leven van mensen bepaalt. Toen we samen in Bagdad waren, had ze het vaak over de armoede van Syrische boeren; ze geloofde toen nog dat ze daar iets aan kon veranderen door erover te schrijven.

De Franse boeken die ze destijds las, staan in het kastje in de slaapkamer, netjes op een rij. Sartre, Camus, Pascal, Descartes – ze praat over hen alsof er in de tussenliggende jaren niets nieuws is geschreven, alsof de buitenwereld daarna ophield signalen uit te zenden. Die boeken behoren tot een periode in haar leven waaraan abrupt een einde kwam toen de mukhabarat haar huis binnenviel.

In haar studietijd was religie niet belangrijk, ze zou zich van een medestudent nooit hebben afgevraagd of hij moslim of christen was, ze voelde zich met hen verbonden door internationale ideeën. Maar inmiddels heeft iedereen zich teruggetrokken op zijn eigen stelling en bekijkt de ander met achterdocht.

'De mensen zitten in de moskee omdat ze over niets anders mogen praten,' zegt ze, 'het is de enige bijeenkomst die niet verboden is. Als tien mensen op een willekeurige plaats bij elkaar komen, worden ze er al van verdacht een politieke beweging te vormen.'

Hala's moeder wil met de bus naar Wadi al-Nakhla, maar Hala heeft haar zinnen gezet op een taxi, al kan ik me nauwelijks voorstellen dat de gehavende Ford Galaxy waarin we uiteindelijk belanden meer comfort biedt dan een bus. Eerst zaten er voorin drie mannen, maar op het laatste moment is links van de chauffeur een bekende bijgeschoven. Ze praten en lachen en als de chauffeur een sigaret opsteekt, houdt zijn vriend het stuur vast, zodat het even onduidelijk is wie dit gammele gevaarte over de weg stuurt.

De chauffeur roept '*Ahlein!* Hallo!' naar een kennis bij het stoplicht en botst in de commotie bijna tegen een witte Peugeot op. We zoeven ervandoor, maar even later rijdt de Peugeot scheerlings langs ons. De twee mannen in de auto gebaren ons te stoppen, stappen uit en komen dreigend op ons af. Krachtpatsers zijn het, veel sterker dan onze chauffeur, die verschrompelt onder hun blik en ineens veel minder op zijn gemak lijkt. De mannen schreeuwen en rukken aan het portier, maar de chauffeur weigert uit te stappen. Tété probeert te bemiddelen, Hala duwt haar opzij, steekt haar hoofd uit het raam en roept: 'Schamen jullie je niet, er zit een buitenlander in de auto!'

Een van de mannen kijkt naar ons, drie paniekerige vrouwen achter in een krakkemikkige auto, sist iets tegen zijn vriend en trekt hem mee. Langzaam lopen ze terug naar de Peugeot.

'Mukhabarat,' fluistert Hala als we verder rijden, 'dat waren nu mukhabarat.'

'Hoe weet je dat?'

'Dat zie ik aan hun auto. Zwarte gordijntjes voor de achterruit – dat mag officieel niet. En hoorde je hoe ze te keer gingen? Ze zijn nergens bang voor, ze weten dat ze altijd gelijk krijgen.'

Nu het gevaar geweken is, komt de stemming in de auto er weer aardig in. De chauffeur steekt nog eens op en stopt een cassette in de recorder, waarna een golf lawaai over ons heen spoelt. Ik kijk verschrikt naar tété, maar die zit met haar tas op schoot en vertrekt geen spier. Binnenkort komt Salim uit Qatar – haar hoofd loopt om. Waar kan ze een geschikt meisje voor hem vinden, waar moet ze de ingrediënten vandaan halen voor de gerechten die ze van plan is te maken? Drie jaar heeft hij Wadi al-Nakhla niet gezien, hij zal verbaasd zijn hoe mooi het is geworden. Ze zullen een auto huren, ze zal er zo vaak naar toe kunnen als ze wil. Hala knipoogt naar me – volgens haar is Salim allerminst geïnteresseerd in Wadi al-Nakhla en heeft hij die auto vooral nodig om zijn moeder te ontvluchten.

Sinds we Damascus achter ons hebben gelaten, blaast een verzengende wind door de open ramen naar binnen. We zijn omringd door nauwelijks begroeide heuvels, maar ik verwacht elk moment een idyllische oase te zien, want door Wadi al-Nakhla loopt een riviertje. Daar in de verte lijkt het landschap al wat gevarieerder te worden. Een paar openluchtcafés, wat bomen, een draaimolen, kraampjes met speelgoed. De taxichauffeur stopt op een parkeerplaats te midden van die kermisdrukte en tété maakt aanstalten om uit te stappen. 'We zijn er,' zegt Hala, 'de droom van mijn moeder, de nachtmerrie van haar kinderen.'

Tété heeft gezwollen benen waardoor ze moeilijk loopt, maar nu draaft ze voor ons uit over een bruggetje tussen twee openluchtcafés in de richting van een onaf flatgebouw dat tegen een berg aanligt. Resoluut begint ze de trappen te bestijgen. Aarzelend loop ik achter haar aan, langs zandhopen, cementmolens en ijzeren rommel.

Vijf trappen moeten we op; tété houdt zich vast aan de leuning en blijft bij elke etage even rusten. Vijf keer gaapt een lege liftschacht ons aan. Het trappenhuis ruikt naar rotting en naar vuurtjes die insluipers in de onbewoonde flats stoken, maar tété geeft geen krimp. Ze stopt bij de blankhouten deur op de bovenste etage en haalt een sleutel uit haar tas.

Binnen is alles kaal, op een bed en een paar stoelen na. Tété stevent naar de keuken waar blauwe tegels een scheve dans over de muren maken, bekijkt alles met grote voldoening, doet de aanrechtkastjes open, laat de kraan lopen en zet water op voor koffie.

Hala leidt me rond. De kamers zijn ruim, maar als ik door de ramen kijk, krijg ik het benauwd: het appartement ligt aan de achterkant, aan de zijkanten zijn we ingeklemd tussen identieke flatgebouwen, door de slaapkamerramen gluren grillige rotspartijen naar binnen.

Met zijn tweeën duwen we de stroeve balkondeuren open. Nu is de berg zo dichtbij dat ik hem met mijn hand kan aanraken; als ik over de balustrade klim, kan ik zó naar boven klauteren. Het balkon is een idee van tété; het zweeft deels in de lucht en leunt met een punt op een uitstekende rots. In de spleet tussen de berg en de flat ligt een hoop vuilnis: uitgedroogde Arabische broden, lege olieblikken, kartonnen dozen.

'Wadi al-Nakhla,' zeg ik, 'dat betekent toch Vallei van Palmbomen? Waar zijn die bomen? Ik zie alleen maar stenen!' Hala zit met bungelende benen op de borstwering te grijnzen. 'Bomen, ja, nu je het zegt, die zie je hier niet.'

Tété komt eraan met de koffie. Ze zakt neer op een krukje en zegt bezorgd: 'Er is iets met de ijskast, ze draait niet op volle toeren.'

'Oh, god,' verzucht Hala, 'dat horen we nu nog een hele week.' Het komt doordat de elektriciteit op het platteland zo zwak is, vooral in de zomer als het water in de meren en rivieren laag staat. Maar haar moeder wil dat niet begrijpen, die denkt dat het aan de ijskast ligt.

'Lieve is teleurgesteld, ze had zich van Wadi al-Nakhla iets heel anders voorgesteld,' zegt Hala malicieus, 'ze zou de naam willen veranderen in Wadi al-Sahra, de *Stenen* Vallei.'

Tété ziet er de humor niet van in. Merk ik niet hoe rustig het is? Hoor ik soms één geluid? Daarom komt ze hier, om het lawaai van Damascus te ontvluchten. Als het huis klaar is, zal ze een schaap laten slachten, mijmert ze.

Hala begint ongedurig te worden, maar tété lijkt wel aan haar stoeltje vastgeplakt. 'Zullen we hier blijven slapen?' Hoopvol kijkt ze ons aan.

Hala zucht. 'Mama toch, en Asma dan?'

'Die is toch bij Shirin en Zahra? Die redden zich wel!' De avond is gevallen, de warme rode gloed waarin de berg net nog gevat was, begint zijn kracht te verliezen. Ik ben blij dat Hala doorzet, want ook mij lokt een nacht in deze lege flat niet. Op de tast lopen we door het donkere trappenhuis naar beneden.

De openluchtcafés zijn feestelijk verlicht. Fonteintjes spuiten groen en rood water, en door het gebladerte heen zie ik families en verliefde paartjes aan tafeltjes zitten. Ik voel me somber ineens, verstoken van de intimiteit en de luchtigheid op het terras. Hoe lang is het geleden dat ik nog onbezorgd heb gelachen? Het is alsof ik een deel van het leed waaronder Hala gebukt gaat, heb overgenomen. 'Zullen we iets gaan drinken?' stel ik aarzelend voor. Maar tété wil er niet van horen, en ook Hala wil naar huis.

Op de terugweg duiken hier en daar lichtjes in het duistere heuvellandschap op. De ogen van jakhalzen, weet Hala. We zitten dicht tegen elkaar aan te praten. Ik kijk naar haar en zie haar zitten, jaren geleden, in de bus van Bagdad naar de heilige stad Kerbala, gebarend met haar handen, zo in de ban van wat ze vertelde dat ze alles om zich heen vergat. En terwijl ze praatte, dook uit de trillende woestijnhitte de moskee van Kerbala op, fonkelend als een edelsteen in de zon. De koorts van die dagen, denk ik vol heimwee, die komt nooit terug.

'Waarom gaan we niet samen naar Beiroet?' fluister ik. We hebben al eerder wilde plannen gemaakt. 'Alles is mogelijk,' zegt Hala, 'we moeten alleen wachten tot Salim gearriveerd is.'

'Waarover praten jullie?' Tété's stem klinkt misnoegd. 'Met mij praat je nooit zoveel als met haar.'

Hala lacht: 'Mama, je lijkt Asma wel! Die is ook altijd jaloers als ik met Lieve praat.'

Die nacht droomt Hala dat haar moeder dood is. Shirin loopt als een spook in een lange witte jurk door het huis en zelf huilt ze onophoudelijk, denkend aan de dingen die ze haar moeder door de jaren heen heeft ontzegd, en die ze nooit meer goed kan maken. Ook ik heb een vreemde droom. Ik draag een kind met me mee, gewikkeld in doorschijnend plastic. Het is nog een baby, hij is er pas, maar hij kan al praten en kijkt me aan met wijze ogen. Wat geef je zo'n kind te eten, vraag ik me af, moet het nog babyvoeding hebben als het al kan praten?

'Sorry mama, heb je een bordje om dit brood op te leggen?' Salim kijkt me verontschuldigend aan. 'Het komt door Qatar,' zegt hij, 'daar leg je brood nooit zomaar op tafel.' De tafel is beladen met gerechten. *Foul*, gefrituurde bloemkool, niertjes. Hala heeft schapevlees gekocht met de ballen erbij, zodat haar moeder vooral niet kon zeggen dat het geen ram was. Voor me staat een schaal met harmonikavormige ingewanden. Zit zoiets in een beest, en kan je dat eten? Volgens Hala is het een delicatesse.

Zahra en Shirin hebben het hele huis schoongemaakt en ook tété is dagenlang in de weer geweest: courgettes uithollen, darmen schoonmaken – altijd een dampende sigaret in de asbak. 'Wat koken jullie op feestdagen?' vroeg ze me. Ik wist tot mijn schande niet wat te antwoorden. Feestdagen, wat voor feestdagen? Verder dan tomatencrèmesoep, prinsessenboontjes en rosbief kwam ik niet – maar dat zijn gerechten uit mijn moeders keuken die ik zelf niet snel zou klaarmaken.

Aan tafel heerst de gebruikelijke wanorde: Asma wil niet eten, Shirin heeft een handdoek om haar natte haren gebonden en Hala staat weer ongezellig. Tété zit met de armen over elkaar te kijken of Salim wel genoeg eet. Nu hij er is, loopt ze niet langer in nachtpon door het huis, maar in een jurk. Haar ritssluiting is niet helemaal dicht, zie ik in de spiegel.

Sinds Salim heeft ontdekt dat ik ooit in Doha, de hoofdstad van Qatar, ben geweest, heeft hij het over niets anders. Herinner ik me de Doha Club, ken ik de koffieshop van het Sheraton Hotel? Ik geneer me voor onze Engelse tafelconversatie – moet hij niet met zijn moeder en zusters praten? Maar Salim klampt zich bijna wanhopig aan me vast. Een Europeaan en een Syriër die in Doha woont, dat lijken hem perfecte gesprekspartners. Zijn moeder kijkt naar ons met tranen in de ogen en zucht van ontroering om het vloeiende Engels dat haar jongen blijkt te spreken. Hij is zo veranderd, hij is zo'n heer opeens. Hala werpt me een van haar blikken toe – volgens haar is Salim alleen maar kaler geworden.

'Maar als je voor de ingang van de soek staat, dan ligt het fort van Doha toch achter je?' Salim is waterbouwkundige en gebruikt zijn Engels zo te horen alleen in technische discussies. Hij heeft een zweverige, wijdlopige manier van praten. Het maakt me nieuwsgierig naar de wijze waarop hij in zo'n korte tijd een vrouw denkt te vinden. Eén maand blijft hij – vóór zijn vertrek moet het volgens Hala gepiept zijn.

Die ochtend heeft zijn moeder hem naar de bank gestuurd, waar een vroegere schoolvriendin van Shirin werkt. Een van haar collega's is ongehuwd – dat zou weleens iets voor Salim kunnen zijn. Ik weet zogenaamd niets van dit alles en als tété zinspeelt op zijn bezoek aan de bank, legt Salim me uit dat hij geld moest wisselen. Het geld is hier smoezelig, vindt hij, als hij het heeft aangeraakt wil hij telkens zijn handen wassen.

Ik probeer me zijn leven in Doha voor te stellen. Hij deelt een flat met een collega. 's Avonds hangen ze wellicht voor de tv, of maken een wandeling langs het strand. Veel meer valt er in Doha niet te beleven, vooral niet voor iemand die geld spaart, zoals Salim. In Syrië verdiende hij indertijd drieduizend pond – honderdvijftig gulden – per maand, in Qatar krijgt hij twintig keer zoveel, waardoor hij inmiddels een aardig kapitaaltje heeft vergaard. Vandaar dat hij wil trouwen.

Drie jaar geleden heeft hij Damascus verlaten, maar hij kijkt om zich heen met de verbazing van iemand die veel langer is weggeweest. 'Vanochtend zat ik in een taxi, stapte er zomaar een andere passagier in!' Ook de manier waarop hij afgeblaft werd in het kantoor waar hij zijn uitreisvisum wilde regelen, vindt hij stuitend. En hoe vies het hier is! Ik kan me zijn onwennigheid voorstellen – in Qatar wordt alles voortdurend schoongeboend door Aziatische werkkrachten.

'Damascus wordt overspoeld door dorpelingen,' zegt hij misnoegd, 'je weet wel, boeren die tot voor kort in de bergen aan de kust woonden.' Hij doelt op de alawieten die, sinds Assad in 1970 aan de macht kwam, in toenemende mate naar de hoofdstad zijn getrokken. 'De meesten hebben geen opleiding, ze vinden misschien een baantje in de wegenbouw of bij de vuilophaaldienst, maar haken meestal af – ze zijn niet gewend aan dat soort werk. Een simpele functie bij de mukhabarat is vaak het enige waar ze niet te stom voor zijn.'

Na het eten trekt Salim zich terug in de kamer die tété voor hem heeft ingericht. Vertederd slaat ze hem door de deuropening gade. 'Hij slaapt,' fluistert ze.

'Zie je hoe ze in de weer is met haar geliefde?' spot Shirin.

'Twee jaar lang heeft hij borstvoeding gekregen,' roept Hala, 'en wij hooguit twee maanden!'

Tété lacht vergevensgezind. Sinds Salim er is, is ze moeilijk uit haar humeur te brengen. Hala voorspelt dat de wittebroodstijd niet lang zal duren: nu laat Salim zich al die aandacht nog welgevallen, maar binnenkort krijgt hij het gegarandeerd benauwd en gaan ze ruzie maken.

De volgende dagen wordt Salim inderdaad steeds uithuiziger. Soms komt hij zelfs niet opdagen voor de lunch, terwijl tété zo haar best heeft gedaan. Als hij thuiskomt, is hij vaak moe en bezweet. Niets lukt hem, alle auto's in Damascus zijn verhuurd aan toeristen uit de Golflanden en zijn uitreisvisum zou weleens veel langer op zich kunnen laten wachten dan voorzien. Het zelfvertrouwen waarmee hij uit Doha is gekomen, begint al te tanen.

Tété voedt hem – zijn kleren worden te klein, klaagt hij – en fluistert met hem over het vinden van een geschikte huwelijkspartner. Gisteravond zijn ze op bezoek geweest bij een nicht van tété die twee dochters heeft; Salim heeft zijn oog laten vallen op de jongste. Hala bericht me erover met een mengeling van scherts en afkeer. Een gearrangeerd huwelijk in haar familie, in deze tijden! 'Maar ik zou niet weten hoe hij anders aan een vrouw moet komen,' verzucht ze, 'hij heeft zich nooit voor wereldse zaken geïnteresseerd.'

Salims komst brengt het hele huis in beweging. Familieleden die zelden op bezoek komen, staan plotseling voor de deur en laten zich geenszins ontmoedigen door de mededeling dat Salim er niet is. Op alle uren van de dag treffen we nu mensen aan in de zitkamer. Tété zit pontificaal en onbeweeglijk op de fluwelen bank, de benen onder zich gevouwen, een sigaret in de mond. Haar dochters serveren koffie, zij onderhoudt de gasten. Haar verhalen doen Hala in de keuken zuchten en kreunen. Het gaat altijd weer over de tijd dat haar moeder op de bank werkte – ze kent ze allemaal uit haar hoofd. 'En binnenkort zullen de anderen ze ook uit hun hoofd kennen, want als ze klaar is, begint ze weer van voren af aan!'

Op een middag als ik in de tuin zit te lezen, sluipen Hala en Shirin naar me toe. 'Kom eens kijken naar het konijn dat we op bezoek hebben,' fluistert Hala.

'Jij moet niet zo hard zijn, jij,' sist Shirin haar toe.

'Ja, hij komt voor jou, dat weten we!'

De bezoeker blijkt een oom te zijn die een oogje heeft op Shirin. Hij is een jaar of vijftig, zijn vrouw is gestorven en sindsdien is hij alleen met zijn twee zoontjes. 'Uren zit hij op de bank te zwijgen, je krijgt er geen woord uit. "Hoe gaat het, oom Jassim?" "Goed, dank je."' Hala vertrekt haar mond in een suikeren glimlach. 'En verder niets, geen woord. Wat een konijn! Zijn kinderen hebben de kunst van hem afgekeken, die zijn al net zo konijnig.'

'En jij, wat vind jij van hem?'

Het gezicht van Shirin betrekt. 'Oom Jassim? Nee, nee, ik moet er niet aan denken.' Shirin heeft geen geluk in de liefde. Jarenlang heeft ze een geheime verhouding gehad die plotseling afgebroken is. Ze is al over de dertig, de enige mannen die nog in haar geïnteresseerd zijn, zijn overjarige ooms. Maar onlangs heeft ze iemand ontmoet waar ze heel geheimzinnig over doet.

De avond valt en de muggen jagen ons naar binnen, waar oom Jassim nog steeds zit, geflankeerd door zijn zoontjes. Met uitdrukkingsloze gezichten kijken ze naar de tv.

'Hoe gaat het, oom Jassim?' vraagt Hala met een knipoog in mijn richting.

'Goed, dank je,' zegt hij, en imiteert daarbij zo perfect het domme lachje dat Hala eerder in de tuin ten beste gaf, dat ik naar de keuken vlucht om niet in lachen uit te barsten.

Tegenover oom Jassim zit een struise, onaantrekkelijke vrouw met een hoofddoekje en een wijde regenjas. 'Dat is mijn vroegere schoolvriendin Noura, die tegenwoordig bij de post werkt,' zegt Hala, 'we zijn het over alles oneens, en toch zijn we altijd vriendinnen gebleven.'

Zou zij een van de meisjes zijn die destijds door de lerares wiskunde aan het bidden zijn gezet? Maar Noura's bekering blijkt van recentere datum: ze is verliefd geworden op een Iraanse sjeik die preekte in een sjiitische moskee buiten Damascus en die tot haar grote verdriet onlangs is overgeplaatst naar Algerije. 'De sjeik is vertrokken,' zegt Hala, 'maar het hoofddoekje is gebleven.'

Noura zou tegen een aanzoek van oom Jassim geen bezwaar maken, en nu en dan geven Hala en tété hem een hint in die richting, maar hij houdt zich van den domme. 'Hij is een geldwolf,' zegt Hala, 'hij heeft het gemunt op de centen die Shirin krijgt als mijn moeder haar huis verkoopt.'

We brengen nu veel meer tijd door in het huis van tété en ik begin een idee te krijgen van hoe het was toen Hala hier nog woonde. Na de siësta zit de hele familie in de grote kamer te kibbelen terwijl de uren voorbijglijden en het buiten donker wordt. Ik erger me soms, aan hen, aan Asma die voor de blèrende tv hangt en smarties, chips en *bizr* door elkaar eet, maar ook aan mezelf, dat ik hier maar zit terwijl daarbuiten een stad ligt die ik nauwelijks ken.

Soms verdwijnt Hala naar de universiteit. De zomer is een rustige tijd, maar ze moet nu en dan haar gezicht laten zien. Als ze weg is, probeer ik te lezen, maar tété's afkeurende blikken ontnemen me de lust. Druivebladeren vullen, dat is haar idee van nuttig bezig zijn.

Ik voel een oude, vergeten lethargie weer over me komen. Waarom doe ik mezelf dit aan, wat zoek ik hier? Op een nacht droom ik over Nederland. Een verhaal dat ik geschreven heb, wordt door mijn eindredacteur hopeloos verminkt. Ik probeer het te redden en werk mezelf daarbij steeds dieper in de nesten. Als ik wakker word, voel ik me beroerd. Ik ken de sfeer van die droom, hij hoort bij de onzekerheid van mijn eerste jaren in Nederland, de moeilijkheden om aansluiting te vinden bij mijn nieuwe omgeving, de eenzaamheid, de mislukkingen. Door Hala komen de angsten van toen weer tot leven.

Wat voor mij het begin was van een tijd vol ontdekkingen, was voor haar een periode waarin zij hopeloos verstrikt raakte in de problemen. Met geweld werd ze teruggetrokken naar dit huis, waar elk verlangen naar onafhankelijkheid werd afgestraft. Maar wilde ze het gevecht voor een ander soort leven wel leveren? Waarom is ze destijds niet in Frankrijk gebleven? Was ze bang voor de eenzaamheid waaraan haar landgenoten ten prooi bleken, bang om uit het nest te vallen? Ging zij daarom terug? We praten niet over die dingen – ik zou niet weten wanneer erover te beginnen, want daar kondigt het volgende huiselijke incident zich alweer aan.

'Zahra, waar is de schaar, jij hebt hem verstopt!'

'Nietes!'

'Welles! Kom op, waar heb je de schaar gelegd!'

Zahra draagt thuis altijd een zwarte *abaya* over haar nachtpon en hulde zich tijdens mijn eerste bezoeken in zo'n sfinxachtige stilte, dat ik haar nauwelijks opmerkte. Maar nu ik hier langer ben, merk ik dat zij het middelpunt is van een nimmer aflatend conflict: ze heeft de neiging om alles wat door de kamer slingert te verstoppen. De meest onzinnige spullen ontvreemdt ze: Asma's schoolboeken, Hala's pennen, tété's medicijnen. Onder haar matras liggen sigaren die nog van haar vader zijn geweest, lege schriften die ze ooit goedkoop op de kop heeft getikt en oude exemplaren van *Reader's Digest.*

Zahra werkt in een staatswinkel, een overblijfsel uit de tijd dat er in Syrië niks te krijgen was. Mijn hart brak toen ik haar daar op een middag achter de toonbank zag staan. *Onze* Zahra, klein, zorgelijk, gekleed in een te strakke, zelfgebreide trui die haar zware borsten platdrukte, omgeven door zoveel socialistische grauwheid dat ze heel kwetsbaar leek. De winkel was leeg en niets wees erop dat dat weleens anders was. Van pure ellende kocht ik een doosje handcrème. Twee keer moest ik met briefjes heen en weer tussen haar en de caissière voor ik het mee kon nemen.

Zahra is een beetje simpel, zegt Hala. Ze heeft zes keer dezelfde klas op de lagere school gedaan, ze ging maar niet over. Voor mannen heeft ze nooit enige interesse gehad. Op school was ze in vuur en vlam voor de Italiaanse zuster die voor de klas stond, later werd ze idolaat van de Heilige Maagd Maria, vervolgens van de zangeres Fayruz. Ze hing posters van haar op en praatte voortdurend over haar. Het doet me denken aan mijn mongoloïde zusje Hildeke, die verliefd wordt op quizmasters en de mannen van *Dallas* en *Dynasty* – zo verliefd dat ze de series op België, Nederland en Duitsland tegelijk volgt.

Zahra doet de afwas met een walkman op om tété's gegrom niet te horen, Zahra schrobt de vloer op haar knieën, Zahra loopt in een badhanddoek door de zitkamer, Zahra steelt stiekem sigaretten uit tété's pakje. Niemand schenkt ooit aandacht aan haar – behalve als ze iets verstopt heeft natuurlijk.

'Zahra, geef die schaar terug.' Hala is boos en ongeduldig.

'Ik heb hem niet!'

'Als je hem vindt, krijg je een pakje sigaretten.'

En dan is de schaar er opeens. Zahra wacht tot tété even niet kijkt om de sigaretten in haar bh te stoppen. Ik werp haar een blik van verstandhouding toe, maar ze kijkt nors terug – en ook daarin doet ze me aan Hildeke denken.

Op vrijdagmiddag na de lunch verdwijnen Zahra en Shirin in de slaapkamer om zich aan te kleden, terwijl Asma haar pantoffels verwisselt voor schoenen. 'We gaan naar de bioscoop,' kondigt Hala aan.

Zó rustig is het op deze vrije dag dat we met zijn vijven ongestoord midden op de weg lopen. De mierzoete parfum Amour waarmee Zahra ons heeft volgespoten, reist als een wolk met ons mee. De zon schijnt en ik voel me zoals vroeger wanneer ik met mijn zusjes naar Zaal Tijl ging. Onderweg passeerden we de snoepwinkel van Mia Wuytjens die op zondag open was; buiten stond een bord met een jongetje dat een frisco at. Een frisco met chocola kostte twee frank. Behalve wij was er geen mens op straat, hooguit een eenzame fietser. Een heel dorp dat van landerigheid aan elkaar hing.

'Hala vertelde me dat je in Afrika bent geweest,' doorbreekt Shirin mijn gedachten. Ze giechelt. 'Ze eten daar toch blanken? Was je niet bang dat ze je op zouden peuzelen?'

'Dat zijn allemaal sprookjes,' zeg ik bars. 'Trouwens, weet je dat de Afrikanen net zo bang zijn voor de Arabieren als jullie voor hen?'

'Hoezo?' vraagt ze verbaasd. Dat was niet de bedoeling, dat ik op haar verhaal zou ingaan – ze wilde alleen maar de stilte verbreken op deze wandeling naar de bioscoop.

'Heb je nooit over de Arabische slavenhandelaars in Afrika gehoord? De Afrikanen zijn hen niet vergeten. Als Afrikaanse moeders hun kinderen bang willen maken, vertellen ze dat de Arabieren hen komen halen.' Het was een van de eerste dingen die ik leerde toen ik na jarenlang door de Arabische wereld te hebben getrokken, in Afrika kwam: dat de Arabieren er flink hadden huisgehouden. Daar hadden mijn Arabische vrienden me nooit over verteld, ze hadden het alleen maar gehad over het onrecht dat hún door de eeuwen heen was aangedaan.

Ik heb zin om Shirin te schokken, om haar gebrek aan kennis over die donkere bladzijde uit de Arabische geschiedenis af te straffen. Maar even later heb ik spijt. Wat weet zij van mijn stille verwijten aan mijn Arabische vrienden, wat heeft zij ermee te maken? Ze knikt alleen maar, ze heeft geen idee waar ik het over heb. Hala heeft mijn uitval gelukkig niet gehoord – die is met Asma in de weer. Ontstemd loop ik verder. Waarom ben ik zo hardvochtig en onredelijk?

'Hala, hoe heet die film eigenlijk waar we naar toe gaan?'

'*Cinema Paradiso*.' Het is een Italiaanse film, ze heeft hem al eerder gezien.

'En de regisseur?'

Hala is naast me komen lopen. 'Dat weet ik niet meer.' Ze zucht. 'Het komt door de mensen in dat huis. Mijn hele culturele leven is in het slop geraakt.' Ze voelt zich net als ik, bedenk ik, ze is ook vol opstandigheid.

De regisseur heet Giuseppe Tornatore, zie ik op het affiche. De bioscoop is bijna leeg; het ruikt er naar stof en zaagsel. Hala wil dat we naar boven gaan, want beneden zit een stel jongens, die knap vervelend kunnen worden als ze een rij met maar liefst vijf vrouwen zien.

Even later zitten we in een bioscoop in een Siciliaans dorpje – net zo'n stoffig hol als dit – waar een nieuwsgierig jongetje wegdroomt van het nare leven om hem heen. Totó's vader is gesneuveld in de oorlog, zijn moeder is arm. Zijn grote vriend is de oude Alfredo, die films projecteert in Cinema Paradiso en die hem beschermt tegen de ongenadige klappen van zijn moeder. Als de bioscoop op een dag in brand staat, sleurt Totó de bedwelmde Alfredo in zijn eentje de trap af.

Op aanraden van Alfredo reist hij naar Rome, waar hij een bekend filmregisseur wordt. De oude man heeft hem bezworen het dorp voorgoed de rug toe te keren, maar als Alfredo sterft, besluit Totó naar de begrafenis te gaan. Tijdens dat bezoek komen de spoken uit het verleden weer tot leven. Cinema Paradiso wordt opgeblazen en het verdriet om een verloren jeugdliefde keert in alle hevigheid terug.

'Wat is er, mama?' Asma tast bezorgd met haar vingers naar Hala's ogen. 'Waarom huil je?' Ze wordt pas rustig als Hala een zakdoek pakt, haar neus snuit en door haar tranen heen lacht.

'Ik begrijp niet dat *The Last Emperor* zoveel meer prijzen heeft gekregen dan deze film,' zegt Hala als we naar huis lopen. '*Cinema Paradiso* is zoveel intiemer, roept zoveel meer emoties op.'

'Het zijn twee totaal verschillende films,' zeg ik weifelend, 'je kan ze eigenlijk niet met elkaar vergelijken.' Maar hoe zou zij dat kunnen weten? Het zijn de enige films van belang die de laatste maanden in Damascus draaiden. Hala gaat pas sinds kort weer naar de bioscoop. De man die vroeger verantwoordelijk was voor de inkoop van films was een totale onbenul. 'Hij was slager geweest, dus je kan je voorstellen wat hij aankocht: allemaal Kung Fu-films!'

Tété is er niet als we thuiskomen. 'Die is met Salim naar zijn nieuwe verloofde,' raadt Hala. We storten ons op de resten van de lunch in de eetkamer. Mijn blik valt op een foto die al die tijd aan de muur moet hebben gehangen. 'Ben jij dat?' Hala knikt. Een meisje van een jaar of vijf, stralende oogjes in een ontroerend mooi gezichtje. De man die beschermend zijn hand op haar schouder legt is haar vader. Er zit zoveel vertrouwelijkheid in de manier waarop hij haar aanraakt, en zij op haar beurt ademt zo'n rust uit – een kind dat zich geliefd weet.

Het is bijna pijnlijk om naar die foto te kijken. Die stralende ogen, ik zie ze soms nog, maar meestal heeft Hala een doffe, uitgebluste blik. Ze is voortdurend voor iedereen aan het zorgen, ze sjouwt met plastic tasjes van het ene huis naar het andere, bakt kip voor Asma, gaat naar de tandarts met Zahra en probeert ook mij te betrekken in haar drang tot zelfopoffering. 'Wat wil je morgen eten?' Kan mij het schelen! 'Wil je echt niets speciaals? Ik maak het voor je klaar, hoor!' Zelfs in haar slaap zorgt ze voor me. Gisteren droomde ze dat ik ziek was, dat ze iedereen uit mijn buurt moest houden. Soms ontsnapt haar te midden van al haar drukke bezigheden een hartgrondig '*ufff!*' – als van een ketel die stoom afblaast.

'Heb je nog meer foto's van vroeger?'

'Als ik ze kan vinden.'

We plunderen tété's slaapkamerkast en liggen uren in fotoalbums te bladeren. Hier is Hala op de arm van haar grootvader, een bebrilde man met een rode fez op het hoofd. Hij woonde in een huis in de oude stad. Alles was er in evenwicht, geen lamp hing op de verkeerde plaats, geen voorwerp stond er toevallig. Langs het plafond liepen gouden arabesken en het licht dat door de gekleurde raampjes naar binnen danste, wierp een zachte gloed op de houten meubels. Er werd veel gelachen in dat huis. Als het feest was speelde haar grootvader op de sitar, zijn zonen op de luit en trom, en danste haar grootmoeder met alle elegantie die haar zware lichaam toeliet door de kamer.

De jaren vijftig, het is een tijd waaraan veel Damascenen met nostalgie terugdenken. In 1946 waren de Fransen vertrokken, de euforie van de onafhankelijkheid hing nog in de lucht. De coups volgden elkaar zo vlug op dat de verkopers in de soek, die bij elke machtswisseling een portret van de nieuwe president ophingen, het nauwelijks konden bijbenen.

'Wat is er met het huis van je grootvader gebeurd?'

'Helemaal vervallen,' zegt Hala spijtig. Toen haar grootvader stierf, werd het huis te zamen met de inboedel verkocht. Het enige voorwerp dat haar uit die tijd rest, is een koperen gegraveerde lamp die op het kastje in haar voorkamer staat en waarbij ze soms zit te lezen. De lamp verspreidt een diffuus licht, te zwak om bij te lezen, maar Hala houdt van de sfeer die ze oproept. Het is net als met het hoge houten bed van bomma waarin ik in Amsterdam slaap – onhandig en smal is het, maar het vertegenwoordigt zoveel teloorgegane dingen dat ik er niet over zou denken het weg te doen.

Hier fietst Hala met haar driewielertje over de plavuizen achter haar ouderlijk huis. Ik herken de fontein, de citrusboom. Al vlug zou ze voor Salim, Shirin en Zahra moeten zorgen, want haar moeder werkte overdag op de bank.

Op een dag viel ze door een glazen deur en had een snee in haar arm. Haar vader bracht haar naar de dokter en toen ze tegen de schemering naar huis liepen, zagen ze dat een menigte mensen zich had verzameld voor het paleis waar belangrijke staatsgasten gewoonlijk logeerden. Ze vergat haar arm die in het verband zat, ze wilde weten wat er gebeurde. Haar vader tilde haar op zijn schouders; op de balustrade van het paleis stond een indrukwekkende man met de armen naar de menigte uitgestrekt een toespraak te houden. Dat was de president van Egypte, vertelde haar vader, die de unie tussen Egypte en Syrië uitriep. Haar moeder was ontstemd toen ze hoorde waarom ze zo lang waren weggebleven. Die Nasser met zijn socialistische ideeën zinde haar helemaal niet, daar kon alleen maar ellende van komen.

Haar vader was militair en nam haar graag mee op zijn dienstreizen. Ze was een pienter meisje, hij was trots op haar. Hier zijn ze samen in Hama. Hala draagt een winterjasje en bijpassende pofbroek en weer heeft haar vader zijn arm om haar heen geslagen. Op de achtergrond draaien de grote waterwielen uit de tijd van Alexander de Grote.

Tijdens die reis liet hij haar even achter in een kantoortje bij een Egyptische collega. Het was de periode van de unie met Egypte, waarin de grondslagen werden gelegd van het uitgebreide net van veiligheidsdiensten. Hala zat boven op de tafel en keek nieuwsgierig om zich heen. 'En,' vroeg de militair, wijzend naar de foto's van Nasser en diens rechterhand, maarschalk Amer, 'van wie hou je het meest?' De zevenjarige Hala keek van Nasser naar Amer en zei: 'Van geen van beiden.'

'Waarom niet?' vroeg de man verbaasd.

'Mijn moeder zegt dat ze allebei slecht zijn.'

De man stak een waarschuwende vinger op: 'Pas op, de muren hebben hier oren!' Later fluisterde hij tegen haar vader dat hij moest uitkijken: als de mukhabarat wist wat zijn dochter over haar moeder zei, zou die weleens last kunnen krijgen. Vanaf die tijd besefte Hala dat ze wat ze thuis hoorde, aan niemand diende te vertellen.

Ze zou aan dat incident terugdenken toen Asma begon te praten. Hoe vaak bracht die haar niet in verlegenheid met impertinente vragen! 'Mama, waarom heet dit de Assad-brug? Betekent het dat ze van hem is?' Ze zaten in een taxi – Hala voelde de passagiers verstijven. In kantoren die volgeplakt waren met portretten van Assad, vroeg Asma: 'Mama, is dit gebouw ook van Assad?' Maar gaandeweg zou ook Asma leren wat ze in het openbaar niet mocht zeggen, en nu is zij het die een hand op Hala's mond legt als die in een taxi per ongeluk het woord mukhabarat of alawiet laat vallen.

Hala's vader had weliswaar niet gestudeerd, maar hij las veel en was in alles geïnteresseerd. Hij was soldaat geworden op zijn zeventiende, toen de Fransen nog in Syrië waren; hij was een militair van de oude garde. In de jaren vijftig speelde de politieke machtsstrijd in Syrië zich af tussen verschillende fracties van de soennitische elite in de steden, maar met elke coup won het leger aan macht en werd de elite verder teruggedreven. De coup van de socialistische Baath-partij in 1963 bracht de soennieten een flinke klap toe, maar pas toen Assad in 1970 een einde maakte aan het politieke geharrewar, zouden de Damascenen zich realiseren wat ze in hun tomeloze vrijheidsroes waren kwijtgeraakt. De geprivilegieerde stadsintellectuelen werden allemaal vervangen door plattelanders die regeerden met de loop van het geweer.

Haar vader had niet tot de Damasceense bourgeoisie behoord, hij was soldaat geworden omdat zijn vader aan de drank was en hij geld moest verdienen om het gezin te onderhouden. De vrouw van wie hij hield, wilde niet met hem trouwen omdat hij te arm was, waarna hij tot ieders verbazing tété had uitgekozen, een nicht die verre van mooi was. Maar voor het nieuwe regime behoorde iedereen die uit Damascus kwam, automatisch tot de verfoeilijke bourgeoisie. Enkele jaren nadat Assad aan de macht kwam, werd Hala's vader uitgerangeerd. De laatste vijftien jaar van zijn leven zat hij thuis. De boeken die hij las, liggen in de kamer waar Salim slaapt. Veel algemene werken over wetenschappelijke onderwerpen – het soort boeken dat je aantreft in landen die ver van het centrum van wetenschappelijk onderzoek liggen. Zahra heeft er een paar onder haar matras verstopt.

'Mijn vader had zijn eigen leven,' zegt Hala zacht, 'hij was vrij. Hij was als Meursault, de hoofdpersoon in *De vreemdeling* van Camus: een geboren twijfelaar. Hij ging nooit naar de moskee, zelfs niet als er iemand dood was.' De korte religieuze periode die zij rond haar veertiende doormaakte verbaasde en stoorde hem, maar hij zou er zich nooit tegen verzet hebben, hij vond dat zij haar eigen weg moest vinden.

Toen ze tijdens haar studie begon te reizen, was haar moeder ontzet: een vrouw alleen op reis, dat stond gelijk aan prostitutie! Maar haar vader stemde stilzwijgend toe en als zijn vrienden hem verweten dat hij zijn dochter voor de haaien gooide, nam hij het voor haar op. 'Bij ons is het veel belangrijker dat je vader je steunt dan je moeder,' zegt Hala, 'want zijn eer is aan die van zijn dochters verbonden. Als hij bereid is je te verdedigen tegenover zijn omgeving, kan je alles maken.'

Asma is de kamer binnengekomen; de Egyptische tv-serie waarnaar ze zat te kijken, is afgelopen. Ze vertelt dat ze morgen is uitgenodigd voor het verjaardagsfeestje van een vriendje. Hoe moet ze ernaar toe? Wat moet ze meenemen?

'Ik voel dat ze een eigen leven begint te leiden,' zegt Hala als Asma terug is gelopen naar de zitkamer. 'Ze is zoals ik, ze is open, ze praat met iedereen, speelt liever met jongens dan met meisjes. Ik wil haar vrijlaten, maar ik ben ook bang, want ik weet niet hoe ik haar moet beschermen. Wie zal er voor haar opkomen als ze beslissingen neemt die sociaal niet acceptabel zijn? Er is geen man die haar kan verdedigen zoals mijn vader mij destijds verdedigde.'

Uit de zitkamer klinkt gestommel. Tété en Salim zijn thuisgekomen. In vliegende haast stoppen we de fotoalbums terug in de kast. Tété blijkt in een opperbest humeur. Salim kijkt tv – van zijn gezicht is zoals gewoonlijk niets af te lezen.

'Het is zover,' gniffelt Hala als we in de taxi naar huis zitten. Binnenkort gaan Salim en tété de hand van het meisje vragen. Zij zal meegaan.

‘Waarom jij?’

‘Denk je dat zij met z’n tweeën zo’n huwelijksaanzoek tot een goed einde zouden brengen? Salim is in staat om zo warrig te praten dat het lijkt of hij helemaal niet wil! En mijn moeder, je weet wat bij haar het gevaar is.’

‘Wat dan?’

‘Dat ze de hele avond over Wadi al-Nakhla vertelt!’

Dagen heb ik me hier op voorbereid. In steeds wijdere cirkels heb ik om Hala heen gedraaid, zoekend naar oriëntatiepunten. Vanochtend heb ik het touwtje waarmee ik sinds mijn aankomst aan haar vastzit, doorgeknipt. Onwennig voel ik me. In één klap hebben de straten van Damascus hun intimiteit verloren: ik ben weer in een vreemde stad en weet niet goed hoe ik Hala een plaats moet geven in dit decor.

Vanochtend heb ik op de hoek van ons straatje op een taxi gewacht. Ik was me bewust van de taxerende blikken van de sigarettenkopers; zo graag wilde ik eronder vandaan dat ik onbesuisd in een witte auto ben gestapt die helemaal geen taxi bleek te zijn. Taxi’s zijn geel, dat wist ik toch? Ik dacht aan Hala’s verhalen over de criminaliteit in Damascus – een taxichauffeur vermoord door twee dorpelingen voor tweehonderd pond –, maar de jongens in de witte auto waren aardig. Ze toerden zomaar wat rond, geloof ik, en brachten me keurig naar de ingang van de soek.

Resoluut loop ik onder het panoramische schilderij van Assad door in de richting van de kruidensoek, op zoek naar saffraan voor téte. ‘*Welcome, madam, welcome!*’ Ik maak een afwerend gebaar naar de verkoper die uitnodigend in de winkelopening staat. Dan zie ik de bedoeïenenjurk die boven zijn hoofd bungelt en tuimel door een luikje mijn allereerste reis naar Damascus binnen. Zo’n jurk kocht Kamal destijds voor me. We waren met een taxi uit Beiroet gekomen, een rit van tweeëneenhalf uur. Het was 1974 – de Libanese burgeroorlog was nog niet begonnen. Na Beiroet met zijn Franse cafés en restaurants aan zee was Damascus een gesloten stad vol oosterse geheimzinnigheid. In het Grand Hotel moesten we op verschillende etages slapen. Gangen als in een klooster en aan het begin van elke gang een bewaker die erop toezag dat we niet op elkaars kamer kwamen. Dat puritanisme in een hotel – en op straat knepen de mannen in mijn billen.

Grand Hotel! Jarenlang hebben Kamal en ik erom gelachen: in Beiroet woonden we samen in een appartement, hier werden we behandeld als ondeugende kinderen. Het hotel moet vlakbij zijn. Daar is het Marje's-plein. Zou dat op de hoek...? Het heet inmiddels New Omayyad Hotel en is gerenoveerd in oriëntaalse stijl, met houten balkonnetjes en een royale entree.

Op alle hotelgevels rond het plein hangen posters van Khomeiny. Sinds de verhouding tussen Syrië en Irak is verbroken, is de liefde voor Iraks aartsvijand Iran tot bloei gekomen. De stad is vol Iraanse bezoekers, vrouwen in zwarte *chador* en vrome mannen in smetteloze jurken. Ze verplaatsen zich in groepen, doen boodschappen in de soek en bezoeken de sjiitische moskeeën en monumenten in en rond Damascus.

Maar behalve Iraanse pelgrims zie ik op het plein ook veel Golf-Arabieren – de mannen die ervoor verantwoordelijk zijn dat Salim nog steeds geen auto heeft kunnen huren. Sommigen zijn vergezeld van een Syrische gids die er in hun omgeving extra klein en dociel uitziet. Iedereen weet waar zo'n Syrisch mannetje voor dient: hij brengt hen naar de bars, verborgen kamertjes en hoerenkasten van Damascus.

De Golf-Arabieren die hun familie hebben meegebracht, kom ik later tegen in het paleis van pasja al-Azm, dat ingericht is als museum. Ze lopen er rond alsof ze thuis zijn, volledig op hun gemak in hun jurken waar halflange shorts doorheen schijnen, een slinger gesluierde vrouwen en kinderen achter zich aan. Ze verschikken hun hoofddoek voor de spiegels van de pasja, terwijl hun vrouwen zich verdringen in de bruidskamers. De vertrouwde geur van sandelhout waait in mijn richting.

In een boekwinkel in de moderne stad koop ik *Le Monde*. De verkoper zit achter de kassa een boek van Jorge Amado te lezen.

Hala heeft me gemaand voorzichtig te zijn met vreemden, maar al vlug zijn we in een druk gesprek gewikkeld. Een bekende van de verkoper wandelt binnen, mengt zich in onze conversatie en als ik even later buiten sta, ben ik uitgenodigd voor een wekelijkse bijeenkomst van een groepje schrijvers en dichters in café Havana.

Opgeruimd loop ik in de richting van tété's huis. In Cairo ging ik weleens naar de literaire salon van Naguib Mahfouz. Hier bestaat dus ook zo'n leven! Waarom heeft Hala me er niet over verteld? 'Er komen daar zeker alleen maar mannen,' zei ik weifelend toen de vriend van de verkoper me uitnodigde. Maar hij verzekerde me dat vrouwen ook welkom waren. Misschien kan ik Hala meenemen?

Tété is aangenaam verrast als ik de saffraan uit mijn tas haal die ik in de soek heb gekocht. Ze drukt het bruine puntzakje tegen haar borst. Dat ik aan haar heb gedacht!

Hala is al naar huis. Ik ben haar heimelijk dankbaar: ik moet leren een taxichauffeur uit te leggen waar ik woon. Het begint al te schemeren als ik uit de taxi stap. De sigarettenverkopers staan als een wegversperring bij de ingang van ons straatje. De knappe jongen met het leren jasje is er ook. Zijn vrienden stoten hem aan als ze me zien naderen. Verlegen schiet ik voorbij. Hij roept iets naar me, niet in het Arabisch, maar in het Frans. De hele straat heeft het vast gehoord. Trillend steek ik mijn sleutel in het poortje.

De gang ruikt naar zeep. De deur van de badkamer staat open. Asma ligt in een plastic badje te praten met een hele familie flesjes. Het is een van haar favoriete spelletjes: alle flesjes hebben namen, net als haar kussens. Hala zit in een nachtpon op de bank. Ik leg mijn trofeeën van die dag op tafel. Als ik vertel over de uitnodiging in café Havana, fronst Hala de wenkbrauwen. Havana was destijds het trefpunt van de ideologen van de Baath-partij. 'Daar zou ik maar niet naar toe gaan. Het stikt er van de mukhabarat, iedereen zou zich afvragen wie je bent en wat je hier doet.'

'Denk je?'

'Ja, natuurlijk.' En Hamid dan, de boekverkoper, hem kan ik toch wel vertrouwen? 'Je weet maar nooit. Mensen met dat soort baantjes werken vaak voor de mukhabarat.'

Een schaduw schuift over de afgelopen uren. Ben ik onvoorzichtig geweest? Heb ik Hamid misschien dingen verteld die ik beter had kunnen verzwijgen?

'Je kan hier dus niemand vertrouwen,' zeg ik opstandig. 'Hoe maak je dan vrienden, hoe ontmoet je nieuwe mensen?'

'Ik vertrouw alleen mijn familie, en de vrienden die ik sinds mijn studententijd heb,' zegt Hala, 'er is nauwelijks iemand bijgekomen.'

Ik moet haar wel geloven, en toch knaagt er iets aan me. Is ze niet te defaitistisch? Sluit ze op die manier niet een hoop mogelijkheden uit? Het feestelijke gevoel waarmee ik thuis ben gekomen, is helemaal weg. Ik pak *Le Monde* uit mijn tas en blader meteen door naar pagina zes, waar volgens de inhoudsopgave een vooruitblik op de Arabisch-Israëlische Vredesconferentie in Madrid staat. Maar pagina zes is weg, eruit gescheurd, slordig langs de rand. Ik wist dat de kranten hier gecensureerd werden, en toch ben ik geschokt. Wat denken ze wel, ik wil mijn geld terug! 'Moet je kijken!' Maar Hala lacht alleen: 'De president denkt voor ons,' zegt ze berustend, 'daar zijn wij aan gewend.'

II

‘Zullen we met een cruiseschip naar Egypte gaan?’ Ik was helemaal opgewonden toen Hala met het plan thuiskwam, en ook Asma was in alle staten. Via Turkije en Cyprus naar Egypte – Asma haalde er meteen een atlas bij. ‘Hoe lang duurt die reis, mama?’

‘Een dag of tien.’

‘En gaan we ook naar Cairo?’

‘Nee, nee, de boot vaart maar tot Alexandrië.’

‘Maar ik wil naar Cairo!’ Cairo – daar lopen de acteurs die Asma elke avond op tv ziet zomaar over straat.

‘Waarom niet, dan gaan we van boord en nemen de bus naar Cairo.’ Met Hala naar Cairo, samen naar de Hussein-moskee, langs de Nijl wandelen, naar café Fishawi...

‘Ben je eigenlijk ooit in Cairo geweest?’

‘Nee, nee, maar ik heb er altijd naar toe gewild.’

‘Is er een zwembad op die boot, mama?’ Een zwembad, dat heeft Asma gezien op *Loveboat.*

‘Morgen loop ik langs het reisbureau en vraag ik meer informatie, oké?’

De volgende dag kient Asma het allemaal voor me uit: we zullen met een bus van Transtour naar Latakia gaan, waar we de boot zullen nemen. Transtour is de beste, vertelt ze, een en al inschikkelijkheid ineens, daar krijg je een lunchpakket, en er is zelfs tv. Maar als Hala thuiskomt, rept die met geen woord meer over onze cruise. Ze is met Salim en tété om de hand van zijn achternichtje gaan vragen. Ze heeft een heel exposé over Salim gegeven, dat hij een serieuze jongen is die zich altijd met zijn werk heeft beziggehouden en niet met emoties, een reactie waarschijnlijk op zijn vader die hij een flierefluiter vond. Het meisje en haar moeder hebben bedenktijd gevraagd.

‘Hoeveel kost die cruise,’ pols ik, ‘is het te duur misschien?’

Hala kijkt me glimlachend aan. ‘Het is een van mijn projecten. We doen het misschien weleens, maar niet meteen.’

‘En we hebben Asma helemaal enthousiast gemaakt!’

Nu moet Hala echt lachen. ‘Asma is dat gewend. We maken voortdurend plannen. Volgende week zeg ik dat we naar Beiroet gaan, kan ze daarover dromen.’

Ik had het kunnen weten: met zo’n stel dromers verzet je geen stap. Hala heeft vakantie opgenomen. ‘Misschien ga ik een roman schrijven,’ zegt ze. Een roman, toe maar, en die grote map met onaffe verhalen dan die ze me onlangs liet zien? Zuchtend bladerde ze erdoorheen: lange vellen, koortsachtig volgeschreven op eenzame ochtenden of avonden, nooit uitgewerkt.

Als we die middag op bed liggen te praten, bedenk ik dat al onze reizen zich wellicht in deze kamer zullen afspelen, te midden van deze voorwerpen die ik inmiddels kan dromen: het rekje met de Franse boeken, de grote klerenkast met de huwelijkscadeaus en Ahmeds winterkleren. Zelfs van het plastic bloemstuk op de kast ken ik de geschiedenis: Hala kreeg het van een moslimbroeder, een medegevangene van Ahmed, die vier jaar geleden vrijkwam. Ze houdt niet van plastic bloemen, daarom heeft ze de doorschijnende folie er nooit afgehaald, maar ze durfde ze ook niet weg te gooien. Vier jaar! ‘Ahmeds moeder vindt ze vast mooi, ik zal ze aan haar geven,’ zegt ze. Maar ik twijfel of ze het ooit zal doen.

De volgende dag kondigt Hala aan dat we naar het kustplaatsje Banias gaan, en deze keer lijkt het ernst. Sahar, een vriendin wier man ook in de gevangenis zit, is met haar dochter voor ons uitgereisd: zij zullen een chalet huren.

Wie ons die ochtend door het straatje ziet lopen, moet denken dat we een verre reis gaan maken. Hala en ik zijn beladen met koffers en tassen; we hebben lakens en handdoeken meegenomen, want de spullen die je in zo’n chalet krijgt, zijn volgens Hala niet schoon. Asma trekt een blauw koffertje op wieltjes achter zich aan; haar voetbal hangt in een netje over haar schouder.

Kaartjes voor de luxebussen van Transtour waren niet meer te krijgen; die zijn 's zomers dagen van tevoren uitverkocht. Op het station waar de volksbussen vertrekken is het een drukte van jewelste. Lange rijen mensen schuiven aan bij de beduimelde loketten. Hala, klein en handig, dringt voor en komt triomfantelijk terug met kaartjes op de eerste rij van de *hob-hob* naar Banias.

Als alle bagage op het dak van de vrolijk beschilderde bus is geladen, trekt de chauffeur met een ruk aan een kwast – net zo een als vroeger in de draaimolen op de kermis – wat het geluid van een stoomfluit voortbrengt. *Pfffuuut, pfffuuut!*

De chauffeur heeft een handdoek in zijn nek gelegd en brengt vier soorten claxons in het geweer om auto's uit onze buurt te jagen. Zijn getoeter wordt driftig beantwoord; door een tunnel van echoënde geluiden stuiven we de snelweg op. Ooit was de geluidsoverlast op de wegen zo erg, vertelt Hala, dat het verboden was na vier uur 's middags te claxonneren. 'Je had de chauffeurs moeten zien! Ze bliezen op fluitjes, knipperden met hun lichten of sloegen met stokken op hun zijdeur.'

Alle ramen staan open en de wind suist naar binnen. As van de rokers in het gangpad vliegt ons om de oren. 'Telkens neem ik me voor nooit meer met de *hob-hob* te reizen,' zegt Hala, 'maar voor ik het weet, zit ik er weer in.' Een Egyptische schlager dreunt door de lucht. Asma, die aan het raam zit te lezen in een Arabisch popblad, zingt gedachteloos mee: '*Azz, azz, caboria, azz azz caboria.*' Hala kan me met geen mogelijkheid uitleggen waar het liedje over gaat. Caboria is een soort krab, griezelt ze. 'Als ze nu nog over iets schoons zouden zingen, maar een krab, zo'n vies ding!'

We hebben allebei *Seven Pillars of Wisdom* van T.E. Lawrence meegenomen, Hala in het Arabisch, ik in het Engels, maar van lezen zal in deze bus niet veel terechtkomen, besef ik al vlug. Hier wordt gepraat, gelachen en geslapen.

'Kijk eens naar rechts,' fluistert Hala. Een slordig dorpje met armoedige huisjes, kinderen met gescheurde kleren die in het zand spelen. 'Nee, daarachter.' Hoge muren, lampen als in een voetbalstadion. 'Daar zit Ahmed.' Net als tijdens onze wandeling langs het geëxplodeerde vogelhuis durf ik niet opvallend te kijken – de passagiers hebben gehoord dat we Frans praten, geen beweging die we maken ontsnapt aan hun aandacht. Ik kijk steels naar Asma. Ze is verdiept in een artikel over Madonna; we zijn de gevangenis gepasseerd zonder dat ze op- of omkeek.

Achter de gevangenis begint de onmetelijke woestijn die Hala als sociologe leerde kennen als haar binnenzak. 'De mensen zijn daar als in het begin van de wereld,' zegt ze, 'ze hebben niets te vertellen, ze zitten langs de weg en staren bewegingloos voor zich uit. Twaalf kilometer moet een bedoeïenenvrouw met een kruik op haar hoofd lopen naar de dichtstbijzijnde waterput. Als ze wil bevallen, gaat ze op haar hurken zitten boven een kuil die ze in het zand heeft gegraven. Ze trekt de navelstreng los, slaat erop met een steen, neemt het kind op de rug en wandelt verder. Ik vroeg ooit aan een vrouw wanneer ze voor het laatst een bad had genomen. Ze wist niet waar ik het over had – ze kende het woord *bad* niet! Toen ik doorvroeg, vertelde ze dat ze zich sinds de geboorte van haar jongste zoon niet meer had gewassen. En die was inmiddels dertien.'

Ik probeer me voor te stellen hoe Hala daar rondliep, een stadsmeisje vol stadsangsten – het idee dat ze 's avonds geen bad kon nemen! –, maar met ogen die alles registreerden. 'De wind blaast door de woestijn,' zegt ze peinzend, 'alles is leeg, zo ver het oog reikt. Behalve de foto van Assad natuurlijk.'

'Denk je dat we daar ooit samen naar toe zullen gaan?'

'Waarom niet? Nu nog niet, er zijn zandstormen, je kan geen hand voor ogen zien. We zouden een auto moeten hebben, en een man die met ons meereist. Als je lang genoeg blijft, gaan we zeker.' Maar wat is lang? De ervaringen van de afgelopen weken hebben me geleerd dat ons tijdsbesef nogal verschilt.

We zitten vlak achter de chauffeur, de ereplaats volgens Hala. Als ze vroeger naar het binnenland reisde, kreeg ze die ook altijd toegewezen. Naast de chauffeur, met zijn rug tegen de voorruit, zit de kaartjesknipper; tegen hem aan leunt een oude man, het hoofd gewikkeld in een dikke wollen sjaal, zijn lange sjofele jurk vol sigaretteas. Boven hen bungelen de meest onwaarschijnlijke prullaria: belletjes, plastic druiven en kersen, roze theepotjes, koranverzen, foto's van Assad, maar ook van de chauffeur en zijn vrienden.

Het is de eerste keer dat we ons samen buiten de familie begeven en zodra we op het busstation arriveerden, zag ik Hala veranderen. De manier waarop ze onze kaartjes bemachtigde, het gemak waarmee ze via de achteruitkijkspiegel praat en lacht met de buschauffeur – ze is duidelijk gewend te reizen. Net als in het huis van tété is ze ook hier aan het beredderen geslagen: ze berispt de chauffeur die weigert te stoppen voor twee liftende jochies, springt te hulp als een kind zich verslikt in zijn sandwich, gaat tekeer tegen de jongeman die niet op wil staan voor een oude vrouw. Ze noemt hem een man van het Marje's-plein, een kerel zonder eergevoel die niet waardig is een wapen te dragen om voor zijn natie te vechten. Dat wapen en die natie verbazen me nogal uit haar mond, maar Hala verzekert me dat ze hem diep heeft getroffen en het resultaat is inderdaad dat hij opstaat.

Ze lijkt al het leed van de wereld naar zich toe te trekken. Zou je zo worden als je thuis de oudste bent en vanaf je vijfde voor je broertje en zusjes moet zorgen? Ik was de middelste thuis, ik onttrok me aan dat soort verantwoordelijkheden. Als er conflicten waren, zocht ik beschutting bij bomma. Dat heeft me gered, weet ik – daardoor kon ik me later makkelijker losmaken.

Het gesprek tussen Hala en de chauffeur is stilgevallen en nu wrijft hij nadenkend langs zijn snor en werpt onderzoekende blikken in de achteruitkijkspiegel. In dezelfde spiegel zitten twee passagiers al sinds Damascus naar ons te loeren. Die mannelijke koketterie, ik ken ze van Egyptische tv-series, maar in deze situatie komt ze me bijna hilarisch voor. De chauffeur ziet er met die handdoek in zijn nek uit als een bokser tijdens de pauze en ook de types in hun stoffige jurken achter ons zijn niet bepaald aantrekkelijk.

Hala port me heimelijk in de zij. 'Kan je je voorstellen hoe het was toen ik in mijn eentje op pad ging?' Als ze in een afgelegen streek met haar koffertje uit de bus stapte, konden mensen hun ogen niet geloven: een vrouw alleen, dat moest een prostituée zijn. Ooit keerde ze 's avonds laat met de *hob-hob* terug naar Damascus. Tussen de tingelende belletjes en klokjes brandden kerstlampjes die de bus in een rood floers hulden. De chauffeur had de hele dag gereden, Hala maakte een praatje met hem uit angst dat hij anders in slaap zou dommelen. Maar de omzittenden begrepen haar verkeerd. De mannen begonnen schuine opmerkingen te maken, de chauffeur wierp haar in de spiegel wervende blikken toe en al vlug hing er om haar heen een sfeer van lichtzinnigheid. De kaartjesknipper zette thee voor haar en uit het kastje boven de voorruit haalde hij een poesje te voorschijn. Het had daar urenlang opgesloten gezeten! Hij wilde het haar geven, maar ze weigerde ontdaan, waarna hij het zelf op schoot nam. Terwijl hij het beestje traag streelde, hield hij zijn ogen geen moment van haar af.

'Ik was blij als mijn collega Zuhair meeging, dan namen we de auto en was ik van het gedonder af.' Maar met hem had ze weer andere problemen. Van elke fabrieksdirecteur en regeringsvertegenwoordiger die ze ontmoetten, probeerde hij iets los te peuteren. Een paar meter stof, een kubieke meter hout. Helemaal erg werd het als Fathi, de fotograaf van het universiteitsblad, hen vergezelde. Fotograferen kon hij niet, hij was via connecties aan zijn baantje gekomen. Telkens als hij iemand wilde kieken, stak hij zijn vinger in de lucht om de richting aan te geven waarin de gefotografeerde diende te kijken – een potsierlijk gezicht, en de foto's werden er niet beter van. Ooit ontdekte hij na een reis van tweehonderd kilometer dat hij zijn fototoestel was vergeten.

Op een dag moesten ze met z'n drieën naar de inwijding van de Assad-dam in een streek waar zij en Zuhair onderzoek hadden gedaan. 'Dit is je kans om een mooie foto te maken,' zei Hala tegen Fathi. Ze dacht aan een foto van Assad met de dam op de achtergrond. Maar toen Assad arriveerde, was Fathi spoorloos. Ook later, toen ze door de machinekamers liepen, zag ze hem nergens. Plotseling schoot hij achter een machine vandaan – levensgevaarlijk, want het hele terrein was afgeladen met mukhabarat –, stak zijn vinger in de lucht en maakte een close-up van de president! Hala lacht. 'Zie je hoe ik omringd ben door ezels?'

Tijdens de receptie erna wist Zuhair door te dringen tot de president. De mukhabarat greep hem meteen bij de lurven, maar Assad gebaarde dat ze hem los moesten laten en zei: 'Wie in het huis van Abu Soufian terechtkomt, is gered.' Abu Soufian was een befaamde bedoeïenenleider in de tijd van de Profeet.

'Wat kan ik voor je doen, mijn zoon?' vroeg Assad toen ze alleen waren.

Zuhair klaagde dat hij boven een bordeel woonde en dat klanten vaak aanbelden als zijn vrouw alleen thuis was. Die avond was hij in het bezit van een cheque voor een aanbetaling op een ander huis.

Toen hij eenmaal in zijn nieuwe huis woonde, reisde Zuhair naar zijn geboortestad Aleppo, vroeg een audiëntie aan bij de burgemeester en stelde deze op de hoogte van zijn voornemen om parlementariër te worden. De burgemeester lachte mysterieus. 'Dan moet je de sleutel weten te vinden,' zei hij. Zuhair begreep niet waar hij het over had. Sleutel, wat voor sleutel? Een vriend die bij de mukhabarat werkte, lachte hem uit. 'Dommerik, hij bedoelt dat je minstens honderdvijftigduizend pond aan steekpenningen moet hebben.' Die had Zuhair niet, maar hij had wel de tegenwoordigheid van geest om terug te gaan naar de burgemeester en hem te vertellen dat hij in Damascus boven een bordeel woonde, en dat zijn vrouw... Niet veel later had hij ook in Aleppo een huis.

Zuhair vergezelde haar ooit op een reis naar de olievelden in het noordoostelijke puntje van Syrië, vlak bij de Iraakse grens. Zesduizend mannen werkten er, niet één vrouw. De universiteit wilde haar eerst niet laten gaan, haar moeder zei dat ze nooit meer thuis hoefde te komen, maar Hala zette door. Drieëntwintig was ze, ze herinnert het zich nog precies. Ze werd ondergebracht in een verlaten villa waar Russische delegaties doorgaans logeerden, ver weg van de arbeiders in het kamp, driehonderd meter verwijderd van het huis waar Zuhair sliep.

Ze was niet gewend 's nachts alleen te zijn – thuis sliep ze met Shirin en Zahra in één kamer –, maar dit Hitchcock-spookhuis sloeg alles. Het lag midden in een bos met grillige bomen, de gangen klonken hol en toen ze 's avonds naar haar kamer op de eerste verdieping liep, zag ze dat het matglazen raam van de badkamer, dat die middag nog heel was geweest, in scherven op de grond lag. Met kloppend hart ging ze op bed zitten. Wat moest ze doen? Op hulp van Zuhair hoefde ze niet te rekenen, die had zoveel arak gedronken dat hij was afgevoerd.

Het was mei, buiten stormde het, de takken van de bomen zwiepten tegen het raam. Hoorde ze beneden niet een deur opengaan? Voetstappen in de gang, op de trappen. Een stoel werd verschoven in de richting van het badkamerraam. Toen was het stil, doodstil. Even later verwijderden de voetstappen zich.

Zou ze Abu Talib, de oude bewaker van het terrein, verwittigen? Maar die zou het incident zeker doorbrieven aan de universiteit, zodat ze nooit meer naar het oosten zou mogen reizen. Even later hoorde ze weer stappen op de gang. Opnieuw leek het of iemand op een stoel ging staan. Rillend van angst zat ze op het bed. Toen de stappen weggestorven waren, trok ze resoluut haar rode jas met capuchon aan en liep naar buiten, op weg naar het huis van Abu Talib.

Inmiddels was het gaan onweren. Regen striemde in haar gezicht, laaghangende takken sloegen tegen haar wangen. Ergens in de verte scheen een flauw licht. In die richting moest ze lopen. Ze hoorde geritsel achter zich. Een bliksemflits onthulde het silhouet van een man die krampachtig tegen een boom gedrukt stond. 'Abu Talib?' De oude bewaker kwam te voorschijn, schichtig, betrapt, even doorweekt als zij. Zwijgend liepen ze naast elkaar in de richting van het bewakershuisje. Maar wat had ze daar nog te zoeken? Het enige wat ze kon doen was doorlopen naar de woning van de directeur. En wat zou er dan met Abu Talib gebeuren? Die middag had ze gehoord dat hij onlangs weduwnaar was geworden en sindsdien alleen voor zijn kinderen zorgde. In een opwelling draaide ze zich om, mompelde 'goedenavond' en liep terug naar de villa.

Die nacht sliep ze met haar kleren aan, maar de voetstappen kwamen niet terug. Aan het ontbijt zag ze Abu Talib weer. Ze had met hem te doen. Zestig jaar was hij – een oude man die zijn eenzaamheid had willen verlichten door te gluren naar een naakte vrouw die een bad nam. Als ze aan iemand zou vertellen wat er was voorgevallen, zou hij zeker zijn baan verliezen.

Een jaar later ging ze weer naar de olievelden. Abu Talib was er nog steeds en deze keer zorgde hij voor haar als een vader. In elk gebaar, elke blik, voelde ze hoe dankbaar hij was dat ze hem destijds niet had verraden.

Hala heeft voor zich uit zitten vertellen. Nu kijkt ze me aan. 'Jij doet mijn geheugen ontwaken,' zegt ze, 'ik was dit allemaal vergeten.' In de verte is uit het monotone landschap een monumentaal gebouw met een brede oprijlaan opgedoken. Het dorpje erachter straalt een ongewone welvaart uit. Aan de overkant van de weg staat op een kale berg een gigantisch standbeeld van Assad. Hij heeft zijn hand opgeheven in een pauselijk gebaar – alsof hij ons een behouden reis toewenst.

'Wat is dat?'

'Dat is Deir Attieh, het geboortedorp van Abu Salim, Assads privé-secretaris,' zegt Hala. Hij onderhoudt de zakelijke contacten met Amerika; sommigen fluisteren dat hij Syrië aan de Amerikanen verkoopt. De grond in Deir Attieh is onvruchtbaar en een lokale industrie is er niet, maar dank zij de hoge positie van Abu Salim is het dorp opgebloeid. Alle zonen van Deir Attieh hebben in het buitenland gestudeerd, staatssubsidies stromen deze kant op. Uit dankbaarheid heeft Abu Salim een standbeeld voor Assad opgericht. 'Het wordt 's nachts bewaakt,' zegt Hala, 'ze zijn bang dat iemand er een aanslag op pleegt!'

Het is als in Afrika, bedenk ik. President Mobutu legde in zijn Zaïrese geboortedorp Gbadolite een internationaal vliegveld aan; Houphouët-Boigny, de president van Ivoorkust, bouwde in zijn geboortedorp Yamoussoukro een kopie van de

St.-Pieter. Maar ook Afrikaanse zakenlui of professoren die in de stad wonen, voelen zich verplicht hun verworven rijkdom te delen met hun achtergebleven stamgenoten. Het idee van natie is in grote delen van Afrika nog zo broos dat mensen al vlug terugvallen op hun stam.

En is het hier niet net zo? In *Seven Pillars of Wisdom*, waarin T.E. Lawrence verslag doet van zijn strijd aan de kant van de Arabieren tegen de Turkse overheersers tijdens de Eerste Wereldoorlog, wemelt het van de stammentwisten. Als de Engelsen even niet kijken, vergeten de Arabieren hun gezamenlijke vijand en vliegen elkaar in de haren. Zonder de hulp van de Engelsen zou het hun nooit gelukt zijn de Turken te verjagen. En toch heb ik geen enkele Arabier dat ooit horen zeggen. Ze praten alleen over het verraad achteraf: over het geheime Sykes-Picot Verdrag, waarin de Britten en de Fransen het Midden-Oosten onder elkaar verdeelden in plaats van de Arabieren hun beloofde zelfstandigheid te geven; over de Balfour Verklaring, waarin de joden een thuisland werd toegezegd in wat later Israël zou worden.

Het is moeilijk om met Hala over die dingen te praten. De droom van de Arabische eenheid zit nog in haar hoofd, al is hij inmiddels vol barsten en kan zij vermakelijk vertellen over het kinderachtige gedrag van Arabische leiders: Saddam Hussein reist nooit zonder zijn eigen stoel en Assad stuurt altijd zijn eigen auto vooruit; de twee raakten volgens haar voorgoed gebrouilleerd nadat Hussein de bagage van Assad op het vliegveld van Bagdad had laten doorzoeken. Emir Al-Sabah van Koeweit werd tijdens een diner van de Arabische Liga in Cairo zo driftig dat hij met servies begon te gooien en iemand ernstig verwondde.

Op onze eerste wandeling door Damascus passeerden we het zieltogende kantoor van Iraqi Airways; de rolluiken waren slordig naar beneden gelaten, de lichtbak met het groene naambord hing uit zijn voegen. De manier waarop dat gebouw daar stond te sterven – ik dacht meteen aan Afrika, aan neergestorte vliegtuigen in de *brousse*, aan bomen die door de bliksem zijn getroffen. Hala volgde mijn blik. 'Er zouden economische contacten moeten komen die bestand zijn tegen het gekibbel van onze leiders,' verzuchtte ze.

Maar als het erop aankomt, situeert ze de vijand nooit in het Arabische kamp. Amerika, Israël, dat zijn de boosdoeners, die zijn eropuit de Arabische wereld om zeep te helpen. En toch blijkt uit de verhalen die ze vertelt dat de vijand veel dichterbij is, dat de problemen ook binnen deze samenleving zelf zitten. De wijze waarop president Assad een gunst verleende aan haar collega Zuhair – dat feodalisme is toch niet door Amerika opgelegd? En is zij zelf niet afhankelijk van hetzelfde soort gunsten? Op een receptie zag ze ooit dat de minister van onderwijs – de minister van de stam der wetenschappers, háár minister! – omzwermd werd door mensen. Koortsachtig dacht ze na: wat zou ze hem kunnen vragen? Ze kribbelde vlug een verzoek voor een telefoon op een papier en vroeg hem dat te ondertekenen.

'Het duurde wel nog zes jaren voor ik die telefoon kreeg,' vertrouwde ze me toe, 'maar dat kwam omdat ik verder helemaal geen *wasta* had.' Een *wasta* is een kruiwagen die vereist is voor elke beweging voorwaarts die een Syriër wil maken. Hala had zelfs een *wasta* nodig om een gasfles voor tété's flat in Wadi al-Nakhla te kopen.

In Homs, het verkeersknooppunt van Syrië waar alle bussen stoppen, wil ik een flesje frisdrank kopen, een melkwit goedje dat aangeprezen wordt als Bitter Lemon, maar Hala houdt me verschrikt tegen. 'Dat spul niet! Daar krijg je tyfus van!' Ze gaat op zoek naar blikjes Canada Dry – dat is volgens haar veiliger.

'Je moest eens weten hoe vaak ik ziek ben teruggekomen uit het binnenland,' zegt ze. Ze stond eens met een boer op zijn veld in de brandende zon en zei dat ze dorst had, waarop deze uit het dichtstbijzijnde riviertje een bekertje water voor haar schepte. 'Wat kon ik zeggen? Dat ik bij nader inzien toch geen dorst had?' Of ze werd uitgenodigd om te eten en zag hoe de vrouw des huizes komkommers en tomaten waste in een beekje waarin een schaap stond. Maar toen diezelfde vrouw een ui wilde schillen, riep haar man verontwaardigd: 'Doe vlug die uien weg! Damascenen eten dat niet!'

Asma en ik zwichten voor een ijsje in een blikkerend roze papiertje. Na de eerste hap kijken we elkaar vies aan. De wafeltjes smaken muf, het ijs proeft aangebrand. We stevenen allebei tegelijk op de vuilnisbak af.

Een uur later zijn we aan de Middellandse Zee. Olijfbomen, maïsvelden, broeikassen en te midden daarvan kleine huizen met dakterrassen overschaduwd door druiveranken. Ik ken dit landschap van Libanon, dat enkele kilometers zuidelijker begint. Langs de weg staan jongetjes die een rollend gebaar maken – ze hebben autobanden te koop die uit Libanon komen. In deze streek wonen veel smokkelaars. 's Nachts draven ezeltjes af en aan door de bergen met illegale vrachtjes. In de strijd tussen concurrerende bendes is door de jaren heen menigeen gesneuveld.

Maar sinds de Libanese burgeroorlog in 1975 wordt hier pas echt gesmokkeld. Als een neef van president Assad met een karavaan van acht geblindeerde Mercedessen van Beiroet naar Latakia zoeft, is het niet de bedoeling dat hij bij de grens op enige tegenstand stuit. Hoge militairen 'kopen' de grensovergang soms voor een paar uren: ze betalen douanebeambten een flinke som om de weg vrij te maken als legerwagens met smokkelwaar van Libanon naar Syrië rijden.

Auto's, buitenlandse sigaretten, alcohol, auto-onderdelen en elektrische apparaten – ze waren in het op socialistische leest geschoeide Syrië tot voor kort nauwelijks te krijgen en vinden dus gretig aftrek. Het is een sluitend systeem: het regime creëert tekorten en zorgt er vervolgens voor dat loyale aanhangers deze ontbrekende produkten het land kunnen binnensmokkelen. En toch draaide het regime zichzelf hiermee bijna de nek om, want de wapens die de moslimbroeders gebruikten tijdens de opstand in Hama zijn wellicht op dezelfde wijze het land ingekomen.

Hala is één keer met een groep sociologen naar Libanon geweest. Haar collega's kochten tv-toestellen, stereotorens, video's en pornofilms; iedereen was verbaasd dat Hala niets wilde. Bij de grens kregen ze het allemaal benauwd, maar de douane zag het bordje *Universiteit Damascus* en zwaaide dat ze door mochten rijden. 'Toen ik niet veel later weer eens werd opgeroepen door de mukhabarat, waren mijn collega's in paniek,' zegt Hala, 'ze dachten dat ik hen aan zou geven!'

Op de hoofdstraat van Banias staan Sahar en haar twaalfjarige dochter Aisha op ons te wachten. Sahar heeft een vervelende tijding: er zijn hier geen chalets. Wel heeft ze even buiten Banias een tentenkamp ontdekt. Ze is er gaan kijken, het ziet er niet slecht uit. Een camping aan het strand, in deze verzengende hitte, ik moet er niet aan denken. Verslagen plof ik naast Asma neer op onze bagage. '*Bedu*, als bedoeïenen,' zucht ik.

'*Khaymah*, tent,' lacht ze. Ze heeft er duidelijk meer zin in dan ik.

Hala is in dubio. 'Wat denk je? Zullen we het proberen?' Ik kijk haar mismoedig aan. 'Is er hier geen hotel of zo?' Ik had me verheugd op een koele ruimte waar we onze spullen in veiligheid zouden kunnen brengen. Belachelijk voel ik me met mijn Samsonite-koffer op deze stoffige stoep. Ben ik daarvoor achtendertig geworden, om als de eerste de beste toerist op een Syrische camping te belanden? En we hebben niet eens kampeerspullen bij ons!

Het is druk op straat, we houden voorbijgangers op met ons getalm. 'Laten we een taxi nemen, als het ons niet bevalt komen we terug,' stelt Hala voor. Ze ziet mijn ontstemde gezicht en lacht: 'Kom op, dit is een avontuur! Wat moet je op een hotelkamer!' Ik ben verbaasd – de afgelopen weken was zij het die me vaak ontmoedigde als ik iets wilde ondernemen. 'Gelukkig hebben we lakens en handdoeken meegenomen,' zegt ze monter. Enigszins gerustgesteld door haar optimisme slof ik achter haar aan. Als er geen douche is, wil zij er vast ook niet blijven.

Maar het valt allemaal erg mee. Het kamp ligt tegen een heuvel waarin vijf terrassen zijn uitgesneden. Onze tenten staan op het vierde terras; we hebben een prachtig uitzicht op het zwembad in de diepte, de baai met dobberende vissersbootjes in de verte. Muziek schalt ons uit het dal tegemoet. Op de lager gelegen terrassen ontvouwen zich wel twintig familielevens; overal zie ik bazige tétés zitten, overal zijn Zahra's in de weer met de vaat. Naast elke tent is een auto geparkeerd en de tv's staan al aan.

Douches, toiletten, Hala inspecteert alles. Daarna begint ze te organiseren. Sahar en Aisha in de ene tent, wij drieën in de andere. Tussen de twee tenten staat een afdakje van tentzeil dat ze 'onze cafetaria' doopt. Ze schakelt de campingmanager in en gooit haar positie bij de universiteit in de ring om een grondzeil, tafeltjes en stoelen te krijgen. Ze ziet me kijken, lacht verontschuldigend. 'Wat wil je, het is mijn enige *wasta!*' Als ze vroeger ergens aankwam en geen hotelkamer kon vinden, belde ze de burgemeester en noemde hem 'kameraad'.

In het openluchtrestaurant boven op de heuvel zijn we de enige klanten. We eten gegrilde kip met *mezze* – bijgerechtjes, dips en salades. Wijn wordt hier niet geserveerd. Vijf vrouwen aan een lange tafel vol eten – het is niet de eerste keer dat ik het gezelschap van mannen mis. Asma, die de afgelopen dagen veel met Hala's broer Salim is opgetrokken, sluit meteen vriendschap met de restauranthouder. Hij neemt haar mee naar de keuken en laat haar alles zien. Hala bekijkt het vanuit haar ooghoeken. 'Ik ben bang dat Asma later verliefd wordt op een oudere man,' zegt ze.

Als Aisha klaar is met eten, loopt ook zij naar de keuken, zodat we met zijn drieën achterblijven. Ik heb Sahar al in Damascus ontmoet. Een onopvallende vrouw van voor in de veertig die Frans doceert aan de universiteit. Ze draagt gele kralen om haar hals die haar man in de gevangenis heeft gemaakt en ook Aisha heeft een gehaakt tasje bij zich dat ik herkende als gevangeniswerk.

Hala trok vroeger veel met Sahar op, maar het is haar gaan vervelen, heeft ze me bekend. Sahar heeft hooguit drie maanden met haar man samengewoond, maar brengt al haar vrije tijd door met vrouwen van gevangenen. Ze weet wat haar man eet op oudejaarsavond, wanneer hij een feestje organiseert en of de arak die hij heeft gestookt, goed is geworden. Toen ik haar voor het eerst ontmoette, was zij net koekjes voor hem aan het bakken. Tweehonderd maar liefst, want Aisha was geslaagd voor haar examen en dat zou in de gevangenis worden gevierd. Ik dacht aan de taart waar Ahmed om gevraagd had, en die Hala weigerde te bakken. De gele kralen die Sahar met enige trots draagt, liggen bij Hala in een doos in de kast, te zamen met de oorbellen, ringen en armbanden die Ahmed haar gaf. Alleen Asma heeft soms de sleutelhanger van palmhars op zak waarin Ahmed met koperdraad een luit heeft ingelegd.

Terwijl de zon ondergaat en de eerste koelte van de dag komt aangewaaid, vertelt Sahar over een ex-gevangene die laatst bij haar op bezoek was. Twaalf jaar had hij vastgezeten. Ze schrok toen ze hem zag. Vroeger bekleedde hij een belangrijke positie in zijn partij, nu waren zijn gebaren zo onzeker dat hij wel drie keer naar zijn glas moest grijpen voor hij het beethad. 'Hij raakte niet uitgekeken op de verlichte straten, de overvolle winkels, hij voelde zich net of hij in Honolulu terecht was gekomen!' De meesten denken alleen nog maar aan zichzelf als ze vrijkomen, zegt ze. Ze vinden dat ze genoeg geleden hebben. Sommigen willen zo vlug mogelijk het land verlaten. Frankrijk, Engeland – het maakt niet uit.

Hala luistert met een half oor; ze tuurt in de verte, waar Asma en Aisha met hoge stemmetjes praten met de restauranthouder. 'Weet jij eigenlijk hoe Ahmeds gevangenis er vanbinnen uitziet?' vraag ik haar.

'Min of meer. Hij vertelt me er weleens iets over.' Ze breekt een stukje brood dat op tafel ligt doormidden. 'Ze slapen in stapelbedden,' zegt ze. 'Soms hangt iemand die beneden slaapt een deken voor zijn bed, zodat het lijkt of hij een kamertje heeft.' Een glimlach glijdt over haar lippen. 'Een van Ahmeds celgenoten is een goede kok. Tijdens de ramadan nodigt hij elke avond iemand uit om te eten. Op de laatste dag van de ramadan trekken ze hun beste kleren aan. "Ik nodig je uit om me op te zoeken," zegt iemand dan, "kan je over één uur?" Terwijl ze zich de hele dag in dezelfde zaal bevinden! Tijdens het bezoek gaan ze bij elkaar op bed zitten en voeren een gesprekje.' Ze staart afwezig voor zich uit. 'Aan hun gedrag kan je merken dat mensen behoefte hebben aan rituelen. Het is net of ze theaterstukjes opvoeren.'

Maar ze kunnen ook hard voor elkaar zijn, vertelt ze. Vier jaar lang sliep Ahmed naast een man met wie hij het politiek oneens was. Ze wisselden geen woord met elkaar. Tijdens de Golfoorlog kreeg hij het aan de stok met een vriend; sindsdien praat hij niet meer met hem.

'Wat dacht Ahmed over die oorlog? Aan wiens kant stond hij?'

'Aan zijn eigen kant,' zegt Hala kortaf. 'Saddam Hussein was zijn onbetwiste held, hij dacht dat die ervoor zou zorgen dat de olievelden opnieuw in Arabische handen zouden komen in plaats van in Amerikaanse, en dat hij vervolgens Syrië zou binnenmarcheren en Assad ten val brengen.' Ze lacht vermoeid. 'Het zijn allemaal kleine meneertjes Assad. Als zij ooit aan de macht waren gekomen, wie weet wat ze ervan gemaakt hadden – misschien iets veel ergers dan wat we nu hebben.'

Oorspronkelijk waren sommigen lid van de communistische partij van Khaled Bakdash, die later in de regering kwam. Toen Bakdash steeds meer familieleden op belangrijke posten zette, raakte hij een deel van zijn aanhang kwijt. Maar ook binnen de afgesplitste groep ontstond al gauw onenigheid. Sahars man en Ahmed behoorden tot concurrerende splinterpartijen. Volgens Hala gingen de twisten officieel over kwesties van marxistisch-leninistische of trotskistische aard, maar daarachter speelden zich vaak persoonlijke conflicten van een veel minder verheven gehalte af. Als een vrouw naar bed was geweest met een verantwoordelijke van de andere partij, dan hoorde je later dat ze haar maagdelijkheid bij de concurrent was kwijtgeraakt!

Al die politieke en persoonlijke intriges, ze verschillen niet zo erg van wat er in dezelfde tijd in linkse kringen in West-Europa gebeurde, alleen bekleden de toenmalige opposanten bij ons inmiddels verantwoordelijke posities in de samenleving, terwijl ze in Syrië allemaal werden opgepakt en zonder enige vorm van proces gevangengezet. Behalve de communist Bakdash, die bereid was zich te conformeren en die nog steeds zijn stokoude lijf de trappen van het parlement opsleept.

De persoonlijke drama's hielden niet op na het ingrijpen van de mukhabarat. Een vriend van Sahar werd op zijn onderduikadres verliefd op een andere vrouw. Hij liet zijn vrouw weten dat hij wilde scheiden, maar deze weigerde. Enkele jaren later werd hij opgepakt, waarna zij zich bij de mukhabarat meldde als zijn wettige echtgenote; sindsdien bezoekt ze hem regelmatig.

Sahar vertelt dat er laatst tweehonderd Palestijnse gevangenen zijn vrijgekomen. Sinds de Golfoorlog doen geruchten de ronde dat Assad ook andere politieke gevangenen vrij zal laten. Nu Syrië zich aan de kant van de Amerikanen heeft opgesteld, zal de druk van mensenrechtenorganisaties in het Westen wellicht toenemen. 'We zitten allemaal te wachten,' zegt Sahar. De komende maanden wil ze haar huis laten opknappen en een jurk voor Aisha en haar bestellen bij de naaister.

'Ik doe niks voor ik zeker weet dat Ahmed terugkomt,' zegt Hala. Ze houdt niet van dit soort gesprekken, ik heb het al vaker gemerkt. Nu kijkt ze naar de etensresten op de tafel, en dan naar ons: 'Zijn we klaar? Zal ik Asma en Aisha roepen?'

In het tentenkamp zijn alle tv's afgestemd op de Egyptische serie *Layal al-Halmiyye*, De Nachten van Halmiyye – de familieperikelen in een Caireense volkswijk die de Syrische gemoederen al wekenlang beheersen. De serie speelt zich af in huiskamers waar op het eerste gezicht niet veel anders gebeurt dan wat ik om me heen zie: bezoekers stromen in en uit met goed of slecht nieuws waarover eindeloos gepraat, gekibbeld en getelefoneerd wordt.

Als de buren merken dat wij onze tv niet hebben meegebracht, nodigen ze ons spontaan uit bij hen te kijken. Vanavond komt in de Egyptische huiskamer de slechte tijding binnen dat Nasser is gestorven. Asma en Aisha worden stil van het gekerm en geweeklaag dat erop volgt. 'Was Nasser belangrijk, mama?' fluistert Asma.

'Ja, heel belangrijk.'

Na het feuilleton gaat de muziek weer aan. De meeste families zitten in een wijde kring voor hun tent en hier en daar wordt gedanst. Asma en Aisha lezen onder het afdakje van tentzeil in Arabische popbladen; ze praten over hun Syrische lievelingszanger George Wassouf, over de miljoenen van Madonna en het imperium van Prince.

'Wij weten zoveel over het Westen,' zegt Sahar, 'alles wat daar gebeurt, volgen wij op de voet. Is dat omgekeerd ook zo? Weten mensen in het Westen wat hier gebeurt?' Haar stem klinkt licht verwijtend. Vroeger zou ik de onderliggende aanklacht vol schuldbesef geïncasseerd hebben, maar nu zeg ik voorzichtig: 'Ik vraag me af of mensen hier zoveel over het Westen weten, en omgekeerd is het net zo.' Mijn vader in België en tété in Damascus, wat weten zij van elkaar? Er zit een scherm tussen hen in waar zij allebei aan hun eigen kant naar kijken.

'Wij droomden allemaal over Engelbert Humperdinck en Tom Jones toen we jong waren,' zegt Sahar.

Adamo, Joe Dassin, Richard Anthony – we blijken heel wat jeugdhelden te delen.

'Sylvie Vartan.'

'Michel Polnareff!' We heffen *Poupée de cire, poupée de son* aan, proberen andere Songfestivalhits uit. Geuren van vroeger komen aangewaaid, van zonneolie en gemaaid gras. Onze jukebox stond in het chalet in de tuin, 's zomers mengden de weemoedige klanken van *Suzanne* zich met het geronk van de grasmaaier bij de buren.

'Leonard Cohen, kennen jullie die?' Sahar en Hala schudden het hoofd. Nooit van gehoord. Sahar lacht. 'Maar die heeft zijn naam natuurlijk tegen.' Het is altijd hetzelfde, denk ik teleurgesteld: ergens in het midden wordt het gordijn keer op keer toegeschoven.

Sahar vertelt dat ze laatst de *Larousse* heeft besteld. Het eerste deel kwam, het derde ook, maar het tweede heeft ze nooit ontvangen omdat daar de letter I van Israël in stond. 'Ze zouden moeten ophouden met die onzin,' zegt ze, 'we leven zogenaamd in oorlog met Israël, we betalen oorlogsbelasting en sinds 1956 moeten schoolkinderen paramilitaire uniforms dragen, maar er is geen oorlog!'

Ik ben verrast. Hala gaat altijd in de verdediging als Israël ter sprake komt, en ook nu weer staan haar ogen op alarm. 'Het is een sentimenteel probleem,' zegt ze, 'het is moeilijk te aanvaarden dat Israël bestaat, wij hebben van jongs af aan geleerd dat Palestina van ons is.'

'Maar de tijden zijn veranderd,' houdt Sahar vol. 'In 1967 wilde ik net als de Palestijnse *fedayin* tegen Israël gaan vechten, dat zou ik nu niet meer doen. De Palestijnen hebben veel geleden, maar de joden ook. Toen Columbus Amerika ontdekte, dobberden er al boten met joden op zee.'

Hala zucht. 'Soms denk ik ook dat er vrede moet komen, maar wat voor vrede? Toen Sadat de Camp David-akkoorden met Israël sloot, heb ik gehuild. Het was net of hij in het openbaar met een vrouw naar bed ging.'

We hebben tot nog toe alleen maar gekibbeld over dit onderwerp. Vol van de Arabisch-Israëlische Vredesonderhandelingen ben ik hier aangekomen. Enthousiast vertelde ik Hala over de roman *Arabesken* van de Palestijn Anton Shammas die ik net had gelezen. Shammas is in Israël opgegroeid en schreef zijn boek in het Hebreeuws. Hala keek me argwanend aan. Een Palestijn die in het Hebreeuws schrijft? 'Ik heb ook ooit zo iemand gekend,' zei ze. Ze ontmoette hem op een feestje. Hij woonde in Zwitserland, een vertaler. Een tijdlang correspondeerden ze en soms belde hij haar. 'Maar op een dag heb ik het contact verbroken.'

'Waarom?'

'Ik weet het niet, er was iets niet in de haak, ik vertrouwde hem niet. Ik geloof dat hij een spion was.'

'Maar waarom dan?'

‘Ik kan het niet uitleggen. Het was een gevoel.’

Ik zwijg geïrriteerd. Altijd stranden onze discussies in dit soort wazigheid. Ik kan haar niet begrijpen, zegt ze, omdat ik geen Arabier ben. Van Israëlische schrijvers als David Grossman, die naar Egypte en de Bezette Gebieden trok om te luisteren naar wat de Arabieren beweegt, heeft zij nooit gehoord. De Israëli’s hebben voor haar geen gezicht en dat wil ze zo houden ook. ‘Je weet niet wat hier gebeurd is,’ zegt ze, ‘de Syriërs hebben vaak honger geleden vanwege de oorlogen met Israël.’

Drie jaar was ze toen de Suez-oorlog uitbrak en haar moeder alle ramen dichtplakte met blauw papier tegen luchtbombardementen. Moeders lieten hun zoontjes fotograferen in uniform, een geweer met korte loop in de handen, granaten in de gordel. Tijdens de Zesdaagse Oorlog in 1967 moest ze voor Salim, Shirin en Zahra zorgen, want haar vader was in de kazerne en haar moeder verpleegde als vrijwilligster gewonden die van het front kwamen. Na afloop verscheen Assad, toen minister van defensie, op tv en zei dat de nederlaag niet betekende dat ze ook de volgende oorlog zouden verliezen.

De jaren daarna maakten ze op vrijdagmiddag geen enkel uitstapje meer met de auto: haar vader wilde dicht bij de telefoon blijven en sliep steeds vaker in de kazerne. Tijdens de oorlog van 1973 was Hala in de tuin toen ze een daverende knal hoorde. Alle ruiten van het huis sprongen en het was alsof haar lichaam helemaal ineen werd gedrukt. Niet ver van hun huis was een bom ingeslagen, op straat lagen doden. De poes, die tijdens het bombardement verstijfd was van schrik, sloop nog dagenlang angstig rond.

Het is met haar herinneringen aan die oorlogen gesteld als met de geschriften van Sartre en Camus: ze praat erover alsof er sinds die tijd niets meer is gebeurd. Zelfs de Golfoorlog heeft haar niet uit de droom geholpen. Alhoewel ik er enigszins op voorbereid was, ben ik geschrokken van de omvang van haar wantrouwen en onwetendheid.

Ik vertel haar over de Syrische grondstewardess van de KLM die ik in Damascus ontmoette. Tijdens een vlucht was de KLM acht koffers van passagiers kwijtgeraakt. Op een ochtend kwam er een telex binnen. '*Good morning, this is Tel Aviv...*' Bleken de koffers in Israël terecht te zijn gekomen! In paniek belde de stewardess het ministerie van verkeerszaken. Daar werd haar aangeraden net te doen of ze van niets wist. De telexen uit Israël bleven binnenkomen, maar zij reageerde niet. Ze vertelde het me op triomfantelijke toon, alsof ze een heldendaad had verricht.

'Ik zou ook niet geantwoord hebben,' zegt Hala, 'weet je dat het strafbaar is om contact te hebben met een Israëli? Als ik morgen naar Parijs ga en daar een Israëli ontmoet, gegarandeerd dat ik bij terugkeer ondervraagd word door de mukhabarat. Assad praat over vrede met Israël, maar op tv hebben ze het nog steeds over "de zionistische vijand". We zouden over die dingen moeten discussiëren; laat mensen praten, dan kunnen ze zien of hun ideeën kloppen. Maar wij moeten altijd alles fluisteren. Niemand vraagt wat wij denken, ze zullen een vrede sluiten waar wij niets mee te maken hebben.'

Ze zucht vermoeid en tuurt in de verte, waar een vissersbootje een flauw rood signaal uitzendt. 'Sadat heeft de ruit tussen Israël en de Arabische wereld gebroken,' mijmert ze. 'Door die gebroken ruit kunnen de Egyptenaren naar de andere kant kijken, maar zien ze daar zoveel? Zijn ze er zoveel beter op geworden?'

Sahar antwoordt niet en ook ik besef dat ik beter kan zwijgen. Ik ken dit al van Hala – vanaf nu denkt ze van alles het hare. Achter ons liggen Asma en Aisha nog steeds te praten en te lachen, de benen in de lucht. Hala kijkt op haar horloge. 'Het is laat. Zullen we gaan slapen?'

Maar als we eenmaal in de tent liggen, kunnen we de slaap niet vatten. Ik ben kwaad op Hala, op haar weigering na te denken over de veranderingen die in deze regio op til zijn. Al die valse heroïek, al die verloren oorlogen, hoe lang nog? Tegelijkertijd bedenk ik excuses voor haar onwrikbaarheid. Ze is tegen de politiek van deze regering – daarom wil ze niets over de vredesonderhandelingen horen. En hoe zou ze haar ideeën kunnen bijstellen als iedereen het altijd heeft over de zionistische vijand?

De Egyptische popmuziek in het dal schettert maar door. *Matkhafish, ana mabahib tani*, Wees niet bang, ik hou niet van een ander. Hoe kan iedereen, van grootmoeder tot kleinkind, naar die onzin luisteren?

Maar ook als de muziek is stilgevallen, hoor ik Hala nog draaien en zuchten.

'Wat is er?'

Eerst denk ik dat ze me niet heeft gehoord, dan fluistert ze: 'Ik ben bang.'

'Waarvoor?'

'Voor de tijd dat Ahmed terugkomt.' En ik dacht dat ze over Israël lag te tobben! Ze gaat op haar rug liggen, vouwt haar armen onder haar hoofd. Bij het gelige schijnsel van de maan probeer ik haar gezicht te onderscheiden, haar kleine neus, haar diepliggende ogen. Achter haar ligt Asma genoeglijk opgerold in een bolletje.

'Was mijn vader er nog maar, die zou me wel helpen.'

'Maar waar ben je bang voor?'

'Ik hou niet meer van hem.' De woorden blijven in de lucht hangen, die nog nadreunt van de Egyptische popmuziek. *Matkhafish, ana mish nasiki*, Wees niet bang, ik vergeet je niet.

'Dat wist ik al,' zeg ik.

Ze draait haar hoofd naar me toe, even zie ik haar ogen glinsteren, verrast.

'Tenminste, ik vermoedde het.' De somberheid waarmee ze terugkwam van haar bezoek aan Ahmed, zijn brief die ze dagen ongelezen liet, de manier waarop ze reageerde toen Sahar over de gevangenis begon te praten – altijd als Ahmed ter sprake komt, voel ik dat ze in haar schulp kruipt. 'Elf jaar! Ik ben verbaasd dat je het zo lang hebt uitgehouden, ik zou er al veel eerder mee gestopt zijn.'

'Maar dat kan hier niet! Zie je niet hoe Sahar is? En zo zijn ze allemaal.' Ze zoekt mijn ogen in het duister. Ik zou mijn arm naar haar willen uitstrekken, maar ik durf niet. Ze is lichamelijk zo afstandelijk – de enige die ze aanraakt, is Asma.

'Weet je wat mijn vader op zijn doodsbed zei?' Haar stem klinkt triestig. 'Dat hij me niet had grootgebracht om de slaaf van een gevangene te worden.' Pas toen haar vader ziek werd, besefte ze hoeveel hij voor haar betekende. De maanden voor zijn dood waren donker, er was niets meer om naar uit te kijken. Jarenlang had ze als in een cocon geleefd, afgesloten voor emoties. Opeens leek de wal die ze om zich heen had opgeworpen, te breken. Ze huilde, dagenlang, ze wist niet dat ze zoveel verdriet had opgespaard. En door dat verdriet was het of ze ontwaakte uit haar verdoving. Ze wilde weer aangeraakt worden, getroost, bemind.

Een oudere collega legde tijdens een receptie zijn hand op haar schouder. Ze kende hem nauwelijks; hij was geen aantrekkelijke man, zijn hand was groot en ruw, maar ze begon over hem te dromen. De volgende dagen liep ze over straat en voelde zich als een soldaat die uitgehongerd naar vrouwen kijkt.

Tijdens een tentoonstelling van een bevriende kunstenaar ontmoette ze Firas. Een schilder. Ze praatten, gingen uit eten. Wekenlang vocht ze ertegen, maar op den duur kon ze er niet meer omheen: ze was verliefd.

Firas – ik had het kunnen weten. Hij belt haar soms. Asma zit altijd op het puntje van haar stoel mee te luisteren. Het zijn moeilijke gesprekken, ik hoor Hala vaak geagiteerd '*khalas*, afgelopen' roepen.

'Het is een ramp,' zegt ze.

'Waarom?'

'Gevoelens zijn een schande in deze maatschappij. Liefde is een schande. Kan je je voorstellen hoe mensen over ons praten? Ze zeggen: Zie je wat de vrouwen van communisten doen terwijl hun mannen in de gevangenis zitten?'

'Weet Ahmed ervan?'

'Ik was bang dat hij het van een ander zou horen, ik heb het hem zelf verteld.' Even is het stil. 'Weet je wat hij toen gedaan heeft? Hij heeft zijn broer Rashid op hem af gestuurd. Die heeft gedreigd hem de keel af te snijden als hij er niet meteen mee ophield.'

Ze zucht. 'Het grote monster dat ons regeert heeft van iedereen een klein monster gemaakt.' Maar even later lijkt ze zich te bedenken. 'Misschien zie ik het verkeerd, misschien hebben al die kleine monsters wel dat grote monster gecreëerd.'

Asma draait zich om in haar slaap – alsof ze voelt waarover we praten – en slaat een arm om haar moeder heen. 'Ik moet er niet aan denken dat Ahmed op een dag mijn huis binnenwandelt en doet alsof er niets is gebeurd,' fluistert Hala. 'Mijn gevoelens voor hem zijn veranderd, hij is een vriend geworden, maar dat kan hij niet aanvaarden.' Pas in de gevangenis is hij verliefd op haar geworden, zegt ze, omdat zij de enige vrouw is die hij ziet. Onlangs vroeg hij of ze bij zijn terugkeer een rood doorschijnend jurkje wilde kopen voor als ze 's avonds alleen waren. Dat is het soort dingen waar Rashid in geïnteresseerd is, niet de Ahmed die ze vroeger kende.

'En Firas?'

'Laatst heeft hij me *Liefde in tijden van cholera* van Gabriel García Márquez gegeven. Hij zegt dat hij zo lang van me zal houden als de oude man in dat boek. Maar het is een onmogelijke liefde, het kan niet, het mag niet.'

'Waarom niet?'

'Ahmed zal Asma van me afnemen.'

Daar had ik niet aan gedacht: een kind dat ouder is dan negen jaar wordt hier bij scheiding automatisch toegewezen aan de vader. 'Maar hij zit in de gevangenis, waar moet ze dan naar toe?'

'Naar zijn familie. Jij bent er geweest, kan je je voorstellen wat er zou gebeuren? Ze zouden haar te eten en te drinken geven, als een ezel, meer niet. Ze zouden al mijn werk vernietigen.'

'Maar hebben ze dan helemaal geen ambities voor hun kinderen?'

Ze lacht schamper. 'Om hout te kunnen zagen, hoef je niet gestudeerd te hebben.'

Maar zelfs als haar verhouding met Firas afgelopen is, wil ze niet terug naar Ahmed, zegt ze opstandig. Ze wil geen vrouw van een gevangene meer zijn. Ze heeft altijd gezegd: de mukhabarat zullen mijn leven niet bepalen, maar dat hebben ze toch gedaan. 'Elf jaar lang alleen – kan je je voorstellen hoe hard dat is?'

Asma is wakker geworden. Ze trekt Hala naar zich toe. 'Slapen, mama, kom slapen.' Hala streelt haar haren, praat zachtjes op haar in. Dan wordt het stil.

Ik heb geen duidelijk beeld meer van Ahmed, merk ik. De bevlogen jongeman die ik destijds ontmoette heeft plaatsgemaakt voor de man met de trotse blik op de ingekleurde foto in zijn ouderlijk huis, en nu zie ik hem in trainingspak achter de gazen afrastering in de bezoekersruimte van de gevangenis, kijkend naar de vrouw die hem niet langer toebehoort. Ik kan me zijn machteloosheid voorstellen, zijn wanhoop nu het enige wat hem nog rest hem dreigt te ontglippen, zijn pogingen haar vrijheid aan banden te leggen. En toch – als hij in haar plaats was geweest, zou hij dan niet hetzelfde hebben gedaan? En wie zou hem iets verweten hebben?

’s Ochtends prikt de zon door het tentzeil heen. Voorzichtig kruip ik naar buiten. De camping is in diepe rust gehuld. Ik voel me geradbraakt – alsof ik gisteren de hele dag in een klimrek heb gehangen. Zou dat door het geschud in de *hob-hob* komen? En was dat pas gisteren? Het lijkt alsof we al een eeuwigheid onderweg zijn.

Met *Seven Pillars of Wisdom* onder de arm loop ik naar beneden, in de richting van de baai. Mijn hoofd zit vol watten, al heb ik gisteren geen druppel gedronken. Terwijl ik de trappen afdaal, komen flarden uit mijn droom van afgelopen nacht terug. Het kind dat ik in een eerdere droom bij me droeg, was niet langer in plastic gewikkeld. Ik hield het tegen me aan en voelde me er eindeloos vertrouwd mee – het was iets van mezelf dat naar me staarde. Het komt door Asma, vermoed ik. De vraag hoe mijn leven verlopen zou zijn als ik net als Hala moeder was geworden, moet door mijn hoofd spelen, al ben ik me daar overdag nauwelijks bewust van.

Ik denk aan ons nachtelijk gesprek. Wat als Ahmed Asma bij Hala laat weghalen? Zouden hij en Hala nog bij elkaar zijn als hij indertijd niet was opgepakt, of zou hij de voorgenomen scheiding hebben aangevraagd? Wilde hij Firas echt laten vermoorden, of was het alleen een dreigement? En hij zegt dat ik over vrijheid moet schrijven! Maar welke vrijheid? Voor Hala is er nooit een verschil geweest tussen politieke en persoonlijke vrijheid. Daarom voel ik me na al die jaren, ondanks al onze verschillen, nog steeds met haar verbonden.

Op het strand, dat gisteren zo leeg was dat Hala het 'ons privé-strand' noemde, zit een grote familie op een tapijt te ontbijten. Ik heb mijn badpak onder mijn kleren aangetrokken, maar ben ineens beschroomd – de picknickers zien er niet uit als toeristen, maar als mensen uit de streek. Op het strandterras wacht ik op de anderen. Uit de luidsprekers blèrt Fayruz, veel te hard voor dit vroege uur. Alles moet hier altijd overschreeuwd worden, denk ik geïrriteerd.

Over mijn boek heen kijk ik naar het gezelschap op het strand. Een dikke matrone in een gele bloemetjesjurk zet thee op een brandertje, een andere deelt brood rond. Twee vrouwen zijn opgestaan en wandelen langzaam naar het water. Ze dragen een hoofddoek en verschillende lange jurken over elkaar. Hun voeten worden nat en ook de zoom van hun jurk, maar dat lijkt hen niet te deren. Ze lopen verder de zee in, gaan op hun hurken zitten en dan op hun knieën; het water trekt door hun kleren naar boven als de donkere vloeistof in een thermometer. Even later liggen ze als aangespoelde vissen in de branding en laten de golven over zich heen komen. De anderen gaan gewoon door met eten, bijten in hardgekookte eieren, scheuren een stuk brood af, dopen het in de thee.

Asma en Aisha komen aangelopen, verlegen nimfjes die er heel bloot uitzien in hun bikini's. Ze aarzelen als ze het dorpse tafereel op het strand zien, trippelen naar het uiteinde van het strand, waar de rotsen beginnen, nieuwsgierig nagestaard door de kinderen op het tapijt.

In *Seven Pillars of Wisdom* is Lawrence net in Syrië gearriveerd, dat zich in die tijd nog uitstrekte van Jeruzalem tot Beiroet. Het zou vroeger niet in me opgekomen zijn een boek van een blanke Engelsman – een militair bovendien! – over deze regio te lezen. Hij was dan wel Lawrence of Arabia, de romantische held die aan de kant van de Arabieren had gevochten, hij was ook de man die verweven was met het verraad achteraf waarover de Arabieren zich altijd beklaagden.

Nu lees ik hem met genoegen en zijn sommige passages me zelfs uit het hart gegrepen. Zijn typeringen van de Syriërs bezorgen me heimelijk plezier, bij herhaling denk ik: hoe weinig is er veranderd. De blindheid van de Syriërs voor hun onbelangrijkheid in de wereld, hun ontevredenheid met elk regime zonder het eens te worden over een alternatief.

Als Hala naar beneden komt, heeft ze de Arabische vertaling van *Seven Pillars of Wisdom* bij zich. Ik zou meer willen horen over wat ze me vannacht heeft verteld, maar haar ogen staan zo donker dat ik instinctief mijn mond houd. 'Ben jij al bij het hoofdstuk over Syrië?' vraag ik.

'Laat eens zien, waar is dat?' Ze bladert in haar boek, zoekt. De acht pagina's over Syrië zijn bij haar tot één pagina herleid. Ongelovig vergelijken we de lengte van andere hoofdstukken, ontdekken dat er overal flink is gesnoeid. Mijn boek telt zevenhonderd pagina's, het hare iets meer dan tweehonderd. Alle bedenkingen van Lawrence over zijn bedrieglijke rol als Brits militair, alle beschrijvingen van de stammentwisten onderweg, ontbreken in de Arabische versie. 'Nu begrijp ik waarom ik het zo'n saai boek vond,' zegt Hala, 'het mijne gaat alleen maar over veldslagen!'

In de verte drijft Asma in een zwemband in het water. Haar voetbal dobbert vrolijk mee. Hala slaat haar boek met een klap dicht, loopt naar Asma toe en laat me beduusd achter. De lust tot lezen vergaat je hier vanzelf wel!

Sahar komt met ondeugende lichtjes in haar ogen naar me toe. 'Heb je gezien hoe de vrouwen hier zwemmen?' De matrone in de gele bloemetjesjurk is inmiddels ook te water gegaan. Zelfs haar hoofddoekje is nat geworden. 'Brrr, al dat doorweekte ondergoed, ik moet er niet aan denken,' rilt Sahar. Ze groeide op in Latakia, de grootste stad aan de kust. Haar grootmoeder had vroeger een speciale witte jurk waarmee ze in zee ging, maar dan mocht niemand kijken. 'Vooral die oude vrouw kan ik niet begrijpen,' zegt ze. 'Als je zo puriteins bent, kan je maar beter op het strand blijven zitten.'

Over de rotsen lopen drie dorpsvrouwen, onwennig hun weg zoekend op hun plastic slippers. Ze dragen lange jurken en ook hun hoofden zijn bedekt. Nu blijven ze staan, snuiven de zilte zeelucht op en staren nieuwsgierig naar de dikke vrouwen in de branding, naar Asma en Aisha die spelen met hun voetbal. De matrone is uit het water gekomen. Haar natte kleren tekenen haar figuur zo scherp af dat het lijkt of ze naakt is. Sahar snuift afkeurend. 'Zie je wat ik bedoel?'

De enige man in het gezelschap, een oud meneertje in een broek en colbert, staat aan de waterkant toe te kijken. Zijn broekspijpen zijn al nat en als hij hurkt om die op te rollen, worden ook de panden van zijn jasje nat. De twee andere vrouwen verheffen zich uit het water en langzaam begint het gezelschap zich op te maken voor het vertrek.

Alleen de oude man blijft achter. Als alle vrouwen verdwenen zijn, trekt hij voorzichtig zijn schoenen uit, zijn jasje, zijn broek, zijn onderbroek met pijpen, en gaat in een hemd met lange slippen het water in. We kijken ernaar met stijgende verbazing: nu zijn achterban is vertrokken, gedraagt de man zich alsof hij alleen is, alsof Hala, Sahar en ik hier niet zitten, met geen ander uitzicht dan zijn magere lijf dat in het water drijft. Er is iets dat met hem meedeint, een plastic zak die met een slangetje aan hem vast lijkt te zitten. Sahar knijpt haar ogen tot spleetjes. 'Volgens mij heeft hij last van zijn prostaat,' zegt ze.

Als de man uitgezwommen is, trekt hij zijn kleren tergend langzaam weer aan, stopt de plastic zak in zijn onderbroek, rolt het achtergebleven tapijt op, legt het op zijn schouder en loopt weg, zonder één keer naar ons te kijken – als een acteur die een stukje heeft opgevoerd en met zijn rekwisieten van het toneel verdwijnt. We kijken elkaar aan en schieten onbedaarlijk in de lach.

Ik heb me inmiddels met ons tentenkamp verzoend. We lezen, eten, hangen op het strand, loeren naar de bewoners van Banias. Maar die avond zegt Asma dat ze er genoeg van heeft. Ik ben verbaasd: zij wilde toch in een tent slapen? Bij nader inzien vindt ze het hier maar niks. Elke keer als ze gaat zwemmen moet ze vijf trappen aflopen. 'Er is niet eens een lift naar het strand!' protesteert ze. Sahar wil een vriendin opzoeken in Qadmus, een bergdorpje vlak bij Banias, en nodigt ons uit om mee te gaan.

De volgende ochtend staan we weer in het drukke centrum van Banias. We moeten een heel eind lopen naar de plaats waar de taxi's naar Qadmus vertrekken – een optocht van vijf vrouwen met koffers en tasjes onder de brandende zon. 'Ik zal in mijn eentje oud worden,' zucht Hala, 'dromend van een man die mijn koffers draagt.'

'Jouw tijd komt nog wel,' troost ik.

'Dat denk jij. Weet je met wie een vrouw van mijn leeftijd nog kan trouwen? Met een man van zestig of zeventig. Die zal naast me voortstrompelen terwijl ík zijn koffers draag!' Een vriend van haar vader zei een aantal jaren geleden hoofdschuddend: 'Wat moet er van jou worden?' Hij was weduwnaar – het was een bedekt huwelijksaanzoek. Hala zei dat ze niet van plan was te scheiden, waarna hij zijn aandacht op Shirin richtte. 'Mijn moeder zou blij zijn geweest als hij haar ten huwelijk had gevraagd. De mensen zouden zeggen: oh gelukkig, Shirin heeft toch nog iemand gevonden.' Opstandig loopt ze naast me. 'Ik wil de afgelopen elf jaar vergeten. Ik kan niet accepteren dat ik mijn verdere leven alleen zal zijn, ik moet ertegen vechten.'

De chauffeur van een oude Chevrolet is bereid ons voor een redelijk bedrag naar Qadmus te brengen. Een tocht het binnenland, de bergen in, een vruchtbare streek met olijfbomen en sinaasappelboomgaarden. Veel mensen in deze streek zijn rond de eeuwwisseling naar Zuid-Amerika vertrokken om er te werken, net als de familie van Carlos Menem, de president van Argentinië. Maar de meesten zijn teruggekomen. Ze drinken maté en zeggen '*gracias*' in plaats van het Arabische '*shukran*'.

Ramen open, haren in de wind. Bij de Vallei van de Hel, een ravijn van angstaanjagende diepte, stoppen we om een foto te maken. Iedereen lacht, de zwijgzame chauffeur incluis – de vakantiestemming begint er aardig in te komen.

Het huis van Sahars vriendin ligt aan de hoofdstraat van Qadmus. Ook zij heeft een dochter, zodat we nu met zeven vrouwen zijn. Sahar en Hala trekken hun nachtpon aan, de kinderen vallen neer voor de tv – ik voel me weer helemaal thuis. Vanaf het balkon tuur ik het hart van het dorp in. De inwoners van Qadmus zijn Ismaëlieten, een sjiitische sekte die zich eeuwen geleden terugtrok in de bergen. In het dorpje verderop wonen alawieten; we zitten vlak bij de geboortestreek van Assad.

Het water is hier drie dagen per week afgesloten en de elektriciteit doet het maar enkele uren per dag. In Damascus is er ook vaak een tekort, maar buiten de stad is het rantsoen veel strenger. In meer afgelegen dorpjes is er zelfs helemaal geen water, die worden bevoorraad door af en aan rijdende tankwagens.

Rana, een buurmeisje dat gehoord heeft dat er bezoek uit Damascus is, belt aan. Een jaar of achttien is ze, haar kinderlijke gezicht is zwaar opgemaakt, haar gitzwarte haar hoog opgestoken, in haar kanariegele jurk ziet ze eruit als een feestpakket – een vreemd contrast met de soberheid die het dorp vanaf het balkon uitademt. Ze spreekt een paar woorden Engels, kijkt me dweperig aan en zegt: '*You are beautiful.*'

Als ze weg is, trekt Hala een lelijk gezicht. Rana is lid van de Futuwah, de jeugdige pioniers van de Baath-partij. 'Nog zo'n idee dat Assad uit Noord-Korea heeft meegebracht,' moppert ze. De jongste pioniers, de Talia, zien we regelmatig op tv. De meisjes dragen witte bruidsjurkjes, zwaaien met vlaggetjes en zingen met hoge pathetische stemmetjes, terwijl de president –

gevat in een hartvormige omlijsting – over het scherm zweeft en goedkeurend naar hen wuift. Rana heeft al twee prijzen gewonnen met de gedichten en verhaaltjes die ze schrijft. Hala hoeft ze niet te lezen om te weten hoe suikerzoet ze zijn. 'En nu wil ze schrijfster worden en vraagt mij om advies. Wat kan ik haar aanraden?'

'Dat ze veel moet lezen,' opper ik.

Hala lacht. 'Ja, maar wat als ze alleen de geschriften van Assad leest?' Rana's moeder is erg actief in de Baath-partij en duwt haar dochter voor zich uit. Ze heeft haar geleerd de buitenwereld te strelen – ook Hala kreeg te horen dat ze mooi is. Hala kan zich levendig voorstellen dat Rana bij een tijdschrift in Damascus terechtkomt en binnen enkele jaren een verantwoordelijke positie bekleedt. De sfeer in het land is er helemaal naar: hoe meer je dweept met de partij, hoe groter je kans om te slagen. Ze heeft het zo vaak zien gebeuren: jonge vrouwen die zonder enige kennis van zaken bij een bedrijf binnenkwamen en er inmiddels de dienst uitmaken. Ze hebben verhoudingen met regeringsambtenaren, worden opgehaald met zwarte Mercedessen en praten de hele dag over kleren. 'Leuke schoenen! Waar heb je die vandaan?' 'Uit Beiroet.' 'Duur?' 'Neuh..., tweeduizendvijfhonderd pond geloof ik.' 'Oh, dat is niks!' Hala begrijpt niet waar ze het geld vandaan halen – ze verdienen maar tweeduizend pond per maand! Zitten ze in de prostitutie soms?

'Ik heb zoveel mensen die vroeger idealen hadden, zien veranderen,' zegt ze, 'de meesten zijn door kleine voordelen aan dit regime gebonden. De prijs van een man is niet hoog: als je hem een auto in het vooruitzicht stelt, houdt hij al op te denken. Ik kan het begrijpen, maar niet accepteren.'

Tegen de schemering maken we een wandeling door het dorp. De straten die vanmiddag zo verlaten waren, zijn nu vol mensen. In grote pannen met heet zand worden pinda's verwarmd. Op het kruispunt zitten jongelui op hun motor te wachten op passagiers – de enige taxiservice die hier voorhanden is. Winkels zijn niet meer dan een gat in de muur met een rolluik dat

’s avonds dichtgaat. Ze hebben een bescheiden assortiment, maar overal liggen grote stapels maandverband. Aziza, Delilah, Leila. Volgens Hala was er jarenlang een tekort aan maandverband in Syrië, tot iedereen tegelijkertijd op het idee kwam het te produceren.

Onderweg komen we Rana tegen met twee vriendinnetjes. Ze eten *bizr* uit zakjes, stoppen om ons te groeten en lopen verlegen verder. Ik heb ineens met haar te doen en kan me de baathistische gedrevenheid van haar moeder voorstellen – het is wellicht de enige kans om een afgelegen oord als dit te ontvluchten.

Als we een tijdje gelopen hebben, realiseer ik me dat ik nog niet één foto van Assad heb gezien. Onze gastvrouw glimlacht geheimzinnig. ‘Dat klopt,’ zegt ze. Qadmus blijkt op de hand te zijn van Assads broer Rifat, die hier jaren geleden een organisatie oprichtte die financiële steun verleende aan arme mensen. Inmiddels is Rifat naar Frankrijk verbannen, maar zijn volgelingen hebben veel beloften gedaan aan de lokale bevolking; sommigen zijn hem heimelijk trouw gebleven en wachten op zijn terugkeer.

Aan de geschiedenis van Assad en zijn broer Rifat zou T.E. Lawrence vast een mooie paragraaf hebben gewijd. Het is een schoolvoorbeeld van het *machismo* dat in deze bergen heerst. Rifat is het jongere, rebelse broertje van Assad, die in de jaren zeventig een speciale eenheid van het leger onder zijn bevel kreeg en steeds machtiger werd. Hij had het vooral gemunt op de moslimbroeders. Toen Assad in 1980 op het nippertje ontsnapte aan een moordaanslag, stuurde Rifat zijn troepen naar de Tadmur-gevangenis in de woestijn, waar ze als vergelding meer dan duizend moslimbroeders neerschoten.

Rifat had een grote populariteit onder jongeren, die hij trainde in parachutespringen en andere paramilitaire activiteiten. Niet lang na de massamoord in Tadmur zat Hala in een bus op weg naar huis toen een groep meisjes in paramilitaire kleding naar binnen stormde. Even later was de bus gevuld met angstig gegil en geschreeuw van vrouwen wier sluier of hoofddoek werd afgerukt. De meisjes waren door Rifat geïnstrueerd en de volgende dagen veroorzaakten ze paniek in de hele stad.

De manier waarop die vrouwen belaagd werden – Hala praat erover met afgrijzen. In de buurt waar ze woont, wekte de actie enorme agressie op. Mannen die helemaal niet fundamentalistisch waren, riepen ineens dat ze bereid waren te schieten om hun vrouwen te verdedigen. Vanaf dat moment zijn vrouwen zich volgens haar steeds meer gaan bedekken. Vlak bij haar huis wonen vier vrouwen die ze soms in een auto ziet passeren. Ze zijn verpakt als mummies. De vrouw achter het stuur draagt zwarte handschoenen, houdt de uiteinden van haar hoofddoekje tussen de tanden geklemd en heeft altijd een zonnebril op. Zoiets zag je vroeger nooit.

Rifat en zijn mannen gedroegen zich steeds baldadiger en al vlug laaide de machtsstrijd met Assad op. Toen deze in 1983 volledig verzwakt in het ziekenhuis lag, trokken aanhangers van Rifat door Damascus en vervingen alle posters van de president door die van zijn broer. Het conflict liep zo hoog op dat hun tanks in 1984 tegenover elkaar stonden in de straten van Damascus. Hun oude, zieke moeder moest tussenbeide komen om een coup van Rifat te verijdelen.

Op de universiteit heerste in die dagen een verhitte sfeer. De voorstanders van Rifat liepen met de borst vooruit. Rifat had geld, betoogden ze – hij zou het land economisch tot bloei brengen. Hala was bang. Ze moest er niet aan denken dat hij aan de macht zou komen, hij was in staat om iedereen die tegen hem was, te laten afmaken. 'Je zou verbaasd zijn geweest als je me in die tijd had horen praten,' lacht ze, 'in discussies over de president en zijn broer, koos ik altijd de kant van de president!'

De volgende ochtend wachten Hala, Asma en ik bij het kruispunt van Qadmus op de *hob-hob* naar Banias. Het halve dorp heeft zich hier verzameld en op alles wat beweegt wordt jacht gemaakt: de pick-up die groente komt brengen en leeg dreigt te vertrekken, de taxi die een familie aflevert. Er is nog steeds geen water in het dorp, en dat is aan de wachtenden te merken; veel groezelige kleren, veel ongewassen, slaperige koppen, veel pluishaar.

De pick-up waarin we uiteindelijk belanden, is stampvol. Onder de stoffen overkapping zijn twee houten bankjes getimmerd; in het halfdonker kijkt een tiental paar ogen ons aan. Als we eenmaal rijden, krijg ik het benauwd: ik kan niets zien, maar voel dat we flink dalen. De neus van onze auto moet recht naar beneden wijzen.

Hala heeft Asma op schoot en kijkt ook enigszins benepen. 'Ik vraag me af hoe onze chauffeur aan zijn rijbewijs is gekomen,' fluistert ze. Volgens haar mag je een kampioen in autorijden zijn, als je niet de juiste connecties hebt, krijg je geen rijbewijs. 'En omgekeerd is het net zo: als je voldoende steekpenningen betaalt, hoef je helemaal niet te kunnen rijden.'

'Hou op,' smeek ik. We stevenen af op de Vallei van de Hel. Op de achterbumper staan vier stoere jongens; ik heb het onheilspellende gevoel dat zij ons het ravijn in zullen duwen.

'Laten we optimistisch zijn,' sust Hala, 'misschien stort alleen het voorste deel van de auto naar beneden.'

In Banias stappen we over op de *hob-hob* naar Latakia. Zittend, hangend en staand vervolgen we onze tocht. Kinderen vegen hun snottebellen af aan mijn kleren, een moeder geeft haar baby de borst, een man drukt zich tegen me aan. Ik geef geen kik – ik ben blij dat ik nog leef.

Andere Arabische kuststeden spelen door mijn hoofd als we Latakia over de brede boulevard met aangeplante palmbomen binnenrijden. Casablanca, Algiers, Alexandrië – de vergane glorie van witte koloniale gebouwen met afgebladderde muren. De weg zit vol gaten, de palmbomen zien er verwaarloosd uit en hier en daar hoopt het vuilnis zich op.

Latakia ligt aan de voet van de bergketen waar de alawieten eeuwenlang gewoond hebben. Nadat Assad aan de macht kwam zijn velen neergedaald uit de bergen en hebben Latakia tot hun lokale hoofdstad gemaakt. Net zoals in het Roemenië van Ceauşescu zijn het de broers, neven en achterneven van de president die hier de dienst uitmaken. Een zoon van Rifat heeft in Latakia een sjiek restaurant, Assads broer Jamil beheerst de handel, diens zoon Fawaz maakt de stad onveilig. Geweldpleging, verkrachting, moord – de verhalen die over Fawaz de ronde doen zijn even gruwelijk als oncontroleerbaar, want het zijn altijd zijn lijfwachten die in de gevangenis belanden. Als Fawaz zijn oog laat vallen op een nieuw model Mercedes in de straten van Latakia, moeten zijn lijfwachten die auto voor hem stelen.

We gaan op zoek naar Ghassan, een vriend van Hala die in Latakia geboren is en die de zomer met zijn familie doorbrengt in een appartement aan de boulevard. Hij heeft vast een *wasta* om ons aan een chalet te helpen. Ik heb al over Ghassan gehoord. Onlangs heeft hij een aantal controversiële radioprogramma's gemaakt waarna hij voor onbepaalde tijd op non-actief is gesteld.

Eén telefoontje en Ghassan heeft een chalet voor ons geregeld aan de rand van Latakia. Hij brengt er ons met zijn auto naar toe. Het bungalowpark wordt beheerd door een familielid van Assad. Keurige huisjes met veranda's en tuintjes. Ghassan kijkt naar Hala, die beladen als een pakezeltje voor ons uitloopt. 'Wij noemen haar *Ayyoub*,' zegt hij.

'*Ayyoub?*' Hij doelt op Job, de bijbelse figuur die bekend staat om zijn onuitputtelijke geduld.

Ons chalet is ruim genoeg voor een hele familie. Keuken, zitkamer, douche, twee slaapkamers – al vlug liggen onze spullen overal. Asma wil zwemmen. Ghassan biedt aan me de stad te laten zien. Ik zeg meteen ja. Even ontsnappen aan de benauwenis die me in de nabijheid van Hala soms overvalt, haar vooringenomenheid tegen deze stad, haar onwil om ze te exploreren. Ghassan heeft gereisd; toen Hala hem bij onze aankomst vertelde dat ik een boek over Hongarije had geschreven, haalde hij een fles pálinka, Hongaarse brandewijn, te voorschijn.

Het is aangenaam om na het geschommel van de afgelopen dagen in een comfortabele auto te zitten naast een man die met zelfverzekerde gebaren door de straten rijdt. Als ik dit nu al mis, hoe moet Hala zich dan na elf jaar alleen niet voelen!

Op weg naar het centrum van Latakia passeren we het prestigieuze sportcomplex, dat gebouwd werd voor de Middellandse Zee-spelen in 1987. Bij de ingang staat een standbeeld van een ranke Assad, een licht, sportief mannetje. In de wijde omtrek is geen levende ziel te bekennen. Voorzichtig rijdt Ghassan het terrein op, voorbij het olympisch zwembad, langs het stadion naar het racecircuit en dan weer terug, slingerend van parkeerplaats naar parkeerplaats, de handen losjes om het stuur. Hij lijkt een bijna sinister plezier te scheppen in onze eenzame rit. 'Hier sporten alleen de vogels en de wind,' zegt hij.

Eén keer per jaar, tijdens het Festival van Vrede en Vriendschap, bruist het complex van leven, moet hij toegeven. 'Ik geloof dat ik dat op tv gezien heb. Met paardenraces waar Basil Assad aan meedoet?' Ghassan knikt. Hoog zat de zoon van Assad op zijn paard, een jongeman met een volle baard en een trotse blik. Als zijn paard een moeilijke hindernis had genomen, dreunde het publiek: '*Bi rouh, bi damm, nefdik ya Basil*, Met onze ziel, met ons bloed, beschermen we jou, Basil.'

Asma vindt Basil aantrekkelijk en indrukwekkend. Hij wint altijd, zelfs toen de beroemde Turkse kampioen paardenrennen onlangs meedeed. Volgens sommigen zaten er tijdens die wedstrijd mukhabarat op de tribune die enthousiast klapten als de Turkse ruiter een hindernis wilde nemen, waardoor zijn paard schrok en struikelde; na afloop werd er wellicht een financiële regeling getroffen. Alleen de Jordaniërs hadden ooit de euvele moed Basil niet te laten winnen – wat hun niet in dank werd afgenomen.

We zijn de stad ingereden. Alle pleinen van Latakia zijn ontworpen door kennissen van de Assad-familie, vertelt Ghassan. Het resultaat is van een kinderlijke stunteligheid: het beeld van het jongetje dat een vis in zijn hand houdt is veel te klein voor het plein eromheen; een onduidelijke formatie arcades moet het Romeinse verleden van de stad oproepen en aan de haven is zelfs een betonnen golfbreker tot standbeeld verheven. Het doet me denken aan de kunstwerken die ik in de Golflanden zag:

metershoge sandelhoutbranders en Arabische koffiepotten met bijbehorende kopjes.

In de haven steken stilstaande kranen hun oranje koppen in de lucht en glimmen olietanks verlaten in de zon. 'Is het hier altijd zo rustig?' Ghassan zucht. 'Helaas wel. Maar je had dit vroeger moeten zien! Toen waren hier ontelbare cafés waar mannen de nargileh kwamen roken.' Hij lacht triestig. 'Heel Latakia flaneerde 's avonds langs die strandcafés. Mijn vader en moeder hebben elkaar op zo'n wandeling ontmoet.' Een jaar of vijftien geleden besloot het stadsbestuur dat de haven van Latakia naar het centrum moest verhuizen en gingen de cafés tegen de vlakte. 'We hebben alles gedaan om het te voorkomen, maar het is niet gelukt. Een traditie van generaties is daarmee verdwenen, maar dat interesseert die lui uit de bergen niet – ze hebben geen respect voor stadsgebruiken.'

Het enige strandcafé dat de ramp heeft overleefd, ligt aan de andere kant van Latakia, hoog op een uitstekende rots. Ghassan werpt een vlugge blik in het rond en stevent af op een tafeltje met uitzicht op zee, zo ver mogelijk uit de buurt van de andere klanten. 'Heb je die lui in de hoek gezien?' fluistert hij als we gaan zitten – meer hoeft hij me niet te vertellen.

Volgens Ghassan kan je hier de beste nargileh in heel Syrië roken. De tabak is licht, hij komt uit Egypte en is doortrokken van het aroma van de appels waarin hij maandenlang gedrenkt is. 'Dat is het enige voordeel van de verbetering van onze betrekkingen met Egypte,' zegt hij.

'Vertel me over Hongarije,' vraag ik, 'wanneer was je daar?'

Ghassan denkt na. Hij is er ontelbare keren geweest. Na enig cijferwerk ontdekken we dat we er allebei waren in de zomer van 1989, tijdens het begin van de omwenteling. 'Heb jij de herbegrafenis van Imre Nagy nog meegemaakt?' Ghassan kijkt me aan. Imre Nagy, nee, nee, die naam zegt hem niets. 'De geëxecuteerde leider van de 1956-opstand die in ere werd hersteld,' help ik hem. Vaag begint hem iets te dagen. 'En Gábor Demszky, die vroeger een ondergrondse drukkerij had, heb je die gekend? Weet je dat hij burgemeester van Boedapest is geworden?'

Opnieuw schudt Ghassan ontkennend het hoofd. 'Wie is daar ook weer president? Pozsgay, geloof ik,' zegt hij.

'Pozsgay? Nee, die bracht de zaak alleen maar aan het rollen!' Van Árpád Göncz, de vroegere opposant die inmiddels president is geworden, heeft hij nooit gehoord.

Hij vraagt naar een man die ik niet ken, en ook mijn verdere speurtocht naar gemeenschappelijke kennissen levert niets op. Ghassan blijkt jarenlang lid te zijn geweest van de communistische partij van Khaled Bakdash. Dat was de enige manier waarop een Syriër naar Oost-Europa kon reizen. Al die jaren had hij alleen contact met Hongaarse communisten. 'De Hongaarse oppositie bestond uit mensen die opgeleid waren in het Westen,' zegt hij, 'ze hadden jarenlang in het buitenland gewoond en doken ineens overal op.'

'Welnee,' protesteer ik, 'dat zeiden de communisten in het begin alleen maar om de oppositie in diskrediet te brengen! Lang hebben ze dat niet kunnen volhouden.'

Het is niet de eerste keer dat ik de fout heb gemaakt te veronderstellen dat mensen die tegen het regime van Assad zijn, over allerlei andere dingen automatisch hetzelfde denken als ik. In Damascus nam Hala me op een avond mee naar Fathia, een psychologe die ik volgens haar absoluut moest ontmoeten. Ze was een van de Syrische intellectuelen die een protestbrief ondertekenden tegen de Amerikaanse inmenging in de Golfoorlog; alle ondertekenaars hadden sindsdien problemen ondervonden.

Een prachtig huis met Damasceense meubels. Fathia verontschuldigde zich voor de tuin die net opgebroken was. Vroeger had ze een zwembad en een gazon met tuinstoelen, na de Golfoorlog had ze besloten een oriëntaalse tuin met tegels aan te leggen. *Na de Golfoorlog!* Ik had meteen moeten weten hoe laat het was. Haar dochter studeerde in Frankrijk en was altijd erg op de Fransen gesteld geweest, zei ze, maar sinds de Golfoorlog haatte ze hen. Ik wist waar ze het over had: voor mijn vertrek naar Syrië was ik in Frankrijk veel Arabieren tegengekomen die hetzelfde zeiden. Voorzichtig at ik het Franse flensje met kaas dat Fathia op een bord met een gouden randje serveerde, en informeerde naar het boek dat ze aan het schrijven was.

Ergens in ons gesprek kwam Oost-Duitsland ter sprake. Fathia was er een paar keer geweest, het was daar volgens haar helemaal niet zo slecht als sommige mensen beweerden. Werkloosheid kenden ze niet, iedereen had een woning en eten was er genoeg – waarom moest elke winkel trouwens twintig soorten jam verkopen?

'Die hele revolutie daarachter is door het Westen georganiseerd,' zei ze. Ik keek hulp zoekend naar Hala, maar die bestudeerde een oude Damasceense weegschaal die op een antiek tafeltje stond en luisterde niet naar ons. Beduusd liet ik de stalinistische wind die door de kamer blies over me heen komen. Dat dat soort mensen nog bestond!

Ik deed geen poging om Fathia tegen te spreken, maar in de taxi op de terugweg kon ik mijn verontwaardiging niet langer bedwingen. 'Hoorde je wat Fathia zei over Oost-Duitsland?' Hala had me verteld hoe opgelucht ze was toen Ceauşescu geëxecuteerd werd; hij was een grote vriend van Assad geweest, ze had gehoopt dat hij Assad in zijn val zou meeslepen. Ik veronderstelde dat zij over Oost-Duitsland niet anders zou denken, maar tot mijn verbazing begon ze Fathia te verdedigen. 'Wat was er dan mis in Oost-Duitsland? Is het in het Westen soms beter?' Ik dacht aan Hongarije, een land dat zoveel gematigder was dan Oost-Duitsland. Het leed waarover de Hongaren me vertelden, leek zozeer op wat ik hier zag, op de ellende waarin Hala verstrikt zat. Waarom kon zij die gelijkenis niet zien? Ik voelde dat ik lelijke dingen zou zeggen als ik mijn mond opendeed, en zweeg. Hazem, een Arabische kennis die ik voor mijn vertrek in Londen opzocht, zei: 'De Arabische opposanten hebben nog extremere denkbeelden dan de regeringen waartegen ze zich afzetten. Ik kan het weten, want ik ben vroeger communist geweest.' Ik moest er destijds hartelijk om lachen, maar na mijn bezoek aan Fathia begreep ik wat hij bedoelde.

Ik slik even als Ghassan zijn visie op de Hongaarse oppositie ten beste geeft, maar de woede die ik tijdens mijn bezoek aan Fathia voelde, blijft tot mijn eigen verbazing uit. Ik begin al aan de eigenaardigheden van dit land te wennen. We hebben allebei een nargileh besteld, de zeewind waait door onze haren, de geur van appeltabak prikkelt onze neusgaten. Ik tuur over het water. We kunnen het beter over iets anders hebben.

En dus praten we over Ghassans dochter, die architectuur wilde studeren, maar vanwege het puntensysteem dat voor toelating tot de universiteit geldt, scheikunde moest kiezen. Niet in Damascus, zoals ze had gehoopt, maar in Latakia. Gisteren zijn ze samen naar de campus gegaan om haar aan te melden. Ze werd rottig behandeld, zo rottig dat ze op de terugweg begon te huilen. 'Trek het je niet aan,' suste hij, 'probeer je in te beelden dat we naar Australië waren geëmigreerd, dan zat je tussen de aboriginals, dat zou je ook niet prettig hebben gevonden. Misschien had je dan nu alweer heimwee naar Syrië en zou het je niets uitmaken of je in Damascus of Latakia studeerde.'

Zo praatte hij op haar in en hij merkte dat ze ervan kalmeerde. Maar zelf droomt hij steeds vaker over Australië. 'Twintig jaar lang heb ik gevochten om respectabele radioprogramma's te maken,' sombert hij. 'Elk jaar heb ik geprobeerd het maximaal toelaatbare een beetje omhoog te duwen. Sinds ik op nonactief ben gesteld, is het dak op mijn hoofd gevallen.' Onderwerpen genoeg, van het stijgende druggebruik op de universiteiten tot de massale werkloosheid onder afgestudeerden; maar niemand wil over die problemen praten.

'In welk land van de Arabische wereld denk je dat het beter is gesteld?' vraag ik. Ghassan lurkt nadenkend aan zijn waterpijp. Ik verwacht dat hij Egypte zal zeggen, dat bekendstaat om zijn relatief liberale pers, of Jordanië, maar Ghassan zegt na enige aarzeling: 'In Libië misschien.'

'Libië? Hoe kom je daarbij?' Maar hij meent het en na zijn opmerkingen over Hongarije is het misschien niet eens zo'n onlogisch antwoord.

'En wat ga je nu doen?'

Ghassan zucht. 'Twintig jaar geleden had ik nog dromen. Nu

realiseer ik me dat het enige wat ik voor mijn kinderen kan doen, is geld verdienen.' Hij is van plan om samen met een vriend op afbetaling een koelcel te kopen om groente en fruit in te bewaren. 'Het spijt me dat ik dat niet eerder heb gedaan, dan was ik nu rijk geweest!'

De lucht om ons heen is doortrokken van zoete appels. Ghassan kijkt me aan en lacht, voor het eerst sinds we hier zitten. 'Ik probeer optimistisch te blijven.' Hij vertrekt zijn mond in een scheve grijns. 'Over Australië tenminste!'

's Avonds nemen Hala, Asma en ik een taxi naar de stad. We passeren een brommer met maar liefst vier mensen: vader, moeder, twee kinderen, ze houden elkaar vast in een ijzeren greep. Even later racen twee Mercedessen met getinte ramen voorbij. Dat moeten de clangenoten van Assad zijn die de stad onveilig maken. Als we uitstappen, zien we hen tegen hun auto's geleund staan praten en lachen. Ze zijn stevig gebouwd en dragen zonnebrillen.

Het witte gebouw in koloniale stijl aan de boulevard is de middelbare school van Assad. Het plein ervoor wordt gedomineerd door een indrukwekkend standbeeld van de president, omgeven door verlichte fonteinen.

'Is dat hetzelfde beeld als in Damascus?'

'Nee,' zegt Hala, 'kijk maar goed, hier hangt zijn jasje open, omdat het warmer is.' Voor de universiteit van Damascus staat Assad in een lange opbollende jurk. 'Net Superman die een ritje door de lucht gaat maken.' Ze lacht. 'Volgens de koran mag je van een mens geen afbeelding maken, dan ga je naar de hel. Wat een werk zullen ze daar hebben als ze na Assads dood alle beelden en foto's die van hem in omloop zijn, moeten vernietigen!'

Tegenover de school liggen kleine winkeltjes met gesmokkelde whisky en sigaretten, en een paar cafés waar de oude mannen van Latakia tegenwoordig samenkomen; ze drinken Arabische koffie en kijken naar de passanten. Daar hangt een poster van de president. Hij zit aan een bureau met een stapel kranten, zijn bril in de hand. In Damascus zie je hem nooit in zo'n huiselijke pose. 'Hier is hij onder de zijnen,' smaalt Hala.

Asma wil weten waar we nu weer naar op weg zijn. 'Leven is rondkijken,' filosofeert Hala, maar Asma begrijpt niet wat ze bedoelt. Hadden we maar een tv in ons chalet, verzucht ze, dan zou ze daar zijn gebleven. 'Toen ik haar leeftijd had, probeerde ik bij mijn moeder uit de buurt te blijven,' zegt Hala, 'als ik even de kans had, trok ik me terug om te lezen.'

'Wat las je dan?'

'Oh, *Reader's Digest*.' Sommige verhalen maakten zo'n indruk op haar dat ze ze nooit is vergeten. Een moeder die de ogen van haar kind, dat kanker had, aan een blind meisje schonk. Een Amerikaanse gevangene die ongenadig werd toegetakeld in een Jappenkamp.

We eten in een Italiaans restaurant. Hala kijkt argwanend naar de ingelijste posters van vissen aan de muur, zoals ze alles begluurt wat ze niet kent. 'Moet je zien! Al die vissen zijn dood!'

Ze is meermalen voor haar werk in Latakia geweest, maar het is lastig om in een stad als deze onderzoek te doen – ze stuitte voortdurend op hindernissen. 'De familie van Assad is veelzijdig getalenteerd,' zegt ze cynisch, 'de een werkt in de politiek, de ander in de handel of de horeca.' De vrouw van Assad behoort tot de Makhlouf-familie. De directeur van de lokale tabaksfabriek is een Makhlouf, wat betekent dat hij onaantastbaar is. De families Ismaïl en Osman zijn om soortgelijke redenen boven de wet verheven.

'Het wordt steeds moeilijker om de waarheid te publiceren,' zegt Hala. 'Daarom reis ik niet langer naar het binnenland. Het gaat slecht met de landbouw en de industrie, maar ik kan het niet zeggen, want dan verwijten ze me dat ik haatdragend ben omdat mijn man in de gevangenis zit.' Tegenwoordig is ze meer geïnteresseerd in cultuur, maar de problemen worden er niet minder op. Onlangs stierf de Egyptische schrijver Yusuf Idris. Zij houdt van zijn werk. Hij liet zich niet leiden door religieuze of sociale codes, ze voelde dat hij vrij was. Toen ze tegen een alawitische collega zei dat ze zijn dood betreurde, antwoordde die: 'Maar we hebben Hassan Sakr toch nog?' Hala zucht. Hassan Sakr is een onbeduidende alawitische schrijver – niemand heeft ooit van hem gehoord!

'Weet je dat ik nooit tegen mijn collega zou kunnen zeggen: Jullie alawieten? Maar hij kan op elk moment zeggen: Jullie Damascenen – omdat zij aan de macht zijn.' Ze kijkt me triestig aan. 'Daarover zou iemand moeten schrijven, maar dat kan hier niet.' Ze prikt gedachteloos met haar vork in de sla. Telkens ziet ze nieuwe alawitische zangers op tv. Zijn zij opeens de enigen die kunnen zingen? Waar zijn de zangers uit Aleppo? Het is al zover gekomen dat ze de beroemde liefdesdichter Nizar Kabbani, van wie ze vroeger niet hield, goed is gaan vinden enkel en alleen omdat hij een Damasceen is.

'Waarom publiceer je nooit in een Arabisch blad in het buitenland?'

Ze kijkt me verstoord aan. 'En door wie worden die bladen gefinancierd? Als het een blad is dat Syrië niet goed gezind is, zit ik voor ik het weet in nog grotere moeilijkheden.'

In het restaurant van ons bungalowpark is een bruiloft gaande. De vakantiegangers gluren door de ramen naar binnen, waar de muziek uit de luidsprekers dendert. Op een betonnen muurtje aan de achterkant van het restaurant zit een groep vrouwen met witte hoofddoekjes. Net vogels op een elektriciteitsdraad. Ze kwetteren verontwaardigd als we langslopen: we belemmeren hun uitzicht!

Hala grinnikt. Ooit was ze hier met Ahmeds familie. Ze sliepen met z'n twintigen op de vloer van het chalet en 's avonds zaten ze met z'n allen buiten. De vrouwen van Ahmeds broers waren hier veel vrijer dan in Damascus, omdat er geen bekenden in de buurt waren. 'Je had ze moeten zien als er 's avonds een bruiloft was, dan dansten ze op de veranda alsof ze zelf het orkest hadden betaald!'

We gaan naast de vrouwen op het muurtje zitten en gluren

op onze beurt naar binnen. De bruid zit onbeweeglijk op een hoge stoel, van nek tot enkels ingesponnen in roze tule. Twee bruidsmeisjes helpen haar op te staan. Stijf als een pop beweegt ze zich naar het podium, waar ze een danspasje maakt met de bruidegom. Haar gezicht is bloedeloos, gespannen. 'Jij wilde trouwen? *Tant pis,*' zegt Hala sarcastisch, 'vanavond zal je weten wat het is.'

De mannen op de dansvloer dansen de *dabke*, net zoals ik mannen in de bergen in Libanon vaak heb zien doen: de handen op elkaars schouders, stampend met hun voeten op de grond. Anderen wentelen met opgeheven armen om de vrouwen heen. Hala kijkt ernaar met verbazing – in Damascus dansen mannen nauwelijks, en zeker niet met zoveel vertoon van mannelijkheid. 'Moet je de lijfwachten zien dansen,' zegt ze. 'Zij kunnen het zich permitteren om een restaurant af te huren en feest te vieren, want zij behoren tot de groep die aan de macht is.' Haar stem klinkt bitter, even bitter als die van Ghassan vanmiddag. Er zit een ondertoon van jaloezie in die ik al eerder heb opgemerkt – alsof ze iedereen die niet in het slop zit zoals zijzelf, wantrouwt.

'Hoe weet je dat het alawieten zijn?'

'Zie je dat niet?'

'Waar zou ik ze aan moeten herkennen?'

'Ze zijn slecht gekleed en ze hebben allemaal een plat achterhoofd.' Ze moet er zelf om lachen. 'In Damascus zeggen ze dat dat komt doordat hun moeders hun bij de geboorte een klap op het achterhoofd geven met de woorden: "Op naar Damascus!" Maar je herkent ze aan zoveel meer dingen. Ze dragen vaak witte schoenen en sokken, let maar eens op.'

Asma is uitgekeken op het spektakel. 'Gaan we nu naar Côte d'Azur, mama?'

Hotel Côte d'Azur ligt aan het einde van de boulevard. Hala en Asma hebben er weleens gelogeerd toen een bemiddelde oom er met zijn familie een appartement had gehuurd. De luxueuze hal van het hotel is vol muziek en mensen in avondkleding, zodat ik even denk dat er een discofeest aan de gang is, maar ik vergis me. Begeleid door de schlager *Wallah, heek al-dunia*, Bij God, zo is het leven, flaneren mensen door de gangen en laten zich bekijken door hotelgasten die in de lounge aan tafeltjes zitten.

Hier en daar lopen traditionele vrouwen met lange jurken en hoofddoekjes, die even geïnteresseerd als de anderen om zich heen kijken. Ik denk aan de drie dorpsvrouwen in Banias die hun nieuwsgierigheid niet konden bedwingen en zich op plastic slippers op de rotsen waagden om te turen naar het tafereel in de branding.

Ook op het hotelstrand lopen mensen als acteurs op een filmset langs de tafeltjes met rieten parasols. Ze koesteren zich in dit decor dat ze kennen van Amerikaanse tv-series. Maar wat zich hier afspeelt heeft even weinig te maken met Amerika als de boeken van Sartre en Camus met Hala's gedachtenwereld.

Hala voelde zich diep ongelukkig toen ze hier logeerde; lezen kon ze niet, ze moest voortdurend meedoen aan de activiteiten die haar oom en tante organiseerden. Maar Asma genoot en ook nu kijkt ze verrukt om zich heen naar de meisjes in hun glimmende jurkjes, de hoge glazen met cocktails en nepkersen op de witte tafeltjes. 'Mama, waarom slapen we niet in dit hotel? Het is hier veel leuker!'

Ik kijk naar haar ogen die schitteren van opwinding. Madonna met haar miljoenen, Prince met zijn hofhouding, de lichtzinnige sfeer in deze hotelhal, en haar vader in de gevangenis – hoe slaagt ze erin al die dingen met elkaar te combineren? Nu trekt ze aan Hala's mouw: 'Mama, zouden we mijn volgende verjaardag hier niet kunnen vieren?'

Hala lacht. 'Asma heeft zulke wilde dromen, die moet later maar met een Golf-Arabier trouwen!'

Na enkele dagen in Latakia begint het thuisfront aan Hala te knagen: hoe zou het met Salims huwelijksaanzoek zijn gesteld? En zou hij inmiddels al een auto hebben gehuurd? In dat geval wacht hij wellicht op onze thuiskomst om een reisje met ons te maken. Asma heeft de pest in dat ze niet meer weet hoe het captain Majed vergaat, en ook *Layal al-Halmiyye* heeft ze al meermalen gemist. Slakken zijn het, denk ik boosaardig, het liefst zouden ze zich met huis en al verplaatsen.

Op een vroege ochtend vangen we de terugreis aan. We stoppen in Tartous om een boottochtje naar het eiland Arwad te maken. Voor we op de veerboot stappen, gaan we op zoek naar een plaats waar we onze bagage in veiligheid kunnen brengen. De apotheker, de kruidenier, de caféhouder, ze werpen ons wantrouwende blikken toe en schudden nee.

'Ze zijn bang dat er explosieven inzitten,' legt Hala uit. Die angst dateert uit het begin van de jaren tachtig, toen de moslimbroeders overal bommen plaatsten.

Tegenover de haven staat een stalletje met zonnehoeden, poppen en souvenirs. Terwijl Asma een pet met knipperende lichtjes past, kijken Hala en ik elkaar aan: zullen we het hier nog eens proberen? De verkoper neemt ons onderzoekend op. 'Wat zit er in die koffers?'

'Kleren,' zegt Hala.

'Weet je het zeker?'

'Nee, wapens.' De verkoper lacht, neemt onze koffers aan en zet ze onder de tafel. Opgelucht lopen we in de richting van de veerboot.

'Aardige man,' zeg ik.

'Vast en zeker een mukhabarat.'

'Waarom moet je hem er nu meteen weer van verdenken een mukhabarat te zijn!'

'Hij heeft een ideale uitkijkpost op de haven. Als hij geen mukhabarat was, zou hij daar helemaal niet kunnen staan.'

Wellicht heeft zij gelijk en ben ik de naïeveling. Hoe lang zal het nog duren voor ik dit soort dingen zelf zie? En zal alles dan niet zo doordrenkt zijn van bedrog dat ik ervan walg?

Op de veerboot zit een groepje jongelui uit Aleppo. Als ze ons in het Frans horen praten, mengen ze zich in ons gesprek. Ze hebben een gemak in de omgang waaraan ik hier niet gewend ben. 'Zo zijn ze in Aleppo,' zegt Hala als we uitstappen, 'veel opener dan elders. Dat zal je zien als we ernaar toe gaan.'

We lopen naar een oud fort waarin de Fransen tijdens de Tweede Wereldoorlog gevangenen opsloten. De weg is afgezoomd met toeristenkraampjes, maar de lucht op het eiland is vol vliegen en als ik achter de kraampjes kijk, zie ik alleen maar armoede. In een stoffig steegje trekt een jongetje een glasscherf voort aan een touwtje. Een glasscherf! De souvenirs zijn een treurig allegaartje: plastic sandalen die met kleine bootjes uit Libanon worden gesmokkeld, hemden met Hawaii-prints. Hala gaat op zoek naar een bermudashort voor Ahmed. Ze heeft sinds die nacht in Banias niet meer over hem gepraat en ik heb niet aangedrongen; ik ben blij met elk moment van luchtigheid op deze reis.

In het fort staan we stil bij een koperen plaat met de geschiedenis van het eiland. De Feniciërs waren op Arwad en zelfs Alexander de Grote zette hier ooit voet aan wal. 'En toen kwam de Baath-partij,' leest Hala.

'Staat dat er?'

'Nee, natuurlijk niet.'

We zijn alle drie opgelucht als we die avond de lichtjes van Damascus zien opdoemen. Hala voelt zich net een vies geitje. 'Straks allemaal in de wasmachine!' lacht ze. Even verderop staan we in een file. Midden op de weg ligt een legerauto op zijn zij; de personenauto waar hij tegenaan botste is naar de andere kant van de weg geslingerd. We kijken ernaar door het raampje van de *hob-hob* en zeggen niets.

III

Als we thuis het licht aandoen, schieten kakkerlakken alle kanten op. '*Shhh...! Shhh...!*' Hala klakt driftig met haar schoenen op de vloer en verjaagt met wiekende armen de fruitvliegjes die door de gang zeilen. We gooien alle deuren en ramen open, werpen onze vuile kleren op een hoop en al gauw sist de boiler, zoemt de wasmachine en klatert water uit alle kranen.

Asma ligt in haar roze badje te telefoneren, de douchesproeier als een hoorn tegen haar oor. '*Kiefik tété? Mniha? Alhamdulillah. Wa Salim? Inshallah mnih. Wa Zahra?*' Ik luister met verbazing – het is een perfecte echo van de gesprekken die Hala doorgaans met haar moeder voert. 'Hoe gaat het, tété? Goed? Godzijdank. En met Salim? Als God het wil, goed. En Zahra?'

Maar Hala wil nog niet bellen. Eerst moet het huis gepoetst, geschrobd, gedweild – ze rust niet voor alles glimt en geurt. We leggen schone lakens op het bed en spuiten insekticide in alle randen en kieren. 'Altijd als ik een paar dagen weg ben geweest, zit het hier vol ongedierte,' klaagt Hala. Ooit kwam ze thuis van een reis uit het oosten en zag ze rare pluisjes op de gang liggen. Waar kwamen die vandaan? In de voorkamer lagen ze ook. De deken op het bed in de slaapkamer bleek helemaal aangevreten te zijn. Toen ze hem onverhoeds optilde, ving ze een glimp op van een tafereel dat ze nooit zal vergeten: op het laken lag een rat in een nestje van pluis en bloed met kokhalzende geluiden te bevallen. Gillend rende Hala de kamer uit en voelde nog net hoe de rat langs haar benen de gang in roetsjte. Tegen de tijd dat ze de buurman erbij had gehaald, was de rat weggeschoten in een van haar nieuwe laarzen. De buurman mepte erop met een stok tot de rat dood was. Die avond zette Hala de ene laars in een plastic zak bij het vuilnis – de andere heeft ze nog steeds.

‘Hoe komt zo’n beest hier binnen?’ vraag ik vol weerzin.

‘Weet ik niet. Via het toilet misschien – ik had de deur vergeten te sluiten.’ Hala lacht als ze mijn vertrokken gezicht ziet. ‘Maar dat overkomt me niet meer, hoor!’ Ze heeft een Frans toilet; als ze nu voor enkele dagen weggaat, dekt ze het gat af met een steen.

Later die avond doe ik boodschappen in de buurt. Mijn huid tintelt van het hete bad, mijn haren zijn nog halfnat en ik voel me licht euforisch bij de ontdekking dat niet alleen Hala en Asma, maar ook ik thuisgekomen ben: ik ken hier onderhand de weg, ik weet waar ik op dit uur nog druiven kan vinden, brood en *labneh.*

De sigarettenverkopers staan als vanouds op de hoek van de straat. De jongen met het leren jack heeft ons uit de taxi zien stappen, beladen met koffers en tasjes. Geleund tegen de muur sloeg hij ons gade, het hoofd iets naar achteren, een vragende blik in de ogen. Nu ik alleen langs hem loop, weet ik niet welke kant ik op moet kijken. Ik schaam me voor mijn verlegenheid – zestien voel ik me, een meisje dat bang is dat ze nagefloten zal worden en tegelijkertijd hoopt dat ze niet onopgemerkt zal blijven. Wat zegt hij nu, wat zegt hij? *‘J’adore les Françaises!’* Tegen de tijd dat de woorden tot me doorgedrongen zijn, sta ik met bonkend hart voor het poortje van ons huis en schiet in een zenuwachtige lach. Ik gluur door mijn haren naar het einde van de straat en zie hem staan, de benen wijd, de handen in zijn zakken, het hoofd in mijn richting gekeerd.

Asma hangt in haar badjas voor de tv naar een wekelijks programma over de innige vriendschap tussen Syrië en Libanon te kijken, een bordje met een gebraden kippebout op schoot. Ik heb mijn schoenen bij de voordeur verwisseld voor slippers en als ik naar de keuken loop, merk ik dat ik al net als de anderen over de vloer begin te sloffen. Hala zit op bed en knipt haar nagels. Ze is opgewekt, zoals gewoonlijk als ze in bad is geweest en alles om haar heen schoon is.

‘De Profeet zei dat je elke dag een bad moest nemen,’ zegt ze. Bedachtzaam knipt ze verder. ‘Maar hij zei ook dat je ’s avonds je nagels niet mocht knippen.’

‘Waarom niet?’

‘Ik geloof dat ze in die tijd hun nagels afsneden met een zwaard. Stel je voor dat ze dat in het donker deden, voor je het wist was je teen of je vinger eraf!’ Dan vertelt ze over Aisha, de meest geliefde vrouw van Mohammed, die negen jaar was toen hij met haar trouwde, twaalf toen hij voor het eerst met haar sliep. Op haar dertiende bracht Aisha tijdens een veldtocht een nacht door met een jongeman in de woestijn. Ze beweerde dat de karavaan haar had achtergelaten, maar niemand geloofde haar. Ali, de schoonzoon van de Profeet, zei dat hij haar moest verstoten, maar Mohammed hield zo van Aisha dat hij haar vermeende ontrouw door de vingers zag. Daar begon de ruzie met Ali mee, waardoor de islam zich in twee richtingen zou splitsen.

Ik kijk naar Hala en lach. De Profeet, die leefde dertien eeuwen geleden! Ze praat erover alsof het gisteren was. Toen we in het Italiaanse visrestaurant in Latakia zaten en de wijn werd gebracht, vroeg ze: ‘Zei Jezus niet dat wijn goed voor je is?’ Ik kon me voorstellen dat hij zoiets gezegd had, maar precies wist ik het niet. Met het geloof is bij mij ook de overlevering verdwenen – het zou niet in me opkomen iemand een anekdote te vertellen over het leven van Christus.

Hala is met een zucht opgestaan. ‘En nu ga ik mijn moeder bellen.’ Tété, Salim, Shirin, Zahra, ze komen allemaal aan de lijn en als Hala eindelijk heeft neergelegd, bellen ze opnieuw, want ze zijn nog van alles vergeten. Ze krijgt op haar donder dat ze zo lang is weggebleven; gelukkig zijn we teruggekomen vóór de bedenktijd van Salims achternichtje Nihal over zijn huwelijksaanzoek om is: morgen komt ze met haar moeder op bezoek.

Salim is boos dat we met de *hob-hob* zijn gegaan; waarom hebben we niet op hem gewacht, hij heeft net een auto gehuurd! Shirin kondigt aan dat haar geheimzinnige geliefde er morgen ook zal zijn. Lachend legt Hala de hoorn op de haak. ‘Weet je dat iedereen jaloers is omdat ik met jou op reis ben geweest? Ze zeggen dat het is alsof mijn man is thuisgekomen!’

Morgen gaat ze meteen aan de slag, want tété's hele huis moet gepoetst voor het bezoek van Nihal en haar moeder. Een lichte paniek schiet door me heen: en ik, wat moet ik dan doen? Op zo'n delicate familiebijeenkomst ben ik zeker niet welkom. Maar Hala lacht me uit. 'Natuurlijk ben je uitgenodigd, jij bent immers mijn man!'

De volgende dag ben ik koortsig en misselijk. Buikgriep, constateert Hala. 'Wat zei ik je? Dat komt van het eten buiten de deur.' Asma voelt zich ook niet lekker. Twee dagen gaat het duren, voorspelt Hala, dan zijn we ervan af. Salim komt ons ophalen om naar de soek te gaan. Hij wil nieuwe bijzettafeltjes kopen voor tété's zitkamer, en plastic om eroverheen te leggen, anders komen er vuile vingers op.

Over het bezoek van vanavond zegt hij niets, hij praat alleen over de man waarmee Shirin plotseling is komen aanzetten. Hij zou willen dat ze deze maand nog trouwt.

'Waarom zo snel?' vraag ik aan Hala.

'Omdat Salim dan bij het huwelijk kan zijn.' Hij heeft zijn uitreisvisum voor Qatar nog steeds niet gekregen en maakt daar inmiddels ook geen haast meer mee.

Ik koop glimmende muiltjes om in tété's huis te dragen. Protserige dingen zijn het, maar Hala monstert ze tevreden: ik kan er zó mee naar een bruiloft. Thuis zit tété op de bank te mokken; hoeveel tijd wij niet nodig hebben om een paar tafeltjes te kopen! Alle vloeren staan blank, in de eetkamer staan de stoelen op tafel en Shirin loopt rond in haar onderjurk, een emmer en een dweil in de hand. Ze veegt een lok uit haar gezicht en knipoogt samenzweerderig in de richting van tété. 'Onweer,' fluistert ze, 'niet in de buurt komen.'

Hala haalt haar schouders op. Haar moeder is net een kind, zucht ze: als ze niet genoeg aandacht krijgt, gaat ze pruilen. In de eerste maanden van haar huwelijk met Ahmed droomde ze voortdurend dat haar moeder tussen hen in stond.

Shirin duwt me resoluut naar buiten. 'Jou hebben we even niet nodig.' Zelfs onder de citrusboom in de tuin is het verschrikkelijk heet. De takken buigen door onder het gewicht van de groene grapefruitachtige vruchten – binnenkort gaat tété ze inmaken en confijten. Ik zak neer in een tuinstoel, pak de kranten die ik vanochtend heb gekocht, leg mijn benen op tafel en dommel in.

Na het eten val ik in tété's kamer opnieuw in slaap alsof ik een fles whisky heb gedronken, en word pas wakker als het buiten schemert. Het bezoek kan elk moment komen, maar tété heeft haar peignoir nog aan en niemand weet waar Salim uithangt. Hala moppert: het hele huis is schoon en haar moeder laat de as van haar sigaret op de grond vallen alsof ze in de tuin zit!

'Jij moet niets zeggen!' bijt tété haar toe. 'Als jij niet zo lang in Latakia was gebleven, had je je vandaag niet zo hoeven haasten!'

Zahra staat voor de kleerkast te dubben. Ze heeft wel een mooie gele bloes, maar geen bijpassende schoenen. Het ene na het andere paar trekt ze aan, loopt ermee naar de zitkamer, draait in het rond, maar niets bevalt.

In de verlichte tuin zit Shirin met een man die ik niet ken. Als Asma me ziet gluren, duwt ze me plagerig in hun richting. Verlegen stelt Shirin me voor aan Farid, een jongeman van een jaar of dertig in een beige zomerbroek en een licht T-shirt. Engels of Frans spreekt hij niet, legt ze uit terwijl hij in mijn hand knijpt en breeduit grijnst. Dan gaat hij weer zitten, de benen uit elkaar, de rechterarm om Shirin geslagen, rammelend met de sleutels in zijn linkerhand. Shirin kijkt me verwachtingsvol aan. 'En, wat vind je?' lees ik in haar ogen, maar ik doe net of ik niets merk. Hij is het type dat vrouwen hier mooi vinden: stevig gebouwd, donkerblond haar, groene ogen.

Tété's nicht is inmiddels gearriveerd met haar twee dochters. Oom Jassim en zijn zoontjes zijn er ook, zodat de kamer vol is met stilte en schaapachtige glimlachjes. Tété zegt op plechtige toon: '*Ahlan wa sahlan*, welkom, welkom,' – een uitdrukking waarmee ze die avond menige ongemakkelijke stilte zal vullen. Ze heeft zich nog steeds niet omgekleed, en waar is Salim?

Het frisse meisje met het korte haar moet Nihal zijn. Een jaar of achttien is ze, ze draagt een witte broek en een bloes met een anker erop. Haar ogen twinkelen als sterretjes en haar wangen zijn hoogrood van opwinding. Ik heb met haar te doen. Salim begint al te kalen, wat moet ze met hem? Maar haar moeder, een arme weduwe die haar hele leven hard heeft gewerkt om haar dochters een degelijke opvoeding te geven, vindt hem vast een aantrekkelijke partij.

In de keuken zet Hala hoge glazen op een dienblad. 'Heb je hem gezien?' sist ze tussen haar tanden.

'Wie?'

'Farid!'

'Jazeker.'

'Dat lachje van hem!' Ze vertrekt haar mond in een bête grijns. Ik moet lachen, maar schrik ook van haar felheid.

'Een lijfwacht is het!'

'Hoezo?'

'Heb je het niet gezien, een alawiet! Hij lijkt op de bewakers in Ahmeds gevangenis.' Driftig schenkt ze de glazen vol met citroensap.

'Wacht nou even,' sus ik, 'je geeft hem helemaal geen kans. Misschien is hij aardig voor Shirin.'

'Pfff... een alawiet! Die is dolgelukkig dat hij een Damasceense kan krijgen.' Het is een simpele jongen, dat zag ze meteen. Heb ik de sleutels gezien waarmee hij rammelt? Ze vraagt zich af waar die toe dienen, want een auto heeft hij niet en een huis al evenmin. De manier waarop hij rondkeek toen hij binnenkwam, alsof hij in een paleis was beland!

'Wees blij, voor de verandering eens een alawiet die geen geld heeft.'

'Hij is te stom om geld te verdienen.' Hala drukt me een meloen en een mes in de hand en wijst naar een lege schaal op het aanrecht. Als ik klaar ben, zegt ze grimmig dat ik nog een meloen moet aansnijden. 'De schaal moet bulken, dat weet je toch? Niet alleen omdat wij graag zoveel eten, maar ook om te laten zien dat we niet gierig zijn.'

Ze is woedend op Shirin. Hoe durft die met een alawiet aan

te komen, terwijl Ahmed in de gevangenis zit. 'Nu kunnen we zelfs thuis niet meer vrijuit praten. Misschien is het wel een mukhabarat!' Ze blaast als een kwaaie kat, maar als tété haar roept, veegt ze haastig over haar verhitte wangen, neemt het dienblad met de glazen, gebaart dat ik een schaal met fruit moet nemen en loopt voor me uit naar de zitkamer. 'Mooie boel,' bromt ze als ze ziet dat iedereen naar buiten is gegaan, 'maak ik het huis schoon, kopen we bijzettafeltjes en verhuizen zij naar de tuin!'

Onder de citrusboom zitten ze bij elkaar, behalve tété die de bloemen en struiken natspuit met een tuinslang. Haar peignoir is opengevallen en onthult een onderjurk die om haar buik spant. Salim komt nonchalant aangelopen, een polstasje in de hand, alsof hij niets met dit alles te maken heeft.

Asma paradeert met haar nieuwe spulletjes, zoals altijd als ze verlegen is. Ze heeft het petje met de flikkerende lichtjes opgezet dat we in de haven van Tartous hebben gekocht en haar rode walkman op haar short geklemd. Achter elkaar drinkt ze een glas melk en een blikje cola leeg en gaat dan languit in een stoel hangen met de Milka-reep die ze vanmiddag heeft gekocht.

De zoontjes van oom Jassim, die als schildwachten aan zijn zijde zitten, volgen al haar bewegingen, maar zeggen niets. Oom Jassim is de broer van Nihals overleden vader en is vanavond aanwezig als beschermoom van Nihal. De romance van Shirin en Farid die hij er ongevraagd bijgeleverd krijgt, moet voor hem geen onverdeeld genoegen zijn nadat hij Shirin maandenlang het hof heeft gemaakt.

Hala blijft heen en weer lopen tussen de keuken en de tuin. 'Ze eten niet,' fluistert ze in het voorbijgaan, 'slecht teken.' Voor Salim hoopt ze dat Nihal ja zal zeggen, maar ze heeft ook medelijden met haar: het is een mooi meisje, wie weet houdt iemand van haar, of is zij op iemand verliefd.

Naast me zit Nihals oudere zuster, die Engels studeert aan de universiteit. Hoewel haar Engels behoorlijk is, komt ons gesprek moeizaam op gang. Ze lijkt gewend te zwijgen, ze beantwoordt mijn vragen zonder me aan te kijken en tuurt dan weer afwezig naar de grond. Ja, ze heeft Shakespeare gelezen. Als ik informeer hoe ze hem vindt vergeleken met Arabische schrijvers, zegt ze: 'Dat weet ik niet, we vergelijken niet, we bestuderen alleen de Engelse literatuur.'

'Maar als je Arabische boeken hebt gelezen, kan je toch zelf vergelijken?'

'Nee, want ik lees niet om te vergelijken, maar om Engels te leren.' Daar heb ik niet van terug. Hala had me gewaarschuwd: het niveau op de universiteit is de laatste jaren erg gedaald. Alles uit je hoofd leren is het motto, nergens bij nadenken. Toen een kennis van Hala die kunstgeschiedenis doceert onlangs een dia van een kledingstuk liet zien en de kraag vergeleek met een Mao-kraag, keken de studenten hem niet begrijpend aan: een Mao-kraag? Nooit van gehoord. Hij legde uit dat die genoemd was naar Mao, waarna hij voor een tweede verrassing kwam te staan: ze wisten niet wie Mao was. De laatste keer dat hij een schilderij van een naakte vrouw projecteerde, ging er een verontwaardigd gezoem op in de collegezaal. Het kwam uit de hoek van de fundamentalisten. Sindsdien heeft hij geen naaktschilderijen meer durven tonen.

De tuin druipt inmiddels van het water, maar tété is nergens meer te bekennen. In het gebladerte is een woest gevecht gaande. 'Huwelijkstijd voor katten,' lacht Shirin. Tot nog toe heb ik haar voornamelijk als een Assepoester door het huis zien schuifelen, maar vanavond draagt ze oorringen die even zwaar lijken als de citrusvruchten aan de boom en hangt er een kinderlijke vrolijkheid om haar heen. Farids familie komt uit Qirdaha, het geboortedorp van de president, zegt ze trots. 'Dat is geen gewoon dorp, hoor, het is de tweede stad van Syrië!' Laat Hala het niet horen, denk ik verschrikt. Zou Shirin niet weten wat Hala van dit alles vindt, is ze echt zo naïef? Maar even later fluistert ze in mijn oor: 'Farid is niet als de andere alawieten, hij is heel sentimenteel, net als ik.'

'*Ahlan wa sahlan!*' Tété komt in een blauwgrijze satijnen jurk het huis uit, een theatrale glimlach op het gezicht. Ze geurt naar het bad dat ze net heeft genomen en haar lippen zijn donkerpaars gestift. Ze schrijdt van de ene gast naar de andere, legt pruimen, peren, perziken en stukjes meloen op hun bord. '*Tsalla, tsalla,*' zegt ze. Hala kijkt me aan en lacht. 'Tsalla' betekent letterlijk 'amuseer je' – het is de traditionele aanmoedigingsformule als gasten zoetigheden en fruit geserveerd krijgen. 'Hoor je dat? Wij eten om ons te amuseren.'

Nu Salim er is, is iedereen meer ontspannen. Hij is de man van het huis en hij heeft iets te vertellen, want hij woont ver weg. Op zijn gebruikelijke warrige manier praat hij over Qatar. Alle Golf-Arabieren zijn het erover eens dat het het saaiste land in de regio is, maar dat vertelt Salim niet. Hij heeft het over de soek van Doha waar de groenten goedkoper zijn dan in Damascus, terwijl je in Qatar tien keer zoveel verdient. Hij beschrijft de schitterende wegen die de regering aanlegde, waardoor je moeiteloos van de ene stad naar de andere kan rijden. Ik zeg maar niks. Qatar is piepklein, je bent er in enkele uren doorheen en dan heb je een hoop zand gezien, want het is allemaal woestijn.

Nihals moeder schilt een appel – wat Hala een veelbetekenende blik ontlokt – en vertelt over het leven dat zij sinds de dood van haar man met haar dochters leidt. Het liefst zitten ze thuis, ze zijn alle drie blij als ze 's avonds de deur achter zich dicht kunnen trekken. Dat is een geheime boodschap voor Salim, zal Hala me in de keuken uitleggen: ze wil duidelijk maken dat haar dochter beschermd is opgegroeid, dat ze niet uitgaat, geen contact heeft met mannen. Misschien heeft Nihal dus toch geen vriendje?

Nu eens kijkt Nihal met stralende ogen naar Salim en lacht om zijn grapjes, dan weer staart ze in gedachten voor zich uit. Het ene moment denk ik dat het ja zal zijn, het volgende nee. Salim werpt op zijn beurt steelse blikken in haar richting, die haar hevig doen kleuren. Hoe anders kijken ze naar elkaar. Zij neemt hem op met onverholen nieuwsgierigheid, als een stuk speelgoed dat ineens binnen haar bereik ligt. Zijn blik is veel afstandelijker: zij is een figuur in het landschap waarin hij zijn toekomst heeft gepland, en waarin ook een auto thuishoort, en een huis. Voorlopig blijft hij in Doha om geld te verdienen, maar op een dag hoopt hij terug te komen naar Damascus en een baan te vinden, bij voorkeur bij een buitenlandse firma.

Even probeert hij Nihals blik gevangen te houden, wat haar zo in de war brengt dat ze Asma op schoot trekt, haar knuffelt en iets toefluistert. Ze heeft drie witte plastic armbandjes om en in haar oren zitten zwarte knopjes. 'Als ze ja zegt, moet Salim meteen kleren voor haar kopen,' zei Hala net in de keuken, 'want het is al de derde keer dat ik haar in dezelfde broek en bloes zie.'

Zahra is de enige die weinig aandacht heeft voor wat er om haar heen gebeurt. Ze heeft zwarte schoenen aangetrokken, maar niet van harte: de hele avond verstopt ze haar voeten onder haar stoel. Soms zegt ze iets, of roept op klagende toon iemands naam, want ze kan het tempo van de conversatie niet bijbenen. Maar niemand let op haar – net zoals wij thuis Hildeke op dit soort avonden altijd vergeten, zodat ze in zichzelf begint te lachen en te praten terwijl ze met haar bovenlichaam heen en weer beweegt. Maar Zahra zit in onbewaakte momenten als deze juist kaarsrecht, een strenge frons tussen de wenkbrauwen – net een politieagent. Ik kan me ineens voorstellen dat ze tijdens Hala's bevalling uit pure onhandigheid te ruw aan haar benen trok.

Als Hala en ik uit de keuken komen met de koffie, is Salim naast Nihal gaan zitten. Tété kijkt aan de andere kant van de tafel toe, een liefdevolle blik in de ogen. Die blauwgrijze jurk staat haar goed en ook haar humeur is aanzienlijk verbeterd sinds ze een bad heeft genomen. Zou Nihal haar jawoord al gegeven hebben?

Asma komt vertellen dat *Layal al-Halmiyye* is begonnen. Tété wil dat het bezoek blijft kijken, maar de drie vrouwen besluiten dat het tijd is om naar huis te gaan en oom Jassim biedt aan hen te vergezellen. Ik verwacht dat tété na hun vertrek zal losbarsten in gepraat, maar er gebeurt niets: ze kijkt naar de tv en ook Salims gezicht verraadt geen emotie.

Ali, de sympathieke hoofdfiguur van *Layal al-Halmiyye*, is in de gevangenis moslimbroeder geworden. Als hij vrijkomt, verschijnt Sadat op de tv, die de Camp David-akkoorden aankondigt. Het zijn documentairebeelden die tété een afkeurend gesis ontlokken en Hala een traan doen wegpinken. Asma reageert even geschrokken als destijds in de bioscoop: 'Mama, mama, wat is er?'

Zahra vraagt of we blijven slapen, maar Hala schudt resoluut haar hoofd; zodra het feuilleton afgelopen is, pakt ze haar spullen bij elkaar. Tété, die haar rol van gastvrouw nog niet heeft afgelegd, loopt met ons mee tot de deur. Ze drukt haar ooglid tegen mijn voorhoofd om te voelen of ik nog koorts heb en zegt streng dat ik naar bed moet.

'En?' vraag ik als we buiten zijn.

'Allemaal dik voor mekaar,' zegt Hala. 'Nihal heeft ja gezegd. Maar haar moeder wil dat ze elkaar beter leren kennen.' Ze zucht: 'Dat betekent een hoop familiebezoeken over en weer. Maak je borst maar nat.'

En bezoeken worden het, en discussies, en telefonades. Salim staat erop dat Shirin haar trouwfeest viert in de Club voor Ingenieurs waartoe hij behoort, maar Shirin wil helemaal geen feest. Het tragische einde van haar vorige verhouding – haar geliefde trouwde hals over kop met een rijke vrouw – heeft haar zelfvertrouwen flink aangetast. Ze heeft zich helemaal op Farid gestort en wil hem het liefst voor de hele wereld verbergen. Ze ontmoetten elkaar een jaar geleden op een instituut waar ze allebei een cursus Engels volgden. 'Engels! Heb je Farid al één woord Engels horen spreken?' spot Hala. Ze heeft gelijk; zelfs simpele uitdrukkingen als '*good evening*' begrijpt hij niet.

Farid heeft een onduidelijk baantje in een staatsbedrijf. Hala kan zich niet voorstellen wat hij daar uitspookt, behalve spioneren. 'Je zou hem moeten horen praten, er komt geen grammaticaal correcte zin uit zijn mond.' De mukhabarat die ze doorgaans in bedrijven ontmoet, zijn even stom, schampert ze. Ze kunnen hun naam niet eens spellen, maar schoppen het wel in een mum van tijd tot baas van de afdeling. Ze telefoneren voortdurend met andere baasjes, ze zitten tussen de arbeiders en de hoge verantwoordelijken in. Maar Farid is volgens haar niet eens snugger genoeg om zich tot zo'n positie op te werken.

Sinds hij officieel geïntroduceerd is in de familie, slijt Farid zijn middagen op de bank in tété's zitkamer, een arm om Shirin geslagen, een te brede glimlach op het gezicht gebeiteld. Ik vermoed dat hij niet goed raad weet met zijn houding, maar Hala is op oorlogspad en toont absoluut geen begrip. Als het tv-nieuws een ontmoeting tussen Assad en koning Hussein van Jordanië uitzendt, kijkt Farid wezenloos naar het scherm en zegt na enige aarzeling: '*Siasa*, politiek.'

'*Siasa!*' persifleert Hala hem in de keuken, 'hij praat als een wasvrouw!' Assad noemt hij tot haar woede onveranderlijk 'meneer de president'. Gisteren is hij met Shirin naar het graf van haar vader geweest. Hij vroeg of Hala meeging – wat denkt hij wel! Ook stelde hij voor om Asma enkele dagen mee te nemen naar Qirdaha. 'Zeker om te laten zien dat hij door zijn toekomstige schoonfamilie volledig vertrouwd wordt!' Ze peinst er niet over haar dochter met hem te laten reizen.

Salim is ook niet echt verguld met de intrede van een alawiet in de familie. Assad voert een demografisch offensief tegen de Damascenen, zegt hij: hij wil dat zoveel mogelijk alawieten zich in de hoofdstad vestigen, zodat ze hem kunnen steunen als er een opstand uitbreekt. Maar hij wil zich niet tegen een huwelijk verzetten – net als de anderen realiseert hij zich dat Shirin op haar vijfendertigste weinig keuze heeft.

Shirin brengt nu veel tijd door met winkelen en op een dag ga ik met haar mee. We kijken naar stoffen, wandelen uren door de overdekte goudsoek en stoppen bij elke etalage, zodat ik die avond in bed gouden hangers en filigraan oorringen voor mijn ogen zie dansen. Shirin lacht mysterieus als ik naar haar toekomst met Farid vraag. '*I'm going to swim in the sea of honey,*' zegt ze. Ik kan me voorstellen dat ze gelukkig is het huis van tété te ontvluchten, maar waar moet ze naar toe? Farid woont in een krottenwijk aan de rand van Damascus en met zijn salaris zullen ze niet makkelijk iets anders kunnen vinden. Volgens Hala vertrouwt Farid erop dat Shirin dit probleem zal oplossen. Wellicht heeft hij er geen bezwaar tegen bij tété in te trekken – het huis is toch groot genoeg? Ook de naam Wadi al-Nakhla is al gevallen. Maar Hala roept dat ze zich daar fel tegen zal verzetten: ze huivert bij de gedachte wat haar moeder zal doen als de droom van Wadi al-Nakhla haar wordt ontnomen.

In de drukte om Shirin raakt de prille verbintenis tussen Salim en Nihal bijna op de achtergrond. Die is volgens Hala ook minder urgent, want Salim is niet van plan om meteen te trouwen. Wel zijn de bezoeken over en weer begonnen en Salim staat erop dat Hala hem vergezelt als hij met tété naar Nihal gaat. Ze ziet er als een berg tegenop en vraagt me nooit mee – het is erg genoeg dat zij zich moet opofferen, verzekert ze me. Ze heeft nooit veel contact gehad met deze tak van de familie, en nu begrijpt ze waarom. De stilte die er in dat huis heerst! Niemand heeft enige gespreksstof en als zij er niet was om de uren aan elkaar te praten – ze weet niet wat Salim en tété dan zouden doen. Laatst trokken Salim en Nihal zich terug op het balkon terwijl hun moeders binnen op de bank tegenover elkaar vochten tegen de slaap.

'Het zijn baathisten,' zegt Hala als ze op een avond thuiskomt, 'de moeder, en de dochters ook.' Van de moeder wist ze het al, want die ontmoette ze in haar studententijd in een baathistisch opleidingskamp waar zij een enquête deed. Ze liep de hele tijd achter de echtgenote van de kampleider aan en begreep niet dat Hala niet even diep van haar onder de indruk was als zijzelf.

Hala zucht. 'Wat halen we onze familie binnen, een baathiste en een alawiet! Mijn vader moest het eens weten, hij zou zich omdraaien in zijn graf.' Jarenlang hebben ze dit soort invloeden buiten de deur kunnen houden, maar nu lijken ze niet langer te stuiten.

De volgende keer dat ik Salim en Nihal bij tété zie, merk ik dat hun relatie enige vooruitgang heeft geboekt. Salim houdt haar blik nu langdurig gevangen en later op de avond zitten ze naast elkaar op de bank en raakt hij haar arm aan, wat het bloed naar haar wangen doet schieten.

Hoe lang is het geleden dat Salim aankondigde op zoek te zijn naar een vrouw? Een maand? Hoe onwerkelijk en heilloos leek zo'n verbintenis me toen. Ik betrap mezelf erop dat ik het inmiddels niet meer zo vreemd vind en de vorderingen zelfs met enige nieuwsgierigheid gadesla. Ook Hala heeft zich met de gang van zaken verzoend. Nihal is door haar moeder blijkbaar voorbereid op een verstandshuwelijk met een man als Salim. Ze wil weten waar ze zal wonen en hoe groot de bruidsprijs is die Salim van plan is te betalen. Een huis, een auto, financiële zekerheid, het zijn belangrijke dingen in Nihals leven.

Maar over Salim zelf is Hala niet te spreken. Ze vindt hem zo conservatief geworden. Op een avond hoorde ze hem aan Nihal vragen of ze weleens een badpak draagt. 'Ja, op school,' zei ze verlegen. 'En zien de leraren je dan?' Dat leek hem geenszins te bevallen. Haar broer! Zoiets zou hij vroeger nooit gezegd hebben.

Enkele dagen geleden kapittelde hij haar over Asma. 'Ik begrijp niet dat je haar zomaar bij een vriendje laat spelen, weet je waar dat op uitloopt?' Op een ochtend als Hala weg is, komt hij Asma thuis ophalen. Hij kijkt enigszins verstoord naar mijn mouwloze hemdje en zegt kortaf: 'Gelukkig heeft mijn zuster haar dochter niet alleengelaten, want dat is hier niet gebruikelijk.'

'Waar bemoeit hij zich mee,' mort Hala als ik het haar vertel.

'Zo denken ze in Doha,' zeg ik.

'Maar daarom hoeft híj toch nog niet zo te denken?' Ze heeft veel kritiek op de Golflanden vanwege hun kapitalistische inslag en pro-Amerikaanse houding, maar dat Salim er werkt en daardoor indirect een deel van zijn familie onderhoudt, lijkt haar niet te deren. Integendeel, ze overweegt soms zelf in de Golf te gaan werken. Begrijpt ze niet dat Salims verblijf daar zijn mentaliteit beïnvloedt? Ik heb het zo vaak zien gebeuren met Arabische gastarbeiders in de Golflanden: hun vrouwen thuishouden wordt op den duur een statussymbool, omdat de Golf-Arabieren het ook doen.

'Jullie kijken op de Golf-Arabieren neer, maar van hun geld zijn jullie niet vies,' zeg ik.

Hala houdt niet van zo'n boute uitspraak. 'Als een vrouw lelijk is en maar één oog heeft, maar goed is vanbinnen,' zegt ze, 'zou je haar dan meteen vertellen dat ze lelijk is? Je zou ook kunnen beginnen met te zeggen dat ze een goed hart heeft.'

Maar veel tijd om ons over die dingen druk te maken, hebben we niet. De vrouw van Ahmeds broer Rashid is hoogzwanger. De dokter wil dat ze in het ziekenhuis bevalt, want het kind ligt verkeerd. Maar Ahmeds moeder vertrouwt erop dat het met de hulp van God goed zal komen en laat een kraamvrouw komen. Midden in de bevalling moeten ze in aller ijl naar het ziekenhuis. Het kind komt met de keizersnede ter wereld.

Rashids vrouw mag de eerste dagen absoluut niets eten, maar als Hala haar opzoekt, is Rashid haar net *sfiha* aan het voeren, een machtig gerecht van brood met gehakt en uien. Ahmeds moeder, die suiker heeft, zit er ook van te eten. Op het tafeltje naast het bed staat een enorme schotel met *baklawa*, mierzoet gebak met walnoten en pistaches. 'Jammer dat jij er niet bij was,' gniffelt Hala, die inmiddels weet wat een afkeer ik heb van al dat gevreet.

Laatst lag Ahmeds moeder na een operatie in hetzelfde ziekenhuis. In elke kamer staat een extra bed voor een wakend familielid. Daar zat iedereen de godganse dag op te wiebelen. Op een middag wees Ahmeds vader naar het zuurstofmasker dat boven het bed hing. 'Wat is dat?'

'Dat is frisse lucht,' zei Rashid, en trok het ding naar zich toe, 'wie wil er een wandelingetje maken?' Het masker ging van hand tot hand, ze wilden het allemaal proberen en haalden er steeds meer nieuwsgierigen bij. Enkele weken nadat Ahmeds moeder uit het ziekenhuis ontslagen was, kwam de rekening. De zuurstof die ze in hun onschuld hadden gebruikt, kostte vijf keer meer dan de operatie. 'Ze komen uit de stad,' lacht Hala, 'maar het zijn geen stadsmensen.'

Maar even later is ze weer ernstig. Ze moet hemden strijken, want morgen gaat ze naar Ahmed. Salim zal haar wegbrengen en deze keer mag ik mee, tot aan de gevangenispoort.

Hala neemt behalve kleren en twee kilo suiker ook een stapel boeken over theater mee. Sinds zij daarin geïnteresseerd is, wil Ahmed er alles over lezen. 'Hij wil er meer over weten dan ik, zodat hij me kan overtroeven,' zegt ze terwijl ze de boeken gelaten in een tas stopt.

Nu en dan krijgt hij een publikatie van haar in handen. 'Het was goed, maar je zou Roger Garaudy moeten lezen,' zegt hij dan. Altijd dat paternalistische toontje! Als hij deze boeken uit heeft, zal hij ook wel met een of andere aanbeveling komen – dat ze Stanislawski moet lezen bijvoorbeeld, omdat die de beste theoreticus is. Maar zij heeft haar weg al gekozen, zij weet wat haar interesseert. Ze houdt van het absurde theater. Genet, Ionesco, Beckett. *En attendant Godot* vindt ze prachtig, van de eerste tot de laatste regel. 'Ik heb mijn ideeën getoetst aan de praktijk, hij niet, daar benijdt hij me om,' zegt ze mat.

Ik vind haar hard als ze zo over Ahmed praat en voel van de weeromstuit sympathie voor hem. Die moeizame poging om haar vanuit de gevangenis te sturen – waarom gunt ze hem die niet? Maar ik kan haar ook begrijpen. Na al die jaren alleen is ze niet langer bereid zijn bemoeienissen te accepteren.

'Wat zou er gebeurd zijn als hij destijds niet gearresteerd was?' vroeg ik haar eens.

'Hij zou me kapot hebben gemaakt,' zei ze zonder enige aarzeling, 'hij verdroeg niet dat ik goede dingen deed, dat ik succes had.'

Salim arriveert een kwartier te laat en nog is Asma niet klaar. 'Dat treuzelen van mijn dochter begint ernstige vormen aan te nemen,' zegt Hala. Salim staat onthecht in de deuropening. Hoe vaak ik hem ook zie, hij blijft een raadsel voor me. Telkens weer verbaas ik me over het contrast tussen Hala's helderheid en zijn wazigheid. In de auto zit ik naast hem. Achterin valt Asma meteen op Hala's schoot in slaap. De drukte op de weg naar de gevangenis maakt Salim hels. 'Syrië is een zinkend schip,' foetert hij, 'en dan heb ik het niet alleen over het verkeer.'

'In welk land in de Arabische wereld gaat het volgens jou beter?' Sinds ik die vraag in Latakia aan Ghassan stelde, heb ik me voorgenomen dit vaker te doen.

Salim denkt lang na. Ik probeer hem in gedachten te volgen. Egypte, Tunesië misschien?

'Ik geloof in Qatar.'

'Qatar! Maar dat is toch geen echt land!'

Naarstig denkt hij verder, alsof het om een examenvraag gaat. 'Dan kom ik toch weer bij Syrië terecht.' Ik geef het op. Syrië en Qatar, andere landen kent hij niet.

We zijn een zandpad opgereden. Daar is het armoedige dorpje dat we vanuit de *hob-hob* zagen – een kleurloos landschap van stof en stenen dat deels van de weg is afgescheiden door een muur. 'Een leprozendorp,' zegt Hala. Verderop ligt een Palestijnenkamp dat in 1972, na de aanslag op Israëlische atleten tijdens de Olympische Spelen in München, werd gebombardeerd. Hala vertelt het op een doffe toon. De gevangenisstemming is al over haar gekomen.

'Ze hebben hier wel alle verschoppelingen bij elkaar gestopt,' zeg ik.

'Oh, dat is nog niet alles. Achter de gevangenis ligt een gekkenhuis. Salim zal het je straks wel laten zien.' Niet lang nadat Ahmed hier terechtkwam, is ze er een keer geweest. Ze wilde zijn nieuwe omgeving verkennen. 'Het was winter – alle ramen waren stuk en het was er ijskoud. De verplegers verzekerden me dat de gekken het verschil tussen warm en koud niet voelden, maar ik geloofde hen niet. Volgens mij drukte het personeel de stookolie achterover. De ramen vervangen had geen zin, beweerden ze, de patiënten zouden ze toch weer stukgooien.'

Salim is een zijweg ingeslagen. *Damascus Prison* staat er boven de ijzeren poort waarop behalve de Syrische vlag een grote duif is geschilderd. Aan de andere kant van de poort, vertelt Hala, draven twee paarden de vrijheid tegemoet. Bij de ingang staan mensen in groepjes bij elkaar. De meesten zijn vrouwen en kinderen; ze hebben allemaal tassen bij zich. Een taxichauffeur zit op een badhanddoek in de schaduw van zijn auto te wachten.

Hala en Asma lopen naar een vrouw toe die uit de verte naar ons glimlacht. 'Ahmeds moeder,' zegt Salim. Ik zou haar nooit herkend hebben in haar bruine regenjas en hoofddoek. De twee meisjes in zwarte *abaya's* die haar vergezellen herken ik evenmin.

Salim en ik blijven bij de auto staan. Het is alsof een onzichtbare muur ons van de anderen scheidt. Alleen Asma loopt nog even heen en weer om de knipperende pet te halen die ze haar vader wil laten zien.

De namen van familieleden worden afgeroepen. De poort schuift open en ik zie een rijtje bomen met lage gebouwen eromheen. In een van die gebouwen zit Ahmed. Dichter zal ik nooit bij hem komen. Hala loopt met rappe pasjes naar binnen, Asma achter zich aan – twee kleine, zorgelijke figuurtjes.

Het ommuurde gesticht waar we even later langsrijden, is totaal verwaarloosd. Onkruid groeit hoog boven de muren en daarachter schemeren de contouren van wat een ruïne lijkt. 'Ons *cuckoo's nest*,' zegt Salim, die op zijn vrije avonden in Doha vast veel videofilms ziet. In het Arabisch heten gekken *asfouriyya*, vertelt hij – een verwijzing naar de *asfour*, vogeltjes, in hun hoofd.

De lucht is stoffig, de heuvels in de verte zijn gehuld in nevels, alsof de zon die vanochtend in Damascus zo uitbundig scheen, geen vat heeft op dit landschap. We passeren cement- en steenfabrieken, een school voor Palestijnse weeskinderen, een opslagplaats van legermateriaal, een terrein vol autowrakken. Vrachtwagens met zand rijden heen en weer, een kudde schapen steekt de weg over. Een enerverende omgeving is het, en de nabijheid van Salim is niet minder enerverend. Hij praat boven het geraas van het verkeer uit en springt van het ene onderwerp op het andere, alsof zijn gedachten los in zijn hoofd hangen.

Zojuist zijn we een roestig verkeersbord naar Bagdad gepasseerd – een loze aanwijzing, want de grens aan het einde van de weg is dicht. 'Saddam heeft van de Arabieren de Indianen van de wereld gemaakt,' zegt Salim cryptisch. Ik geloof dat hij bedoelt dat Saddam de Amerikanen een voorwendsel heeft gegeven om de Irakezen uit te moorden als Indianen. Hij heeft de Golfoorlog in Qatar op CNN gevolgd en is op een dag onverhoeds op een programma over San Francisco gestuit waarin deze stad het 'Mekka van de homoseksuelen' werd genoemd. 'Het Mekka van de homoseksuelen! In Mekka mogen zelfs normale mensen niet met elkaar naar bed als ze niet getrouwd zijn!'

'Maar zo bedoelen ze het niet,' zeg ik, 'het is een uitdrukking, het betekent...'

'Kan me niet schelen! Wat denken de Amerikanen wel, dat wij allemaal barbaren zijn? Ze hebben geen respect voor ons.' En daar, zegt hij, is Saddam Hussein medeverantwoordelijk voor.

Ik ben blij als we opnieuw in de richting van de gevangenis rijden, waar twee stipjes tegen de grijze poort gedrukt op ons staan te wachten.

Stil kruipen Hala en Asma achterin. Ze hebben allebei gehuild. 'Ik vertel het je straks wel,' fluistert Hala als ik vragend naar haar kijk. Asma drukt zich tegen haar aan, een plastic zak met chocolaatjes in de ene hand, de knipperpet in de andere. Salim zegt niets.

Thuis trek ik me terug in de slaapkamer en hoor Asma in de voorkamer snikken terwijl Hala tegen haar praat. We eten in stilte. Asma werpt Hala waarschuwende blikken toe – ze mag me onder geen beding vertellen wat er in de gevangenis is voorgevallen. Voor het eerst sinds mijn aankomst voel ik me een indringer in dit huis en zou ik een plek willen hebben waar ik op momenten als deze naar toe kon.

Maar na het eten belt een vriendinnetje van Asma aan en rent zij na enige aarzeling de straat op, haar voetbal onder de arm, een fluitje om de hals. Zwijgend ruimen we af. In de keuken laat Hala zo'n hartgrondig '*ufff!*' horen, dat we allebei in de lach schieten. Ik sla mijn arm om haar heen. 'Wat was er nou?'

'We hebben een verschrikkelijke scène gemaakt.' Ahmeds familie is sinds enige tijd op de hoogte van hun huwelijksproblemen. Een van de meisjes die Ahmeds moeder vanochtend vergezelde was een ongetrouwde nicht die ze vroeger aan hem hadden willen uithuwelijken. De boodschap was duidelijk: als Hala wil scheiden, is er een nieuwe gegadigde.

Aanvankelijk bleef Hala op de achtergrond terwijl Ahmed met zijn moeder en nichtjes praatte. Asma stond dichterbij en hoorde hem tegen zijn moeder zeggen dat ze Asma niet bij Hala moest laten als hem in de gevangenis iets zou overkomen. Toen Asma haar vertelde wat ze had gehoord, barstte Hala in snikken uit en liep naar buiten, Asma achter zich aan. Ahmeds moeder kwam hen terughalen en hield zich tijdens de rest van het bezoek afzijdig. Eerst vlogen de verwijten heen en weer, maar al vlug zaten ze alle drie te huilen. Ik probeer me de commotie voor te stellen die zo'n scène in de bezoekersruimte van de gevangenis teweeg moet brengen. 'Schaam je je niet om in het openbaar te huilen?'

Hala kijkt me meewarig aan. 'Er wordt daar zoveel gehuild, niemand let er meer op.'

Door zijn tranen heen smeekte Ahmed haar om bij hem te blijven. 'Je zal me breken als je me verlaat,' zei hij.

'Je bent geen geweer dat je doormidden kan breken,' wierp ze tegen, 'het zal je misschien goeddoen, je zal er menselijker door worden.'

We zijn naar de slaapkamer verhuisd, waar het op dit uur van de dag het koelst is; als het even stil is, hoor ik Asma's snerpende fluitje aan de voorkant van het huis. 'Dus jullie hebben alleen maar ruzie gemaakt en gehuild? En je hebt hem zo achtergelaten?'

'Nee, nee, op het laatst waren we weer rustig en hebben we over van alles gepraat.' Asma vertelde over het tentenkamp in Banias, Ahmed vroeg of ze *Layal al-Halmiyye* hadden gevolgd en of ze aan hem hadden gedacht toen de hoofdfiguur Ali in de gevangenis terechtkwam. 'Maar enfin, hij is kinderachtig aan het worden,' zucht Hala. Toen ze haar mouwloze arm even ophief, zag ze hem met glinsterende ogen naar haar oksel kijken. Hij vroeg haar of ze nog van hem hield. 'Wat moet ik zeggen? Ik krijg de woorden niet meer over mijn lippen. Ik heb het geprobeerd, maar ik kan het niet meer.'

Eenmaal buiten stelde Ahmeds moeder haar gerust. Ze hebben in de familie over Asma gepraat en besloten dat ze bij Hala mag blijven zolang Ahmed in de gevangenis zit. Ze vertelde ook dat ze een appartement voor Ahmed hadden gekocht waar hij meteen in kan trekken als hij vrijkomt.

Weer zucht Hala. Sinds Ahmed in de gevangenis zit, heeft hij veel meer contact met zijn familie dan vroeger. Toen ze met hem trouwde, was zijn familie heel arm, maar inmiddels zijn ze behoorlijk rijk geworden. De afgelopen elf jaar heeft hij regelmatig geld van hen gekregen. Als hij vrijkomt, vreest ze dat dat een touw om zijn nek wordt: hij is afhankelijk van hen geworden. Ze probeert er als ze alleen met hem is weleens over te praten, maar hij zegt altijd dat zijn familie het echte volk is, dat hij van hen niets te vrezen heeft. Hala schudt bezorgd het hoofd. 'Als dat het echte volk is! Een moeras is het, dat je naar beneden zuigt. Ze belemmeren je om je eigen leven te leiden – je kan hén niet veranderen, zij veranderen jou.'

En nu hebben ze zelfs een appartement voor hem gekocht. Toen zijn moeder de straat noemde, schrok ze. Het is een gesloten buurt, vrouwen komen er nooit buiten zonder hun hoofd te bedekken, kinderen spelen er nooit op straat. Hoe meer ze erover nadenkt, hoe onmogelijker het haar voorkomt dat ze nog ooit met Ahmed zal leven. Zou ze uit medelijden met hem naar bed moeten gaan als hij vrijkomt? Dat zou toch prostitutie zijn? 'Ik hoop dat jij er nog bent als hij vrijkomt,' zegt ze zachtjes, 'dat je me kan helpen.'

We worden wakker van Asma's heldere stemmetje op de binnenplaats. Hala spitst de oren. 'Ze praat tegen zichzelf,' fluistert ze. Ze heeft een tekening gemaakt op het bord, een huis met een pannendak zoals je dat hier nergens ziet, met een rookpluim uit de schoorsteen en gordijntjes voor de ramen. Het verdriet van die ochtend lijkt vergeten, ze trekt me mee naar de voorkamer waar een cadeautje van Ahmed voor me klaarligt: een hanger van palmhars met de moskee van Jeruzalem aan de ene, een palmboom aan de andere kant – Hala had hem verteld dat ik in Afrika ben geweest. Voor Asma heeft hij een hangertje gemaakt van de twee helften van een perzikpit. Aan de binnenkant zijn drie namen gekalligrafeerd in de vorm van een sikkel. 'Dat zijn wij drieën,' zegt Hala triestig, 'verloren dobberend in een bootje op zee.'

De chocolaatjes die Asma heeft gekregen hebben veelkleurige wikkels die vruchte- en notevullingen beloven, maar de eerste twee die ik openmaak hebben helemaal geen vulling en smaken precies hetzelfde. Bevreemd speur ik verder en proef achtereenvolgens de walnoten, kersen en hazelnoten, tot ik ze allemaal heb gehad en mijn hele mond vol is van dezelfde bittere smaak van pure chocola.

Als we 's avonds een wandeling door de buurt maken, hangt Asma aan Hala's arm. Ze wil weten waar ze naar toe moet als haar moeder sterft; ze wil niet bij Ahmeds familie wonen, maar ook niet bij tété. Zou Hala geen brief kunnen schrijven waarin staat dat ze naar oom Salim wil?

'Waar zo'n kind aan denkt,' zeg ik en strijk over Asma's haren. Ze lacht naar me, drukt zich tegen Hala aan en zegt: '*Ana wa mama*, ik en mama', woorden die ze de volgende dagen nog vaak zal herhalen en zelfs zal zingen op de melodie van Fayruz' nieuwste hit *Kiefak enta.*

Die nacht droomt Hala van haar vader. Hij zit gebogen over een brief die hij voor haar moet schrijven. Het heeft iets met Ahmed te maken, maar ze weet niet precies wat. 'Ik heb hem nodig,' zegt ze, 'hij zou wel geweten hebben wat me te doen stond.'

Tété belt. De familie van Farid komt morgenavond uit Qirdaha voor het verlovingsfeest – ze heeft extra stoelen nodig. Hala denkt na. Op de binnenplaats staan vijf oude stoelen; als ze die eens opnieuw liet bekleden? Ze zitten onder de spinnewebben en verkeren in een lamentabele staat, maar even later zijn ze schoongeschrobd en haalt een mannetje uit de buurt ze op met de belofte dat ze diezelfde avond klaar zullen zijn.

Als we tegen de schemering naar het atelier gaan, is daar weinig beweging. Binnen in het halfdonker ontwaren we het mannetje van vanochtend. Hij zit op zijn knieën op de grond en geeft een dikke kreunende man die zijn baas moet zijn een fikse rugmassage. De stoelen staan onaangeroerd in een hoek.

De volgende middag houden we een kleine Suzuki-taxi met een open laadbak aan en rijden naar tété, de vijf stoelen achterin. De donkerbruine namaakleren bekleding is met nietjes aan de onderkant van de zittingen gehecht – Hala is dik tevreden.

Shirin ligt in haar slaapkamer met een hoofd vol krulspelden te pruilen: ze heeft een medische crème gebruikt en nu zit haar gezicht vol uitslag. Als Hala hoort dat ze van plan is die avond een witte geleende jurk te dragen, wordt ze boos. 'Een witte jurk! Alsof je gaat trouwen! Je moet je niet zo aan Farid uitleveren, je weet nog helemaal niet of zijn familie je wel wil.'

In de keuken maalt tété vlees voor de *kibbe*, lamsgehakt met geplette tarwe. Haar benen zijn vervaarlijk opgezwollen. 'Eigen schuld,' mort Hala, 'had ze maar niet te voet naar de kleermaker moeten gaan om haar nieuwe jurk te passen.' Kilometers heeft ze gelopen om een taxi uit te sparen. Als ik tété omhels, legt ze haar bezwete hoofd tegen mijn schouder. 'Wil je me niet meenemen naar Nederland?' Iedereen laat haar met alles alleen, zucht ze. Maar even later roept ze dat haar kinderen zich als krabben aan haar vasthechten, dat ze blij zal zijn als ze getrouwd zijn en ze de deur achter zich dicht kan trekken. Ook Wadi al-Nakhla duikt nog even op in haar klaagzang.

Hala laat het allemaal over zich heen gaan. 'Mijn moeder is net als het regime in dit land,' zegt ze, 'ze beweert dat zij alles voor ons doet, maar in feite zijn wij het die alles voor haar doen.'

Aan tafel heeft tété geen honger. Ze duwt haar bord van zich af: hoe kan ze eten nu Salim en Shirin haar gaan verlaten? Moedeloos legt ze haar hoofd in de armen en begint te huilen. 'Zahra en ik blijven alleen achter, waar moet ik nog voor leven? Ik wil sterven, ik wil naar mijn man!'

Salim trekt een stapel Arabische broden onder haar hoofd vandaan. 'Dan ga je naar de hel,' zegt hij kil.

'Schaam je,' wijst Hala hem terecht. Iedereen weet dat Salim geen respect had voor zijn vader.

Aan de overkant van de tafel zit Zahra sip te kijken. Ook zij ziet de tijd dat Shirin en Salim vertrekken met angst tegemoet: binnenkort zullen al tété's grieven op haar hoofd terechtkomen.

Hala en Shirin zwijgen; ze wachten tot het voorbij is. Nu droogt tété haar tranen, trekt haar bord naar zich toe, scheurt een stuk brood af en begint van de rauwe *kibbe* te eten, die drijft in de olie. Hala kijkt naar me en knipoogt. Maar op weg naar de winkel, waar we vier kilo ijs voor het feest moeten kopen, barst ze los: 'Heb je gezien hoe ze zich gedragen? Soms heb ik het gevoel dat ik omringd ben door gehandicapten. En ik moet maar voor iedereen zorgen.' Vooral met Zahra heeft ze te doen. Na het eten kwam die bezorgd naar haar toe: wat zal er met haar gebeuren als tété sterft? Ik lach. Shirin gaat trouwen en iedereen heeft het over sterven!

'Wat heb je gezegd?'

'Dat ik haar dan in huis zal nemen.'

'Meen je dat?'

'Ja natuurlijk, waar moet ze anders heen?'

Ik denk aan thuis, aan wat er gebeurd zou zijn als ik daar was gebleven. Dan zou ik ook regelmatig meegesleept worden in de woeste baren van familie-emoties. Maar zoekt Hala dit zelf niet op? Is het niet de gemakkelijkste manier om haar leven zin te geven? Het perfecte alibi ook om zich niet serieus aan iets anders te wijden? Het is een duiveltje dat sinds enige tijd in mijn gedachten is geslopen.

'Sommige mensen hebben behoefte aan problemen,' zeg ik, 'en in je familie kan je ze altijd vinden.'

'Maar als het je familie niet is die problemen veroorzaakt, is het de staat wel, of je werk.' Met driftige pasjes loopt ze naast me, speurend naar de ijswinkel die iemand haar heeft aanbevolen. 'Zelfs in de woestijn zou je hier problemen hebben! Geef mij mijn familie dan maar.'

Ze heeft gelijk, denk ik berouwvol. Tot wie zou ze zich moeten richten als ze zich van haar familie afkeerde? In Libanon had ze misschien een eigen leven kunnen opbouwen, of in Frankrijk. Maar daarom ben ik juist gekomen, omdat zij niet is weggegaan. En nu zou ik haar dat verwijten?

Ik heb afstand genomen van mijn familie, maar heb ik daar niet duur voor moeten betalen? Sinds we terug zijn uit Latakia, droom ik weer over bomma. Het komt door de nabijheid van tété, geloof ik, de manier waarop Hala met haar omgaat, de tegenstrijdige gevoelens die dat bij me oproept.

Negentien was ik toen ik naar Amerika vertrok en bomma achterliet. Ze had zich over me ontfermd toen ik klein was, ik had toen ik opgroeide voor haar gezorgd, maar nu vloog ik uit en bleef zij als een vleugellamme vogel achter. In het ziekenhuis waar ze was opgenomen, opende ze alle deuren: ze was op zoek naar het kantoor van mijn vader. Toen ik afscheid van haar nam, liep ze met me mee tot aan het einde van de gang. We huilden allebei. Ze stopte me nog wat dropjes toe voor onderweg. Hoe onbezonnen, hoe lichtvaardig dat moment. Ik dacht dat ze op me zou wachten – ik wist nog zo weinig over de vergankelijkheid der dingen. Negen maanden later stierf ze. Toen ik het bericht in Amerika kreeg, was ze al begraven.

Maar in mijn dromen is ze nooit dood. Ik hoor haar kolen scheppen in de achterkeuken, ik loop door haar huis en zie dat ze nieuwe meubels heeft gekocht. Fragiele meubels, waar ik niet op mag zitten. Een bankje van kristal, hetzelfde kristal als dat van haar suikerpot. Altijd ben ik me bewust van het eindige van ons samenzijn, en altijd is er van haar kant een zeker verwijt. Het is een verdriet dat ik overal met me meedraag en dat op elk moment de kop op kan steken – iets dat ik niet heb weten te verzoenen met de rest van mijn leven.

Hala en ik praten niet over die dingen. Ik zou niet weten hoe haar deelachtig te maken van een leed dat zo nietig is vergeleken met de langdurige afwezigheid van een man in haar leven, de recente dood van haar vader. Maar 's nachts lijken we elkaar tegemoet te komen. Terwijl ik bomma in mijn dromen tot leven roep, is zij tété keer op keer aan het begraven.

'S Avonds is alles anders, alsof een nieuw bedrijf van de voorstelling is gestart. Uit de chaos is iets feestelijks ontstaan, een illusie van harmonie. Het huis glanst als een spiegel, Hala heeft nieuwe schoenen voor Zahra gekocht, tété schrijdt door de kamer in een blauwe jurk en huilt van ontroering om de bloemen die ik heb meegebracht. Ze zou mij ook iets willen geven, zegt ze, ware het niet dat mijn huis zo ver weg is. De bloemen verdwijnen met folie en al in een vaas zonder water en zullen daar roemloos sterven.

Shirins lange haren zijn platgestreken langs haar hoofd en eindigen in krullen die stijf staan van de lak. Ze draagt een glimmende groen-zwarte jurk met brede schoudervullingen en een décolleté waarvoor een zwart doorschijnend gordijntje hangt. Dat kleine figuurtje in die grote jurk – het ziet er zeer dramatisch uit.

Een verre neef brengt een muziekinstallatie binnen, Salim haalt de ventilator uit tété's slaapkamer, Hala's vroegere schoolvriendin Noura is in de weer in de keuken. De voordeur, die anders altijd op een kier staat, is dicht. Als de bel gaat, vliegt Shirin gillend haar slaapkamer binnen.

Even later is de hele zitkamer gevuld met mensen. Ze wisselen beleefdheidsfrases uit, knikken elkaar bemoedigend toe. Farids ouders ademen het ongemak uit van dorpelingen die net in de stad zijn gearriveerd. Hun andere kinderen wonen ook in Damascus, maar zijn getrouwd met alawieten. Ik heb de indruk dat ze het avontuur waarin hun zoon zich heeft gestort met de nodige reserve bekijken.

Farids vader ziet er in zijn crèmekleurig pak, witte schoenen en sokken uit zoals de alawieten die Hala me had beschreven.

Zijn moeder kijkt uit haar ooghoeken naar Shirin, maar werpt ook nieuwsgierige blikken naar mij, de buitenlandse bezoekster. 'Ze is erg in je geïnteresseerd,' fluistert Shirin als ze met glazen bessesap langskomt.

Tété heeft me in theatrale bewoordingen voorgesteld als een lid van de familie, en zo voel ik me die avond ook. Als de blik van Farids moeder blijft haken bij twee lelijke gaten in de muur, vervloek ik in stilte Salim die vanochtend zo nodig de boekenplank naar beneden moest halen. Ook als de staande ventilator knakt als een zonnebloem op zijn steel – een incident dat uitbundig gelach veroorzaakt onder de bezoekers – voel ik me onwillekeurig aangesproken. De oude, roestige ventilator die ervoor in de plaats komt, maakt het geluid van een opstijgend vliegtuig.

Dit is geen eenvoudige avond voor Hala. Vanmiddag nog verzuchtte ze dat ze het liefst zou verdwijnen en met me naar de bioscoop gaan, maar als oudste dochter heeft ze een speciale rol: ze wordt verondersteld iedereen op zijn gemak te stellen. Ze draagt een jurk met rode bloemetjes, heeft haar ogen opgemaakt en haar lippen felrood geverfd. Aan haar geblondeerde haren ben ik inmiddels gewend geraakt, maar zoals ze er nu uitziet, is ze me opnieuw vreemd. De lipstick maakt haar mond groter, wat haar iets van de dramatiek van Shirin geeft.

Nu eens gaat Hala naast Farids moeder zitten, dan weer schuift ze aan bij Farids zuster en zwager. Ze praat even geanimeerd als met de buschauffeur in de *hob-hob* naar Banias, zodat ik begin te denken dat het allemaal wel meevalt. Maar als we elkaar in de keuken treffen, fonkelen haar ogen onheilspellend. 'Ze staan aan de kant van Rifat!' sist ze. Farids zwager heeft haar verteld dat hij sergeant was in het leger van Rifat; Farids broer behoorde tot diens persoonlijke ordedienst. 'Een stelletje lijfwachten zijn het!' Ze hebben nog contact met Rifat, ontvangen regelmatig het blad dat hij in Parijs uitgeeft en hopen allemaal op zijn terugkeer. Hala kijkt me opstandig aan. 'Als zij voor Rifat zijn, dan ben ik voor die andere, dat begrijp je wel.'

Farids zuster vroeg haar waarom ze maar één kind had.

'Zomaar,' antwoordde Hala, maar toen de zuster aandrong en vroeg of Hala geen zoon wilde, en of ze soms gescheiden was, zei ze: 'Nee, mijn man is een politieke gevangene.'

Hala lacht boosaardig. 'Daar schrok ze nogal van!' Ze heeft de rollen Arabisch ijs uit de diepvries genomen en snijdt er dikke plakken af. Ik doe ze in schaaltjes en steek er gekrulde amandelkoekjes in.

Uit de zitkamer klinken handgeklap en gejuich. Farids moeder heeft de doosjes uitgepakt die ze heeft meegebracht. Een voor een doet ze Shirin de gouden ringen en armbanden om die Farid voor haar heeft gekocht. Met tranen in de ogen drukt ze haar toekomstige schoondochter tegen zich aan, terwijl Noura losbarst in hoge *you-you*-kreten.

Noura had eerder vandaag een afspraak met een nieuwe geliefde die ze in een moskee heeft opgesnord. De spanning van de ontmoeting hangt nog om haar heen. De sjaal die doorgaans haar hoofd bedekt, is afgegleden. Tijdens het praten speelt ze ermee, draait hem om haar vingers, houdt hem quasi verlegen voor haar gezicht – verleidingskunsten die ze van actrices in Egyptische films heeft afgekeken. De mannen van Farids familie zijn er niet ongevoelig voor, ze werpen haar tersluikse blikken toe, lachen als zij een dubbelzinnige opmerking maakt.

Na het ijs is er muziek. Farids zuster danst de kamer rond en sleurt de onwillige Shirin mee, de anderen klappen in de handen. Noura slaakt een verschrikte gil als iemand haar omhoog probeert te trekken. Ook Asma is verlegen in een hoekje gekropen. Tété zit onbeweeglijk op de bank, een sigaret tussen de vingers, een glimlach om de lippen. De sfeer wil er niet echt inkomen. Als Farids zuster uitgedanst is, zit iedereen te midden van de oorverdovende muziek opnieuw verloren bij elkaar.

Nu staat Hala op. Ze loopt naar Noura toe, trekt de sjaal uit haar handen, bindt hem om haar heupen, kijkt om zich heen, gooit haar hoofd naar achteren en begint te dansen. Wuivend met de handen, wiegend met de heupen draait ze in het rond, met steeds rodere wangen, aangemoedigd door geklap en gejuich. Ik klap onwennig mee. De manier waarop ze zich onderwerpt aan dit familieritueel ontroert en benauwt me tegelijkertijd – dit zou ik niet kunnen, dit ben ik verleerd. Heel even vangt haar blik de mijne. Mijn hart bonkt in mijn keel, tranen prikken achter mijn ogen. Ik zie haar dansen in Bagdad, twaalf jaar geleden, in een zaal vol kristallen luchters en spiegels: een klein, gracieus meisje. Hoe weinig wist ik in die tijd van haar.

Die nacht droom ik weer van bomma. Er is een feest in haar huis dat ik van verre kan zien, maar waar ik geen deel aan heb. Aan het plafond hangen slingers en al haar broers zijn gekomen. Ze staan om haar heen in hun soutanes: heeroom van Kongo, heeroom van Brazilië, nonk Phil en zelfs nonk Gerard zaliger, die ik nooit heb gekend. Bomma heeft haar haar opgestoken en ziet er jong uit; haar wangen zijn vol, ze lacht. Ze heeft mij niet nodig, ze is gelukkig zonder mij. En ik dan? Ik ren naar haar toe, een jaar of zeven ben ik, ik omklem haar benen, duw mijn gezicht in haar schoot en huil. Ze zegt dat dit de prijs is voor het leven dat ik heb gekozen, dat ik er nooit meer bij zal horen, dat ik haar kwijt ben. Ik huil zo onbedaarlijk dat ik wakker word.

Hala ligt in haar bed naar het plafond te staren als ik met koffie de voorkamer binnenkom. Ze voelt zich somber – alsof de betekenis van wat er gisteravond is gebeurd, nu pas tot haar is doorgedrongen. Ze heeft een nare droom gehad die ze zich niet kan herinneren. 'Mijn familie is als een voetbal het dorp van de president ingeschopt,' zegt ze. Haar ogen dragen nog sporen van mascara en haar lippen hebben een lichtroze kleur. Naast haar ligt Asma, verzonken in een zee van kussentjes, te slapen.

'Zag je hoe die dikke zwager van Farid de kamer rondkeek?' fluistert Hala. 'Alsof hij in het huis van de vijand was gearriveerd! Een typische sergeant: dik, dom en bazig.'

'Maar zijn ouders leken me wel sympathiek,' zeg ik voorzichtig.

'Ja, met hen is niks mis, geloof ik.' Farids vader vertelde dat hij tijdens een vorig bezoek aan Damascus een militair had uitgenodigd in een restaurant. Zeshonderd pond moest hij betalen – hij was zich rot geschrokken. 'Rijk zijn ze in ieder geval niet. Zeshonderd pond, dat vind zelfs ik niet te veel.' Het probleem is dat veel alawieten om hen heen wel rijk zijn geworden, zegt ze. Vooral Farid gedraagt zich alsof de wereld hem iets verschuldigd is.

Aan Shirin heeft ze zich de hele avond geërgerd. Die begint al net als Farid te praten. Ze schepte op over een blinde oom die persoonlijk door Assad was ontvangen en vertelde dat zijzelf de president ook al twee keer in levenden lijve had gezien, tijdens bezoeken die hij bracht aan het bedrijf waar zij werkt.

Farid trok Hala bij het afscheid speels aan de haren. Ik zag dat ze zich geïrriteerd afwendde. 'Als die van iemand houdt, wordt hij ruw,' zegt ze misnoegd, 'hij gaat mijn zuster nog vermoorden!'

We moeten voortmaken, want tété heeft Farids familie uitgenodigd om te lunchen. Als we arriveren, is de eettafel al naar de zitkamer verhuisd en draaft een bezorger af en aan met schalen vlees en salades. Het is een idee van Salim – hij wilde zijn moeder voor één keer de moeite van het koken besparen.

Tété, Shirin en Zahra zijn druk in de weer met hun toilet en ook Hala verdwijnt in tété's slaapkamer om zich op te maken. Ik blijf alleen achter in de zitkamer. Toen ik hier voor het eerst kwam was dit huis als een kleurloos decor waarin een moeder, gezeten onder de foto van haar overleden man, haar kinderen terroriseerde. Wie had kunnen denken dat deze kamer nog ooit zou zinderen van leven, dat mensen hier zouden dansen, dat de tafel feestelijk gedekt zou worden?

Farids ouders treden binnen als oude kennissen. Zijn vader heeft een videocassette meegebracht die tijdens het eten wordt opgezet. Een optreden van de Egyptische zangeres Samira Tawfiq. Farid en zijn broers zitten er stralend naar te kijken. Tété kijkt beleefd mee en ook Hala heeft haar welwillende blik opgezet, maar ze stoot me aan onder tafel: Samira is vooral populair onder militairen.

Nu verschijnt een buikdanseres op het scherm. Salim, die naast me zit, slikt. Buikdansen is geen Arabische traditie, zegt hij, het komt uit Turkije. Ook het optreden van de Libanese

Madonna, een voluptueuze dame met een veren boa, gekleed in een lange groene glitterjurk met splitten tot haar billen, lijkt hem geenszins te bevallen. Ik moet heimelijk lachen. De alawieten houden er lossere zeden op na dan de soennieten. Het is een van de redenen waarom westerlingen vaak op hun hand zijn: moslimfundamentalisme zal door de alawieten in ieder geval nooit gepropageerd worden. Maar veel soennieten associëren alawieten met losbandigheid. Er doen verhalen de ronde over de volgelingen van de alawitische wonderdoener Suleiman al-Murshid, die feesten hielden waarbij hele dorpen zich overgaven aan animistische rites en orgieën.

Shirin legt met haar handen grote stukken *kebab* en *kifta* – gegrild lamsgehakt – op ieders bord. Farids moeder krijgt zoveel dat ze protesteert en een deel van het vlees terug op de schaal gooit, waardoor er even een handgemeen tussen beiden ontstaat. Farids moeder wint. Ik neem me voor bij een volgende gelegenheid precies hetzelfde te doen.

Tegen tweeën maken Farids ouders aanstalten om te vertrekken. De bus naar Qirdaha gaat over een uur. 'Maar het busstation is vlakbij!' roept Salim. 'Jullie zijn er in vijf minuten!' Als ze toch opstaan, duwen tété en Shirin hen terug in hun stoel waar ze als gegijzelden wachten, benepen kijkend op de klok, overtuigd dat ze de bus zullen missen.

Hala trekt haar neus op voor de resten van de lunch die tété 's avonds op tafel zet. 'Kom, wij gaan iets eten in de buurt,' fluistert ze. We laten Asma bij tété achter en glippen naar buiten.

Tété's huis ligt in Malke, een betere wijk van Damascus. Diplomatenvrouwen doen er boodschappen met hun Sri Lankese dienstmeisjes, flarden van Franse en Engelse conversaties waaien langs. In de winkels kan je alles krijgen, van Franse champagne tot tropische vruchten en Belgische chocola. De Syriërs die in deze buurt inkopen doen, zijn duidelijk bemiddeld. Hala koopt er weleens iets als ze weinig tijd heeft, maar schrikt telkens weer van de prijzen.

'Even door het park,' stelt ze voor. De lantaarns die het park afzomen verspreiden een zachtgeel licht. Kinderen verdringen elkaar rond de bolle buik van een popcornmachine, meisjes in popperige jurkjes spelen op het gras, een oude man haalt lege flessen en rommel op met een versleten kinderwagen. Op een bankje zit een groepje gesluierde vrouwen *bizr* te eten. Het is een ingewikkelde bezigheid waarbij ze telkens hun sluier moeten oplichten. In de verte twinkelen de rode lichtjes van de winkel waar Asma altijd Milka-repen koopt.

We eten op het terras van een restaurant naar Amerikaans model. Veel kippeboutjes en schnitzels, frietjes en *cole slaw*. Om het restaurant heen is het een drukte van belang. Klanten staan op de stoep te praten, jongens in open sportauto's rijden traag voorbij en gluren naar de meisjes op het terras. Naast ons zitten vier goedgeklede Syrische vrouwen. Ik ontdek tot mijn vreugde dat Hala hen geroutineerd afluistert. 'Ze hebben het over het merk Lacoste,' fluistert ze, 'ze zeggen dat er niks meer aan is, dat iedereen dat tegenwoordig draagt.' De vrouwen zijn alle vier op dieet. Een van hen vertelt trots dat ze vandaag nog maar één banaan heeft gegeten, een andere maakt melding van een bakje yoghurt. Hala lacht. 'Ja, wat wil je, dit is een rijkeluisbuurt!'

We hebben geen van beiden zin om terug naar tété te gaan. 'Zullen we nog iets drinken in het café van het Al-Sham Hotel?' Ik ben er één keer geweest. *Café Brésil, le rendez-vous de l'élite intellectuelle*, staat er op de menukaart. Hier en daar zaten mannen te schrijven, net als in Caireense cafés, maar er waren ook Golf-Arabieren die met lege blik om zich heen keken.

Hamid, wiens boekwinkeltje enkele straten verderop ligt, beklaagde zich over de Golf-Arabieren in deze buurt. Ze komen soms een krant bij hem kopen en vragen dan langs hun neus weg of hij hen misschien aan een vrouw kan helpen. Alsof elke Syriër een pooier is! Op een dag kreeg hij er zo genoeg van dat hij tegen een Saoediër zei: 'Aan een Syrische vrouw kan ik je niet helpen, maar Saoedische zijn er genoeg, en die willen zo graag dat het gratis is.'

Arrogant vindt hij hen – de manier waarop ze een pak geld

uit hun smetteloze jurk trekken om een krant te betalen! Ik betrap mezelf soms op een zeker mededogen als ik hen zie. In hun eigen land ontlenen ze waardigheid aan de olierijkdom die hun in handen is gevallen, aan de hoge posities die ze bekleden. Hier zijn ze overgeleverd aan de grillen van het lokale sekstoerisme, wat hun iets bangelijks en verschrikts geeft.

Hala laat zich met enige moeite meetronen. Onderweg passeren we Hamids boekwinkel; ik gluur naar binnen, maar hij is er niet. In café Brésil bestudeert Hala met achterdochtige blik de menukaart.

'Wat is er?'

'Honderd pond voor een glas sinaasappelsap! Ik heb al geen zin meer.'

'Kom op, ik trakteer.'

Bij het raam zit een man die hier bij mijn vorige bezoek ook was. Hij heeft halflang haar en een baard en tegen zijn tafeltje staat een grote tekenmap. Mensen komen hem begroeten en een praatje maken. Ik observeer hem uit mijn ooghoeken, niet zonder jaloezie om de wereldse sfeer waarin hij lijkt te verkeren en waarvan ik me zo ver verwijderd voel. Ik wijs discreet in zijn richting. 'Weet je wie dat is?'

Hala kijkt achterom en schiet in de lach. 'Een hele slechte schilder. Waarom vraag je dat?'

'Oh, zomaar.'

'Het is vast een mukhabarat.'

Deze ook al! Ik ben geneigd de onbekende in bescherming te nemen, maar Hala snijdt me de pas af. 'Je moet een hoop geld verdienen om hier elke dag te kunnen zitten. Zoveel geld verdient hij vast niet met de schilderijen die hij maakt.' Ze kijkt me aan en lacht. 'Dat soort dingen weten wij gewoon. Het is net zo bekend als de ligging van het geheime vliegveld tussen Damascus en Homs.'

'Het geheime vliegveld?'

Weer lacht ze. Het verhaal gaat dat er vlak bij het vliegveld een bushalte lag. Telkens als de bus stopte, riep de chauffeur: 'Halte geheim vliegveld!'

‘Maar waar moeten mensen dan naar toe als ze elkaar willen ontmoeten?’

‘Vroeger zaten we weleens in l’Etoile, Laterna of Al-Rawaq, maar tegenwoordig...’ In Al-Rawaq – De Gang –, een club voor beeldende kunstenaars, zijn we een keer geweest. Een ommuurd openluchtcafé waar het behoorlijk druk was. Tot Hala’s verbazing werd er geen alcohol meer geschonken. ‘Arak of bier doet mensen praten,’ zei ze ontstemd, ‘dan moeten ze zeker te veel mukhabarat inschakelen om hen af te luisteren.’

De regering wil volgens haar helemaal niet dat intellectuelen elkaar ontmoeten. Enkele jaren nadat Ahmed en zijn kameraden waren opgepakt, organiseerde een groepje mensen een maandelijkse avond waarop een van de aanwezigen een lezing hield over een onderwerp waarin hij gespecialiseerd was. Geen politiek, was de afspraak, want dan zouden ze meteen problemen krijgen. De eerste keer ging het over theater, de tweede keer over olie. Op de derde bijeenkomst zaten er onder de toehoorders twee vreemde mannen. Iedereen keek elkaar aan: waar kwamen die vandaan, wie had die meegebracht? De volgende keer nodigde een buitenstaander zichzelf uit om een lezing te houden over een politiek onderwerp. Toen wisten ze dat ze in de gaten werden gehouden en dat het tijd was om op te breken.

Hala zit in kleermakerszit op de bank in de voorkamer, een spiegel voor zich en een blauw papje dat ze met een borsteltje over haar hele gezicht uitsmeert. ‘Wat doe je nu?’ Dat blauwe spul ziet er behoorlijk venijnig uit. ‘Maak je geen zorgen,’ lacht ze van achter haar masker. Ze heeft het blauwe poeder aangelengd met waterstofperoxyde; niet alleen de haartjes op haar gezicht, ook haar huid wordt er lichter van.

Shirins protesten tegen een bruiloftsfeest zijn onder druk van de familie steeds zwakker geworden, en inmiddels zijn de voorbereidingen in volle gang. Salim en Hala hebben de feestzaal van de Club voor Ingenieurs gereserveerd, een honderdtal uitnodigingen verstuurd en dertig kilo ijs besteld. Shirin brengt haar dagen door met vriendinnen in de soek; 's avonds naait ze met eindeloos geduld pareltjes op haar satijnen bruidsjurk en schoenen. Farid is er elke dag. Hala is voorkomend tegen hem, wat haar niet belet hem in de keuken stiekem te imiteren; dan blaast ze zichzelf op tot de afmetingen van een lijfwacht en loopt met stoere passen van het aanrecht naar het fornuis.

Farid heeft een haarspeld van nepgoud voor Shirin gekocht, een prul van jewelste dat ze me trots laat zien. Als Asma er die avond gedachteloos mee speelt, valt de speld tot ieders schrik uit elkaar en haalt Zahra na veel kabaal de lijm te voorschijn die ze onder haar matras had verstopt.

Benen harsen, voeten verzorgen, haren verven – ik raak zo in de ban van het gedoe om me heen, dat ook ik een afspraak met de pedicure maak. En waarom niet meteen ook maar met Hala naar de kapper? Asma dribbelt geduldig achter ons aan en kijkt geïnteresseerd toe hoe mijn voeten in een badje te weken worden gezet en mijn teennagels gelakt worden in dezelfde roze kleur als mijn nieuwe slippers. Zo rebels als ze thuis is als Hala en ik Frans met elkaar praten, zo gelaten schikt ze zich naar deze rituelen. Voor voetballen en ravotten heeft ze absoluut geen belangstelling meer: ze wordt ingewijd in de wereld van de vrouwen. Als ik bij de kapper onder de droogkap zit, komt ze voor me staan en toont me haar armen: zie ik niets? Ze wrijft over de nauwelijks zichtbare, lichtblonde haartjes; Shirin heeft ze met het blauwe spul bewerkt.

Tété heeft haar haren zwart geverfd en in de krul gezet. Ze hangt uren aan de telefoon en beweegt zich door het huis in een aureool van gewichtigheid, geeft bevelen en duldt geen tegenspraak, van niemand. Maar als ze op de avond voor de bruiloft neerzijgt op de bank en ik mijn hand op haar schouder leg, valt ze even uit haar rol. Ze kijkt me smekend aan en zegt: 'Neem me mee naar Nederland.'

Hala en Asma hebben hun kleren voor het feest bij tété in de kast hangen, zodat ik de volgende middag alleen naar huis moet om me om te kleden. Als ik uit de badkamer kom, gaat de telefoon. Het is Asma. Ben ik nog niet klaar? Op de achtergrond hoor ik gepraat en gelach. 'Wie zijn daar allemaal?'

Ik kan me voorstellen hoe ze achterover op de bank ligt, de telefoonhoorn tussen schouder en oor geklemd, en haar blik door de kamer laat gaan, op zoek naar mensen die ik ken. 'Noura, Sahar en Aisha, oom Jassim...'

'En jij, ben jij al aangekleed?'

Ze giechelt. 'Ja, kom maar kijken.' Er is nog tijd genoeg, Farids ouders komen pas binnen twee uur, maar ik voel de aandrang in haar stem – ze wil dat we compleet zijn, ze verdraagt het niet dat iemand zich op dit moment afscheidt van de groep.

'Dus, kom je?'

Tegen de schemering trek ik de deur achter me dicht en realiseer me tot mijn schrik dat ik langs de sigarettenverkopers moet. Ik voel me kwetsbaar in mijn satijnen jurk, met mijn hoge hakken en kortgeknipte haren. Ik gluur naar het einde van de straat. Ze zijn er niet. Misschien zitten ze om de hoek te praten met de *foul*-verkoper? Gegarandeerd dat ze zullen roepen als ik voor hun neus op een taxi wacht. Dan maar via een zijstraatje.

Ook dat gaat niet onopgemerkt. Ze kennen me hier inmiddels, uit de halfverlichte winkels wordt nieuwsgierig naar me gestaard. Daar is het huis waar ooit vijf doden vielen nadat een gasfles ontplofte. De deur gaat open, een lange jongen in een gekreukeld T-shirt en jeans komt naar buiten. De sigarettenverkoper! Hij is net wakker, de slaap zit nog in zijn ogen. Zonder zijn leren jack ziet hij er even onbeschermd uit als ik in mijn roze avondjurk. In een flits van een seconde kijken we elkaar aan, verbaasd, betrapt. Zijn haren, die anders altijd strak achterovergekamd zijn, zitten in de war. Abrupt draait hij zich om en loopt de andere kant op.

Shirin staat naast me in de deuropening van de zitkamer en knijpt hard in mijn arm. In de banken met fluwelen zittingen beklinken de mannen haar huwelijk. Salim verklaart dat hij Shirin aan Farid geeft voor vijfentwintigduizend pond, Farid zegt dat hij honderdduizend pond zal betalen als hij van haar scheidt. De ambtenaar van de burgerlijke stand noteert de bedragen in het dikke boek waarin hij net hun namen heeft opgetekend. Het zijn denkbeeldige getallen, fluistert Hala – in werkelijkheid heeft Farid niets betaald, maar volgens de islamitische wetgeving moet het zo verlopen. Ik denk aan de tienduizend pond die Ahmed destijds van zijn broer Rashid wilde lenen om van Hala te scheiden.

De ambtenaar houdt een stichtend toespraakje, klapt zijn boek dicht, neemt het onder de arm en vertrekt. Het is donderdagavond, het begin van het weekend – hij moet nog meer huwelijken registreren.

De Club voor Ingenieurs is niet ver; we lopen ernaar toe. Asma's hand is klam in de mijne. Ze ziet eruit als een pop in haar azuurblauwe jurkje; haar haren zijn gekruld en op haar wangen zit rouge. Maar in Shirins slaapkamer heeft ze me met ondeugende blik laten zien wat ze onder haar kleren draagt: een hemdje en een onderbroek waarop captain Majed woest een bal van zich aftrapt.

De Egyptische discomuziek in de feestzaal schettert ons tegemoet. We zijn de eersten, een voor een zien we de anderen arriveren. Veel gasten heb ik eerder in tété's zitkamer gezien, maar er zijn ook nieuwe gezichten. Farid en Shirin nemen plaats op de versierde stoelen op het podium, omringd door bloemstukken met rode gladiolen en witte anjers. Shirin lacht verkrampt. De kapper heeft haar haren dertig centimeter boven haar hoofd getoupeerd, allemaal naar één kant – net een wilde golf zeewater. In de slaapkamerspiegel heeft ze nog geprobeerd het naar beneden te drukken, maar dat is niet gelukt. Zahra zit er met een bescheidener versie van hetzelfde kapsel even verkrampt bij.

Sahar draagt oorhangers en een bijpassend tasje dat haar man in de gevangenis heeft gemaakt. Ik heb Hala proberen over te halen om ook een tasje van Ahmed mee te nemen, maar ze voelt zich niet in feeststemming. Ze heeft een eenvoudig witgebloemd jurkje aangetrokken en haar gezicht staat zorgelijk:

mengen de families zich wel voldoende, zit geen van de genodigden alleen, staat de muziek niet te hard?

Dit is de zaal waar ze haar eigen bruiloft vierde. Ik heb het fotoalbum van die avond meerdere keren doorgebladerd. Ze zag eruit als een fee in haar lange witte jurk, licht als een veertje naast de zwaarwichtige Ahmed in zijn donkere pak en trui. Hun vaders – de gedistingeerde ex-militair en de bolle houtzager die elkaar zo weinig te vertellen hadden – staan onwennig naast elkaar; Hala lacht hen bemoedigend toe.

Salims toekomstige schoonfamilie is ook aangetreden. Nihal draagt niet langer plastic sieraden, maar gouden armbanden die Salim voor haar heeft gekocht. De videocamera die hij heeft gehuurd en die op een statief staat, blijft een goed deel van de avond op Nihal gericht, wat Hala venijnig doet informeren of het soms zíjn bruiloft is. Als Salim haar in het voorbijgaan toefluistert dat ze te veel lipstick opheeft, snibt ze: 'Bekommer jij je liever om je verloofde!'

Ook op deze avond zijn er momenten waarop behalve de muziek alles stilvalt en iedereen elkaar aankijkt om te peilen hoe het verder moet. Het ijs wordt erg laat geserveerd, zodat de uren eindeloos voortslepen. Iedereen danst, behalve Asma. Ze holt door de gangen van het gebouw met haar neefjes en bemoeit zich met de muziek. Na alle meisjesachtigheid van de afgelopen dagen wint de jongen in haar het toch weer.

Noura heeft speciaal voor de gelegenheid een zwarte jurk met rozetten laten maken. De jurk maakt haar dik, maar dat lijkt ze niet in de gaten te hebben. Als een zware vlinder fladdert ze door de zaal. Aanvankelijk was ze neergestreken bij een onooglijk mannetje met een bril, dat volgens Hala eigenaar is van een olijfoliefabriek, maar inmiddels heeft ze haar oog laten vallen op een gezelschap dat ook mij niet is ontgaan. Drie knappe, goedgeklede mannen, broers zo te zien, die met taxerende blikken om zich heen kijken. De vrouw in de rode jurk die hen vergezelt, heeft gitzwarte haren en vurige ogen. Ze zien er minder traditioneel uit dan de ooms en tantes in hun overdadige feestkledij. Ik stoot Hala aan. 'Wie zijn dat?' Ze lacht. Dat is haar vaders tak van de familie, drie neven waarvan er twee in de Golf werken en de jongste douanier is. De rode furie aan zijn zijde is zijn vrouw. De oudste broer, de knapste van de drie, heeft heel wat vrouwen gekend, maar is altijd vrijgezel gebleven. Hij is op zoek naar een zestienjarig meisje, want een oudere is niet te vertrouwen, oordeelt hij. 'En hij kan het weten!'

Noura is naar hun tafeltje toegelopen. Ze heeft haar roze doorschijnende sjaal koket om de schouders geslagen en lijkt zichzelf uit te nodigen om te gaan zitten. Hala staat op. 'Even dag zeggen,' knipoogt ze.

Ik kijk naar hen vanuit de verte. Noura is bij de mannen aan het juiste adres – al vlug schieten hun ogen heen en weer en is het aan de tafel een en al gepraat en gelach. Ook Hala lacht, maar als ze mijn blik vangt, schudt ze bedenkelijk het hoofd. Noura's sjaal is afgegleden, een van de mannen raapt hem op en drapeert hem voorzichtig om haar schouders. De rode furie kijkt toe met een frons tussen de wenkbrauwen, staat op en loopt naar de dansvloer. Ze heeft een vreemde, houterige manier van dansen: ze werpt haar hoofd kordaat in de nek terwijl ze met haar armen en benen zwaait. Sahar, die naast me zit, moet lachen om mijn verbaasde blik. Fatma is lerares militaire training op een middelbare school, zegt ze – een overtuigd baathiste die jonge meisjes leert marcheren en een geweer uit elkaar halen. Voor haar is alles marsmuziek.

Fatma's psychologische oorlogsvoering tegen Noura blijkt geslaagd: de drie broers hebben zich welwillend omgedraaid en klappen haar enthousiast toe. Noura geeft me een vette knipoog. De oudste broer is haar favoriet, laat ze me van verre weten, maar de middelste vindt ze ook niet mis.

De eerste gasten beginnen te vertrekken. Tegen middernacht dalen we de trap af, bloemstukken onder de arm. Ze zijn gemonteerd op houten constructies in de vorm van een kruis en lijken me eerder geschikt voor een begrafenis dan voor een bruiloft.

'*Kafi*, afgelopen,' zeg ik tegen Salim die voor me loopt. Hij kijkt gealarmeerd achterom. 'Wie heeft je dat woord geleerd?

Kafi is niet juist, je zou *kifaya* moeten zeggen.' Stik met je formalisme, denk ik, ik hoor iedereen hier de hele dag *kafi* zeggen.

Beneden staat een pick-up klaar voor de bloemen. Die gaan naar tété's huis, heeft Hala beslist – het zou zonde zijn ze weg te gooien. Terwijl we ze in de achterbak leggen, fluistert Hala me in het oor: 'Fatma en haar man Hassan nodigen ons uit om iets te drinken in een openluchtcafé op de Kassioun-berg, wat denk je?'

'Nu nog?'

'Ja, waarom niet? Vroeger deden we dat toch ook altijd?'

Vroeger, ja, maar dat is zo lang geleden. Sinds mijn aankomst zijn we nog niet op de Kassioun geweest. 'Als jij ook wil, graag.' De gedachte aan de koele lucht boven Damascus is aantrekkelijk genoeg.

Even later zitten we achter in de auto, Asma met rode konen tussen ons in. Al gauw ligt de stad aan onze voeten. We stoppen bij een café langs de kant van de weg; Hassan verdwijnt om iets te bestellen. Ik zou graag meer willen weten over de militaire training die Fatma op school geeft, maar ze beweert dat ze lerares psychologie is, zodat ik niet weet hoe ik verder moet om bij die marsmuziek uit te komen. Ze informeert geïnteresseerd naar Hala's werk, praat over het laatste boek van een socioloog die ze allebei kennen.

Hassan komt terug met thee en bordjes met *foul*. Als ik vraag waarom hij niet net als zijn broers naar de Golf is gegaan om geld te verdienen, lacht hij. 'Hier valt evengoed geld te verdienen, ik heb niets te klagen!' Natuurlijk is hier geen democratie, maar daar is Syrië volgens hem ook niet klaar voor. 'Kijk maar naar de toestand in het land vóór de Baath-partij aan de macht kwam. Een anarchistisch zootje was het.' Ik voel hoe Hala naast me verstrakt, maar ze zegt niets.

'Hoorde je wat Hassan over democratie zei?' fulmineert ze als we thuis zijn. 'Hoe durft hij! Terwijl hij weet dat mijn man in de gevangenis zit!' Het verbaast haar niets dat hij het hier naar zijn zin heeft. Vroeger was hij straatarm, maar sinds hij douanier is in de belastingvrije zone buiten Damascus, heeft hij heel wat kapitaal vergaard. Twee huizen heeft hij, plus een boerderij in de heuvels buiten Damascus.

'Ik wist niet dat jij zulke welgestelde familieleden had,' zeg ik. Hala grijnst. 'Vraag me niet hoe ze aan hun geld komen. Van mij mogen ze het hebben. Ik ben er trots op dat ik niet geïnteresseerd ben in dat soort rijkdom.' Ze gaat niet graag met hen om. Hoorde ik hoe Fatma erop stond met haar over sociologie te converseren? Terwijl ze in andere gezelschappen opschept over haar vriendschappen met hoge militairen of sleutelfiguren bij de mukhabarat.

'Waar moesten jullie zo om lachen toen Noura bij jullie aan tafel zat?'

'Oh, Noura beweerde dat ze wilde leren schaken. De broers wierpen zich alle drie op als kandidaat. Ze stelde voor dat ze erom zouden loten.' Hala haalt haar schouders op. 'Het leidt allemaal tot niets. Uiteindelijk blijft ze altijd alleen.'

Noura's gedrag bevreemdt haar: ze doet of ze religieus is, maar dat is ze helemaal niet. Ze vraagt zich af waarom ze zo vaak in moskeeën rondhangt: wordt ze er soms door iemand op uitgestuurd om te spioneren?

Asma heeft zich met kleren en al op bed gegooid. Ze kreunt als Hala haar maant zich uit te kleden. 'Kom op, morgen mag je uitslapen!' In haar nachtpon komt Hala op de rand van mijn bed zitten. 'Het is volbracht,' zegt ze vermoeid, 'of tenminste bijna.' Farids ouders verwachten een tegenbezoek in hun woonplaats. Qirdaha, het geboortedorp van de president! Mijn hart begint meteen sneller te kloppen. 'Denk je dat ik meemag?'

Hala lacht. 'Ik pieker er niet over zonder jou te gaan.'

'Kijk eens hoeveel plaats die zwager van me in beslag neemt!' sist Hala in mijn oor. Farid zit met de benen wijd op de achterbank van Salims auto, zijn arm om Shirin geslagen – Hala en ik komen er danig door in de verdrukking.

Om zes uur die ochtend zijn we op weg gegaan. Even voor Latakia hebben we de kustweg verlaten en nu rijden we de alawitische bergen in. Tété is nooit deze kant op geweest en haar commentaar is niet van de lucht. Het is hier veel vochtiger dan in Damascus – ze voelt het in haar benen, de reuma komt weer opzetten.

Sinds enkele dagen zijn tété en Farid in een hevige strijd gewikkeld. Hij is ongeveer bij haar ingetrokken en heeft op alles iets aan te merken, vooral op het eten dat zij serveert. Zijn moeder kookt veel beter, beweert hij. Ik kan me niet aan de indruk onttrekken dat tété hem vandaag probeert terug te pakken. Terwijl we Qirdaha naderen, wrijft zij voortdurend over haar pijnlijke benen en somt de zegeningen van Wadi al-Nakhla op.

Farid doet of hij niets in de gaten heeft. Hij voelt zich meer op zijn gemak dan in het begin, merk ik. Zou het komen doordat hij Salim onlangs heeft geholpen? Toen hij hoorde dat die problemen had met zijn uitreisvisum, riep hij dat hij een vriend had bij de mukhabarat die dat wel even zou regelen. Niemand geloofde dat het hem zou lukken, maar op een middag kwam hij binnen, triomfantelijk zwaaiend met het papiertje waar Salim zich wekenlang tevergeefs het vuur voor uit de sloffen had gelopen. Sindsdien gedraagt hij zich als de man van de familie: als iemand problemen heeft, moeten ze maar bij hem komen.

Nu we de kustweg hebben verlaten, is hij helemaal in zijn element. Dit is zijn terrein, hier is hij thuis. Trots wijst hij op herkenningspunten langs de route: de villa die we net passeerden is van een neef van Assad, in het huis verderop woont een hoge militair. Hij heeft zijn zonnebril opgezet en zoals hij naast me zit, breedgeschouderd en met benen die te lang zijn voor deze smalle achterbank, komt ook bij mij de gedachte aan een lijfwacht op.

Salim stopt om een foto te maken. Tété blijft koppig in de auto zitten, maar wij stappen uit, opgelucht dat we onze benen kunnen strekken. Ademloos kijken we om ons heen: goudgele brem, paarse hei, glooiende heuvels, mistige bossen in de verte. De prikkelende geur van dennebomen hangt in de lucht.

'Dit volk is uitverkoren door God,' fluistert Hala. 'Ze hebben alles: een mooie natuur, macht, geld.' Net als koning Hussein van Jordanië en koning Hassan van Marokko heeft Assad zijn stamboom laten natrekken in een poging verwantschap met de Profeet te ontdekken. Maar van het resultaat heeft niemand ooit iets vernomen.

Farid lacht zelfverzekerd – alsof dit landschap hem hoogstpersoonlijk toebehoort. Maar als ik iets opschrijf in mijn notitieboekje, wordt hij achterdochtig en vraagt aan Shirin wat ik doe. Ik mompel iets over een natuurbeschrijving en berg het schriftje schuldbewust op. Ik moet afleren in het openbaar notities te maken; mensen als Farid hebben verkeerde associaties met het geschreven woord, ze denken meteen aan rapporten voor de mukhabarat.

We passeren een ommuurde vesting die bewaakt wordt door gewapende mannen. Dat is de vroegere woning van Rifat Assad, weet Hala. De bewakers zorgen ervoor dat er niets gestolen wordt. Op de heuvel aan de overkant staan grijze staketsels verlaten in het landschap. Daar bouwde Rifat een stad voor zijn aanhangers. Ook Farids ouders zouden er een huis krijgen, maar sinds Rifat naar Europa is verbannen, is het project gestopt.

'Doet het je niet denken aan de mafia?' zegt Hala, 'die trekt zich ook altijd met haar aanhang terug in dat soort bastions.' In Damascus liet Assad een nieuw paleis in bunker-stijl bouwen. Op hetzelfde terrein bevinden zich de huizen van zijn vertrouwelingen. Het ligt op een heuvel, omringd door prikkeldraad, en domineert de hele stad.

Er doen wilde verhalen de ronde over de rijkdom van Qirdaha, maar het dorpje dat we binnenrijden ziet er op het eerste gezicht weinig spectaculair uit. De dorpsstructuur is onaangetast, alleen zijn tussen de simpele huizen hier en daar villa's gebouwd, wat de straten een beknelde aanblik geeft. Hala wijst me de moskee die de president voor zijn moeder aan het bouwen is. Een belachelijk project volgens sommigen, want alawieten hebben niet de gewoonte om in een moskee te bidden. De enige plaatsen die voor hen belangrijk zijn, zijn de tombes van religieuze sjeiks, witgepleisterde huisjes met lieflijke koepeltjes die we onderweg overal zagen opduiken. Soms groeien ze uit tot bedevaartplaatsen, net als de maraboets in Noord-Afrika.

Farids ouders wonen in een appartement in het centrum. In de woonkamer spelen de rituelen die ik ken van tété's huis zich in spiegelbeeld af. Terwijl Farids zuster koffie serveert met fruit en gebak, zit zijn moeder op het puntje van de bank en informeert naar tété's gezondheid. '*Tsalla,* amuseer je,' knikt ze me bemoedigend toe, wijzend naar mijn bordje waarop haar dochter vijf mierzoete gebakjes heeft gelegd. Ze heeft de zenuwachtige gebaren van iemand die weet dat alles wat ze doet achteraf becommentarieerd zal worden.

Shirin gedraagt zich als een voorbeeldige schoondochter: ze helpt bij het serveren en voert elk leeg bordje meteen af naar de keuken. Terwijl Salim foto's laat zien van de bruiloft, loeren tété, Hala en ik zo discreet mogelijk om ons heen.

'Het is hier rustig,' zegt tété goedkeurend.

'Wacht maar tot 's avonds, dan praat je wel anders!' lacht Farids vader. Hala stuurt mijn blik in de richting van drie foto's boven de deur. Na enig puzzelen herken ik Rifat, Assad en zijn zoon Basil. In Damascus wordt die drieëenheid inmiddels als een blasfemie beschouwd, maar hier gelden blijkbaar andere regels.

'*Ahlan wa sahlan,* welkom, welkom,' zegt Farids moeder voor de zoveelste keer. '*Allahu khalik,* God bescherme u,' antwoordt tété. Als Farids zuster de deur naar het balkon opent, kijken Hala en ik elkaar aan, staan op en glippen naar buiten. Het balkon ziet uit op een plein waar twee mannen voor een winkeltje zitten te praten. Een vrouw met een kind stopt, de winkelier staat op om haar te helpen. Een doodgewoon dorpstafereel, ware het niet dat ons uitzicht op dit alles enigszins belemmerd wordt door een imposant standbeeld van Assad met vier leeuwen aan zijn voeten.

Een groene Mercedes stopt bij de winkel. De bestuurder roept iets naar de winkelier, zoeft ervandoor en racet even later opnieuw voorbij. 'Die auto is vast uit Libanon gesmokkeld,' zegt Hala. Het geluid van gierende banden scheurt de ochtendstilte aan stukken.

Op de muren van huizen zijn hier en daar met rode stempels beeltenissen van Assad gedrukt. Ik heb dat soort afbeeldingen tot nog toe alleen in de bergen van het door burgeroorlog geteisterde Libanon gezien: lokale militia gaven op die manier te kennen in wiens handen het dorp is. Elke berg zijn leider, elke groepering zijn eigen berg. Al die mannen met donkere brillen die in het kielzog van Assad het gebergte zijn afgedaald en in auto's met getinte ramen door Latakia en Damascus racen, is dat misschien het gevoel dat hen beheerst: dat zij alles mogen omdat een van hen de baas is van het land? Ik kan me voorstellen dat zij ook zonder dat Assad het wil, die gedachte koesteren. Op dezelfde wijze gingen overmoedige jongelui in Libanon met hun leiders aan de haal. Rifat was degene die richting en zin gaf aan dat soort ambities – vandaar wellicht dat zijn broer hem kwijt wilde.

Onder de flat ligt een braak stuk land vol papiertjes, lege blikjes en rotzooi. De overbuurman inspecteert de druiveranken op zijn dakterras, snijdt hier en daar een rotte druif weg. Stoort het hem niet om vanaf zijn onberispelijke terras neer te kijken op deze rommel? Blijkbaar niet. Het is hier zoals overal in dit deel van de wereld: mensen hebben weinig gevoel voor publieke zaken. Tété draaide daarstraks bij een stoplicht het raam open en gooide een leeg cola-blikje naar buiten; ik schrok, maar niemand in de auto reageerde, ook Hala niet die op haar eigen spulletjes doorgaans zo netjes is.

Asma is naar buiten gekomen. Het belang van de plaats waar we ons bevinden, is haar niet ontgaan. Ze trekt aan Hala's mouw en vraagt wie de rijkste man van Syrië is, Assad of Akram, een bekende wapenhandelaar. Hala lacht. 'Ik zou het niet weten!' Ook Salim komt een luchtje scheppen. Het is te warm daarbinnen, zucht hij. Met z'n allen leunen we over het balkon. Verderop in de straat staan drie glimmende auto's geparkeerd. Daar woont een nicht van Assad, heeft Farid ons verteld. In een van de auto's zit een chauffeur te wachten. 'Iedereen in dit dorp heeft een officiële functie zoals die chauffeur,' merkt Salim op.

'De presidentiële familie houdt van auto's en van doctorstitels,' zegt Hala cynisch. Rifat heeft een titel van de universiteit van Patrice Lumumba in Moskou, die speciaal is opgericht voor studenten uit de derde wereld. Iedereen weet dat het niet moeilijk is om daar een titel te behalen. Bovendien heeft Rifat zijn scriptie volgens sommigen door iemand anders laten schrijven, net als Elena Ceauşescu.

Tijdens Shirins verlovingsfeest loerde Farids zwager rond alsof hij in het huis van de vijand was beland. Maar is het omgekeerd niet net zo? Zelfs ik voel me hier een spion – zo dicht bij dat standbeeld van Assad te staan, zo dicht bij het huis van zijn nicht, beschut door het vriendelijke gekeuvel in de kamer achter ons, en dan zulke onaangename gedachten te hebben over alles wat hier gebeurt.

Mijn bezoek aan Gbadolite, het geboortedorp van Mobutu, komt in mijn gedachten. Brede wegen met zwarte Mercedessen, paleizen in het oerwoud. Iemand voorspelde dat het dorp na de dood van Mobutu geplunderd zou worden, dat alle deuren, ramen, zelfs de lichtknoppen meegenomen zouden worden.

'Wat denk je dat hier zou gebeuren als Assad ten val komt?' vraag ik aan Hala.

Ze kijkt me aarzelend aan. 'Ik heb geen idee. Maar als je naar president Marcos van de Filippijnen kijkt... Zoiets zou ook hier niet ondenkbaar zijn.' Vroeger waren de meeste alawieten arm, zegt ze. Ze werkten op het land, maar velen moesten om geld te verdienen afdalen naar de steden in de omtrek. Alawitische mannen bewerkten het land van rijke soennitische heren, hun dochters trokken als huispersoneel van welgestelde soennieten naar Latakia, Homs, Hama en Damascus. Het is algemeen bekend dat deze meisjes uitgebuit werden, en niet zelden verkracht door de heer des huizes. Het is een van de redenen waarom de situatie in Hama destijds zo uit de hand is gelopen. De alawieten wilden hun zusters en moeders wreken. Maar ook die moorden zullen te zijner tijd gewroken worden, vermoedt Hala.

Farid roept ons. Zijn ouders nodigen ons uit voor een lunch in een dorpje in de omgeving. Zelf hebben ze geen auto, maar de kennis die aangeboden heeft hen te vergezellen, is net gearriveerd.

Over lommerrijke paadjes afgezoomd met dennebomen rijden we richting Slenfe. 'Daar heb je Ghazi Kanaan,' fluistert Hala nauwelijks hoorbaar als een grijze Mercedes ons inhaalt. Kanaan is het hoofd van de militaire mukhabarat in Libanon.

'Wat doet die hier?' vraag ik verbaasd.

'Oh, die gaat vast lunchen in Slenfe, net als wij.' Het is vrijdag, de islamitische zondag – in een auto als de zijne is de afstand van Beiroet naar Slenfe makkelijk te overbruggen.

De parkeerplaats van het openluchtrestaurant dat Farids vader heeft uitgezocht, is vol. Veel auto's met Saoedische, Koeweitse en Libanese nummerplaten, hier en daar een wachtende chauffeur die de tijd doodt met het opboenen van de motorkap. We vinden met moeite een tafel. Er is een band en op de dansvloer is het druk. De bediening is berekend op grote gezelschappen: al gauw staat onze tafel vol schaaltjes met eten, arak en halveliterflessen bier.

De muziek maakt praten bijna onmogelijk en wellicht is dat maar het beste ook, want nadat de beleefdheidsfrases zijn uitgewisseld, lijkt niemand nog veel te zeggen te hebben. Farids vader vertelt anekdotes over zijn werk in Latakia, tété strooit met complimenten over het landschap. Over reuma hoor ik haar niet meer klagen.

'Het valt niet mee om in een familie te trouwen waartegen je niet vrijuit kan spreken,' mijmert Hala.

'Maar misschien wachten zij ook wel tot ze hun mond kunnen opendoen.'

Ze lacht. 'Ja, om over Rifat te praten zeker!' Van Shirin heeft ze gehoord dat een neef van Farid als soldaat in Hama was tijdens de gebeurtenissen. Sindsdien heeft hij seksuele problemen met zijn vrouw. 'Dat hebben veel mannen die aanwezig zijn geweest bij folteringen of massamoorden,' zegt ze.

Shirin vlijt haar hoofd tegen Farids schouder; hij slaat onhandig zijn arm om haar heen. Ze vangen mijn blik en glimlachen. Ze hebben iets hulpeloos zoals ze daar zitten, vol van romantische gedachten over wat de toekomst brengen zal, terwijl ze al over de dertig zijn. Hoe weinig inhoud heeft hun huwelijk buiten deze feestdagen nog gekregen. Bij tété slapen ze in aparte kamers; de enige plaats waar ze alleen kunnen zijn, is Farids huis in de krottenwijk. Enkele dagen geleden had Shirin een dieprode vlek in haar nek. Ze was verlegen toen Hala er een opmerking over maakte. 'Nu is het allemaal nog nieuw,' zei Hala achteraf, 'maar wat blijft er over als de opwinding voorbij is?' Een huis hebben ze nog niet gevonden en inmiddels is er sprake van dat Shirin voorlopig bij Farid zal intrekken. In een krottenwijk! Tété en Hala zijn er onlangs geweest. Tété huilde toen ze terugkwam: ze wist niet dat zoiets in Damascus bestond. Ook Hala was geschokt. 'Ik weet niet hoe ik het je moet uitleggen,' zei ze. 'Jij bent in Afrika geweest – ik geloof dat dit nog erger is. Er zijn geen straten, er is geen licht, geen verwarming, in de winter moet het vocht er van de muren druipen.'

Maar vandaag lijkt dit alles even vergeten en tijdens het eten raakt Shirin zowaar een beetje aangeschoten. Als we samen naar het toilet gaan, komt ze in het mulle zand nauwelijks vooruit op haar hoge hakken. Ze leunt tegen me aan, giechelt en zegt: '*Today I'm swimming in the honey.*'

Na het eten gaan we terug naar Qirdaha en nemen daar afscheid. In de buurt van het pleintje met het standbeeld van Assad zien we de groene Mercedes weer, die inmiddels gezelschap heeft gekregen van een paar andere auto's. Ik geloof dat ik begrijp wat Farids vader bedoelde toen hij zei dat het hier 's avonds helemaal niet zo rustig is.

Als we Qirdaha uitrijden, kijkt Hala uit het raam en zegt: 'Ik zie helemaal geen borden naar Homs of Hama, alles wijst direct naar Damascus.' Farid lacht tevreden – hij heeft de schampere toon in haar stem niet opgemerkt.

Op de terugweg voelt Hala zich bedrukt. 'Ik praat, ik lach, ik eet, ik speel de hele dag komedie,' zegt ze, 'terwijl ik het liefst van al zou willen ontsnappen. Maar waar moet ik naar toe? De enige plaats waar ik veilig zou zijn, is Frankrijk.'

Hoe zou het zijn als ze op dit moment met Asma in Parijs zou arriveren? Hoeveel geld zou ze niet moeten verdienen om te kunnen overleven. En waar zouden ze moeten wonen?

'Heb je daar familie?' vraag ik.

'Familie, wat bedoel je?' Ze kijkt me ongelovig aan. 'Ik zou er juist naar toe gaan om aan mijn familie te ontsnappen!'

We moeten allebei lachen. 'Het ergste is nu toch achter de rug,' troost ik.

'Je hebt gelijk,' zucht ze. Over enkele dagen vertrekt Salim naar Doha, en dan begint de school weer. Dit jaar moet Asma voor het eerst een paramilitair uniform dragen – ze vraagt zich af waar je zoiets koopt. Tijdens het schooljaar is het leven veel regelmatiger, dan gaat ze 's ochtends naar de universiteit, komt thuis om te eten, waarna ze samen met Asma huiswerk maakt.

Gaat Asma nu al naar school! En onze reizen naar het oosten en Aleppo dan? De familieaangelegenheden van de afgelopen weken hebben me zo in beslag genomen dat ik nauwelijks heb nagedacht over wat er daarna zou gebeuren. Ergens wist ik wel dat de vakantie binnenkort afliep, maar ik heb het al die tijd verdrongen.

Wat belet me om in mijn eentje op reis te gaan? Het is een gedachte die al eerder bij me is opgekomen, maar de aangename beschutting van Hala's gezelschap heeft het altijd weer gewonnen. Ik ben bang geworden om het mijnenveld van mukhabarat te betreden dat ons lijkt te omringen.

De avond is gevallen. Fayruz zingt *Kiefak enta* en iedereen in de auto neuriet mee. In Homs stoppen we om een lokale zoetigheid te kopen voor Zahra, die thuis is achtergebleven. Niet veel later passeren we Deir Attieh, het dorpje van Assads privésecretaris Abu Salim. Als het verlichte standbeeld van Assad opduikt uit de duisternis, moet ik denken aan het standbeeld van Lenin dat ik enkele dagen geleden in een krant hulpeloos in de lucht zag bungelen. Maar Assad staat nog stevig op zijn benen; stijfjes steekt hij zijn hand op en Asma maakt iedereen aan het lachen door naar hem te zwaaien.

Op een onverlichte weg in een buitenwijk van Damascus stapt Farid uit. 'Wat gaat die doen?' vraag ik.

'Sttt... daar woont hij,' fluistert Hala. Ik heb met hem te doen: wat een manier om dit familieuitje te beëindigen! Ik kan me niet voorstellen hoe hij zijn weg kan vinden in die ondoordringbare duisternis. Maar hij loopt met flinke stappen van ons vandaan en even later is er in de nacht rondom ons geen spoor meer van hem te bekennen.

IV

'Ik ga naar Tadmur!' Glunderend sta ik voor Hala. Ze fronst haar wenkbrauwen. Tadmur, daar ligt de meest gevreesde gevangenis van Syrië, daar werden in 1980 door de mannen van Rifat meer dan duizend moslimbroeders vermoord.

'Wat ga je daar doen?'

'Door de woestijn lopen, naar een paleis uit de tijd van de Omayyaden.'

Ze is een en al scepsis. 'Het is daar warm, het is vast heel vermoeiend.'

'Wat maakt het uit, dat is juist de bedoeling!' De Zwitserse pater die de tocht organiseert, zei dat er onder de tachtig wandelaars ook veel Aleppijnen zouden zijn – misschien kan ik na afloop met hen doorreizen? 'Nee, nee,' zegt Hala resoluut, 'als je door de woestijn hebt gelopen, ben je uitgeput, dan moet je eerst een paar dagen komen uitrusten.'

Ik haal opgelucht adem: hoe graag ik ook op eigen benen wil staan, het vooruitzicht met een rugzak in Aleppo te arriveren, trok me niet erg aan. Aleppo staat bekend om zijn uitgaansleven – een koffer met avondkleding zou meer op zijn plaats zijn.

De avond voor mijn vertrek kijken Hala en Asma toe als ik mijn rugzak inpak: een pyjama van Shirin, tennisschoenen van Salim, een slaapzak van de paters. Ze zijn minstens even opgewonden als ik. 'Waarom gaan jullie niet mee?' Hala lacht bij de gedachte en ook ik moet lachen als ik me die twee figuurtjes in het woestijnzand voorstel. Zoals de meeste vrouwen hier, zet Hala geen stap meer dan hoogst noodzakelijk.

Ik zal maar enkele dagen wegblijven, maar die avond halen we de fles wodka uit het vriesvak en liggen op bed te praten alsof we elkaar tijdenlang niet meer zullen zien. Het is Hala's manier om met me mee te reizen.

's Ochtends draait ze om me heen, net zoals ze met Asma doet als die naar school gaat. Heb ik alles? Kleren, eten, paspoort? Ze heeft van me gedroomd. De mukhabarat vroeg haar mijn paspoort te zoeken, want er was iemand vermoord en ik was de hoofdverdachte. 'En ik maar roepen dat jij zoiets nooit zou doen.' Ze lacht, maar ik zie hoe ze haar handen bezorgd ineen klemt. De buurvrouw heeft haar verteld dat ik vermagerd ben. Ze voelt zich bezwaard: ze zorgt niet goed voor me, en in de woestijn word ik natuurlijk nog magerder.

Amper een half uur zit ik bij pater Léon in de auto en de wereld staat al helemaal op zijn kop. Het regime in dit land is volgens hem zo kwaad nog niet. De alawieten zijn doorgaans gemakkelijker in de omgang dan de soennieten, en toleranter tegenover christenen. Iemand noemde hen ooit de bastaardkinderen van de kruisvaarders, omdat veel alawieten blond zijn en lichte ogen hebben. Helemaal denkbeeldig is dat niet, want de kruisvaarders hielden zich meer dan anderhalve eeuw in hun streek op. Hoog in de bergen langs de kust bouwden ze het beroemde kruisvaardersfort Krak des Chevaliers.

In 1940 nog trokken paters samen met de Fransen twee alawitische dorpjes binnen en bekeerden er iedereen. Na het vertrek van de Fransen werden de dorpelingen weer alawiet, maar de huizen die de paters er vestigden, staan er nog steeds; niemand heeft er bezwaar tegen.

In zijn corduroy broek en geruit hemd doet Léon weinig aan een pater denken. Behalve zijn goeiige glimlach misschien, die hij op elk moment aanwendt, ook als er weinig te lachen valt – alsof hij bij voorbaat alles wil rechtbreien.

Ibrahim, de christelijke zakenman in wiens auto we naar Tadmur rijden, zegt niet veel. Zijn ogen zijn gericht op de weg, een smalle streep asfalt waarboven de lucht trilt van de hitte. Daaromheen, zover de einder reikt, strekt zich een monotoon woestijnlandschap uit. Toen een taxi me vanochtend afzette bij Ibrahims huis aan de rand van Damascus, was ik verrast: ik had me niet voorgesteld dat pater Léon zulke gefortuneerde kennissen had. Een tuinman in een blauwe overall opende de poort van de ommuurde villa, op de veranda zat Ibrahim, een kwieke vijftiger in sportkleding, op me te wachten.

'Dus jij denkt niet dat het beter zou zijn als de president soennitisch was?'

Pater Léon lacht geheimzinnig. 'Misschien zouden er dan pas problemen komen!' Heb ik niet gehoord wat de moslimbroeders hier rond de jaren tachtig aanrichtten? Overal kwamen ze in opstand, in Homs, Aleppo en Damascus. Geen alawitische functionaris was nog veilig.

'En toen kwam Hama,' zeg ik.

'Ja, en dacht je dat het regime daar anders had kunnen handelen? Die opstand moest neergeslagen worden, anders was dit nu misschien een fundamentalistische staat geweest.'

Ibrahim kijkt me onderzoekend aan in de spiegel, alsof hij voelt dat ik niet gewend ben dit soort dingen te horen. 'Ben jij het daarmee eens?' vraag ik. Zijn handen glijden aarzelend over het stuur, hij lacht onbestemd. President Assad is een wijs man, zegt hij, en populairder dan ik misschien denk. Als er morgen presidentsverkiezingen werden gehouden, zou Assad zeker meer dan de helft van de stemmen krijgen, want de minderheden – zo'n dertig percent van de bevolking – staan aan zijn kant, plus de soennieten die Assad door allerlei privileges aan zich wist te binden.

Volgens pater Léon hebben de alawieten een vooruitziende blik en zijn ze minder religieus dan de soennieten. 'Die waren door de eeuwen heen vooral in de weer met God en zijn op die manier heel wat dingen kwijtgeraakt.' In de weer met God – het verbaast me dat verwijt uit de mond van een priester te horen, maar Léon is nu eenmaal geen gewone geestelijke. In Zwitserland zou hij wellicht met drugsverslaafden of zwervers werken.

De alawieten behoorden vroeger tot de allerlaagste klasse in dit land, vertellen ze, zoiets als de 'onaanraakbaren' in India.

Hun religie was grotendeels geheim, want ze waren bang voor vervolging. Moskeeën hadden ze niet en ze hielden zich niet aan de ramadan. Daarom was het voor hen makkelijk zich aan te passen aan andere gebruiken. De mannen gingen tijdens het Franse mandaat in het leger, terwijl soennieten en christenen zich probeerden vrij te kopen. Dat is de reden waarom Assad de macht kon grijpen: veel alawieten zaten in het leger en steunden hem.

'En als Assad nu sterft?'

Pater Léon lacht fijntjes. 'Hij heeft toch een zoon, Basil? Een prima jongen, niets op aan te merken. Waarom zou die hem niet opvolgen?'

Ibrahim knikt instemmend. 'Ik heb altijd met moslims gewerkt,' zegt hij. 'Ik woon in een buurt waar veel moslims wonen, ik beschouw hen als mijn vrienden. Maar als de moslimbroeders aan de macht komen, ben ik niet zo zeker dat diezelfde vrienden zich niet tegen mij zullen keren.'

Ik wist wel dat de christenen in dit land zich bedreigd voelden – zij vertegenwoordigen vijftien procent van de bevolking en het alawitische regime heeft er als minderheid alle belang bij de latente angsten van andere minderheden levend te houden – maar dat het zo erg was, had ik me niet gerealiseerd. Ik vertel hen over mijn meest overtuigende bewijs van het tegendeel van alles wat ze beweren: Hala, die weliswaar soennitisch is, maar even bang voor het moslimfundamentalisme als zij.

Pater Léon is helemaal niet onder de indruk. 'Dat soort mensen is een uitzondering,' zegt hij.

'Welnee,' protesteer ik, 'alle mensen in haar omgeving zijn zo!'

Weer kijkt Ibrahim zoekend in de spiegel. Vroeger dacht hij net als ik, bekent hij, maar sinds de gebeurtenissen in Hama... Aanvankelijk waren de moslimbroeders in het hele land overtuigd dat ze zouden winnen. In Aleppo hielden ze een collecte onder islamitische zakenlui om een befaamd restaurant waar alcohol werd geschonken, te kopen. Geen van de zakenlui was erg gelovig, maar in enkele uren hadden ze het geld bij elkaar.

Gisteravond toen ik inpakte, zei Hala: 'Het zijn vast allemaal christenen die je daar zal ontmoeten.' Ik had helemaal niet op die manier aan mijn reis gedacht. Wist zij dat ik met dit soort ideeën in aanraking zou komen, klonk haar stem daarom verontrust? Ik zeg nu wel dat zij even bang is voor de fundamentalisten als pater Léon en Ibrahim, toch praat zij nooit over hen alsof ze een echt gevaar betekenen. Volgens haar is het fundamentalisme een manier om nee te zeggen tegen de regering, net als het communisme. Is ze eigenlijk wel zo onthecht van de islam als ze doet voorkomen? Enkele dagen geleden hoefde Asma niet naar school. 'Nu al vrij,' riep ik, 'en het schooljaar is pas begonnen!'

'Het is de verjaardag van de Profeet,' zei Hala ietwat gepikeerd.

'En wat dan nog?'

'Maar dat is toch net als Kerstmis,' viel ze uit, 'dan zijn jullie toch ook vrij?' Ze had natuurlijk gelijk, maar haar heftige reactie verbaasde me – alsof ik de Profeet moedwillig had beledigd.

Het is stil geworden in de auto. De zon staat op haar hoogst, een zoele wind waait door de ramen naar binnen. Ibrahim schudt krachtig zijn hoofd tegen de slaap. Naast hem zit pater Léon te knikkebollen: hij is vanochtend voor dag en dauw opgestaan om de mis op te dragen.

Als we Tadmur binnenrijden, opent hij verdwaasd de ogen. 'Zijn we er al?' In de straten van het woestijnstadje heerst de dodelijke rust van het middaguur. In de verte doemen de ruïnes op van het vermaarde Palmyra, een Grieks-Romeinse stad die zich kilometers ver uitstrekt in de woestijn.

Hotel Zenobia, waar we zullen slapen, ligt aan de voet van Palmyra en is genoemd naar de koningin die hier destijds de scepter zwaaide. De hotellobby is verlaten; de rest van het gezelschap arriveert pas tegen de avond met de *hob-hob*. Pater Léon en Ibrahim moeten even langs de mukhabarat om onze tocht door de woestijn aan te kondigen. Resoluut stap ik opnieuw in de auto. Ik hoor al maanden over de mukhabarat praten, nu wil ik ze een keer zien ook.

In het gebouwtje waar we belanden, ruikt het naar stof en lange uren van stilzitten. Achter een bureau met beduimelde dossiers drinkt een man in pyjama maté. Zodra ze onze stemmen horen, steken twee andere pyjamadragers hun kop om de deur. Hun baas is opgestaan, duidelijk geïntimideerd door het onverwachte bezoek. Hij biedt ons een stoel aan. Zijn assistenten strijken neer tegenover ons.

Pater Léon stelt iedereen op zijn gemak, maakt grapjes, koketteert met het Aleppijnse accent dat hij opdeed tijdens zijn beginjaren in Syrië. Hij vertelt dat hij hier al twintig jaar woont en voor geen geld meer terug wil naar Zwitserland, waardoor hij de mannen onvoorwaardelijk voor zich wint. Al gauw zijn ze veranderd in geanimeerde gesprekspartners, die hun beklag doen over de saaiheid van deze buitenpost.

Een van de mannen verdwijnt om koffie te maken, grist in het voorbijgaan zijn kleren van de kapstok en komt terug in broek en hemd. De anderen volgen zijn voorbeeld. Ik gluur naar het dossier dat open op tafel lag en inmiddels is dichtgeklapt: wat voor ondoorzichtige affaires zouden daarin worden uitgesponnen?

Pater Léon nipt aan zijn koffie en knipoogt naar me. Hij lijkt helemaal niet onder de indruk van de plek waar hij zich bevindt. Toen ik hem vanochtend in de auto vertelde over de moeilijke situatie waarin Hala verkeert, keek hij plotseling achterom en vroeg: 'Heeft ze geen *wasta*?' Ik schudde een beetje verbaasd het hoofd. 'Een *wasta*, nee, ik geloof niet dat Hala die heeft. Haar werk op de universiteit misschien..., maar dat lijkt haar niet veel verder te helpen.' 'Ja, dan heeft ze pech,' zei hij, 'want zo functioneert dit land nu eenmaal: als je geen *wasta* hebt, kom je moeilijk vooruit.' Ik vermoed dat hij deze tochten nooit zou kunnen organiseren als hij niet allerlei mannetjes had die hem steunen, want de regering is bang: straks roepen de moslims dat zij ook tochten door de woestijn willen maken, voor je het weet hebben ze een trainingskamp voor fundamentalisten ingericht. Sinds Hama zijn eigenlijk alleen vakantiekampen van baathistische pioniers toegestaan.

De man achter het bureau bestudeert het document dat pater Léon uit Damascus heeft meegebracht en zet er zijn handtekening onder. Even later staan we buiten, drie gedienstige heren in ons kielzog. 'Ze begrijpen niets van onze tocht,' grijnst pater Léon, 'zijzelf zorgen dat ze in deze hitte zo weinig mogelijk bewegen!'

Als de zon ondergaat, valt een zachtroze gloed op Palmyra en maken Ibrahim en ik een wandeling door de ruïnes. Palmyra was een oase op de handelsroute tussen de Levant en Mesopotamië – het is een van de steden uit de pre-christelijke en christelijke geschiedenis die onder het islamitische Syrië schuilgaat. De koele wind die door de zuilenrij waait, doet het woestijnzand opstuiven en hult de triomfboog in de verte in nevelen.

Op de overloop in Ibrahims huis viel mijn oog vanochtend op een marmeren beeld van een vrouw met geloken ogen, de armen gekruist over de borst. Het ademde zo'n sereniteit uit, dat ik stilstond. 'Ja, ja, bestudeer het maar goed, het is echt,' zei Ibrahim trots.

Ik kijk hem zijdelings aan. 'Dat beeld dat ik in uw huis zag...'

Hij lacht onbezorgd. 'Dat komt hier vandaan, ja. Wellicht uit een van de graftempels.' Hij lijkt zich van geen kwaad bewust. Evenmin als de eigenaar van hotel Zenobia overigens: de tafeltjes op het terras zijn Korintische kapitelen.

Voor Hala is Palmyra een zwakke echo van een diep weggezonken verleden, maar terwijl ik met Ibrahim rondwandel, voel ik dat hij deze stad als een wezenlijk onderdeel van zijn eigen geschiedenis beschouwt. Al gauw zijn we terug bij ons gesprek van vanochtend. Ik schrok van de meningen die hij en pater Léon eropna bleken te houden, maar de verontruste toon die ik nu in Ibrahims stem hoor, dwingt me opnieuw tot luisteren.

'De christenen in deze regio voelen zich onzeker over hun toekomst,' zegt hij, 'sinds een jaar of tien is alles hier veranderd.' Een jaar of tien – dat is de termijn waarover Hala ook altijd praat. Daarvóór leek alles nog mogelijk. Toen werd Ahmed opgepakt, niet veel later kwam Hama.

'De soennieten hebben het gevoel dat dit land alleen van hen is. Als zij aan de macht komen, zullen de christenen tweederangsburgers worden.' Met zijn sportschoen schopt Ibrahim een steen voor zich uit. 'Steeds meer Syrische christenen emigreren naar het Westen. Ze voelen zich hier niet meer thuis, ze hebben niet langer het gevoel dat ze hun kinderen iets te bieden hebben. Frankrijk, Australië, Canada – in Montréal zijn er hele straten waar je alleen het accent van Aleppo hoort.'

Het schemert, de kleur is uit de lucht, ik kan de uitdrukking op Ibrahims gezicht nog nauwelijks onderscheiden. 'En jij, zou jij niet willen emigreren?'

'Nee, ik niet,' zegt hij aarzelend. Als op afspraak zijn we teruggekeerd; het hotel glimmert zachtjes in de verte.

'Weet je waarom pater Léon deze wandeltochten organiseert?' Ibrahim wacht mijn antwoord niet af. 'Hij wil de christenen het gevoel van verbondenheid met hun land teruggeven – hij wil niet dat ze vertrekken.'

'Dus het zijn alleen christenen die hier komen?'

Weer aarzelt hij. 'Niet uitsluitend, maar het merendeel wel, ja.'

Een overladen *hob-hob*, versierd als een kerstboom, rijdt toeterend in de richting van het hotel. Even later stuift een groep jongelui de bus uit. Pater Léon staat op het bordes te stralen. Ze lopen op hem af, slaan hem op de rug, vliegen hem om de hals. Ze noemen hem *abuna*, onze vader.

De jongens die zijn meegereisd op het dak, beginnen rugzakken naar beneden te gooien. Ik zit met Ibrahim aan een tafeltje en sla het tafereel gade. Mijn aandacht wordt meteen getrokken door een jonge vrouw die het middelpunt vormt van een uitgelaten groepje. Brede jukbeenderen en amandelvormige ogen, dik haar in een paardestaart. Op de achterzak van haar jeans staat in rode, schuine letters geschreven: *Gloria Vanderbilt.* Ze ademt iets werelds uit – ze is het spontane leiderstype dat ik me herinner van vakantiekampen in mijn jeugd. Als een tweede bus arriveert en een nieuwe groep naar buiten stroomt, wordt zij even uitbundig als pater Léon begroet en omhelsd.

Gearmd lopen ze even later naar ons toe. 'Dit is Louise,' zegt pater Léon, 'jullie hebben vast een hoop te bespreken.' Ibrahim heeft de koelbox met eten, die zijn vrouw ons vanochtend heeft meegegeven, uit de auto gehaald. Zorgvuldig dekt hij de tafel met servetjes, bordjes en bestek, en doet de plastic bakjes met eten een voor een open. Een Korintisch kapiteel als tafel – ik moet er even aan wennen, maar om mij heen zie ik dat iedereen er ongegeneerd met zijn voeten tegen leunt.

Ik heb razende honger, maar pater Léon is opgestaan om nieuwe mensen te begroeten en Ibrahim maakt geen aanstalten om zonder hem te beginnen. Ik denk aan zijn ommuurde villa, zijn tuin met antieke beelden, zijn ontvangstkamer met geboende meubels en oudheden in glazen vitrines. Het enige wat hij uit die omgeving heeft meegenomen is zijn koelbox; hij behandelt hem alsof zijn hele bestaan erin is vervat. Pas als pater Léon zich weer bij ons voegt, legt hij met omzichtige gebaren gebraden vlees, tomaten en brood op onze borden.

Drie mannen zijn het terras opgewandeld. Ze kijken zoekend rond. Hun blik klaart op als ze pater Léon ontwaren. Verheugd lopen ze naar hem toe. Waar ken ik hen toch van? Als ze neergestreken zijn aan ons tafeltje, daagt het me: het zijn de mukhabarat van vanmiddag. Nieuwsgierig kijken ze om zich heen, de benen wijd, de armen comfortabel om hun stoelleuning geslagen. Ze bestellen thee, zwaaien naar de hoteleigenaar en lachen om pater Léon, die zijn Aleppijns accent weer naar boven haalt.

Louise spreekt vloeiend Frans en terwijl de duisternis tussen de ruïnes van Palmyra dieper wordt, raken we aan de praat als oude bekenden. Die plotse vertrouwelijkheid – ik mis Hala, al vermoed ik dat zij alles hier vreemd zou vinden en dat ze tegenover een vrouw als Louise heel wat meer reserves aan de dag zou leggen dan ik.

Louise behoort tot die bereisde christenen waarover Ibrahim het had. New York, Florida, overal waar ze gaat heeft ze familie. Haar ouders wonen deels in Toronto, deels in Syrië. Er lijkt een enorme dadendrang uit te gaan van de mensen waarover ze vertelt. 'De christenen in dit land hebben een grote behoefte om zich te bewijzen,' vertelde iemand me eerder. 'Dat komt omdat ze een minderheid zijn. Politieke macht is niet voor hen weggelegd, het enige wat ze kunnen bereiken is zakelijk succes.' Louise's broer is ooit in de garage van het ouderlijk huis begonnen met het verkopen van brood en taartjes, nu heeft hij een eigen banketbakkerij.

'Kan dat hier zomaar? Legt de regering hem niets in de weg?'

Louise lacht. 'Was het maar zo!' Onlangs kreeg haar broer een order uit Rusland voor het maken van honderd ton geconfijt fruit. De hele zomer heeft hij eraan gewerkt. Toen kwam er een kink in de kabel: Syrië zette alle export naar Rusland stop. Vroeger was de uitvoer van goederen dé manier om importschulden te betalen, maar sinds Rusland in de problemen zit, is de handel tussen beide landen in het ongerede geraakt. Inmiddels staat een deel van de lading geconfijt fruit in de haven van Tartous te verrotten. 'Begrijp je waarom mijn broer naar Canada zou willen emigreren?'

Zelf zou ze in Syrië willen blijven. 'Maar ik vrees dat het me niet zal lukken.'

'Waarom niet?'

'Ik ben verliefd op een moslim,' fluistert ze.

Ik lach. 'Wat maakt het uit? Moslim, christen...'

'Voor jou niet, maar voor de mensen hier wel. Iedereen zegt dat hij me ongelukkig zal maken. Als ik met hem trouw, zou mijn leven hier onmogelijk worden.' Een donkere toon is in haar stem geslopen. 'Misschien kunnen we in Canada een tijdje samenwonen zonder te trouwen – dan zou ik kunnen zien of het lukt.'

Als iedereen in dit soort situaties altijd maar naar het Westen vlucht, denk ik wrevelig, hoe kan deze regio dan ooit veranderen?

'Waarom zouden jullie niet proberen samen te wonen in Damascus?'

Louise schudt het hoofd. 'Samenwonen, nee, dat is ondenkbaar. En als ik met hem trouw... je hebt geen idee wat voor gevolgen dat heeft. Mijn kinderen zouden ook moslim moeten worden. Dat zouden mijn ouders nooit accepteren.'

'Zijn je ouders dan zo belangrijk voor je? Belangrijker dan hij?'

Louise glimlacht meewarig. Een kennis van haar ouders is getrouwd met een moslim. Op een dag ging hun zeventienjarige dochter naar haar christelijke grootvader toe en zei dat hij zich vóór zijn dood moest bekeren tot de islam, dat hij anders in de hel zou belanden. 'Zie je wat een schrikbeeld? Zoiets zou ik mijn ouders niet willen aandoen.' Zachtjes voegt ze eraan toe. 'Vooral niet na wat er met mijn zuster is gebeurd.'

'Wat dan?'

Louise veegt een haarlok die losgeschoten is, uit haar gezicht. Ze kijkt naar de drie mukhabarat aan ons tafeltje, en dan naar haar vrienden, die in de verte hun slaapzakken uitrollen. 'Het is een lang verhaal,' zegt ze aarzelend, 'ik weet niet of dit het geschikte moment is.' Maar ze vertelt het toch.

Het was een jaar of tien geleden. Haar zuster liep op een middag van de universiteit naar huis. Opeens schoot een man langs haar heen – een ontsnapte gevangene, naar later bleek. De agent die hem achternazat, loste een schot. De man bleef rennen, haar zuster zeeg neer. Ze was op slag dood.

'Daarna is alles in onze familie veranderd.' Louise staart over de drukte op het terras heen de duisternis in. Haar moeder was ontroostbaar. Het was haar lievelingsdochter geweest, ze wist niet waar ze naar toe moest met haar verdriet. Iemand adviseerde haar een brief te schrijven naar de president en een audiëntie aan te vragen. Maar de president wilde haar niet zien, en ook haar oudste zoon niet. Even is Louise stil, dan zegt ze: 'Ik was de jongste dochter. Ik mocht wel komen – voor mij was hij niet bang.'

Zeventien was ze, en in de dagen voor de ontmoeting werd ze volgepompt met suggesties over de gunsten waar ze de president om kon vragen. Maar toen ze eenmaal tegenover hem stond, had ze zoveel lege zalen met marmeren vloeren doorkruist en waren er zoveel zware deuren achter haar dichtgevallen, dat ze zich oneindig klein voelde en er in haar hoofd geen enkele gedachte meer rondwaarde.

'De president was heel aardig,' zegt ze, 'als een vader. Hij vroeg me te gaan zitten, wuifde de bode weg die me had gebracht, vroeg wat hij voor me kon doen.' Langzaam kwamen de gedachten, de adviezen, de woorden, terug. Ze zei dat ze lid was van de Baath-jeugd – een leugen – en overstelpte hem met de loftuitingen die ze had ingestudeerd. Vervolgens vroeg ze om een beurs voor haar broer die in Frankrijk wilde studeren. De president schudde zijn hoofd. Frankrijk was alleen voor de kinderen van hoge verantwoordelijken weggelegd, zei hij. Als haar broer naar Oost-Europa wilde, kon hij wel iets voor hem doen. Toen ze zei dat ze wilde reizen, antwoordde hij in dezelfde geest: wel naar Rusland, niet naar Amerika.

'Nog iets?' Ze hoorde een lichte toon van ongeduld in zijn stem; haar tijd was bijna om. Koortsachtig speurde ze haar geheugen af naar andere gunsten waar ze om moest vragen. 'Mijn moeder zou graag een telefoon willen,' zei ze. Daar zou zijn privé-secretaris Abu Salim voor zorgen, beloofde de president. Even later stond ze buiten.

'Die telefoon hebben we gekregen, maar dat is ook het enige.' Haar ouderlijk huis hangt nog steeds vol met foto's van haar zuster. 'Mijn moeder heeft zich sindsdien helemaal op de religie gestort. Elke dag gaat ze naar de kerk, de rest van de tijd houdt ze zich bezig met bijbelgroepjes en liefdadigheidswerk. Het is de enige manier waarop ze met haar verlies lijkt te kunnen leven.' Louise kijkt me aan. 'Kan je je voorstellen wat er zou gebeuren als ik haar vertelde dat ik met een moslim wil trouwen?'

Uit een hoek van het terras, waar de eerste wandelaars zich inmiddels te slapen hebben gelegd, stijgt een luide kreet op. Louise glimlacht verontschuldigend. 'Ik moet ervandoor. Mijn vrienden roepen me.'

Ik kijk haar na terwijl ze in de duisternis verdwijnt. Hoe zorgeloos stond ze bij haar aankomst tussen haar vrienden. Onwillekeurig dacht ik: waarom kan Hala zo niet zijn? Toronto, New York, Florida – hoe vlug is de illusie van kosmopolitisme die deze namen opriep, verstoord, hoe vlug klapte de wereld weer naar binnen toe.

Abuna Léon loopt op kop, rijzig, opgewekt, een boerenzakdoek om de hals geknoopt, een malle gebreide muts op het hoofd die minstens evenveel hilariteit veroorzaakt als zijn Aleppijns accent. We zijn in de vroege ochtend als een hechte formatie op weg gegaan, maar inmiddels trekken we een onregelmatige stippellijn van wel twee kilometer door de woestijn. Het landschap golft – nu en dan verdwijnt een deel van de rij achter een heuvel. Ik was bevreesd voor mijn conditie, maar de wandelaars van pater Léon zijn niet fanatiek; ik hoef weinig moeite te doen om bij de eerste twintig te blijven.

Een docent van de universiteit van Damascus, die in Leipzig heeft gestudeerd, komt naast me lopen. Hij is groot en ziet er sterk uit, maar het wandelritme valt hem bar tegen. 'Ik had me heel wat anders voorgesteld,' moppert hij, het zweet van zijn voorhoofd vegend. 'Stel je voor, de joden hebben na hun verdrijving uit Egypte veertig jaren door de woestijn gezworven. Ik heb met hen te doen.' Bijbelse referenties! Zelf zie ik Lawrence almaar voor me, die soms doodziek op zijn kameel door de woestijn trok en 's avonds rillend van de koorts in het zand in slaap viel.

Een jaar of vijfendertig is de docent, maar hij woont nog bij zijn ouders. 'Het is niet makkelijk een vrouw te vinden,' zegt hij, 'het aanbod is beperkt.' In Leipzig heeft hij verschillende vriendinnen gehad. Hij kan zich niet meer voorstellen dat hij zou trouwen met een meisje dat hij nauwelijks kent, maar hier is dat heel gewoon. 'Je kan niet eens hand in hand over straat lopen – iedereen zou er schande van spreken.'

'Ben je in Leipzig niemand tegengekomen met wie je wilde trouwen?'

'Nee, Duitse vrouwen...' Hij zucht. 'Syrische vrouwen zijn toch anders.' Het is voor het eerst dat hij meedoet aan een tocht. Zou hij misschien gekomen zijn om een geschikte partner te ontmoeten? Het lijkt me niet onwaarschijnlijk. Als Louise zich bij ons voegt, zie ik zijn gezicht opklaren. Zij is in dit gezelschap duidelijk een routinier. De juiste wandelschoenen, pet op het hoofd, wielrennerstasje om het middel. Van de zorgelijkheid van gisteravond is geen spoor meer te bekennen. Ze stapt stevig door, maar als pater Léon opmerkt dat sommigen wel erg achterop raken, vermindert ze vaart. Even later loopt ze helemaal aan het einde van de rij, haar arm om een meisje heen geslagen.

Ibrahim wandelt voor me uit. Al lijkt hij veel mensen te kennen, hij neemt geen deel aan hun gesprekken. Hij is hier met zijn eigen gedachten naar toe gekomen – hij loopt liever alleen.

Pater Léon draagt zijn bagage, maar de meesten hebben die achtergelaten in de bus die ons onderweg van water zal voorzien. Als we de bus tegen de middag zien opduiken, stijgt er een kreet van verlichting op. We drinken, schuilen even in de schaduw. De docent ploft met zijn volle gewicht naast me neer.

Een tiental wandelaars blijft obstinaat in de bus zitten. Ze hebben er genoeg van. Achter het raam zie ik het meisje waar Louise eerder haar arm omheen sloeg, huilen. 'Ze heeft net een depressie gehad,' zegt Louise, 'toen ze begon te lopen, kwam het allemaal weer terug.' Pater Léon had het er al over: veel mensen raken van streek door de stilte in de woestijn. Half-lachend, half-ernstig sleurt hij een paar jongelui de bus uit. Ze sputteren heftig tegen, maar hij is onverbiddelijk. Het huilende meisje mag blijven zitten, en ook een vader met zijn dochtertje.

'De mensen hier zijn niet gewend op hun reserves te leven,' zegt Léon als we verder lopen, 'zodra ze zich moe voelen, geven ze het op. Ik wil hun leren daartegen te vechten, want in het dagelijks leven doen ze precies hetzelfde.' Ik kan niet nalaten zijn opmerkingen te toetsen aan mijn eigen ervaringen. Geeft Hala ook niet te vlug op? Maar komt het niet omdat alles om haar heen zo ontmoedigend is? Zou ik hier zelf op den duur ook niet zo worden?

We lopen en lopen, en worden allengs minder spraakzaam. Het landschap zonder boventonen, het suizen van de wind door de heuvels, de meedogenloze zon – al gauw krijgt de stilte ook mij in haar greep. Mijn lichaam beweegt als een robot, gedachten stromen zonder aanwijsbare samenhang mijn hoofd binnen, als tijdens een concert in een muisstille zaal.

Het moet uren later zijn als ik ineens naast Ibrahim loop. 'Wat denk je, hoe ver nog?' vraag ik. Het begint al te schemeren en hier en daar wordt op *abuna* Léon gefoeterd. Hij beweerde dat het een kilometer of vijfentwintig lopen was, maar we hebben al veel meer kilometers afgelegd en nog steeds is Qasr al-Heir niet in zicht. Ook ik begin genoeg te krijgen van deze mechanische mars door het zand: waar blijft dat verdomde paleis?

'Typisch pater Léon,' grinnikt Ibrahim, 'hij houdt ervan om verwarring te stichten. De afstand is altijd groter dan hij voorspelt.' Het groepje jongelui voor ons heeft een liedje aangeheven. Ik probeer de melodie thuis te brengen, maar slaag er niet in. Het is zeker geen Egyptische schlager van het moment – die zou ik wel herkennen.

'Wat zingen ze?'

Ibrahim luistert. 'Een religieus liedje. Iets over de maagd Maria en haar zoon.'

De maagd Maria en haar zoon, toe maar, en dat helemaal spontaan, zonder dat *abuna* Léon in de buurt is! Het gezang zwelt aan, slaat over op de voorste gelederen. Hala moest me hier zien lopen, onder de maan die als een schelle lamp aan het firmament hangt, achter een groepje Syriërs aan die christelijke liedjes zingen – ze zou het een suspecte bedoening vinden. En toch is dit me vertrouwd. Zo moet mijn vader destijds op scoutskamp gezongen hebben, een sjaal om de nek geknoopt, kniekousen onder zijn korte broek.

'Waar denk je aan?' vraagt Ibrahim.

'Aan mijn vader. Die heeft dit soort liedjes in zijn jeugd vast ook gezongen. Maar dat is minstens vijftig jaar geleden.'

'Wou je zeggen dat de mensen in Europa nu niet meer religieus zijn?'

'Nou, nee, niet zo erg in ieder geval.'

Zijn ervaring is anders. Als hij met pater Léon naar Zwitserland gaat, komt hij genoeg godvruchtige mensen tegen. Ik denk aan de tv-uitzendingen van de Evangelische Omroep, de open monden, het uitbundige gekweel. 'Met enig zoeken vind je ze nog wel,' zeg ik aarzelend, 'maar vergeleken bij dit...'

'Dat komt omdat dit een spirituele regio is, de drie belangrijkste monotheïstische religies zijn hier ontsprongen...'

'Kijk eens!' Het gezang voor ons klinkt vrolijker ineens. In de verte is een lichtje verschenen. In een flink tempo stappen we erop af.

Een grote pan soep pruttelt op een gasstel. Eromheen zit een vijftiental vrolijke mensen – de groep die na onze tweede pauze pertinent weigerde verder te lopen en ondanks pater Léons hevige protesten in de bus is achtergebleven. Achter hen doemen de contouren op van Qasr al-Heir, het paleis dat de Omayyaden hier tijdens hun glorietijd in het begin van de achtste eeuw bouwden. Niet lang daarvoor hadden ze Ali, de schoonzoon van de Profeet, verslagen en Damascus tot het centrum van het Arabische rijk gemaakt.

We halen onze spullen uit de bus, installeren ons aan de voet van het paleis en verkneukelen ons om de wandelaars die in steeds lamentabeler toestand aan komen lopen. Pater Léon, die de rij sluit, wordt onthaald op gejoel. Stralend van genoegen geeft hij toe dat hij de afstand had onderschat: we hebben wel vijfendertig kilometer afgelegd. Als iemand jammert dat we diezelfde afstand morgen ook moeten teruglopen, belooft pater Léon dat we het laatste eind met de bus zullen doen.

Ibrahim blijkt een tafelkleed bij zich te hebben. Hij vouwt het open op het zand en strijkt het voorzichtig glad. De inhoud van zijn koelbox ruikt minder fris dan gisteren, maar hij etaleert de tomaten, gekookte aardappelen en kaas met evenveel ceremonieel. Ik keer mijn rugzak binnenstebuiten en leg er mijn schamele bijdrage naast. Pater Léon verschijnt met drie bekers dampende soep. Ibrahim maakt plaats voor hem, maar nauwelijks zit Léon op zijn hurken of hij wordt alweer weggeroepen.

Doodstil blijft Ibrahim zitten. 'Zullen we maar beginnen?' stel ik voor.

'Nee, nee, hij komt vast terug, hij heeft zijn soep hier laten staan.'

'Kom op, zeg, ik heb honger!' Zonder hem aan te kijken, begin ik te eten. Ibrahim blijft in het donker speuren tot hij pater Léon heeft gelokaliseerd: hij staat bij de dampende ketel, zijn muts op zijn kop, en slurpt een beker soep uit. 'Die komt niet meer,' zeg ik, 'die heeft het te druk.' Aarzelend volgt Ibrahim mijn voorbeeld.

We slapen aan de voet van het paleis, de vrouwen in het midden, de mannen in een wijde kring eromheen. Pater Léon draagt nog een mis op, maar dan ben ik allang vertrokken.

Als gevallenen op een slagveld, zo liggen we in de rode gloed van de opkomende zon. Rechtop in mijn slaapzak speur ik in het rond. Sommigen zijn al wakker. Qasr al-Heir ziet er in dit licht uit als een fort in een sprookje. Hoge muren, torens met schietgaten en een smalle toegangspoort. Later zullen we onder de poort door naar binnen lopen en klimmen de overmoedigen tot boven op de vestingmuur, waar ze zingen en naar beneden zwaaien.

Vandaag nemen we de route pijlrecht naar het zuiden, heeft pater Léon besloten. Zodra we de asfaltweg naar Tadmur bereiken, zal de bus ons oppikken. Opgewekt gaan we op stap. Ik zegen in stilte de tennisschoenen van Salim, eenvoudige Chinese gympjes die heel wat effectiever blijken dan het dure sportschoeisel van veel andere wandelaars. Eén jongen heeft zo'n last van blaren dat hij op kousevoeten loopt.

Een Italiaanse zuster wandelt een eindje met me mee. Ze woont in Hasakah, een stadje in het noordoosten van het land, niet ver van de olievelden waar Hala destijds belaagd werd door de oude Abu Talib. Haar verhalen over de Koerden, christenen, moslims en bedoeïenen in dit grensgebied met Turkije en Irak, zetten me aan het dromen. Vanmiddag op de asfaltweg zal ze afscheid van ons nemen en met een paar jongelui naar Hasakah liften. Moet ik niet met hen doorreizen, is dat niet mijn enige kans om er ooit te komen?

De hele ochtend weeg ik de voor- en nadelen van zo'n koerswijziging af, en verzet op die manier heel wat kilometers. Maar telkens weer verschijnt Hala's huis in mijn gedachten: het kastje dat ze heeft vrijgemaakt voor mijn spullen, het bed dat altijd vol kleren ligt, de avonden als we alle drie in bad zijn geweest en er een aangename rust over het huis daalt. Stond Hala er niet op dat ik na mijn woestijnwandeling terug zou komen? Als ik te lang wegblijf, raak ik haar misschien kwijt. Bovendien heeft Ibrahim me uitgenodigd om binnenkort met hem en zijn vrouw naar Aleppo te gaan, waar ze een appartement hebben.

Het is al twee uur, maar de bus is nergens te bekennen. Mijn water is op en ik heb inmiddels ook al de voorraad van de docent die in Leipzig studeerde, opgedronken. Het gemor om ons heen wordt steeds luider. 'Zeg, waar blijft die bus!' '*Abuna* Léon, je houdt ons weer voor het lapje!'

Op een heuveltje besluiten we te stoppen. Menselijke wrakken komen naar ons toe gestrompeld: daar heb je de man op kousevoeten, verderop heeft iemand een flinke bloedneus. Terwijl we overleggen wat te doen, valt een jongen met een enorme sombrero, die de hele tocht heeft lopen dollen, flauw. Met behulp van stokken en een regenjas spannen zijn vrienden een afdakje boven zijn hoofd. Iemand gooit zijn laatste restje water over zijn gezicht, Louise waait hem koelte toe met zijn sombrero. Ik kijk naar die gevelde boom en krijg het benauwd: wat moet er van ons worden als we de bus niet vinden? De docent tuurt in dezelfde richting en zegt mismoedig: 'Herinner je je hoeveel dorst Christus had toen hij aan het kruis hing? Dit is onze calvarieberg – we gaan er allemaal aan.' Maar één blik op pater Léon stelt me gerust. Hij ligt ontspannen op zijn rug, de armen onder zijn hoofd gevouwen, een vieze zakdoek op zijn gezicht. Ik verdenk hem ervan dat hij onder die zakdoek ligt te lachen.

Uit de verte wordt er druk naar ons gezwaaid: een van de patrouilles die erop uit is gestuurd om de omgeving te verkennen, heeft de bus gevonden. Zuchtend en steunend zet het gezelschap zich in beweging.

Tegen de avond bereiken we hotel Zenobia. Pater Léon gaat naar Damascus met de *hob-hob*, Ibrahim biedt me aan met hem terug te reizen. We hebben honger, maar als we de koelbox opendoen, slaat de stank van gistende tomaten en oververhitte kaas ons in het gezicht en doen we hem verschrikt weer dicht.

Buiten Tadmur stuiten we op een wegversperring. Een soldaat kijkt ongeïnteresseerd naar binnen, zijn collega blijft op zijn stoel onder een afdakje zitten. 'Ze zijn bang voor infiltranten uit Irak,' zegt Ibrahim. Niet veel verder springt er opnieuw een soldaat voor onze auto, zwaaiend met zijn geweer. Ibrahim stopt met gierende remmen. De man steekt zijn kop en geweer door het raampje. Tot mijn verbazing begint Ibrahim vreselijk op hem te schelden. Geschrokken trekt de soldaat zijn geweer terug en Ibrahim zoeft ervandoor.

'Wat was dat?' vraag ik verbouwereerd.

'Een of andere liftende soldaat! Een beetje staan zwaaien met zijn geweer, wat denkt hij wel!'

'Was je niet bang? Hij had ons overhoop kunnen schieten.'

'Ons overhoop schieten? Oh, nee,' zegt Ibrahim grimmig, 'hij wist precies wat hem te doen stond toen ik riep dat hij zijn geweer bij zich moest houden. Hij hoeft maar naar mijn auto te kijken om te weten dat er met mij niet te sollen valt.'

Ik zit nog een tijdje na te trillen. Hoe anders is het om met Hala te reizen, hoeveel beduchter is die voor soldaten en mukhabarat. Zwijgend rijden we verder over de onverlichte weg. Twee dagen lang heb ik me dapper geweerd – alles liever dan vergast te worden op het meewarige lachje van pater Léon –, nu voel ik me plotseling dodelijk vermoeid. Ook Ibrahim is stil en in gedachten verzonken.

Als we Damascus binnenrijden, is het alsof ik na de vrijheid van de afgelopen dagen, opnieuw word ingesloten. Het is zo laat dat Ibrahim voorstelt om in zijn huis te overnachten. Ik slaap koninklijk, in een logeerkamer-annex-badkamer met een hoog bed, gebloemde sprei en bijpassende gordijnen. 's Ochtends word ik wakker van de tuinman die het water in het zwembad ververst. In de keuken is Ibrahims vrouw Amira in de weer met de werkster.

We drinken koffie op de veranda. Door de gaatjes in de omheining voor het huis zie ik moeders met zwarte *abaya's* die hun kinderen naar school brengen. Het is een vreemd gezicht – alsof ze niet thuishoren in deze omgeving. Een van de kinderen staat stil en probeert de tuin in te gluren. Ik schaam me dat ik hier zit, omgeven door zoveel weelde, afgesneden van de straat door een hoge schutting.

Ibrahim en Amira kijken op hun beurt benauwd om zich heen als ze me naar huis brengen. Ze zijn nooit eerder in deze buurt geweest. Als hun helblauwe BMW voor het poortje van Hala's huis stopt, zie ik de groenteverkoper nieuwsgierig naar ons loeren.

Amira blijft in de auto zitten terwijl Ibrahim mijn rugzak uit de kofferbak haalt. 'Kom even binnen,' stel ik voor. Ze aarzelt. 'Toe nou, even maar.' Hala en Asma zijn er niet. Ibrahim zet mijn rugzak neer in de voorkamer, Amira werpt een vlugge blik naar binnen. 'Wonen jullie hier? Met zijn drieën?' Ik zie ons meubilair schamel worden in haar ogen: het geruite bankstel, de gordijnen, het houten kastje met de glazen deurtjes waarachter de foto van Ahmed staat – al die eindeloos vertrouwde dingen.

Ibrahim slaat zijn arm om Amira heen. 'Zullen we dan maar gaan?'

V

Er liggen vreemde spullen in huis. Schoolschriften die niet van Asma zijn, een kartonnen doos met goedkope koekjes die Hala nooit zou kopen, een flesje Syrische parfum. Mijn kastje is volgestouwd met rommel en aan de waslijn hangt een jurk die ik niet ken.

Tegen de middag komt Hala binnen, gehaast, plastic tassen met eten in beide handen. Ze ziet er moe uit – haar gezicht is opgezwollen. 'Ik dacht dat je nooit meer terugkwam!' We omhelzen elkaar, onhandig zoals altijd. 'We hebben gasten,' zegt ze.

'Dat zag ik, ja.'

'Sahar en Aisha, ze blijven niet lang.' Sahar is christelijk, schiet het door me heen, en haar man moslim. Zie je wel, voor Hala en haar vrienden gelden de religieuze verschillen niet waar iedereen de afgelopen dagen de mond van volhad.

'Heb je het laatste nieuws gehoord? Ze zeggen dat de gevangenen vrijkomen. Sahar laat haar huis opknappen. Daarom is ze even hier.'

'En Ahmed?'

Hala haalt haar schouders op. 'Hij heeft me gevraagd zijn winterkleren mee te brengen. Dat betekent dat hij van plan is nog een tijdje te blijven.'

In de keuken begint ze aardappelen te schillen. Zo meteen komen de kinderen thuis. Ik haal het opklaptafeltje uit de gang, schuif een plastic stoeltje bij en ontferm me over de boontjes. Hala kijkt me onderzoekend aan. 'Hoe was het? Heb je iets interessants meegemaakt?' Haar stem klinkt sceptisch.

Ik vertel haar over de malle muts van pater Léon, het geweeklaag van de wandelaars, de liefdesperikelen van Louise. Ik bedenk ineens dat ik toen ik in Syrië aankwam, niet eens wist of Hala christen of moslim was – we praatten indertijd niet over die dingen.

'Vind je mij een typische christen? Heb je ooit op die manier aan mij gedacht?'

Hala lacht, verbaasd. 'Nee, hoe kom je daarbij?'

'Oh, zomaar, ik vroeg het me gewoon af.'

Ze gaat er niet verder op in. Haar hoofd lijkt geenszins te staan naar de dingen waar ik zo vol van ben. Ze vertelt over tété, Zahra, Shirin en Farid. Bij iedere naam slaakt ze een hartgrondig '*uffff!*' Shirin is bij Farid ingetrokken. 'Weet je dat ze 's ochtends wakker wordt van de koeien?' Hala trekt een vies gezicht. Gewekt worden door plattelandsgeluiden – iets ergers kan zij zich als stadsbewoner niet voorstellen. 'Farid is daaraan gewend natuurlijk, maar Shirin...' Ze steekt de oven aan, schuift een schaal met aardappelen, uien en gehakt naar binnen en zegt gemelijk: 'Net goed, kunnen ze elke dag verse melk drinken.'

Tété is doodsbang dat ze binnenkort opnieuw voor de deur staan, want hoe moeten ze de winter doorkomen zonder kachel? 'Ze smeekt me de komende maanden bij haar te komen wonen.' Hala lacht. 'Ze zegt dat ik jou zelfs mag meebrengen!' Asma's school is dichterbij, argumenteert tété, en het scheelt in de stookkosten. 'De stookolie is weer duurder geworden. Honderd pond voor een hoeveelheid die twee dagen meegaat, hoe kan een gezin met een maandsalaris van tweeduizend pond dat betalen?'

'Maar iedereen heeft toch meer dan één salaris.' Het is eruit voor ik het weet. Zo praat pater Léon, en hij heeft gelijk ook, want iedereen ritselt hier van alles. Maar Hala is niet gewend dat ik haar tegenspreek – tot nog toe was zij mijn voornaamste informatiebron over de gang van zaken in dit land. 'Nee, nee,' protesteert ze, 'de meeste mensen moeten van hun salaris rondkomen.' Steeds meer kinderen worden erop uitgestuurd om te werken, zegt ze. Op weg naar de universiteit passeert ze elke ochtend een broodverkopertje van een jaar of acht; als ze 's middags naar huis gaat, staat hij er nog.

Hoe lang ben ik weg geweest? Amper drie dagen, maar Hala

praat tegen me alsof ik net uit het buitenland kom, alsof ik niets weet over wat hier gebeurt! Voor ik iets kan terugzeggen, stormen Asma en Aisha binnen. Ze smijten hun schooltassen op de grond, trekken andere kleren aan en sluiten zich op in de voorkamer met een cassette van Madonna.

Hala gooit mijn was in de machine, veegt de binnenplaats schoon, scheldt op de buren die hun tv keihard aan hebben staan, rent heen en weer tussen de keuken en de slaapkamer, en moppert tussendoor op een collega van de universiteit. Hij heeft geen verstand van zijn vak – het liefst zou hij volgens haar hoofd van de mukhabarat worden.

Langzamerhand voel ik mijn opstandigheid wegdrijven. De overzichtelijkheid van de afgelopen dagen, het lege woestijnlandschap, de brede gangen van Ibrahims huis, de koele logeerkamer met het hoge bed – het begint al op een luchtspiegeling te lijken. Ik ben weer aan de kant waar de klappen vallen.

Na het eten liggen Hala, Sahar en ik in onze nachtpon op bed. In de voorkamer maken Asma en Aisha hun huiswerk. Madonna schalt door de muren heen. Sahar is opgewonden over de geruchten rond de vrijlating van de gevangenen. Aisha en zij zijn al naar de kleermaker geweest voor een nieuwe jurk.

'Je raadt nooit wie ik vanochtend tegenkwam,' onderbreekt Hala haar. 'Wie dan?' 'Omayya!' Omayya's man is enkele jaren geleden na vijftien jaar gevangenschap vrijgekomen. 'En?' vraagt Sahar nieuwsgierig, 'wat zei ze?' 'Ze huilde, zomaar, op straat. Jullie moeten niet op jullie mannen wachten, zei ze, ik heb zo lang op de mijne gewacht en nu zou ik willen dat ze hem opnieuw opsloten.'

'Waarom?' vraag ik.

Hala zucht. 'Hij is oud geworden, hij weet niet meer hoe hij gelukkig moet zijn. Het enige wat hem bezighoudt is hoe het zijn vrienden in de gevangenis vergaat.'

'Heb je de gevangenis van Tadmur gezien?' wil Sahar weten.

Ik schud het hoofd. 'Nee, daar was *abuna* Léon niet zo erg in geïnteresseerd.'

Ik vertel haar over Louise. 'Hoe was dat bij jou eigenlijk? Waren jouw ouders destijds niet gekant tegen je huwelijk met een moslim?'

Sahar denkt na. 'In het begin wel, maar later niet meer.'

'En als ze zich verzet hadden, wat had je dan gedaan?'

Ze lacht. 'Ik had hun goedkeuring niet nodig, het was mijn leven. Wij zaten in dezelfde politieke beweging, religie kon ons weinig schelen, we hadden andere dingen aan ons hoofd!' Ik denk aan wat een Libanese kennis me ooit vertelde over links in de Arabische wereld. Ze hadden het stambewustzijn geenszins aangetast, zei hij, maar waren simpelweg een nieuwe stam begonnen: de stam van de communisten. Daar vonden ze de geborgenheid die ze daarvoor binnen hun eigen stam hadden gekend.

Die nacht slapen Hala en ik weer samen. In het grote bed liggen we te dromen en te woelen. In mijn studentenkamer in Utrecht tref ik drie arme jongetjes aan die bij me ingetrokken zijn. Ik probeer mijn huisgenoten duidelijk te maken dat ik met die jochies in de buurt niet kan werken, maar niemand begrijpt waar ik me druk om maak.

Hala droomt dat ze op een receptie een bar slechte Egyptische actrice ontmoet. Terwijl ze met haar praat, ontdekt ze dat ze vergeten is schoenen aan te trekken. Ze schaamt zich: een medewerkster van de universiteit van Damascus zonder schoeisel! Maar even later voelt ze een enorme woede in zich opstijgen. Ze werpt de actrice een vlammende blik toe en roept dat ze niet eens met haar wíl praten.

Ik schrik wakker van het schrapende keelgeluid van de muezzin in de nabijgelegen moskee. Het is nog donker. *Allahu akbar, Allaaaah...* Het lijkt wel of hij in een hoek van de kamer zit. Hoe kon ik daar de afgelopen maanden doorheen slapen! Als ik gewend ben aan de duisternis, zie ik dat Hala ook wakker is. Ze kijkt naar me en glimlacht, maar zegt niets.

Aanvankelijk was Asma in de wolken met haar paramilitaire uniform. Toen Hala ermee thuiskwam, trok ze het meteen aan. Ze stak een namaakpistool in haar koppelriem, haalde haar fluitje uit de kast en rende de straat op. 's Avonds wilde ze het zo lang mogelijk aanhouden. Ik moest er even aan wennen – het was net of we een soldaatje in huis hadden. Na het bad lag ze in pyjama voor de tv, haar kepi op het hoofd.

Maar de ochtend waarop ze voor het eerst in uniform naar school moest, was ze bedeesd. Eindeloos stond ze met haar schooltas op de rug te draaien voor de spiegel in de gang. Bij de bushalte voegde ze zich verlegen bij haar klasgenootjes. Sommige meisjes droegen witte hoofddoekjes boven hun uniform.

Inmiddels is de nieuwigheid eraf: na school trapt ze haar kaki broek uit in de slaapkamer en zwiert haar hemd en kepi door de lucht. Enkele weken na de eerste schooldag raapt Hala de broek zuchtend op en ontdekt dat er een scheur in zit. 'Kijk toch eens wat een wildebras, en ze moet er zes jaar mee doen!' Overal slingeren nu schoolboeken en schriften met de afbeelding van Assad. Schoolperikelen sijpelen het huis binnen en beginnen ons leven te kleuren.

Asma zou graag naar een andere klas gaan, waar meer van haar vroegere schoolkameraadjes zitten, maar toen ze het voorlegde aan de juffrouw, vroeg die: 'Heb je een *wasta*?' Diezelfde juffrouw heeft een meisje aangewezen dat haar moet inlichten over alles wat er achter haar rug gebeurt. 'Zo leren ze kinderen op deze leeftijd al spioneren,' zucht Hala.

Soms halen we Asma van school. In de taxi vraagt ze op een middag: 'Mama, zijn de *ikhwan muslimin* – moslimbroeders – slechte mensen?' Hala kijkt gealarmeerd naar de taxichauffeur, gebaart Asma dat ze zachter moet praten en fluistert: 'Waarom vraag je dat?' Asma vertelt dat ze op school een nieuw liedje heeft geleerd. Later, als we aan het tafeltje in de keuken zitten te eten, zingt ze het voor. Het gaat zo:

We zweren dat we het imperialisme zullen bestrijden
en het zionisme, en de achterlijkheid,
en dat we hun criminele handlangers, de moslimbroeders,
zullen vernietigen.

Elke ochtend moeten ze dat op het schoolplein zingen. Vooral de laatste zin dreunt na in haar hoofd. 'Maar je weet toch wie de *ikhwan* zijn,' zegt Hala, 'het zijn de jongens die bij papa in de gevangenis zitten en die soms dag komen zeggen als wij op bezoek zijn. Herinner je je Rafik? Ziet hij er soms uit als een slechte man?'

Nee, moet Asma toegeven, Rafik niet. Ze lepelt haar soep uit, verzonken in gedachten. Dan vraagt ze weer iets. Het heeft iets met mij te maken, al kom ik er niet meteen achter wat. Hala antwoordt rustig, maar Asma's stem klinkt steeds harder. Elke tegenwerping die Hala maakt, snijdt ze driftig af. Ik luister verbaasd: het demagogische toontje is zo vreemd aan Asma dat het lijkt alsof er een vierde persoon aan tafel zit.

'Waar hebben jullie het over?'

Hala is zichtbaar in verlegenheid gebracht. 'Asma wil weten waarom jij geen moslim wordt.'

Ik lach. 'Hoe komt ze daarbij?'

'Oh, de dingen die mensen hier vertellen... Christenen geloven dat Maria de moeder van Jezus is, zeggen ze, en dus de vrouw van God, wat volgens de islam onmogelijk is.'

'Hoe komt Asma aan die verhalen?'

'Van haar godsdienstlerares, zo te horen.'

Asma kijkt me aan met een felle blik; het vuur van de godsdienstles van vanochtend brandt nog na. De islam is de laatste godsdienst, heeft de lerares verteld, en dus de beste.

'Wat zeg je tegen haar?' vraag ik aan Hala.

'Wat kan ik zeggen? Ik wil haar geen dingen vertellen waar ze op school last mee krijgt, ik zou niet willen dat ze van haar klasgenoten vervreemdt. Ik kan alleen maar hopen dat ze de waarheid op den duur zelf ontdekt, net als ik.'

Asma is van tafel gelopen. Hala kijkt haar na als ze met haar fluitje om de hals naar buiten rent. Het is niet de eerste keer dat ze dit soort discussies hebben. In het voorjaar kwam Asma helemaal overstuur thuis uit school. Aanvankelijk wilde ze niet vertellen wat er was gebeurd. Ze wilde huilen, zei ze, zo verdrietig voelde ze zich. 's Avonds stelde Hala voor een ommetje te maken, als twee volwassenen die iets gewichtigs te bespreken hebben. Tijdens de wandeling kwam het er met horten en stoten uit. Een vriendinnetje had haar verteld dat Mohammed zijn kennis niet rechtstreeks van Allah had gekregen, zoals de godsdienstlerares beweerde, maar van Bouchaira, een christelijke monnik die hij op een van zijn tochten was tegengekomen. Het is een verhaal dat christenen wel vaker over de Profeet vertellen – Hala kende het al. 'En vermoedelijk is het waar; natuurlijk heeft de islam sommige dingen uit het christendom overgenomen.'

'Heb je dat tegen haar gezegd?'

'Nee, nee. Ik kan haar niet alles vertellen wat ik denk. Voor mij is de islam een oud tapijt: mooi om naar te kijken, maar wel oud. Maar als ik haar dat vertel en de juffrouw hoort het, dan zou ze denken dat ik een communist ben!' Ze staart somber voor zich uit. 'Wie weet zijn de dingen die Asma op school hoort wel een goede voorbereiding op de tijden die komen gaan. Misschien is hier voor de ideeën van Ahmed en mij binnenkort wel geen plaats meer.'

De tv staat aan, de cassetterecorder speelt, het opklaptafeltje is verhuisd van de keuken naar de voorkamer – Asma maakt haar huiswerk. Soms roept ze Hala's hulp in. Ze kibbelen over de wet van de zwaartekracht: Asma begrijpt hem niet en Hala kan hem niet uitleggen. 's Avonds moet Hala haar overhoren. Een ander persoontje vaart in Asma als ze, de benen onder zich gevouwen, het lichaam gespannen als een veertje, haar lessen opdreunt. Soms herken ik de retorische, holle toon van speeches van Arabische leiders, dan weer de bezwerende stem van de imam in de moskee. Als ze in een goede bui is, mag ik haar Frans overhoren. Haar leerboek dateert van 1971. Binnenin zijn plaatjes getekend van Franse kinderen, van poezen en honden en besneeuwde Franse dorpjes. Elke zondag gaan Delphine en Marinette met hun ouders naar de kerk.

Ik ben verbaasd over de ingewikkelde Franse volzinnen die Asma uit haar hoofd kan opzeggen. Verhaaltjes van Guy de Maupassant, gedichten van Victor Hugo. Hechte pakketjes zijn het, waaruit geen enkel woord ontsnapt. Als ik na afloop een simpele vraag stel die niet in het boek staat, lacht ze me verlegen toe en moet Hala vertalen wat ik zeg.

'Leerde jij vroeger ook alles uit je hoofd?' vraag ik aan Hala.

'Nee, nee, tenminste niet zo.' Een militair regime wil niet dat mensen over dingen nadenken, zegt ze, het prefereert dat iedereen alles opdreunt.

Die avond moet ik even langs pater Léon om de spullen terug te brengen die ik van hem heb geleend. 'Misschien vraag ik hem een keer bij ons op bezoek te komen,' zeg ik, 'jullie vinden hem vast aardig.'

Als ik thuiskom, slaapt Asma al. Hala ligt op het bed in de slaapkamer te lezen in *Le harem politique: Le Prophète et les femmes* van de Marokkaanse sociologe Fatima Mernissi. Alweer de Profeet! Heeft pater Léon geen gelijk als hij zegt dat de soennieten zwelgen in de islamitische geschiedenis?

Hala kijkt op uit haar boek. 'Interessant?' vraag ik. De ironische toon in mijn stem is haar niet ontgaan – ze voelt feilloos aan wat er door mijn hoofd spookt sinds ik met pater Léon in de woestijn ben geweest. Ze knikt. 'Al had ik nooit gedacht dat ik zoiets zou lezen.'

'Waarom lees je het dan toch?'

Ze legt het boek opzij en zucht. 'Hoorde je Asma vanmiddag aan tafel? Die lerares van haar beweert de grootste onzin over de islam, net als de fundamentalisten. Ik wil me kunnen verdedigen als mensen me aanvallen, en dat kan ik beter met de woorden van de Profeet zelf dan met die van Marx of Sartre. Denk je dat de mensen Ahmed en zijn vrienden begrepen toen ze over het communisme praatten? Nee, de enige taal die ze verstaan is die van de religie.' Zelfs de communisten realiseerden zich dat na een tijdje, zegt ze, maar net toen ze toenadering wilden zoeken tot de moslimbroeders in een poging één front te vormen, werden ze opgepakt.

Het boek bevalt haar. 'Er staat zelfs iets in dat jou zal aanspreken.' Ze haalt een passage aan waarin Mernissi uiteenzet dat het verleden voor westerlingen als een dessert is, terwijl Arabieren het beschouwen als een hoofdgerecht.

Hala is rechtop gaan zitten en lacht geheimzinnig. 'Asma en ik hadden na jouw vertrek nog een boeiend gesprek.'

'Wat dan?'

'Hoe kan pater Léon bij ons op bezoek komen, hij is toch een christelijke priester?' vroeg Asma zodra ik de deur achter me had dichtgetrokken.

'En waarom zou hij dan niet bij ons kunnen komen?' zei Hala.

'De christenen houden toch niet van ons?'

'Wie zegt dat? Hoe kom je daarbij?'

'Dat voel ik op school,' zei Asma, 'de christelijke kinderen spelen altijd apart, ze moeten ons niet.'

'En Sahar dan, die heeft toch niets tegen ons?'

Daar moest Asma even over nadenken. Sahar, dat was iets anders, zei ze.

'En Lieve, die is toch ook christelijk?'

Weer dacht Asma na. 'Misschien is ze niet echt christelijk,' aarzelde ze. Toen Hala betoogde dat het wel zo was, besloot ze: 'Nee, Lieve is Lieve.'

Het wordt al koeler in de straten van Damascus. Hala had me gewaarschuwd: de seizoenen wisselen hier abrupt. Rond tété's huis zijn kraampjes verschenen met cactusvijgen, en tété is al dagen in de weer met het inmaken van citrusvruchten en *makdous*, kleine aubergines gevuld met walnoten en hete pepers. Thuis bergt Hala de ventilator op en legt dikke dekens op het bed. Op de markt koopt ze verse olijven, die ze in zoutwater te weken legt. Ze hebben een wrange smaak, maar Damascenen houden ervan – het hoort bij dit jaargetijde.

De geur van herfst hangt in de lucht, een intieme, behaaglijke geur die mij verzoent met de huiselijkheid van mijn Damasceense leven. De jasmijnboom heeft zijn geur verloren, de bladeren van de vijgeboom op de binnenplaats beginnen te kleuren en ons straatje krijgt er een nieuw geluid bij. *Puuupuuup, puuupuuup*. Als Hala het de eerste keer hoort, spitst ze de oren en rent naar buiten. Het is de stookolieverkoper. Op het dak staat een ton die hij vult tot de rand.

De sigarettenjongens zitten 's avonds op hun hurken bij elkaar en warmen hun handen aan het vuurtje van de kastanjeverkoper. Telkens als ik uit de taxi stap en hen in de verte zie, begint mijn hart sneller te kloppen. Het leren jack van hun leider glimt in het straatlicht. Sinds ik hem met zijn onuitgeslapen kop en gekreukeld T-shirt uit zijn huis zag komen, voel ik me op een eigenaardige manier met hem verbonden. Zelf lijkt hij sedert die ontmoeting zijn bravoure verloren te hebben. Zijn vrienden stoten hem nog steeds aan als ik nader, maar hij roept me niet meer na, hij kijkt alleen nog tersluiks naar me.

Er sluipt door zijn aanwezigheid een zekere melancholie in ons straatje. Op een avond als hij er niet is en ik teleurgesteld naar huis slenter, speurend naar een glimp van zijn jack en zijn trotse hoofd met de achterovergekamde haren, schiet het verhaal van Siham me te binnen. Ze woonde in net zo'n buurtje in het oude Bagdad. Toen ze op een avond naar huis ging, kwam een jongeman op haar afgelopen. Plotseling voelde ze zijn lichaam tegen zich aan en rook zijn adem. Hij had gedronken. Hij drukte zijn mond op de hare, kuste haar fel en wanhopig. Ze was te beduusd om zich te verzetten. Nog voor ze goed en wel besefte wat er gebeurd was, hoorde ze hem 'sorry, sorry' prevelen, en rende hij de hoek om. Toen pas rook ze zijn parfum. Een aangename, gekruide geur. Maandenlang dwaalde de raadselachtige ontmoeting door haar gedachten, telkens weer voelde ze zijn lichaam tegen het hare, rook ze zijn parfum. In elke jongeman die ze tegenkwam, zocht ze hem. Vijfentwintig was ze toen ik haar ontmoette; die gestolen kus in de nacht leek het meest wezenlijke dat haar ooit was overkomen.

Hala en Asma zitten samen in bad. Ze praten en lachen als tortelduifjes. Ik luister naar hen met een mengeling van vertedering en jaloezie. Ze hebben het over wie de beste kapper is in Damascus, George of Johnny. Gewikkeld in een badjas, een doek om het hoofd gebonden, komt Hala de slaapkamer ingelopen. 'Oh, ben je er al?' Asma vraagt vanuit de badkamer met haar liefste stemmetje om een badjas. 'Komt eraan, *ya habibi*.' Hala knipoogt naar mij. *Habibi*, mijn liefje, is een mannelijke aanspreekvorm.

'Mijn dochter wordt al groot,' fluistert Hala lacherig. Een tijdje geleden stond Asma in de spiegel op de gang naar zichzelf te kijken. 'Wanneer zullen de jongens dingen naar me beginnen te roepen?' wilde ze weten. 'Binnenkort,' zei Hala, 'maar dan moet je je wel minder jongensachtig kleden. Ze zullen niet naar je fluiten als je altijd in jeans loopt.' Niet veel later vroeg Asma haar wat het verschil was tussen een meisje en een getrouwde vrouw. Hala antwoordde vaag dat een getrouwde vrouw gewoonlijk meer in huis werkt en voor de kinderen zorgt, maar daar was het Asma blijkbaar niet om te doen. Vanavond begon ze er weer over. 'Is het waar, mama, dat een meisje vanbinnen iets heel breekbaars heeft?' Dat heeft ze gehoord van Leila, een vriendinnetje op school. Als een vrouw trouwt, beweert Leila, wordt dat delicate vliesje gebroken. 'En als een vrouw scheidt en voor de tweede keer trouwt, mama, krijgt ze dat dan vanzelf opnieuw?'

De vloek van de maagdelijkheid! Dezelfde vloek waaraan Hala op haar achttiende besloot te ontsnappen. 'Alles herhaalt zich,' zegt ze. Als Asma uit bad komt, werpt ze zich languit op bed en kijkt me stralend aan, in de ban van het gebabbel in het stoombad. Haar haren zijn nat, haar huid glimt, ze ruikt naar zeep en als ik mijn arm naar haar uitstrek, kruipt ze genoeglijk tegen me aan. Door haar natte haren tuurt ze naar Hala. 'Vertel Lieve over Rami,' zegt ze. Rami is een klasgenootje waar ze sinds maanden verliefd op is. Ik weet natuurlijk al alles over hem, maar Hala speelt het spelletje mee. Asma laat me zijn foto zien die in haar portefeuille zit, te zamen met die van haar vader. Een dikkig jongetje met een beteuterd gezicht – niet echt een playboy. Maar Rami is populair en Asma is niet zijn enige vriendinnetje: ze is de tweede in een rij van vijf. Terwijl Hala haar onwillige krullen kamt, kondigt Asma aan dat ze hem volgende week zal uitnodigen om te lunchen. Als hij komt, moeten Hala en ik de kamer uit, zegt ze streng.

Die avond ligt ze voor de tv en zingt uitbundig mee met de reclames voor Libanese shampoo, melkpoeder en maïsolie. Ze schakelt van het ene kanaal naar het andere met haar voet. Ineens verschijnt Assad in beeld, gezeten tegenover een blonde journaliste. Ze praten over de Vredesconferentie in Madrid. Hala komt aangelopen uit de keuken. 'Dat gesprek is opgenomen in zijn nieuwe residentie,' constateert ze. 'Zie je die enorme vazen? Net als in Saoedische paleizen.'

'Wat zegt hij?'

'Wacht maar, het wordt nog in alle talen vertaald.' En zo is het: later zien we het interview met Engelse en Franse ondertiteling. Assads hemd is nu eens blauw, dan weer wit, afhankelijk van de kwaliteit van de ontvangst. De Amerikaanse journaliste vraagt hem hoe het gesteld is met de politieke vrijheid in Syrië. Assad lacht beminnelijk en wijst erop dat er in Amerika twee partijen zijn, in Syrië zeven. 'En nu zullen we nog dagenlang horen en lezen hoe fantastisch de Amerikanen onze president vinden,' moppert Hala.

Morgen moet ze naar Ahmed, ze is druk in de weer met de voorbereidingen. In de slaapkamer staat ze hoog op de ladder, haar hoofd bijna verborgen in een leren koffer op de kast. Ze trekt een gelubberde beige trui te voorschijn, bekijkt hem liefdevol. 'Die heb ik nog voor Ahmed gebreid.' Resoluut gooit ze hem naar me toe. 'Leg maar op de stapel. Hij is niet mooi meer, maar Ahmed zou het raar vinden als hij er niet bij was, hij zou er vast iets achter zoeken.' Het blauwe hemd dat hij bij zijn arrestatie aan had, draagt hij ook nog steeds, al is het inmiddels helemaal rafelig geworden.

'Misschien zou ik een hemd voor hem moeten kopen,' zeg ik.

'Wellicht ben je er nog als hij terugkomt.' Hala heeft zich omgedraaid. 'Ja, toch? Heb je niet gehoord wat Sahar zei? De gevangenen komen vrij. Assad moet de Amerikanen toch laten zien dat hij een echte democraat is!' Ze lacht. 'Elf jaar lang is hier niets gebeurd, maar sinds jij er bent, gebeurt alles tegelijkertijd. In december hebben we presidentsverkiezingen. Je kan nog helemaal niet weg.'

'Maar ik kan toch niet wachten tot Ahmed vrijkomt, wie weet hoe lang dat nog duurt. Ik kan niet zo lang van huis wegblijven. Wat zou mijn vriend niet zeggen...'

'Dan haal je hem toch hiernaar toe?'

'Naar dit kleine huis?'

'Dan verhuizen we toch met z'n allen naar Wadi al-Nakhla?'

'Met Ahmed erbij?'

'Waarom niet? Of misschien wil Ahmed wel liever alleen in dit huis blijven.'

'Ik zou mijn winterkleren moeten laten overkomen uit Nederland, en mijn zomerkleren terugsturen.'

'Wacht nog maar even met die zomerkleren. Misschien ben je hier volgende zomer nog.'

Het is prettig om mee te deinen op haar fantasie. Ineens tintelt de lucht weer van spanning en verdwijnt het einde van mijn verblijf in het onbestemde. Wie weet staan hier inderdaad belangrijke dingen te gebeuren.

Hala is de ladder afgedaald. Onder in de kast liggen plastic zakken met nog meer spullen. Vorige winter was ze in de rouw vanwege de dood van haar vader – ze heeft haar winterkleren twee jaar niet gezien.

'Kom eens kijken.' Ze zit in de kast en houdt me een zachtroze poederdoos voor. *Amour absolu* staat er in sierlijke letters op gedrukt. Ik doe de doos open, licht het poederdonsje voorzichtig op. 'Die is minstens veertig jaar oud,' zegt Hala, 'mijn moeder kreeg ze toen ze trouwde.'

'En ze heeft ze nooit gebruikt, zo te zien.'

'Nee, ik heb ze zo van haar gekregen.' Voorzichtig wikkelt ze de doos opnieuw in wit vloeipapier. Zuchtend wroet ze verder. 'Al die rommel, wat moet ik ermee?' Ze haalt een avondtasje met een nepgouden ketting te voorschijn, gaat voor de spiegel staan, houdt het koket tegen zich aan. 'Wat vind je?' Het is haar stijl niet. 'Als Ahmed terugkomt, zal ik het dragen.' We weten allebei dat het niet waar is.

Weer duikt ze de kast in, haalt er een zwarte sjaal met een afbeelding van de St.-Pieter uit. 'Herinner je je die Italiaanse cineaste in Bagdad? Deze sjaal heb ik van haar gekregen.'

'En je hebt hem meteen weggestopt.'

'Ja, wat anders?' Ik vang een glimp op van het ochtendjasje en het T-shirt met de motorrijder die ik voor Asma meebracht. Hala is inmiddels op drie platte dozen met satijnen nachtponnen gestuit. 'Kijk, die kocht ik toen ik dacht dat Ahmed zou terugkomen.' Roze en lichtblauwe flinterdunne gevalletjes met strikjes – ze heeft ze nooit gedragen en vraagt zich af of ze nog in de mode zijn.

'Waarom geef je ze niet aan Shirin? Die is er vast blij mee.'

Vanuit het gat in de stapel kleren kijkt Hala me aan, een blik vol onbegrip in de ogen: 'Maar Lieve, dit zijn mijn dromen!'

'Hoe zie ik eruit?' Ze staat al in de deuropening, tassen met winterkleren en boeken in beide handen, haar hele lichaam gespannen, klaar voor de tocht. 'Die oorringen...' De zilveren hoepels met rinkelende belletjes en blauwe steentjes zijn veel te zwaar voor haar kleine gezicht. 'Ahmed houdt ervan,' zegt ze dapper, 'ik doe het voor hem.'

Deze keer gaat ze alleen. Ik omhels haar – nu is het of zij een reis gaat maken. Maar even na de middag hoor ik het poortje alweer opengaan. Ze heeft zijn zomerkleren bij zich, en een cadeautje voor mij: een pennendoos van hout en palmhars met koperen arabesken aan de buitenkant, rood velours vanbinnen.

Ze ploft neer op de bank. 'Wat ik vanochtend heb meegemaakt!' Ze moest eindeloos wachten voor ze binnengelaten werd, zodat ze een praatje begon met de vrouw die voor haar stond en die ze nooit eerder had gezien. 'Heeft u uw man daarbinnen?' De vrouw knikte. 'Politiek?' Ze haalde minachtend haar neus op. 'Nee, geld.' Ze keek Hala aan zonder een spoor van nieuwsgierigheid. 'En jij?' Hala sloeg haar hoofd in de wind en zei: 'Politiek.' Toen was het even stil. Hala probeerde te bedenken waar dat 'geld' op kon slaan. 'Steekpenningen?' informeerde ze. De vrouw wierp haar een vernietigende blik toe: 'Dat zeggen ze, ja.'

Iedereen was zenuwachtig vanwege de geruchten over de vrijlating van de politieke gevangenen. Toen ze eindelijk werden geroepen, zagen ze dat de bewakers een enorme hond bij zich hadden die moest controleren of er geen drugs naar binnen werden gesmokkeld. Sommige vrouwen waren bang en begonnen te schreeuwen. De hond was zo groot als een ezel, Hala durfde er ook niet langs. Een vrouw smeet de suiker die ze voor haar zoon had meegebracht, naar de bewakers. Er ontstond zo'n kabaal dat ze de hond moesten verwijderen.

Toen begonnen de bewakers als wraak te beknibbelen op het eten dat de vrouwen voor de gevangenen hadden meegenomen. Ahmeds moeder mocht haar zelfgemaakte *kibbe* niet binnenbrengen, een andere vrouw moest een schotel met vis achterlaten. 'Ze zijn bang om hun macht te verliezen,' zegt Hala, 'ze willen ons laten zien dat ze nog steeds de baas zijn.' Maar de vrouwen protesteerden zo hevig dat de bewakers opnieuw moesten toegeven.

'Wat zegt Ahmed?'

'Hij weet het niet. Hij hoopt, maar is ook bang om te hopen.' Een glimlach glijdt over haar gezicht. 'Hij zegt dat hij zal koken als hij thuiskomt, en dat hij nog minstens vier kinderen wil. Ik heb hem maar laten praten, ik had geen zin om hem tegen te spreken.' Ze kijkt me aan met pretlichtjes in de ogen. 'Hij zei zelfs dat ik jou moest proberen te overtuigen om kinderen te krijgen!'

De Jordaanse spion met wie hij veel optrok, is overgeplaatst naar de gevangenis van Tadmur. Ahmeds leven is er heel wat saaier op geworden. 'In feite is hij desperaat. Was hij maar een crimineel, dan wist hij hoe lang hij moest zitten, maar nu... niemand weet wanneer het afgelopen is.' Sommige gevangenen zijn opgeroepen door de mukhabarat. Sindsdien doen allerlei geruchten de ronde over een document dat de gevangenen moeten ondertekenen vóór ze worden vrijgelaten.

'Wat zou Ahmed in zo'n geval doen?'

'Dat hangt af van wat er in dat document staat,' zegt ze vertwijfeld. 'Met gebogen hoofd de gevangenis verlaten nadat hij elf jaar voor zijn ideeën heeft vastgezeten – dat is niks voor Ahmed.'

Verkiezingsaffiches beginnen op te duiken in de straten van Damascus. Ik kijk mijn ogen uit. Aan het begin van een drukke winkelstraat in de moderne stad hangt een spandoek met de tekst *De winkeliers van Salhia zeggen ja tegen president Assad, de echte Damasceen.* Vooral om dat *echte Damasceen* moet Hala lachen. Geblindeerde auto's met foto's van de president zoeven voorbij, amateurschilders laten hun fantasie de vrije loop. Op een bankgebouw in het centrum staart Assads stugge kop ons van een twintig meter hoog doek aan. Elders heeft hij een babyface en korte dikke armpjes – net een cherubijntje.

Ondertussen nadert de Vredesconferentie met rasse schreden. 's Ochtends in bed hoor ik de BBC-correspondent zich afvragen of er wel genoeg *halal* – koosjere – restaurants in Madrid zijn; in de voorkamer luistert Hala naar radio Monte Carlo. Uit de Syrische pers komen we bitter weinig te weten en dat zal volgens Hala zo blijven ook. De journalisten die Syrië naar Madrid heeft gestuurd, zijn notoire domoren. Een andere taal dan Arabisch spreken ze niet, maar dat is ook nergens voor nodig, want ze zullen braaf schrijven wat de hoofdredacteur van hen vraagt.

Op de eerste dag van de Vredesconferentie doen Hala en ik boodschappen voor tété. Meen ik het maar of heerst er een ingetogener sfeer in de stad dan gewoonlijk? In de taxi luistert iedereen gespannen naar de radio. Niemand zegt iets. Ik denk aan Sadat die de Camp David-akkoorden sloot – twee jaar later was hij dood.

Ook in de soek zitten de meeste verkopers met hun oor aan de radio. Ik voel een lichte opwinding nu het eindelijk zover is, maar als ik opzij kijk, zie ik dat de tranen over Hala's wangen druppen. 'Jarenlang hebben ze ons opgehitst tegen Israël, en nu wordt er boven onze hoofden iets heel anders bekokstoofd!' Ze pakt een zakdoek uit haar tas, veegt haar tranen weg. 'Niemand vraagt ons ooit wat, ze doen maar waar ze zin in hebben.' Ik kan me haar machteloosheid voorstellen. Haar passieve verzet van de afgelopen jaren heeft niets opgeleverd: de wereld is verder gerold zonder haar.

'Alles is zo verwarrend,' zegt ze opstandig. 'Zeiden ze maar waar het op stond, maar terwijl onze minister van buitenlandse zaken aan tafel zit met de president van Israël, schrijven de kranten nog steeds over de "zionistische vijand". Assad zet zijn richtingaanwijzer naar links, maar draait naar rechts.'

We lunchen bij tété. Farid en Shirin zijn er ook. Plotseling zegt tété: 'Moge Allah de Israëli's straffen en alles wat vandaag in Madrid gebeurt, ongedaan maken.' De zin valt als een wapen op tafel en blijft daar onaangeroerd liggen. Farid doet net of hij niets heeft gehoord. Hala kijkt me samenzweerderig aan – zó radicaal denkt zij in ieder geval niet. 'Mijn moeder heeft de hele ochtend naar de radio geluisterd,' zegt ze vergoelijkend. 'De Israëli's gaan onverminderd voort met het bombarderen van Zuid-Libanon. Voor haar is die conferentie onverteerbaar. Het is alsof...,' ze zoekt naar een treffende vergelijking, 'alsof iemand haar vraagt in een badpak over straat te lopen.'

Thuis zet Hala meteen de tv aan. 'Misschien heeft Assad in zijn oneindige goedheid besloten ons het Jordaanse tv-kanaal terug te geven.' Hoopvol draait ze aan de knop. De Jordaanse tv is veel gevarieerder dan de Syrische, maar wordt sinds de Golfoorlog – waarin Jordanië partij koos voor Irak – gesaboteerd. Ook die avond moeten we ons tevreden stellen met het Syrische nieuws.

De camera dwaalt van de Palestijnse spreker naar al-Sharaa, de Syrische minister van buitenlandse zaken, en van hem naar de Jordaanse delegatie. Daar is Shevardnadze, daar Baker... Van de Israëli's geen spoor. Drie avonden zullen we voor het toestel zitten. De speeches van de Arabische delegatieleden worden integraal uitgezonden. Eindeloze, slaapverwekkende monologen zijn het, die zich mengen met de eentonige dreun waarmee Asma haar lessen opzegt.

Hala's emoties gaan voortdurend op en neer. Op sombere

momenten zegt ze dat deze besprekingen de alawieten duur zullen komen te staan, dat zij eeuwig de schandvlek zullen dragen van het eerste contact met de Israëli's. Dan weer klaagt ze dat we de Israëlische delegatie niet te zien krijgen. 'Al-Sharaa zit met Shamir in één zaal,' roept ze op een avond wanhopig uit, 'waarom mag ik dat niet zien, wat hebben ze te verbergen?' Tot het allerlaatste moment blijven we hopen, maar als de conferentie voorbij is, hebben we van de Israëli's geen glimp opgevangen.

VI

'Ga je nog steeds mee naar Aleppo?' vraagt Ibrahim als ik hem bel. 'We vertrekken morgen.' Natuurlijk ga ik mee. Alles wat ik er tot nog toe over heb gehoord en gelezen, maakt me nieuwsgierig. Aleppo had als handelscentrum tussen het Middellandse Zee-gebied en Azië eeuwenlang intensief contact met de buitenwereld; de Europese handelsfamilies die er woonden drukten hun stempel op het karakter van de stad.

Maar Hala is helemaal niet onder de indruk van Aleppo. Ze is blij dat ik bij Ibrahim en Amira zal logeren, want de hotels zijn er volgens haar niet veilig. Jaren geleden moest ze een keer in Aleppo overnachten. De man achter de balie van het hotel dat ze had uitgezocht, bracht haar naar haar kamer. Toen hij demonstreerde hoe ze de deur moest sluiten, stond hij zo te stuntelen dat de sleutel afbrak en ze niet meer naar buiten konden. Er waren nauwelijks gasten in het hotel en het personeel was net naar huis gegaan. De man deed alsof hij erg verlegen was met de situatie, maar Hala was ervan overtuigd dat hij de sleutel opzettelijk had gebroken. Ze schold hem de huid vol en toen dat niet hielp, gooide ze het raam open en begon te gillen. Even later werden ze bevrijd, waarna ze resoluut haar koffertje pakte en op zoek ging naar een ander hotel. Sindsdien heeft ze nooit meer in Aleppo geslapen. Als ze er toch moest zijn, reisde ze er met de nachttrein naar toe en zorgde dat ze voor de avond klaar was.

'Het is een rare stad,' zegt ze, 'de mensen zijn er veel losbandiger dan hier.' De christenen van Aleppo zijn volgens haar puissant rijk en hebben besloten clubs waar moslims niet naar binnen mogen en waar zich geheimzinnige dingen afspelen. 'Jij bent een christen,' zegt ze, 'probeer jij maar eens uit te zoeken wat daar gebeurt.'

De toegang tot andere Syrische steden wordt gedomineerd door een standbeeld van Assad, in Aleppo speur ik er tevergeefs naar. Bij een park met de allure van de Parijse Jardin du Luxembourg valt mijn oog op een bescheiden borstbeeld. Zou dat Assad zijn? 'Nee, nee, dat is een dichter,' weet Amira, die in Aleppo is geboren. Dichters en monseigneurs, dat zijn de lokale helden. Een vierde van de Aleppijnen is christelijk – een groot deel daarvan zijn Armeniërs die uit Turkije zijn gevlucht.

Bladeren waaien door de straten. We rijden langs een café waar mensen in stemmig licht bij elkaar zitten; in een restaurant verderop worden enkele late lunchgasten bediend. Een meisje in minirok passeert een vrouw die gewikkeld is in een zwarte *abaja*. Ik druk mijn neus tegen het raam en kijk mijn ogen uit. Patisserieën, cafés, restaurants – het lijkt wel Parijs! Amira lacht. 'Ik wist dat je van Aleppo zou houden. Elke Europeaan houdt ervan.' Aleppijnen zijn industriëlen, zegt ze; Damascenen zijn handelaars – een heel ander slag mensen. De Aleppijnen verwijten de Damascenen dat ze meewaaien met alle winden en met elk nieuw regime compromissen sluiten. 'Weet je hoe wij de Damascenen noemen? De barbaren van Tamerlan.' Tamerlan was de Mongoolse leider die Damascus in 1400 binnenviel.

Het appartement van Ibrahim en Amira ligt in een betere wijk van Aleppo en blijkt hermetisch gesloten. Drie sleutels heeft Ibrahim nodig om de massieve houten deur te openen; de grootste sleutel draait hij zeven keer om. Binnen is het stikdonker. Als Ibrahim de rolluiken heeft opgehaald, kijkt Amira tevreden om zich heen. 'Gelukkig, de werkster is geweest.' Amira en ik vouwen de lakens op waarmee alle meubels zijn afgedekt, Ibrahim haalt de zware stenen uit het toilet, de gootsteen en alle afvoeropeningen in het huis; ook zij zijn na een lange afwezigheid weleens verrast door een rat.

Het enige nadeel van het wonen in Aleppo is het poederfijne woestijnzand dat door alle gaten en kieren naar binnen kruipt, zegt Amira. Diezelfde middag nog steekt een zandstorm op die de lucht totaal verduistert. De wind rukt aan de ramen en de bomen, mensen zoeven voorbij, licht als papiertjes, en al gauw tekenen onze voetsporen zich af in het flinterdunne laagje zand op de vloer.

Amira belt haar familie om te zeggen dat we aangekomen zijn. Het nieuws moet als een vuurtje door Aleppo gaan, want vanaf dat moment staat de telefoon niet stil. Iedereen heeft het over de storm. Het zand komt aangewaaid uit de Saoedische woestijn, weet iemand. 'Kunnen de Saoediërs ons niets beters sturen?' moppert Amira.

Die avond zitten we in de ruime salon van een oom van Amira, de oude maître Gaston, een gepensioneerde notaris die een gerenommeerd lid is van de Aleppijnse christelijke gemeenschap. Aan de muren hangen statige portretten van familieleden, op de tafeltjes met gekrulde poten staan zilveren en porseleinen kleinoden; de gebrandschilderde glazen deuren naar de eetkamer zijn discreet gesloten. De storm is inmiddels uitgewoed. Beneden, in het centrum van Aleppo, slenteren mensen langs de verlichte etalages en staat het verkeer bumper aan bumper.

Maître Gaston ging bij de jezuïeten in Aleppo naar school, studeerde aan de Sorbonne in Parijs toen dit volgens hem nog een prestigieuze universiteit was en heeft in zijn leven heel wat afgereisd. Ondanks zijn hoge leeftijd – hij is voor in de tachtig – is hij net in Zwitserland geweest; daar komen de chocolaatjes vandaan die hij serveert bij een glaasje Hollandse likeur. Met één blik heeft hij mij ingeschat, één vraag van mij heeft een stroom Franse volzinnen uitgelokt. Ibrahim en Amira weten blijkbaar wat hen te wachten staat en verhuizen naar de belendende kamer, waar Gastons vrouw tv kijkt met een paar andere gasten.

De meningen van Ibrahim en pater Léon over de situatie van de christenen verbleken bij die van maître Gaston. 'Heb je gehoord dat er in Cairo een Koptische kerk in brand is gestoken? Een priester is van angst uit het raam gesprongen en te pletter gevallen.' Maître Gaston kijkt me bijna triomfantelijk aan. In 1850 nog werden de christenen van Aleppo in het ommuurde stadsdeel waar zij woonden, verkracht en vermoord; de Turken moesten tussenbeide komen om er een einde aan te maken. Daarna was het lange tijd rustig, tot aan het einde van de jaren vijftig – tijdens de kortstondige unie met Egypte – de nationalisaties op gang kwamen en veel christenen het land verlieten. Maar sinds Khomeiny in Iran aan de macht kwam, gaat het volgens maître Gaston pas echt bergafwaarts met de christenen in het Midden-Oosten.

'Binnen vijftig jaar zal je hier nog bitter weinig christenen zien. Zwartgesluierde vrouwen des te meer, en zoals je weet hebben alle moslims tien kinderen, dus...' Ik protesteer, denkend aan Hala's vrienden die zelden meer dan twee kinderen hebben, maar maître Gaston wuift ongeduldig met zijn hand. 'Dat is geen representatief milieu, bij dat soort mensen leer je de Syrische werkelijkheid niet kennen.'

Ik luister en verbaas me. Aan de ene kant die Franse verfijning, aan de andere kant die grove penseelstreken waarmee hij de soennieten schildert. De onmogelijke liefdesgeschiedenis van Louise, maar ook oudere herinneringen, aan de christenen in de bergen van Libanon, komen aangewaaid. Altijd weer die bedrieglijke westerse façade, waaronder eeuwenoude angsten schuilgaan.

Oh nee, corrigeert de maître me, ik moet hem niet verkeerd begrijpen. Natuurlijk zijn er moslims die anders zijn. Er zijn zeer keurige soennitische families in Aleppo, sommige zijn zelfs lid van de Club d'Alep, al moet hij zeggen dat de toiletten van de dames..., enfin, als ze niet fanatiek religieus zijn, slaan ze soms door naar de andere kant. Ik moet heimelijk lachen: hij is nog een puritein ook!

De Club d'Alep, dat moet die besloten club voor christenen zijn waar Hala zo geheimzinnig over deed. In de zomer ontmoeten de leden elkaar in een openluchttuin aan de rand van de stad, vertelt maître Gaston, in de winter verhuizen ze naar een gebouw in het centrum.

'Wat doen jullie daar?'

'Oh, niets bijzonders, kaarten, schaken, biljarten.'

In de auto op weg naar huis heeft ook Amira het over de Club d'Alep. Het is de beste plaats om nieuwe kleren te showen, zegt ze. Daarom gaat de club tussen de zomer en de winter altijd dicht: om de Aleppijnse dames de kans te geven een nieuwe wintergarderobe aan te schaffen.

Amira en ik zijn onder een stenen boog doorgelopen en staan in een steegje dat zo smal is dat we automatisch zachter beginnen te praten. 'Nu zijn we in de oude christelijke stad,' fluistert ze. Sporen van de zware poort die de stad vroeger elke nacht afsloot van de buitenwereld, zijn nog te zien. Niemand kwam in het donker op straat, mensen gingen bij elkaar op bezoek via de daken. Pas in 1925, toen de Fransen de bescherming van de christenen garandeerden, werd de poort voorgoed geopend.

Amira slaat met een koperen klopper tegen een deur. 'Hier woont verre familie van mij,' zegt ze. Even later staan we op een prachtige binnenplaats met een waterput en citrusbomen. Een buitentrap leidt naar de kamers op de eerste verdieping. In een nis met lage banken en een beschilderd houten plafond rookten de mannen vroeger de nargileh, ontvingen gasten en luisterden naar muziek.

De vrouw des huizes serveert bessesap en de eerste ingemaakte citrusvruchten van het jaar. Dan leidt ze ons langs een smalle trap naar de koele kelder waar een enorme voorraad weckflessen staat. Aleppo heeft volgens Amira een grote cultuur in het conserveren van voedsel; elke familie maakt hier haar eigen kaas, gerookt vlees, jam, vruchtesap en wijn.

We zullen tijdens onze wandeling heel wat deuren openduwen. Vaak zijn de vroegere bewoners verhuisd naar appartementen als dat van Ibrahim en Amira en hebben de huizen een andere bestemming gekregen. Nu eens treffen we een school voor weeskinderen aan waar nonnetjes bij een potkacheltje zitten te breien, dan weer een huis dat gekraakt is door verschillende families en waar de houten plafonds zijn aangevreten door het vocht en de tijd. Maar de maronitische kathedraal op het plein is net gerestaureerd en de Armeense kerk is volop in verbouwing. Indrukwekkende gebouwen zijn het, met een schat aan iconen en schilderijen.

Verderop, in de soek, liggen de *karavanserais* – vroegere herbergen, gebouwd rond een binnenplaats waar de paarden en kamelen sliepen. Daar waren de consulaten van Aleppo gevestigd en woonden de buitenlanders. Ook zij werden 's avonds middels een zware houten deur afgesloten van de rest van de stad. In de meeste karavanserais zijn inmiddels bedrijfjes gevestigd; alleen het Franse consulaat opereert nog vanuit de soek. Een medewerker huurt het belendende huis van de befaamde familie Poche, die vroeger het consulaat van het Oostenrijks-Hongaarse Rijk beheerde. 's Avonds, als de winkeliers hun nering sluiten, gaan ook de karavanserais dicht en kan hij alleen via het kleine deurtje in de grote houten poort naar buiten.

De eerste dagen loop ik rond als in een roes, totaal in de ban van de rijkdom van deze stad. Het is alsof ik in een ander land ben aangekomen; de zorgen van de afgelopen maanden zijn in één klap van me afgevallen. Amira is een ideale gids, ze kent overal mensen, heeft overal herinneringen. In het folkloristisch museum staat ze stil bij een beschilderde toverkast met spiegeltjes en kralen, en fluistert ontroerd: 'Dit was vroeger onze cinema.' Ze ziet de oude man die de kast op zijn rug door de straten droeg, nog voor zich. Als hij halt hield, stormden de kinderen op hem af. Voor een paar piasters mochten ze door de raampjes kijken, waarachter ingekleurde plaatjes voorbijroetsjten op de maat van het verhaal dat de man vertelde.

Taartjes, zandkoekjes, geconfijte vruchten, rozebottelsap – overal waar we komen moeten we eten en drinken. Ondertussen keuren Amira's vriendinnen haar gewicht, complimenteren haar met haar nieuwe schoenen en roddelen over de ere-consul van Italië, Georges Antaki, die net een feest heeft georganiseerd in de grote zaal van het Turks badhuis. Adellijke lieden uit de hele wereld kwamen ervoor naar Aleppo. In de loop van de avond verdween een deel van het gezelschap in het labyrint van verwarmde koepelvormige vertrekken van het badhuis, waar ze zich lieten inzepen en masseren. De dagen daarna werden veel feestgangers gesignaleerd in de soek; ze kochten Aleppijnse stoffen, leren slippers en satijnen *gallabia's.*

Van dat soort verhalen kunnen ze in Aleppo niet genoeg krijgen. In één adem door vertellen Amira's vriendinnen over hun activiteiten voor de Femmes de la Flamme, een kerkelijke organisatie die zich bezighoudt met catechese in de omliggende dorpjes. Net hebben ze een bazaar gehouden voor gehandicapten, waar heel wat haak-, brei- en naaiwerk is verkocht.

Mijn kerkgang neemt in Aleppo onverwacht een hoge vlucht. Maître Gaston begrijpt dat een christen niet elke dag naar de kerk gaat, maar de zondagsmis verzuimen is volgens hem een doodzonde. Op een avond wonen we een dienst bij ter ere van een Italiaanse priester die Aleppo gaat verlaten. De geestelijken zijn overwegend gehuld in paars, de dames dragen zijden en linnen toiletten. Amira, die er zelf niet onaardig uitziet in een koperkleurig mantelpakje, stoot me tijdens de communie heimelijk aan: de vrouwen paraderen zo overtuigend, het lijkt wel een modeshow.

Na afloop is er bij de ingang van de kerk een receptie. Ibrahim luistert even naar het theatrale gekakel om zich heen en kondigt dan abrupt aan dat hij weg wil. We laten Amira achter en lopen door de motregen naar de auto. 'Farizeeërs,' zegt hij bozig.

'Zullen we iets gaan drinken in het Baron's Hotel?' opper ik. Ik wil er al lang naar toe. Sinds het hotel in het begin van deze eeuw werd geopend, hebben alle belangrijke personages die Aleppo aandeden er geslapen. T.E. Lawrence ijsbeerde er door de gang, de Britse generaal Allenby hield na de verovering op de Turken een toespraak vanaf het balkon, Agatha Christie werkte er aan haar *Murder on the Orient Express.*

Ibrahim kijkt me weifelend aan. 'Het Baron's Hotel? Nee, nee...'

'Waarom niet?'

Hij weet niet goed wat te zeggen. 'De mensen praten hier zo. Een andere keer misschien, als Amira erbij is.'

Ik moet lachen. De angstvallige manier waarop hij in de woestijn zijn koelbox uitlaadde, schiet me te binnen. Maar Ibrahim vertrekt geen spier. 'Je kent de Aleppijnen niet. Als iemand ons ziet, weet morgen heel Aleppo het.'

Ibrahim en Amira dineren vaak met vrienden in de stad. De betere restaurants van Aleppo doen me denken aan Rick's café in de film *Casablanca*. Elk restaurant heeft zijn eigen orkestje en de eigenaar – niet zelden in wit kostuum – houdt persoonlijk toezicht op de tafeltjes. De klanten kennen elkaar allemaal, ze knikken, lachen, buigen, en leggen in de loop van de avond heel wat beleefdheidsbezoekjes af.

Maître Gaston is meestal van de partij en al gauw raak ik aan hem gehecht. Hij is altijd in voor een uitstapje en nooit te beroerd om een discussie op te zetten over deze of gene periode in de geschiedenis van Aleppo, al moet hij schreeuwen om boven de Beatles-songs en Egyptische schlagers uit te komen. Als ik met zijn nichtjes en neefjes praat, voel ik hoeveel hier in korte tijd is teloorgegaan: behalve in auto's, kleren en reizen naar het buitenland zijn die nergens in geïnteresseerd.

Over enkele dagen gaan Ibrahim en Amira terug naar Damascus; ze hebben me op het hart gedrukt zolang ik wil in hun appartement te blijven. Ik droom ervan Hala en Asma een weekend over te laten komen, maar durf het niet te vragen na alle verhalen over moslims die ik hier heb gehoord. Amira en haar vriendinnen praten doorgaans over *musiciens* als ze *musulmans* bedoelen. Ze halen hen er zó uit, want moslims zingen als ze praten. Hun vrouwen herkennen ze aan de manier waarop ze zich kleden. Christenen laten zich inspireren door de Parijse mode, moslimvrouwen door Egyptische actrices: veel glitter, uitbundige krullen, felle make-up.

Soms probeer ik me voor te stellen hoe het zou zijn als Hala bij me was. Het enige wat me voor ogen wil komen is de achterdochtige blik waarmee ze om zich heen kijkt als ze zich in een vreemde omgeving bevindt. Haar kennismaking met Aleppo is gestopt bij de man die de sleutel van haar hotelkamer forceerde. Hoe makkelijk is het voor mij door te dringen in de wereld die voor haar gesloten bleef. Ik voel me er soms schuldig over – het is uiteindelijk háár land. Maar ik vrees dat zij hier niet onbezorgd zou zitten. Asma, tété, Shirin, er zou altijd iemand zijn die haar gedachten de andere kant optrok. Ze verdraagt geen onschuldig tijdverdrijf.

'Is er iets?' Ibrahim zoekt mijn blik.

'Nee, nee.' Ik lach, betrapt. 'In Damascus heb je dit soort restaurants niet,' zeg ik.

'Natuurlijk wel, alleen heeft niemand je er ooit mee naar toe genomen.' Wellicht heeft hij gelijk. Hoe zou ik de restaurants van Damascus moeten kennen? Damascus is de stad van Hala.

Op de avond voor hun vertrek nemen Ibrahim en Amira me mee naar de Club d'Alep, die net opnieuw is geopend. De brede, statige trap ken ik al van maître Gastons fotoalbum: daar stond hij in zijn jonge jaren, een fez op het hoofd, een horloge aan een ketting in zijn vest, omringd door dames in glimmende avondjurken.

Het is een trap om naar boven te schrijden, maar daar is ons gezelschap niet voor in de stemming. Amira en ik hebben de hele dag door de stad gebanjerd en hebben zere voeten; Ibrahim is zoals gewoonlijk ietwat teruggetrokken – de stilte van de woestijn ligt hem beter dan het mondaine geruis van deze stad. Alleen maître Gaston loopt met energieke stap omhoog, een blik vol verwachting in de ogen.

Binnen is het rustig. De mannen die aan tafeltjes kaarten, groeten maître Gaston en nemen mij op met een professionele blik: wie is die nieuweling? De hele ruimte is doortrokken van tabakslucht – het zit tot in de tapijten en gordijnen. Het podium waar op feestdagen een bandje speelt, is leeg. Aan het einde van de zaal zit ere-consul Antaki met een groepje vrienden te eten.

Is dit alles? Ik kijk naar Amira. De ontgoocheling moet van mijn gezicht te lezen zijn. 'Het is nog vroeg in het seizoen,' sust ze.

Maar maître Gaston blikt tevreden om zich heen en wijst naar het planken vloertje waar hij bij gelegenheid graag op danst. 'Een tango of een Weense wals natuurlijk, ja, wat dacht je.'

In de loop van de avond schuiven allerlei kennissen aan onze tafel. Ze praten over zaken en reizen, alsof hun eigenlijke leven zich niet hier, maar elders afspeelt. Parijs, Toronto, Montréal – het lijkt allemaal op een steenworp afstand te liggen. Ze zijn als de gastarbeiders in de Golflanden: ze wonen hier zonder deel te nemen aan het politieke en publieke leven. Maar ook de plaatsen waar ze naar toe reizen, bevreemdden hen. De maître vertelt over een gepensioneerde dokter die zijn zoon ging opzoeken in New York. De man verwachtte dat hij bij zijn zoon zou logeren, maar deze had tot zijn verbazing een hotelkamer voor hem geboekt. Na enige tijd bekende de zoon schoorvoetend waarom hij zijn vader liever niet thuis ontving: hij was homoseksueel en woonde samen met een man. 'Een zwarte maar liefst, en ze waren nog getrouwd ook!' De oude dokter is ontdaan teruggekomen en ligt sindsdien met een depressie in bed.

Maître Gaston schudt het hoofd. Zoveel gekkigheid, daar kan hij niet bij. De anderen hebben vol medeleven naar hem geluisterd: het moet de schrik zijn van elke Aleppijnse familie die een kind in het buitenland heeft. Een heftige discussie breekt los over het erfrecht van getrouwde homo's. Iemand roept: 'God, god, en nu krijgen ze nog zwarte kinderen ook!' Waarop de anderen in lachen uitbarsten.

Die nacht droom ik dat Hala naar Aleppo is gekomen. Ze heeft een jurk aan die vol vlekken zit. Met een washandje probeer ik ze weg te poetsen, maar hoe meer ik erover wrijf, hoe groter ze worden. Tot mijn schrik zie ik dat de vlekken in gaten veranderen. Maar Hala vindt het niet erg. Ze strijkt over haar jurk en zegt: 'Van verre zie je er niets van.'

Zodra Ibrahim en Amira de deur achter zich hebben dichtgetrokken, bel ik Hala. Haar stem klinkt 's ochtends nog hoger dan anders.

'Ik mis je,' zeg ik.
'Ik jou ook,' bekent ze. 'Zelfs Asma mist je. We zijn aan je gewend geraakt.'
'Komen jullie niet naar Aleppo?' We hebben het er al eerder over gehad.
'Nu nog niet. Later misschien.'
'Ik heb van je gedroomd.'
'Ik ook van jou.'
'Wat dan?'
'Ik paste een bh en een onderjurk in een tweedehandswinkel. Ze waren te groot voor me, maar ik dacht: laat ik ze toch maar kopen, misschien is het iets voor Lieve.' Ze lacht. 'Het komt omdat het kouder wordt en je geen winterkleren bij je hebt.'
Ze heeft de kachel aangestoken, zegt ze, als ik terugkom zal het warmer zijn in huis. Ik hoor Vivaldi op de achtergrond.
'Wat doe je? Moet je niet naar je werk?'
Ze aarzelt. 'Ik schrijf.' Het is nog vroeg, ze zit vast in haar nachtpon aan het tafeltje. Misschien rookt ze wel een sigaret – dat doet ze soms als ze aan het werken is. In het kastje met de glazen deuren, achter de foto van Ahmed, ligt een aangebroken pakje.
'Wat schrijf je?'
Weer aarzelt ze. Het is een ingeroeste gewoonte: ze praat niet makkelijk aan de telefoon.
'Is het iets voor de universiteit?'
'Nee, nee, een verhaal, zomaar, voor mezelf.' Het gaat over een ontmoeting tussen twee vrouwen, zegt ze. De ene doet en denkt de verkeerde dingen, de andere is veel dapperder, ze... 'Maar die andere ben ik ook, alleen...'
Het zijn iele woorden, maar ik denk dat ik ze begrijp. 'Alsof je in de spiegel kijkt.'
'Zoiets, ja.'
'En dan zie je jezelf.'
'Nee, dan zie ik jou!' Even is het stil. Ik zou willen dat ik bij haar was, en tegelijkertijd besef ik dat ze dit dan niet zou hebben gezegd.
'Bij mij is het net zo.' Nu zijn we allebei verlegen. De on-

zichtbare derde die misschien meeluistert – zou hij onze wazige tweespraak begrijpen?

'Amuseer je je daar?' Haar stem is lichter ineens. 'Vind je wat je zocht?'

Ik vertel haar over de tentoonstelling van een Libanese schilder die ik met Amira heb gezien. Grote schilderijen van paarden en madonna's, veel rood. Kitsch vond ik het. De tentoonstelling is inmiddels naar Damascus verhuisd – Hala heeft ze ook gezien. 'Die man heeft niets te zeggen,' schimpt ze, 'het is kunst voor de rijken.' Ik schrik van haar felle toon. *Kunst voor de rijken!* Zo had ik er nog niet over gedacht. Het is een kwalificatie uit een andere wereld, en ik voel onwillekeurig het stille verwijt dat erin besloten ligt.

Ik zeg dat ik op een bazaar een kussen heb gekocht voor Asma's verzameling. Een raar ding, met een kat en een muis erop genaaid. Maar Asma vindt het vast mooi. Dan herinner ik me iets anders. 'Hoe is het met Ahmed?'

Voor het eerst hoor ik Hala zuchten. 'Hetzelfde. Maar de geruchten houden aan. Zijn ouders hebben gezegd dat ze een kameel zullen slachten als hij thuiskomt. Je moet niet te lang wegblijven, anders mis je het nog!'

Ibrahim heeft me voor zijn vertrek even terzijde genomen. Gisteravond hoorde hij me met maître Gaston praten over de Arabisch-Israëlische Vredesonderhandelingen. Het is een kwestie waarover de maître zeer pragmatisch denkt. Zeventig percent van de Syrische staatsbegroting gaat naar militaire zaken; na drie verloren oorlogen lijkt het hem redelijk daar een einde aan te maken. De Israëli's hebben volgens hem bij het sluiten van vrede alleen maar voordelen: zij zijn de beste zakenlui in de regio en het afzetgebied is enorm.

'Binnen de familie is het natuurlijk geen probleem om daarover te praten,' zei Ibrahim, 'maar als je de komende dagen nieuwe mensen ontmoet, is het misschien beter geen vragen over Israël te stellen. Je weet nooit wie er meeluistert.'

Dus Hala is niet de enige die de ongerijmdheden van dit systeem ziet! Ik moest heimelijk lachen om Ibrahims geheimzinnigheid, maar was ook een tikje gepikeerd. 'Dat weet ik toch, Ibrahim, dat ik daar niet met de eerste de beste over moet praten.'

Hij bleef me bezorgd aankijken. 'Je kan niet voorzichtig genoeg zijn.'

En dus blijf ik voorlopig in de buurt van de maître; bij hem kan ik in ieder geval geen kwaad. Als hij hoort dat ik naar Baron's Hotel wil, lichten zijn ogen op: hij was allang van plan zijn oude vriend Krikor Mazloumian, de Armeense eigenaar die hij liefkozend Coco noemt, eens op te zoeken.

Maître Gaston heeft een even economische als dwingende manier om uitleg te verschaffen bij wat hij ziet. Zodra we buiten zijn, wijst hij met zijn wandelstok in de richting van een stoffig gebouw aan de overkant van de straat. 'St.-Joseph. Een klasse-school. Tot ze genationaliseerd werd. Toen was het afgelopen.'

We moeten oversteken. Oude Buicks rijden voorbij, maar ook lawaaierige karretjes met veel te zware motoren. De maître houdt zijn wandelstok loodrecht voor zich uit, zet er flink de pas in en maant mij hetzelfde te doen. Zijn stok werkt als een toverstaf – alsof de automobilisten zijn onverbiddelijke karakter van zijn gestalte aflezen.

De houten luiken van het schoolgebouw hangen uit hun voegen. Door een gat in een luik kijken we een klaslokaal binnen. De bankjes zijn versleten, de stalen kasten verroest, maar de posters van Assad aan de muren zijn nieuw, en ook de slingers met Syrische vlaggetjes aan het plafond. Verkiezingspropaganda. Maître Gaston neemt het in zich op zonder iets te zeggen.

Elders in de stad heb ik inmiddels ook het onvermijdelijke standbeeld van Assad gezien. De president houdt zijn handen tegen zijn lichaam gedrukt, zijn hoofd licht gebogen – een ingetogen houding. Alsof hij weet wie de mensen zijn die tegenover hem staan. Ook de eerste verkiezingsborden zijn in de straten opgedoken. Ze verstoren de horizon van bevallige gevels, ze tekenen de ongemakkelijke aanwezigheid van een militair regime in deze stad die zich laat voorstaan op haar goede smaak. Pal in het centrum ligt een Baath-kantoor in aanbouw. Een lelijk, log geval met een zware wal eromheen – net een vesting.

Het begint te schemeren. Bij de bioscoop staat een broeierig gezelschap mannen rond een affiche met een schaars geklede vrouw. Ze zien er onverzorgd uit, ze dragen lange jurken en hebben wollen sjaals rond hun hoofd gewonden. Ze sissen hitsig naar twee meisjes die voorbijlopen.

Maître Gaston snuift. 'Bedoeïenen! Thuis hebben ze nooit een blote arm van een vrouw gezien, hier willen ze meteen naar een pornofilm!' De straat met het opgebroken trottoir en de talloze koffiehuizen waar we doorheen lopen, was vroeger een soort Champs Elysées, vertelt hij, met mooie cafés en casino's waar mannen en vrouwen 's avonds samen zaten. Nu wordt er vanuit de donkere ruimtes naar ons geloerd door mannen die de nargileh roken.

'Aleppo *bedoeïeniseert*,' zegt maître Gaston geïrriteerd. Ooit was hier een Frans Cultureel Centrum en een Goethe Instituut. Nu zijn die alleen nog in Damascus, waar ze beter te controleren zijn. 'En wij hebben er bedoeïenen voor in de plaats gekregen.' Hala's broer Salim beklaagde zich ook al over de dorpelingen die Damascus overspoelen. 'Heeft u het over de alawieten?' vraag ik. Maître Gaston schudt verstoord het hoofd. 'Nee, nee, die waren hier wel, maar ze zijn er nog nauwelijks. Ze hebben de benen genomen, voor zover ze niet...' Hij zwijgt even, kijkt me onderzoekend aan: 'Heb je dat niet gehoord? Er was een tijd dat de ene na de andere alawitische functionaris in Aleppo werd doodgeschoten. Op straat, op kantoor. Zomaar, poef!' Hij maakt een kort, misprijzend geluid.

'Door moslimbroeders?'

'Ja, door wie anders!' Een nieuw kruispunt – weer steekt de maître zijn wandelstok naar voren. Als we aan de overkant zijn, zegt hij: 'Zo, nu is het niet ver meer.' Hij ziet uit naar de ontmoeting met de oude Coco – ons gespreksonderwerp is hij ergens in de drukte kwijtgeraakt.

'*Voilà l'Hôtel Baron.*' Maître Gaston is gestopt bij een majestueus gebouw in Arabo-Italiaanse stijl. Brede trappen, een ruim terras. *Baron's Hotel, Mazloumian & Frères* staat er boven de ingang. In de zwart-wit betegelde lobby, onder een reclameposter die het hotel in glorieuzer dagen voorstelt, zit een oude ober in een smoezelig jasje te dutten. De bar is leeg. In de salon leest een eenzame toerist een boek. Een piano, roodleren banken, Franse prenten in vergulde lijsten aan de muur – maître Gaston leidt me rond alsof het hier allemaal van hem is.

'Is je vader er?' vraagt hij aan een man van middelbare leeftijd achter de balie. De man knikt, loopt voor ons uit door de gang, stopt bij een deur waarvoor een hond ligt te slapen die duidelijk zijn beste jaren heeft gehad. 'Ah, Caesar!' Maître Gaston bukt zich en wrijft door de vuilwitte vacht. Hij vergist zich, zal ik later vernemen: dit is Caesar niet. Caesar is allang dood.

Binnen treffen we tussen een warboel van telexen en paperassen een kleine man aan die er wel erg buitenissig uitziet. Hij draagt een felblauw hemd onder een safaripak met grote zakken en heeft een bril op met donkere glazen, die aan de zijkanten is afgedekt met leren kleppen. Uit zijn oren groeien lange haren, op zijn hoofd staat een groen Omo-petje. Hij lijkt op een vliegenier uit een stripboek.

Het duurt even voor Mazloumian ons in het vizier heeft, maar als hij de maître herkent, is de begroeting allerhartelijkst. Hij maakt plaats voor ons en schenkt kartonnen bekertjes vol *Ararat*, Armeense brandewijn. Maître Gaston informeert naar zijn gezondheid, waarop Mazloumian een pijnlijk gezicht trekt. 'Mijn ogen, maître, mijn ogen.' Hij blijkt half-blind en heeft helse pijn als het licht in zijn ogen schijnt; vandaar die beschermkleppen.

Mazloumian scharrelt nog wat tussen de papieren op zijn bureau, maar als hij begint te praten worden zijn handen allengs rustiger en verplaatst zijn aandacht zich naar zijn herinneringen. Hij is helderder dan ik vermoedde – hij heeft de genadige leeftijd bereikt waarop de dingen die zich in zijn jonge jaren afspeelden, dichterbij zijn dan wat hij de afgelopen uren deed. Als zijn zoon naar een telex komt vragen die vanmiddag moet zijn binnengekomen, raakt Mazloumian hevig van slag en stuurt hem onverrichterzake weg. Waarna hij naadloos terugglijdt naar het jaar 1912, toen dit hotel door zijn vader en diens broer feestelijk werd geopend met een fanfare en een bal.

Baron's Hotel lag in die tijd aan de rand van Aleppo, in een ongerepte omgeving vlak bij een riviertje waar de kleine Coco op wilde ganzen jaagde. Elke ochtend bracht een bediende hem op een paard naar school. De spoorlijn van Berlijn naar Bagdad werd aangelegd – de stad zat vol Duitsers. Twee keer per week kwamen de reizigers van de Oriënt Express in Aleppo aan; als de trein te laat was, maakte het personeel zich zorgen.

Het was een hotel in koloniale traditie. Niemand hoefde er zich ontheemd te voelen, want alles was ingevoerd uit Europa: het servies, de meubels, de stoelen met Baron's Hotel erin gegraveerd. Alleen de tapijten kwamen uit Izmir. In de feestzaal werden banketten aangericht waarbij de koks, die gewerkt hadden op cruiseschepen, af en aan draafden met schotels *canard à l'orange, pommes sautées* en *marrons glacés.* Tijdens feesten droegen de heren en dames een *carnet de bal* bij zich waarop ze noteerden met wie ze de volgende wals of polka zouden dansen. De Duitse maître d'hôtel werd verliefd op een protestantse zuster van Coco's *Kindergarten* en schoot zichzelf een kogel door het hoofd toen zijn liefde onbeantwoord bleef.

De mannen waren altijd in het pak, de vrouwen droegen lange jurken, hoeden en juwelen. In hun vrije tijd vergezelden de hoteleigenaars hen op tochten naar de dode steden – ruïnes van Romeinse en Byzantijnse steden buiten Aleppo –, of gingen met hen jagen. Liman von Sanders, Jamal Pasha, Atatürk, alle hoge Duitse en Turkse militairen die de stad tijdens de Eerste Wereldoorlog aandeden, zaten hier samen aan tafel en werden op dezelfde wijze onthaald. 'Want in de oorlog stel je geen vragen,' zegt Mazloumian. De Syrische koning Faisal ontving het militaire saluut op het balkon van kamer 215, Nasser en Tito hielden redevoeringen vanaf het terras. Bij het uitspreken van de naam Nasser valt Mazloumian even uit zijn rol. '*That swine*,' scheldt hij. Nasser was de man van de nationalisaties – ik kan me voorstellen dat hij hem geen warm hart toedraagt. Drie keer per dag moest zijn uniform worden gestreken, herinnert hij zich. 'Zo voeren ze oorlog in Egypte!'

Gertrude Bell, Freya Stark, Patrick Leigh Fermor, de namen rollen moeiteloos over Mazloumians lippen. Zoals hij daar zit in zijn safaripak en malle hoedje, lijkt hij iets van de avontuurlijkheid van zijn illustere gasten overgenomen te hebben. Lawrence kocht nooit een tapijt zonder Mazloumians vader te consulteren.

Maar nu wuift Mazloumian met de hand, als om de geesten uit het verleden te verjagen. 'Ach, dat is allemaal voorbij,' zucht hij. De bossen waarin hij vroeger speelde, zijn gekapt; het riviertje is een riool geworden en op straat dendert het verkeer de hele dag voort. Laatst kwam hij tot de ontdekking dat er uit het *livre d'or* van het hotel twee pagina's waren gescheurd. Zelfs de rekening van Lawrence die in de vitrine in de salon ligt, is een kopie: het origineel is gestolen.

De tijd van de Fransen, dat waren voor hem de mooiste jaren. Na de onafhankelijkheid is alles snel achteruitgegaan. 'Damascus heeft het voortouw genomen,' zegt hij spijtig, en hij voegt er fluisterend aan toe: 'Sindsdien worden wij beknot.' Hij is er stellig van overtuigd dat in Damascus de elektriciteit en het water nooit worden afgesloten, en kijkt me achterdochtig aan als ik hem tegenspreek.

'Bovendien begrijpen de heren daarginder niets van toerisme,' voegt hij er koppig aan toe. Laatst logeerde hier een Duits tv-team dat een documentaire maakte over de Parijs-Peking-rally. Ze wilden het hotel filmen vanaf de straat, maar stonden even later in de lobby met twee mukhabarat. Ze hadden een gescheurde poster van Assad meegefilmd die aan de straatmuur voor het hotel hing. Mazloumian reageerde quasi verbolgen en bezwoer de mukhabarat dat hij die poster hoogstpersoonlijk zou hebben verwijderd als hij hem had gezien. 'Ik heb hun een glas gazeuse aangeboden.' Hij glimlacht slim, maar ook een beetje meelijdend. 'En een aansteker met de naam van het hotel erop.' Hij zoekt in de zakken van zijn safaripak, haalt er iets uit, reikt het me aan. 'Kijk, zo eentje. Neem maar mee.' Het is een goedkope wegwerpaansteker van groen plastic. 'Zij waren er dik tevreden mee.'

Toeristen komen tegenwoordig in groepen, klaagt hij, ze hebben altijd haast en eten zelfs de lokale keuken. Een *ragoût de boeuf à la jardinière* is niet meer aan hen besteed, zodat hij met zijn Engelse vrouw Sally en zijn zoon Armen elke middag alleen eet in het grote hotelrestaurant. Ze worden bediend door een ober die zijn vak niet kent en die hen besteelt als ze even niet opletten. In hun huis achter het hotel hoopt het stof zich op: de werkster heeft tegen alle instructies in haar hand in de wasmachine gestoken en mist sindsdien een duim.

Mazloumian begint weer in zijn papieren te grasduinen. Nu hij bij het heden is aanbeland, voel ik zijn aandacht tanen. Hij kijkt ons verstrooid aan vanachter zijn dikke brilleglazen: daar zit zijn oude vriend, maître Gaston, maar wie is die vrouw naast hem ook alweer? En hoe is hij zo over vroeger aan de praat geraakt?

Zijn zoon is opnieuw in de deuropening verschenen: is de telex inmiddels terecht? Maître Gaston kucht en staat op. 'Zo, Coco, we moeten er weer eens vandoor.' De gang is leeg, maar in de leren fauteuils in de bar zitten drie heren op gedempte toon te praten. De oude barman, die daarstraks op een bankje was weggedoezeld, wrijft met lome gebaren de glazen op.

Buiten motregent het. Autobanden zuigen zich vast aan het asfalt en het stof van de afgelopen dagen stroomt in vieze moddergeulen over de weg. Ik voel me triest ineens, en ook maître Gaston is stiller dan ik van hem gewend ben. Voorzichtig manoeuvreert hij over het gladde trottoir – alsof hij zich meer dan tevoren bewust is van de eindigheid der dingen.

Mazloumian vertelde ons over de Engelse reisschrijfster Freya Stark, een gedistingeerde dame die in 1939 met een paard alle dode steden bezocht. Hij bleef met haar corresponderen en een jaar of tien geleden kwam ze opnieuw naar Aleppo. Ze was al ver in de tachtig en liep moeilijk, maar ze zei dat ze net als toen met een paard naar de dode steden wilde. Mazloumian had er een hard hoofd in. Voorzichtig liep hij op een ochtend met haar door de soek, op weg naar het huis van de familie Poche in de karavanserai, dat zij nog eens wilde zien. Onderweg maakte ze een lelijke val. Een blauw oog had ze, en een paar flinke schaafwonden aan haar knieën. 'Nu gaan we alleen nog naar plaatsen waar we met de auto kunnen komen,' zei Mazloumian, maar zij protesteerde: waarom niet met een auto tot aan de dode steden rijden en een aanhangwagen met paarden meenemen? Waar het natuurlijk nooit van kwam.

Die twee oudjes op de kasseien van de soek – ze behoren tot het koloniale verleden van deze stad, waar behalve glorieuze herinneringen zo weinig van is overgebleven. Hun leven had zo'n vaart, ze weigerden zich te verzoenen met de traagheid die ervoor in de plaats was gekomen.

Maître Gastons stem doorbreekt mijn gedachten; we zijn aangekomen bij zijn huis. 'Ga je nog even mee naar boven?' Ik schud het hoofd. 'Nee, nee, een andere keer.' Hij wacht naast me op het trottoir tot een taxi de hoek omdraait, en fixeert zijn blik op het nummerbord. 'Bel me even als je thuis bent,' fluistert hij, 'want in Aleppo tegenwoordig... je weet maar nooit. Ik heb het nummerbord in mijn hoofd.'

Ibrahim heeft me op het hart gedrukt het huis nooit te verlaten zonder de rolluiken neer te laten en de grote sleutel van de voordeur zeven keer om te draaien. Het knarsende geluid van die sleutel in de stille gang – als iets me de volgende dagen bang maakt, is dat het wel. Overdag is de elektriciteit meestal afgesloten, zodat ik bij thuiskomst op de tast naar de rolluiken moet lopen. Ik krijg al vlug genoeg van dit griezelige ceremonieel en besluit de luiken alleen 's nachts neer te laten. Maar als ik voor het raam zit te lezen, gluren passanten zo onbeschaamd naar binnen dat ik het gevoel krijg iets ongepasts te doen.

In de appartementen om me heen gaan de luiken ook zelden open. De bewoners hebben hun huizen in de oude stad verlaten, maar lijken in hun nieuwe omgeving verder te leven als vroeger. Op een dag ga ik op bezoek bij kennissen van Amira. Het is pas vier uur, maar binnen is het nacht. De roze lampen op de bijzettafeltjes in de ontvangstkamer verspreiden zo'n onwerkelijk licht dat ik het gevoel heb een theater binnen te wandelen waar een voorstelling op het punt staat te beginnen. Vloeren van Italiaans marmer, kleden van Aleppijns brokaat, een bankstel overtrokken met Aleppijnse stof om het velours eronder niet te beschadigen – alles is zo klinisch schoon dat ik bijna bang ben om te gaan zitten.

De gastvrouw draagt een rood-zwart mantelpakje, haar man zit stijfjes tegenover me in een stoel; om vijf uur gaan ze naar een recital in de Latijnse kathedraal. De vrouw brengt me een kopje koffie. 'Drinken jullie niets?' 'Nee, wij hebben al gehad.' Ze loopt naar de eetkamer, doet de kast open – ik kan de boenwas ruiken – en haalt er een schaaltje bonbons uit. Boven de kast hangt een wandkleed dat bedekt is met plastic.

'Zijn de rolluiken hier altijd dicht?' vraag ik zo terloops mogelijk.

'Ja, natuurlijk!'

'Waarom eigenlijk?'

'Het stof! Heb je niet gemerkt hoe stoffig Aleppo is!' Al moet ze toegeven dat het ook vanwege het licht is: ze is bang dat de tapijten verkleuren.

Angst, daar is de lucht hier vol van, en onze conversatie weldra ook. Ben ik niet bang voor de islamieten die Europa overspoelen, vormen zij geen bedreiging nu het christendom bij ons op zijn retour is? De gastvrouw kijkt me wantrouwig aan: ik ben vast ook zo'n verwaterde christen. Als ze iets in de moslims waardeert, dan is het wel hun onvoorwaardelijke geloof. Vanochtend stond haar soennitische werkvrouw hoog op de ladder de muren te wassen. Toen ze zei dat ze op moest passen, lachte ze: 'Als ik val, is dat Gods wil!'

Ze willen me nog overhalen mee te gaan naar het recital, maar ik weiger beleefd. Buiten haal ik opgelucht adem. Ik kijk omhoog naar het appartement waar ik vandaan kom, maar kan het niet lokaliseren: een egale gevel met gesloten rolluiken gaapt me aan. Ik laat me meevoeren door de stroom winkelende mensen. Sinds ik alleen ben in Aleppo, voel ik dat ik word bekeken: de Aleppijnen zijn zich bewust van onbekende gezichten in de straten van hun stad en proberen ze thuis te brengen.

In de salon van maître George tref ik een Frans archeologisch gezelschap aan. Ze nippen aan kristallen glaasjes en zijn vol *ooh's* en *aah's* over de monumenten die ze hebben bezocht. Een maronitische hoogwaardigheidsbekleder die voor de gelegenheid is uitgenodigd, is met een zelfgenoegzaam air neergestreken in de beste stoel en speelt met het grote kruis op zijn borst. De maître lurkt tevreden aan zijn pijp en doet alle verhalen die hij me de afgelopen dagen heeft verteld, nog eens dunnetjes over.

Die Fransen op zoek naar het rijke Levantijnse verleden, die geestelijke met zijn paarse sokken, de maître met zijn verhalen – en achter het raam een stad waar het verkeer toetert en schettert en waar bedoeïenen met blauwe ogen zich vergapen aan porno-affiches. Hoe langer ik het gezelschap in de salon in me opneem, hoe anachronistischer het me voorkomt. Statische personages zijn het, die hun band hebben verloren met het landschap waarin ze zich bevinden. Ik begrijp ineens waarom Hala zo weinig onder de indruk is van Aleppo: al die nostalgie, wat moet ze ermee?

Net als ik begin te denken dat iedereen in deze stad er hopeloos verouderde ideeën op nahoudt, kom ik Walid tegen. Hij is een van de Syrische intellectuelen die de *fatwa* van Khomeiny tegen Salman Rushdie heeft veroordeeld. In Syrië werd de petitie nooit gepubliceerd, maar iedereen weet ervan en alle ondertekenaars kregen problemen met de mukhabarat. 'Assad kon zoiets natuurlijk niet laten passeren,' zegt Walid, 'de fundamentalisten mochten eens denken dat de regering aan onze kant staat!'

Walid werkt voor een staatsmaatschappij en schrijft in zijn

vrije tijd. Hij nadert de zestig, maar zijn ogen staan zo levendig en wat hij zegt is zo verfrissend dat hij veel jonger lijkt. Hij moet lachen om mijn sombere indrukken van Aleppo en weerlegt ze met grote souplesse. Zelf reist hij veel, maar hij is altijd blij hier terug te zijn. 'Je moet Aleppo zien als een arabesk,' zegt hij bedachtzaam, 'het is een stad die vijfduizend jaar oud is. Er is hier een school van iconenmakers, er zijn Aleppijnse liederen en in iedere familie vind je wel iemand die een instrument speelt. Zo'n samenleving maak je niet zomaar kapot.'

We zitten in zijn kantoor, een kale kamer met verbleekte posters aan de muur. Walid heeft een pijp opgestoken en trekt er genoeglijk aan. Natuurlijk zal de mukhabarat hem vroeg of laat een paar vragen komen stellen over mijn bezoek, grijnst hij. 'De mukhabarat, die hoort bij de folklore van dit land!'

Pater Léon zou zoiets kunnen zeggen, maar van een Syriër verbaast het me. 'Jij bent niet bang zoals de anderen,' zeg ik, 'waarom niet?'

Walid lacht. 'Ik heb weinig te vrezen. Rijk wil ik niet worden, en een hogere positie in dit bedrijf ambieer ik ook niet. Dat maakt me eigenlijk onkwetsbaar.' Walid groeide op in een liberale soennitische familie. Zijn vader was een sjeik. Niet zo'n fanatieke als je tegenwoordig steeds meer aantreft, nee, in de tijd van zijn vader werd er onder sjeiks nog heftig gediscussieerd. Hij herinnert zich dat een sjeik vroeger op school beloofde dat hij een goudstuk zou geven aan de leerling die kon bewijzen dat de wereld rond was. Zijn vader was verbolgen toen hij het hoorde, hij ging naar de man toe en zei: Je mag die kinderen geen goudstuk beloven als je er geen hebt. Bovendien, mijn zoon kan bewijzen dat de aarde rond is voor tien piasters!

Toen Armstrong op de maan landde, zei een sjeik in de moskee: Als je aan iemand vraagt of Armstrong op de maan is geweest en hij zegt ja, vraag het hem dan opnieuw. Als hij de derde keer nog steeds volhardt in zijn antwoord, dan mag je hem doden. Walid lacht schamper: de achterlijkheid!

Zijn vaders vrienden waren verontwaardigd toen deze zijn dochter naar een christelijke school stuurde: wilde hij soms dat zij een christen werd? Hij lachte hen uit; hij vond dat je als moslim zoveel mogelijk moest leren over wat er in de wereld te koop was.

Zijn zuster trouwde later met een christen, waarop Walid werd gebeld door een christelijke patriarch die riep: Hoe kan je je zuster aan een christen geven! 'Hij was bang om een schaapje in zijn kerk te verliezen,' grijnst Walid. Hij vertelde hem dat zijn zuster haar man zelf had gekozen, dat hij daar niets mee te maken had.

'In mijn vaders tijd gingen de veranderingen in de maatschappij uit van de universiteit,' zegt hij, 'maar tegenwoordig stort iedereen zich op de moskee, waar zeker geen veranderingen worden gepredikt. Ik begin me steeds meer een uitzondering te voelen in de buurt waar ik woon. Mijn vrouw is de enige die geen hoofddoek draagt en zelf ga ik nooit naar de moskee, ik drink alcohol en rook zelfs tijdens de ramadan een pijp. Sommige mensen denken dat wij christenen zijn!'

Sinds de Golfoorlog is het er niet beter op geworden. Dat Assad de kant van Amerika koos, stootte hem aanvankelijk tegen de borst. 'Maar onze president is wellicht realistischer dan de meeste Syrische intellectuelen,' bekent hij, 'wij zijn dromers. Ik ben ook een dromer. Maar dat is maar een deel van mezelf, een ander deel zegt me...' Hij leunt achterover in zijn stoel en kijkt me lachend aan. 'Saddam Hussein beweerde dat hij moderne wapens had, maar zijn vijand liet oorlogsmateriaal op hem los waar hij nog nooit van had gehoord!' Peinzend trekt hij aan zijn pijp. 'De Arabieren vonden de algebra uit, maar wat hebben we daar nu nog aan? Zelfs Einstein is inmiddels passé. Iedereen heeft het over onze grote dichter al-Mutanabbi, maar misschien hou ik wel meer van Gabriel García Márquez.'

Laatst moest hij een lezing houden in het Libanese havenstadje Saida. Voor hem is Libanon altijd het land van de vrijheid geweest, dus hij praatte ongeremd over de behoefte aan nieuwe impulsen in de Arabische cultuur. Hij haalde het voorbeeld aan van hybride planten die veel krachtiger zijn dan planten waarbij de voorplantingscirkel gesloten blijft. Maar tot zijn schrik kreeg hij na de pauze de wind van voren: de zaal bleek vol sympathisanten van de pro-Iraanse Hezbollah-partij te zitten. Diezelfde avond nog vluchtte hij naar het christelijke Oost-Beiroet.

'Ik word oud en ongeduldig, ik zou willen dat er tijdens mijn leven nog iets zou veranderen in deze regio, maar ik vrees... Neem de Syrische verkiezingen. Als ze me vrij zouden laten, zou ik waarschijnlijk op Assad stemmen, want ik zie geen alternatief, maar ik voel me niet vrij.' Overal in het land worden *masira's*, optochten, georganiseerd – iedereen is verplicht zijn loyaliteit aan de president te betuigen. Ook zijn bedrijf is enkele dagen geleden de straat opgegaan. Zijn collega's maakten de volgende dag opmerkingen over zijn afwezigheid. Walid glundert. 'Ik zei tegen hen: Maar in mijn hart was ik met jullie! Ik heb alles op tv gevolgd, ik had een veel beter overzicht!'

Assad wordt tijdens deze verkiezingscampagne steeds vaker *Abu Basil*, de vader van Basil, genoemd. Het is een manier om zijn oudste zoon naar voren te schuiven, die wellicht zijn opvolger zal worden. 'Van mij mogen ze,' zegt Walid, 'maar laat ze er dan duidelijk over zijn, laat ze de monarchie maar vestigen, liefst met een passende ceremonie, zodat we een einde kunnen maken aan deze komedie!'

Hij is bang voor wat er na de dood van Assad zal gebeuren. Iemand voorspelde onlangs dat er dan rivieren van bloed door het land zullen vloeien – die zou weleens gelijk kunnen krijgen. 'Als de moslimbroeders aan de macht komen, zou ik vermoedelijk vermoord worden. Ik rook een pijp, een symbool van verwesterlijking – dat alleen al zou voor hen voldoende zijn.' De moslimbroeders zijn uit op vernietiging, ze hebben geen oplossing voor de echte problemen in dit land, gelooft hij. 'Binnen tien jaar zouden de Syriërs op zoek zijn naar brood, niet naar gebeden!'

Mocht het ooit zover komen dat fanatici aan de macht komen, hij zou meteen emigreren. 'Een baantje in de haven van Rotterdam,' lacht hij fijntjes, 'dat lijkt me wel geschikt.'

Voor het eerst voel ik hoeveel bezorgdheid die lach van hem

verbergt. Wellicht kan hij zijn optimisme alleen bewaren door zo vaak op reis te gaan. Het ergste lijkt het hem om onderdeel te worden van een groep, geen afstand meer te hebben. Hij is een paar keren in Japan geweest – daar zou hij een tijdje willen wonen om te leren waar het in de moderne wereld om gaat. 'Ik geloof in een kosmopolitische beschaving,' zegt hij, 'ik geloof in wetenschap. Niet een nieuwe politiek hebben wij hier nodig, maar een nieuwe cultuur.'

'Shawqi Baghdadi is in de stad,' kondigt Walid op een middag aan, 'hij houdt vanavond een lezing, ga je mee?' Baghdadi – zijn naam komt als uit een ver verleden naar me toe. Hij is de dichter rond wie zich wekelijks een groepje vrienden schaart in het Damasceense café Havana – een bijeenkomst waarvan Hala vond dat ik er maar beter niet naar toe kon gaan. Dus het lot heeft Baghdadi opnieuw op mijn weg gebracht! Gretig stem ik toe.

Druppelsgewijs komen de mensen die avond binnen. Als het tijd is om te beginnen, is de zaal nog lang niet vol. Een zestiger in een pak van Syrische snit betreedt het podium en gaat aan een tafeltje zitten. Hij begint niet voor te lezen, zoals ik had verwacht, maar te vertellen. Naast me zit een kennis van Walid die vertaalt wat hij zegt.

Baghdadi praat over zijn leven. Vroeger was hij communist, hij ging naar Moskou en had zo'n grote bewondering voor Stalin, diens militaire uitrusting en machtige voorkomen, dat hij epische gedichten over hem schreef. Tijdens de unie met Egypte belandde hij vanwege zijn communistische ideeën in de gevangenis. Indertijd voelde hij zich een held, maar inmiddels schaamt hij zich voor die periode in zijn leven, voor de aanbidding van die ene man, die persoonlijkheidscultus.

Ik was op alles voorbereid, maar niet op deze ouderwetse sessie van communistische zelfkritiek. Over anachronisme gesproken! Maar in de zaal is het doodstil. Iedereen staart naar Baghdadi en terwijl hij praat, voel ik de spanning stijgen. Weer kijk ik naar hem. Een oudere intellectueel in een krapzittend pak dat te licht is voor dit seizoen. Nu pas zie ik achter hem het portret van Assad, gebedskralen losjes tussen de vingers, een glimlach om de mond.

Ineens begrijp ik waarom het zo stil is om me heen. Terwijl Baghdadi vertelt over Stalin, lijkt het portret aan de muur tot leven te komen. Met een alwetend glimlachje kijkt Assad op de boeteling neer, die er op zijn beurt steeds beknelder begint uit te zien. Ik voel een mengeling van bewondering en medelijden voor Baghdadi in me opkomen. Niet alleen in zijn rug priemen twee ogen, ook in de zaal houdt een mukhabarat hem in de gaten. Mijn vertaler heeft me hem zojuist aangewezen: een man in een kobaltblauw pak die met nietszeggende blik voor zich uit staart.

Nu spreekt Baghdadi rechtstreeks tot zijn publiek. Hij is blij, zegt hij, dat er enkele jongeren in de zaal zitten, want dat is het grote verdriet van zijn leven: dat hij het contact met de jeugd is kwijtgeraakt. Ergens is er iets gebroken; jonge mensen zijn niet meer geïnteresseerd, hun hoofden zijn leeg. Hij draagt een gedicht voor dat hij schreef na een bezoek aan een school waar een tirannieke leraar zijn leerlingen toesprak. Het eindigt met de zin: *Als je je vader niet kan kiezen, kies dan tenminste jezelf.*

Ik denk aan de Arabische vrienden die ik voor mijn vertrek naar Syrië opzocht in Londen en Parijs. Hoeveel feller waren hun aanvallen op dit regime. Maar wie zou de moraal in dit land hoog moeten houden als alle dissidenten waren vertrokken? Ineens is ook Hala er weer. Ze bewondert Baghdadi's moed om dingen te zeggen die anderen verzwijgen: hij is een man die balanceert op het smalle koord tussen vrijheid en gevangenschap.

Na afloop van de voordracht belanden we met z'n allen in het huis van vrienden. Het is een zachte avond, op de binnenplaats wordt gedronken, gegeten en gepraat. Baghdadi informeert geïnteresseerd naar de uitslag van de voetbalmatch die 's middags is gespeeld. Aanvankelijk veronderstel ik dat het het gewone gesprek is van mannen-onder-elkaar over sport, maar al gauw ontdek ik dat er meer aan de hand is: vandaag speelde de club van Jableh, die bekendstaat als een alawietenclub. Tijdens een wedstrijd die Jableh onlangs speelde tegen een soennitische club, brak er op de tribune geweld uit, waarbij iemand gedood werd en een ander gewond.

Als Walid later die avond een van zijn befaamde anekdotes over de achterlijkheid van sjeiks vertelt en ik vraag om vertaling, zegt Baghdadi: 'Je zou hier minstens een jaar moeten wonen om dit te begrijpen.' Geïrriteerd wend ik mijn hoofd af. De wind uit Damascus komt aangewaaid, de wind van geslotenheid. Walid knipoogt naar me en zegt: 'Een jaar? Een eeuw zal je bedoelen!'

Ik probeer mezelf te sussen, denk aan de tragiek die Baghdadi's leven moet beheersen. Een oude communist, jazeker, maar zei Walid niet: De communisten moeten er zijn, om een tegenwicht te vormen tegen de religieuze fanatici? Net als Hala is Baghdadi beperkt in zijn bewegingen – hoe kan hij weten wat een buitenlander wel of niet begrijpt?

Als we afscheid nemen, nodigt Baghdadi me uit om naar de volgende bijeenkomst in café Havana te komen. Ik hoor mezelf zeggen dat ik er zal zijn. Hala, Ahmed, de verkiezingen, café Havana – er zijn ineens zoveel redenen om terug te gaan naar Damascus.

VII

Hala doet het poortje open en glimlacht geheimzinnig. 'Heb je het gezien?' Ze werpt een veelbetekenende blik op de bonte kermis van verkiezingsslogans in ons straatje. De kippenverkoper, de kapper, de groenteman, op alle muren en ramen schreeuwen ze hun steun aan de president uit. De armoedige jongeman die de afgelopen zomer stickers van captain Majed verkocht uit een gat in de muur, zit onder een waaier hartvormige stickers van Assad naar buiten te turen. Ter hoogte van het winkeltje met 'vijfdehandskleren' zoals Hala het noemt, is een dichtbeschreven laken over de straat gespannen.

'Hoe armer ze zijn, hoe harder ze roepen,' zegt Hala. 'Zullen wij ook een bord uithangen? Wat dacht je van: *Hala en Asma zeggen ja tegen president Assad*.' Lachend trekt ze me naar binnen.

Ik zet mijn koffer neer in de gang en kijk verbaasd rond. In mijn afwezigheid is het hier winter geworden. Op de vloer liggen rustieke tapijten met bloemen, waardoor alles zwaarder en donkerder lijkt dan voorheen. Het potkacheltje in de zitkamer loeit, op mijn bed ligt een donzen dek. Mijn blik blijft haken bij het vloerkleed in de slaapkamer. Waar heb ik dat ooit eerder gezien?

'Herinner je het je niet? Denk eens goed na. Je hebt het me zelf gegeven.' Een karavanserai in de soek – Hala kocht blauw glaswerk voor me, en het beeldje van de naakte Leda met de zwaan. In een zaakje aan de overkant koos ik een grijs, handgeweven tapijtje met een eenvoudig motief voor haar uit. Het is mooi, maar het valt uit de toon bij de Turkse tapijten in de rest van het huis – ze heeft het vast speciaal voor mij neergelegd.

Asma komt thuis, trappelend van opwinding: ze heeft de hele

ochtend gedanst op het liedje dat de school binnenkort zal zingen tijdens de grote optocht voor Assad. Even later springt ze in haar pyjama op het bed en zingt over *Abu Basil* en *Assadna*, onze Assad.

'Het lijkt wel of je van hem houdt,' zeg ik plagerig.

'Ja, natuurlijk hou ik van hem!' roept ze.

'Waarom eigenlijk?'

'Omdat hij mijn vader in de gevangenis heeft gestopt!'

Ik kijk naar Hala, zie dat ze lacht. 'Enig nieuws van Ahmed?' Ze houdt een vinger voor de mond. 'Straks.'

Zittend op de grond pak ik mijn koffer uit, Asma aan mijn zijde. Ik ben zo lang weggeweest, zegt ze, heb ik onderweg misschien leren kaarten? De Aleppijnse marsepein met pistachenoten, de chocolade, het kussentje met de kat en de muis – ze stopt alles meteen in haar kast, waar ze net als Hala spulletjes hamstert. De roodleren pantoffels die ik voor mezelf heb meegebracht, vindt ze veel te groot; ze prefereert de glimmende muiltjes die ik in tété's huis draag.

Hala zit op het bed naar ons te kijken. 'Hoe was het in Aleppo?' Die toon in haar stem ken ik – ze wil vooral geen enthousiaste verhalen horen. En dus vertel ik over mijn bezoek aan de stille Club d'Alep, over de teloorgang van het Baron's Hotel. 'En raad eens wie ik ben tegengekomen? Shawqi Baghdadi.'

'Baghdadi, in Aleppo?' Voor het eerst is ze geïnteresseerd. 'Hij is een goede man,' mijmert ze, 'voor hem heb ik respect.'

'Waarom zien jullie elkaar eigenlijk nooit?'

'Wat zouden we tegen elkaar moeten zeggen? Dat het goed met ons gaat? We weten dat het niet waar is.' Ze glimlacht. 'Voor jou is alles wat wij zeggen nieuw, maar hij en ik, wij hebben niets te bespreken, wij weten alles al.'

Ook Walid blijkt ze te kennen. 'Die heeft overal lak aan,' zeg ik.

Ze haalt haar schouders op. 'Hij kan het zich permitteren, hij komt uit een vooraanstaande familie – tegen hem zouden ze niets durven ondernemen.' Zelfs Baghdadi is volgens haar beschermd.

'Baghdadi? Hoezo?'

'Als ze hem oppakken, zouden de dichters in de omringende landen meteen stampei maken.'

'En jij,' vraag ik, 'ben jij beschermd?'

'Ik, nee, dat weet je toch? Dat is juist mijn probleem.'

Als Hala na het eten Asma's les overhoort, voel ik me ineens verloren: ik ben weer thuis, mijn koffer is uitgepakt, mijn kleren zijn opgeborgen, wat nu? Het ritme van Aleppo zit nog in mijn hoofd – als ik daar was geweest, zou ik zo meteen de stad ingaan.

'Ben je niet moe? Moet je niet in bad?' Hala is in de deuropening verschenen.

Ik maak een afwerend gebaar. 'Nee, nee, straks misschien.' Altijd als ik weg ben geweest, moet ik in bad – terwijl ik helemaal niet vies ben! En waarom zou ik moe zijn? Het enige waar ik moe van word, is de lamlendigheid hier in huis. Ik kijk Hala aan. 'Laat me maar.'

Even aarzelt ze, dan komt ze naast me op het bed zitten. 'Ik weet hoe je je voelt,' zegt ze zachtjes. 'Vroeger was ik zoals jij, ik wilde alles weten, alles ontdekken – ik was zoveel optimistischer. En nu... als ik denk aan wat hier gebeurt, met Ahmed en al die anderen, dat ik me niet kan verzetten, dat ik er niets aan kan doen – het ontmoedigt me zo.'

Ik staar naar het tapijt aan onze voeten. Ik was niet de enige die het destijds mooi vond, ook zij liep er meteen op af. Maar er hoort een ruimer, een lichter huis omheen. Zoveel verdriet en berouw schieten in me omhoog, dat ik mijn arm om haar heensla. Ik zou haar tegen me aan willen drukken, maar zoals altijd aarzel ik.

'Jij bent hier gekomen,' zegt ze, 'jij bent overal verwonderd over. Ik heb mijn nieuwsgierigheid verloren. Kan je dat begrijpen?'

Ik knik en trek mijn arm terug die onhandig en zwaar aanvoelt. 'Wat is er met het verhaal gebeurd dat je aan het schrijven was?'

‘Hetzelfde als altijd, het ligt ergens.’

‘En Ahmed?’

‘Ik weet het niet. Ze zeggen dat Assad vóór de verkiezingen alle gevangenen zal vrijlaten. Binnenkort moet ik naar de mukhabarat om een nieuwe vergunning te halen om hem te bezoeken – dat is al jaren niet meer gebeurd. Ik had me voorgenomen nergens op te hopen, maar het wachten is nu toch begonnen.’ Ze kijkt me aarzelend aan. ‘Ik zou willen dat ze hem vrijlieten, dat ik verder kon met mijn leven.’

‘Wat ga je doen als hij vrijkomt?’

‘Meteen een scheiding aanvragen.’ Ze zucht. ‘Het is voorbij. Als hij hier binnenkwam en zich zou gedragen als mijn man...’ Ze rilt bij de gedachte. ‘Hij moet maar naar zijn ouders gaan. Hij wil een vrouw, niet mij, niet Hala.’

Stil staart ze voor zich uit. Dan zegt ze: ‘Ik heb Firas weer gezien.’ Ze lacht om mijn verbazing. ‘Het komt omdat jij er niet was – ik voelde me zwak en alleen.’ Wekenlang had ze niets meer van hem gehoord, hij leek van de aardbodem verdwenen. Toen ging ze naar hem op zoek. Ze vond hem in zijn atelier, dat ze ‘helikopter’ noemt, omdat het als een schiereiland aan het gebouw hangt en glas-in-lood ramen heeft die uitzien op de stad en de Kassioun. Het was er zo koud dat hun adem in wolkjes door de kamer dreef. Op een van de ramen had hij geschreven: *Liefde maakt triest.*

‘Ik heb er behoefte aan dat iemand aan me denkt,’ zegt ze beschroomd, ‘en ik wil op mijn beurt aan iemand denken.’

‘Dat hoef je mij niet uit te leggen, dat begrijp ik maar al te goed.’

‘Maar hier kan niemand dat begrijpen! Laatst zei een collega tegen me dat het mijn nationale plicht is om Ahmed trouw te blijven!’ Vertwijfeld kijkt ze me aan. ‘Herinner je je wat er in Frankrijk gebeurde toen *Madame Bovary* verscheen? Mensen spraken er schande van, ze konden niet verdragen dat een vrouw haar familiebanden verbrak en koos voor haar gevoelens. *Madame Bovary*, *Anna Karenina*..., ik geloofde die verhalen toen ik ze las, ik dacht dat ook ik de weg van mijn hart zou volgen. En kijk eens wat ervan gekomen is.' Moedeloos haalt ze haar schouders op. 'Soms vraag ik me af wat dwazer is: van Firas houden of niet van hem houden.'

'Mama, mama, kom eens!' Buiten klinken voetstappen en geroep – alsof iedereen zich tegelijkertijd in dezelfde richting spoedt. We rennen naar het poortje. Hala heeft aan één blik voldoende. 'Een *masira* voor de president,' zegt ze. Ik tuur over haar hoofd heen naar de brede straat in de verte. 'Wat doen ze?' 'Oh, niets bijzonders, ga maar kijken.'

Op mijn Aleppijnse pantoffels loop ik ernaar toe. Het is een demonstratie van scholieren, ze dragen paramilitaire kleren en scanderen zonder veel overtuiging steeds weer dezelfde zin. Ze moeten al een heel eind gelopen hebben, want de fut is eruit. De fakkels in hun handen zijn gedoofd, hun voeten schuifelen over het asfalt – ze lijken meer op schimmen in een dodenmars.

De mensen die langs de weg zijn samengedromd, kijken naar me. Ik ril in mijn dunne kleren, maar net als ik me om wil draaien, zie ik vlak bij me een leren jack glimmen. Mijn hart slaat over. De sigarettenverkoper! Zijn vrienden zijn er niet, hij is alleen en hij kijkt naar me met een rustige, ietwat geamuseerde blik. Verlegen wend ik mijn gezicht af. Even later zoekt een hand in het gewoel de mijne. Het is Asma. Zij en Hala zijn niet de enigen die een jas over hun pyjama hebben aangetrokken.

Met zijn drieën lopen we terug, een familie ineens te midden van die anonieme nieuwsgierigen. Thuis maakt Hala een wintersoep van geplette tarwe, gedroogde melk, uien en munt. Bij de kachel heeft ze een krukje gezet; dat is 's winters haar vaste plek, daar zit ze als ze in bad is geweest, een handdoek om haar natte haren, daar overhoort ze Asma's lessen, vandaaruit kijkt ze met één oog naar de tv.

'Oh, ik vergat je het laatste nieuws te vertellen: Shirin is zwanger.'

'Nu al!'

'Een kleine Farid,' zegt ze mistroostig. Ze maakt de laatste tijd vaak ruzie met Farid. Tété en zij hebben besloten hun mond niet meer te houden in zijn bijzijn: hij is nu een deel van de familie, hij moet er maar aan wennen dat alles wat zij zeggen niet noodzakelijkerwijs tegen hem is gericht. Maar Farid heeft sindsdien het gevoel dat hij in een nest van spionnen terecht is gekomen.

'Jij bent gevaarlijk,' zei hij onlangs tegen Hala.

'Ga je gang, schrijf maar een rapport over me,' beet ze hem toe.

'Hij gelooft in dit systeem, hij denkt dat de mukhabarat er zijn om mensen te helpen, dat ze rechtvaardig zijn,' zegt ze boos. 'Hij hoopt dat hij door loyaal te zijn aan dit regime iets zal bereiken, maar hij weet niet hoe hij het aan moet leggen.' Laatst ging hij met Shirin boodschappen doen in de soek, een lijst met de officiële staatsprijzen op zak. De prijzen zijn absoluut niet realistisch, niemand houdt zich eraan, maar telkens als Farid iets wilde kopen, haalde hij de lijst te voorschijn en gaf de verkoper een uitbrander. Ze kwamen met lege handen thuis. Shirin had zich rot geschaamd.

'Volgens mij zijn ze niet gelukkig samen. Gisteren huilde Shirin toen ze naar huis moest.'

'En ze zei dat ze in de honing zou zwemmen!'

'In de vuiligheid zal je bedoelen!'

Geen straat, plein of gebouw in Damascus is aan de verkiezingswoede ontsnapt en overal zijn mannen in de weer met posters, vlaggen en portretten. Als ik stilsta bij een kantoor waar net een nieuw spandoek is uitgehangen, wordt er op zo'n indringende wijze naar me gestaard dat ik schuldbewust doorloop. Die blikken, er ligt gêne in besloten, maar ook iets agressiefs: alsof wat zich hier afspeelt, niet bestemd is voor buitenlandse ogen.

Ik loop even langs de boekwinkel van Hamid om een krant te kopen. Zijn vertrouwde gezicht achter de kassa – ik ben blij hem weer te zien. Als ik wijs naar de Assad-stickers op zijn deur, grijnst hij en steekt zijn armen omhoog ten teken van overgave. 'Die heb ik daar niet opgeplakt, hoor!' Enkele dagen geleden kwamen twee mannen langs die alle winkeliers in de straat bezochten: stickers op de deur, een poster in de etalage, beslisten ze. 'Je begrijpt, daar kon ik niets tegen ondernemen.' Een vriend van hem ontdekte dat er op de zijkant van zijn auto een poster van Assad was geplakt. 'Dacht je dat hij hem eraf durft te halen? Dat zou hem minstens een jaar gevangenis kosten.' In de buurt waar hij woont verscheurde een man wiens zoon in de gevangenis zit onlangs een poster die op zijn huisdeur was geplakt. Diezelfde avond werd hij opgepakt; niemand heeft sindsdien nog iets van hem vernomen.

'Het is nog nooit zo erg geweest als deze keer,' zegt Hamid bezorgd. 'Maar wij weten natuurlijk hoe dat komt.' Hij kijkt me samenzweerderig aan. 'Assad wil de Amerikanen laten zien dat hij ons alles kan laten slikken, zelfs de vrede met Israël.'

Ik heb een afspraak met Hala. Vandaag gaan we winterkleren voor me kopen, heeft ze beslist. Tweedehandskleren, net als in haar droom, want de Syrische mode lijkt haar niets voor mij. Op weg naar de soek passeer ik een spandoek dat het Damasceense Filmfestival aankondigt, een tweejaarlijks evenement waar Hala erg naar heeft uitgekeken. Maar toen ik er gisteravond naar vroeg, gleed er een schaduw over haar gezicht. Er is een hevige controverse over het festival uitgebroken, zei ze. Het begon met geruchten over een Tunesische film waarin een sympathieke jood voorkwam, terwijl alle Arabieren voorgesteld werden als onaangename personages. Iemand riep dat de film medegefinancierd was door het Westen, een ander beweerde dat hij gemaakt was met joods geld. Nu praat iedereen over de gevaren van coprodukties.

'De Tunesische filmers staan momenteel bekend als de beste in de Arabische wereld,' zei ik voorzichtig.

Hala haalde haar neus op. 'Ja, in het Westen zeker!'

Ik zuchtte – waarom zou ik onze huiselijke rust op de eerste avond al verstoren? Ook Hala drong niet aan, maar ik merkte dat ze er al heel wat over had afgeroddeld. Als het festival eenmaal begonnen was, moest ik maar eens met haar meegaan, zei ze verzoenend, dan kon ik zelf horen wat er aan de hand was.

Ik sta al twintig minuten op Hala te wachten bij de ingang van de soek. Net als ik me zorgen begin te maken, zie ik haar in de stroom van mensen opduiken, kleiner nog dan anders in het grote zwarte vest dat ze draagt als jas. 'Oh, oh, wat een pech!' Ze lacht. 'Kom maar gauw.' Met vlugge pasjes loopt ze naast me en blaast ondertussen stoom af. Tété heeft bijna geen stookolie meer. Gewoonlijk rijden de verkopers met hun karretjes af en aan, maar sinds enige tijd zijn ze nergens te bekennen. Uiteindelijk heeft ze een leverancier gebeld en haar positie op de universiteit in de strijd gegooid. Overmorgen zou hij komen, beloofde hij. 'Als het met een *wasta* al twee dagen duurt, hoe lang moeten mensen zonder *wasta* dan niet wachten!'

Haar eigen voorraad is ook bijna op, maar ze durfde de leverancier niet om twee gunsten tegelijk te vragen. Op weg hierheen zag ze ineens een stookoliekar passeren. Ze rende erachteraan, maar de bestuurder reed in volle vaart verder. Toen heeft ze met een taxi de achtervolging ingezet. 'Net als in een Egyptische tv-serie!' De taxichauffeur was heel behulpzaam, hij reed de kar klem en stapte uit alsof hij een misdadiger op het spoor was. Maar de verkoper weigerde naar haar huis te rijden, ook nadat ze aangeboden had de benzine te betalen. 'Er is iets raars aan de hand,' zegt ze, 'het lijkt wel of er een tekort aan stookolie is.' De verkoper was totaal niet geïnteresseerd – alsof hij wist dat er een crisis op komst was.

Ineens onderbreekt Hala zichzelf. 'Heb je vanochtend naar het nieuws geluisterd?'

'Nee, waarom?'

'Ze gaan de Sovjetunie ontbinden.' Ze slaakt een diepe zucht. 'Als je eens wist wat een opschudding dat vroeger zou hebben veroorzaakt! De Sovjetunie, dat was als een lichtbaken in de verte, iets waar we naar uit konden kijken. Maar nu is niemand meer geïnteresseerd in wat daar gebeurt. Op de radio praten ze alleen nog over de verkiezingen.'

De winkels waar Hala me die middag in een razend tempo doorheen loodst, zijn van een intense treurigheid. Sombere kelders waar een muffe lucht hangt en waar vrouwen met sjaaltjes op het hoofd in bergen kleren graaien. Iedereen denkt dat ik een Russische ben. 'Dat zijn de enige buitenlandse vrouwen die zich hier vertonen,' fluistert Hala. Ik begin me steeds ouder en lelijker te voelen en al gauw volgt de geur van de kleren ons ook op straat. 'Genoeg,' zeg ik, 'dit wordt niks.' Pater Léon heeft me voorgesteld bij hem in de kast te komen kijken, waar een stapel truien ligt die godvruchtige dames voor hem hebben gebreid en die hij nooit draagt. Ik heb zijn aanbod lachend van de hand gewezen, maar na wat ik vanmiddag heb gezien, lijkt het me erg aanlokkelijk.

Op de hoek van de straat staat een jongeman met een grote plastic zak Chinese tennisschoenen. 'Een soldaat uit Libanon,' fluistert Hala.

'Hoe zie je dat?'

'Het is de buurt. Je kan hier alles krijgen.' Nu ik erop let, zie ik er meer: een man met een zak vol voetballen, een jongen die een rijtje Nikes heeft uitgestald op het trottoir. Eigenlijk mogen deze spullen hier helemaal niet verkocht worden, maar volgens Hala is het een manier om de slechtbetaalde soldaten in Libanon te paaien.

In een steegje leunt een vrouw met oranje lippen, getoupeerde haren en een knalgele jurk tegen de muur. De geur van goedkope parfum waait in onze richting. 'Staan ze hier tegenwoordig op straat?' vraag ik verbaasd.

'Het is de buurt,' herhaalt Hala kortaf. Het is lang geleden dat ik met haar door de stad liep, en ik realiseer me hoeveel minder ik zie als zij niet bij me is. Ik zou nog uren met haar willen ronddwalen, maar Hala heeft een gejaagde blik in de ogen gekregen: Asma is bij tété en de tekenfilmpjes op tv zijn net afgelopen – ze wordt vast ongedurig.

Tété zit als een standbeeld bij de grote kachel onder een waslijn vol nachtponnen. 'Jullie zijn laat,' zegt ze. De hele middag hebben mensen gebeld om te vragen naar Ahmed. Een blos schiet naar Hala's wangen. 'Wat zeiden ze? Is hij vrijgelaten?' Het komt vaak genoeg voor dat een gevangene zonder voorafgaand bericht voor de deur staat. Maar tété weet van niets. 'Het zal wel weer loos alarm zijn,' besluit Hala. Toch raapt ze haastiger dan anders Asma's spulletjes bij elkaar. 'Kom op, we moeten naar huis. Om op Ahmed te wachten.'

In de taxi staat de radio aan. Hala luistert met opgetrokken wenkbrauwen naar de pathetische stem van de omroeper. 'Wat een onzin!' sputtert ze. Het is lang droog geweest, verkondigt hij, maar binnenkort zal God regen sturen en de regen zal ja zeggen tegen Hafez al-Assad. Ik schiet in de lach. 'Zegt hij dat werkelijk?'

'Wees blij dat je niet begrijpt wat hij er verder nog allemaal uitkraamt.' We passeren een fontein die groen water spuit. Boos kijkt Hala naar buiten. 'Straks zegt hij nog: ik kwam voorbij de Centrale Bank van Syrië en vroeg aan de groene fontein wat ze dacht, en ze antwoordde dat ze ja zou zeggen tegen Hafez al-Assad.'

Als we thuis het poortje openduwen, horen we de telefoon al rinkelen. Het is Sahar. Een kennis van Ahmed is vrijgelaten; hij zegt dat Ahmed is opgeroepen om bij de mukhabarat te komen, wat betekent dat ze ook hem vrij willen laten. De hele avond gaat de telefoon, maar meer komen we niet te weten. Dan belt tété. De stookolieleverancier heeft laten weten dat hij morgenochtend al komt – zou Hala hem niet op willen vangen? Hala gooit de hoorn op de haak. 'Ook dat nog! Ze wil dat ik nu al naar haar toe kom.'

'Dat doe je toch niet?' Asma moet haar huiswerk nog maken, en we zouden... Maar Hala is haar spullen al aan het verzamelen. Ze kijkt me berustend aan. 'Ik zei je toch dat ik uit een familie van gehandicapten kom?' Ik blijf tegensputteren. 'Ga dan mee,' oppert ze, maar dat trekt me nog minder.

Ik vraag me af wat me meer teleurstelt: de gedachte hier alleen achter te blijven, of Hala's gebrek aan lef om haar moeders verzoek af te wijzen. Hoe kan zij ooit een beslissing over haar toekomst nemen als zij zich zo makkelijk door haar familie laat chanteren?

Een passage uit het boek *Arabesken* van de Palestijnse schrijver Anton Shammas schiet me te binnen. Negen jaar is de verteller als hij de bodem van de waterput achter zijn ouderlijk huis schoon moet maken. Huiverend laat hij zich aan een touw langs de kille, glibberige wand van de put naar beneden zakken, doodsbang voor de duisternis die hem wacht. Maar als zijn voeten eenmaal steun hebben gevonden op de blubberige bodem, verdwijnt zijn angst: voor het eerst in zijn leven is hij alleen, en van die eenzaamheid gaat een bijzondere betovering uit.

Het is een kleine, onschuldige scène, maar de symboliek is van een grote kracht: op de bodem van de put ontdekt het jongetje dat er een wereld is buiten zijn familie, een universum waar hij alleen kan zijn en zijn eigen regels bepalen. Maar hoe zou Hala deze symboliek ooit kunnen begrijpen? Shammas schreef zijn boek in het Hebreeuws – dat roept bij haar alleen maar negatieve associaties op.

Shawqi Baghdadi lijkt oprecht blij mijn stem te horen. Toen ik hem in Aleppo zag, veronderstelde ik dat hij vaak voordrachten gaf, maar aan het enthousiasme waarmee hij op die avond terugblikt, merk ik dat het heel wat windstiller in zijn leven is dan ik vermoedde. 'Wat heb je de afgelopen dagen gedaan?' Ik vertel hem over mijn wandelingen door Damascus, mijn tocht met Hala. Automatisch spreek ik hem aan met *ustez Shawqi*, meester Shawqi, zoals zijn vrienden in Aleppo deden.

'Damascus is erg veranderd sinds ik hier de vorige keer was,' zeg ik. Hij lacht. 'Ja, wat dacht je!' Het woord *verkiezingen* valt niet.

'En wat doet u?'

Even is het stil aan de andere kant van de lijn. Dan zegt hij: 'Ik eet, ik slaap, en ik wacht op een mirakel.' Het is een variatie op wat Walid zei: '*Ik wacht op een aardbeving.*' Baghdadi's lach klinkt nu hoog, een beetje spottend. Hij houdt er vast rekening mee dat we worden afgeluisterd. 'Zien we je vanmiddag?' vraagt hij. De plaats noemt hij niet.

Café Havana heeft donkerbruin getinte ramen die het interieur volledig aan het zicht onttrekken – ik ben er talloze keren nietsvermoedend langsgelopen. Ietwat beschroomd duw ik de deur naar die geblindeerde wereld open. Gelukkig, Baghdadi en zijn vrienden zijn er al. De andere cafébezoekers kijken onbeschaamd toe als ik naar hun tafeltje loop. Allemaal mannen, registreer ik vanuit mijn ooghoeken – geen vrouw te bekennen.

In Aleppo heb ik met Baghdadi gepraat over Hala's bezwaren tegen mijn bezoek aan café Havana. Hij stelde me gerust: nu we elkaar op een voordracht hebben ontmoet, heeft hij iets om op terug te grijpen mochten ze hem ooit vragen stellen; hij zal zeggen dat ik me interesseer voor de Arabische literatuur.

Baghdadi is opgestaan, legt een hand op mijn schouder en stelt me voor aan zijn vrienden. Een schrijver, een advocaat, een econoom, een paar journalisten. Later voegt zich tot mijn opluchting ook nog een jonge vrouw bij ons.

Ik kijk om me heen, lichtelijk verbaasd. Een marmeren vloer, blankhouten tafeltjes, kale muren – is dit het legendarische café waar de ideologen van de Baath-partij destijds bij elkaar kwamen? Ik had me iets *doorleefders* voorgesteld. 'Het is onlangs gerestaureerd,' zegt Baghdadi, en wijst naar boven, waar intieme zithoekjes zijn gemaakt; sindsdien wordt het café ook bezocht door geliefden. Hij glimlacht fijntjes. 'Ze hebben het toeristischer gemaakt.'

Nee, dan vroeger! In de jaren vijftig werden hier heftige discussies gevoerd. De Franse kolonisator was net vertrokken, nu moesten de Syriërs het zelf rooien. Het Arabische nationalisme vierde hoogtij, zowel in Syrië als in Irak vlamden de baathistische idealen op. In café Havana zaten de intellectuelen; aan de overkant, in café Brésil, de ambtenaren. Die twee groepen leefden met elkaar op gespannen voet – heel soms gebeurde het dat iemand de straat overstak om te vertellen wat er aan de overkant werd bekokstoofd.

Baghdadi wijst naar een oude man aan een tafeltje verderop. 'Dat is de vroegere burgemeester van Damascus,' fluistert hij, 'hij zit hier vaak met zijn vrienden.' Gewezen communisten, baathisten, socialisten, ze treffen elkaar als vanouds in Havana en werpen elkaar blikken van verstandhouding toe. De relatie met Irak is lang geleden verzuurd, hun dromen zijn vervlogen, velen zijn op een zijspoor gezet; ze komen om zich te warmen aan hun herinneringen. 'En omdat de koffie hier goedkoper is dan elders,' bekent Baghdadi, 'want rijk zijn we geen van allen geworden.'

De Arabieren hebben geen vooruitziende blik, zegt hij. Heb ik 1984 van George Orwell gelezen? Hij las het in de jaren vijftig. Een imperialistisch boek vond hij het, met al dat gezeur over *'Big Brother'*. Maar onlangs las hij het opnieuw. Wat een vooruitziend man was die Orwell! De regering van dit land vertegenwoordigt geen sociale klasse, maar is een coalitie van verschillende veiligheidsdiensten. 'Ik ben niet tegen de president,' zegt hij voorzichtig, 'maar hij zou meer partijen moeten toelaten, hij zou mensen vrijuit moeten laten spreken. De wereld verandert, Syrië kan niet achterblijven.'

'Heeft u er nooit aan gedacht om naar het buitenland te gaan?' Het is een vraag die al enige tijd door mijn hoofd spookt. Baghdadi schudt het hoofd. 'Wat moet ik daar? Hier sta ik bekend als een van de vijf schrijvers die, als hij een microfoon in de hand krijgt, durft te spreken over wat er fout gaat. Die rol zou ik in het buitenland nooit kunnen spelen.'

Twee jaar geleden lanceerde een spreker op het jaarlijkse schrijverscongres in Damascus een felle aanval op Irak. Baghdadi stond op, vroeg het woord en zei: 'We weten onderhand wel dat er geen democratie is in Irak, maar is er hier soms democratie? Moeten wij niet alles wat we schrijven aan een censor laten lezen?' Even was het stil in de zaal, toen klonk er een aarzelend applaus.

Later die week bracht hij zijn column naar de redactie van de krant waarvoor hij sinds jaren schreef. Op delicate wijze gaf de hoofdredacteur hem te verstaan dat zijn bijdrage niet langer gewenst was. Sindsdien zijn alle kranten voor hem gesloten en kan hij niet langer zonder toestemming van de mukhabarat naar het buitenland reizen. 'Ik schrijf niet meer,' zegt hij, 'ik voel me triest, ik lees alleen nog maar.'

De man naast ons heeft met een bedrukt gezicht meegeluisterd. Baghdadi pakt hem bij de arm en zegt vaderlijk: 'En dit is Khairi, nog zo iemand die in geen enkele krant meer mag publiceren.' Ik heb al over Khairi gehoord – hij is een van de schrijvers die de gewraakte petitie voor Salman Rushdie heeft ondertekend.

Meer mensen zijn aan ons tafeltje komen zitten. Sommigen drinken koffie en stappen dan weer op, anderen komen alleen even langs om een nieuwtje te vertellen. Baghdadi schudt handen, neemt een pakje aan dat iemand voor hem heeft meegebracht, kijkt tevreden om zich heen en stelt na een tijdje voor te gaan eten.

Als we buiten lopen, een groepje ongeregeld, lachend, gebarend, pratend, langzaam voortbewegend om in het gewoel vooral niemand kwijt te raken, slaat de euforie die Baghdadi en zijn vrienden lijkt te beheersen, op me over. Tegelijkertijd voel ik een vage onrust. Kan dit wel? Lopen we niet te erg in de kijker? In café Havana werd er ongemeen nieuwsgierig naar ons gestaard en ook in het restaurant waar we binnenvallen, draaien alle gezichten in onze richting. Een tiental onstuimige mannen met twee vrouwen in hun midden – wat is hier aan de hand? Maar de obers lachen en buigen en schuiven meteen drie tafels tegen elkaar.

'Het is een simpel restaurantje, zoals je ziet,' fluistert Baghdadi. 'We komen hier elke week. Tenminste, de rijksten onder ons!' Hij bestelt een fles arak. Kleine gerechtjes worden ongevraagd op tafel gezet en als de gegrilde vis arriveert, is iedereen al licht aangeschoten.

Aan vrouwen zijn deze mannen duidelijk niet gewend. De studente Arabische literatuur in ons gezelschap is erg aantrekkelijk, maar ook verlegen. Ze zou over literatuur willen praten, over de boeken die ze heeft gelezen, over de verhalen die ze zelf probeert te schrijven. Maar de mannen maken dubbelzinnige grapjes, gluren naar haar boezem en zeggen dat ze haar glas leeg moet drinken. Baghdadi houdt het allemaal in de gaten en zal later als een strenge meester ingrijpen en de studente onder zijn hoede nemen.

Mijn overbuurman zegt ondertussen dat ik mysterieuze ogen heb, beklaagt zich over het lawaai in het restaurant en nodigt me uit in zijn buitenhuis, de enige plaats waar we volgens hem echt kunnen praten. Ik lach hem uit. Niemand spreekt me hierna nog zo toe, en mijn belager zal nog vaak geplaagd worden met zijn avances.

Onze tafel staat in het midden van het restaurant en om ons heen wordt zonder enige gêne naar onze gesprekken geluisterd. Eén man heeft zijn stoel omgedraaid en lacht zelfs hartelijk mee als Khairi een grapje vertelt. In een hoek, verscholen achter zijn krant, zit een schrijver die gevlucht is uit Irak en hier asiel heeft gekregen; Baghdadi vermoedt dat hij een dubbelspion is. 'Van mij mag hij alles horen,' zegt hij achteloos, 'ik heb niets te verbergen.' Laatst kwam een mukhabarat binnen die alleen aan een tafeltje schoof. Baghdadi nodigde hem uit om bij hen te komen zitten. De man wist niet waar hij moest kijken van schaamte; ze hebben hem nooit meer gezien.

In de loop van de middag leer ik het gezelschap dat zich elke week rond *ustez Shawqi* verzamelt, beter kennen. Sommigen hebben banen bij kranten of regeringsinstanties, anderen zijn aan de kant geschoven, maar iedereen lijkt hetzelfde gevoel te hebben over het land waarin ze leven: overal doemen de beperkingen op, ze zijn geen van allen in staat het lot naar hun hand te zetten. 'Maar deze wekelijkse bijeenkomst is heilig,' zegt Baghdadi, 'dit neemt niemand ons af.'

Een van de mannen wordt dronken en valt in slaap, een sigaret tussen de lippen. De ondergaande novemberzon werpt zachtrood licht op zijn doorgroefde gezicht. Als de anderen aanstalten maken om op te stappen, wordt hij wakker en sloft mee naar een oud café in de soek, waar ze besloten hebben de nargileh te roken.

Onderweg vertrouwt iemand me toe dat hij een boek aan het schrijven is. Niet zomaar een boek, nee, een vierluik heeft hij in gedachten. De titel is er al: *The Damascus Quartet.* Ken ik *The Alexandria Quartet* van Lawrence Durrell? Zoiets moet het worden. Hij blijkt nog nooit iets geschreven te hebben. Als ik voorzichtig pols of zijn project niet wat te ambitieus is, of een bescheidener opzet misschien niet meer kans van slagen zou hebben, kijkt hij me verstoord aan: 'Waarom zou ik me tevreden stellen met iets kleins als ik ook kan dromen over iets groots?'

In het café trekt Khairi somber aan zijn pijp. Hij heeft net een boek gepubliceerd, maar het lijkt hem niet gelukkig te maken. Het gaat over de nomadenstammen die elkaar in de tijd van de kruisvaarders bevochten en de Byzantijnse cultuur vernietigden. Hij geeft me een uitgebreid exposé van de inhoud, alsof hij vreest dat het boek nooit enige weerklank zal vinden en dat zijn ideeën uiteindelijk alleen op orale wijze kunnen worden overgeleverd. Het lijkt over vroeger te gaan, maar natuurlijk gaat het ook over nu, zegt hij.

Bij elk Arabisch boek dat ik noem, zucht hij van droefenis. Amin Maalouf, Tayyib Salih, Edward Said, Anton Shammas – volgens hem conformeren ze zich te veel aan de westerse smaak. Hij zou willen dat ik zijn boeken kon lezen, die gaan zoveel dieper. Natuurlijk heeft hij zijn stem laten horen toen Salman Rushdie werd veroordeeld, maar is zelfs Rushdie niet een clown die voor het Westen exotische verhalen over zijn achterland vertelt? Hij gelooft niet in de kosmopolitische beschaving zoals Walid, en diens beeldspraak over hybride planten is geenszins aan hem besteed. 'Uit een paard en een ezel wordt een muilezel geboren,' zegt hij, 'en zoals je weet kan die zich niet voortplanten.'

Hala heeft me verteld dat Khairi jaren geleden, toen hij in militaire dienst was op de Golanhoogte, door de Israëli's gevangen werd genomen en tien maanden lang in verschillende Israëlische gevangenissen zat. 'Waarom schrijf je daar niet over?' vraag ik.

Hij kijkt me aan met een donkere blik. 'Ik heb het geprobeerd. Als je eens wist hoe vaak ik het geprobeerd heb. Maar ik kan het niet opschrijven, het lukt me niet.'

Enkele dagen later, als ik met een taxi naar het centrum rij, zie ik Khairi tussen een groepje huisvrouwen op de bus wachten. Achter hem rijzen flats op, en een rommelig marktje waar verkopers koukleumend heen en weer lopen. Peinzend trekt hij aan zijn pijp en speelt met de gebedskralen in zijn hand. Naast hem op de grond staat een grote jutezak met boodschappen. Het beeld contrasteert zo met de zwaarwichtigheid die tijdens onze ontmoeting om hem heen hing, dat het even duurt voor het tot me doordringt dat hij het is.

Dan schiet een scène uit het café in de soek me te binnen. Iedereen praatte door elkaar en het geklaag over alles en nog wat was niet van de lucht. Khairi trok aan zijn pijp en was voor zijn doen lange tijd stil. Toen zei hij: 'Maar het ergste is natuurlijk dat er overdag geen elektriciteit is.' We moesten allemaal lachen, en hijzelf nog het meest. Ik realiseer me dat hij op dat moment waarschijnlijk doodernstig was.

De deurbel gaat. Hala is al vroeg naar de mukhabarat gegaan om een nieuwe vergunning te halen om Ahmed te bezoeken. Gewoonlijk doe ik niet open als zij er niet is, maar dezer dagen – je weet maar nooit. De man die in de deuropening staat, kijkt me weifelend aan en vraagt naar *umm Asma*, de moeder van Asma. Ik schud het hoofd, zeg dat Hala er niet is, speur ondertussen zijn bleke gezicht af. Donkere haren, een schichtige blik – nee, Ahmed is het niet. Bovendien zou die niet zo onzeker voor me staan, hij weet dat ik hier ben.

De man rilt in zijn dunne grijze broek en jack en lijkt al weg te willen gaan, maar nu zegt hij weer iets, zo zachtjes dat ik hem nauwelijks kan verstaan. Ik vraag of hij Frans spreekt, Engels of Duits, maar hij schudt verlegen het hoofd en informeert opnieuw naar *umm Asma*. Ik geloof dat hij wil weten of zij hier woont. Ik zeg ja, en vraag zijn naam. Hij mompelt iets onverstaanbaars, doet een stap achteruit, buigt even en loopt weg. Hij is duidelijk niet gewend vrij rond te lopen; voorzichtig zet hij de ene voet voor de andere en hij stapt verschrikt opzij als twee schoolkinderen joelend de hoek omkomen. Mijn blik kruist die van de overbuurvrouw die het tafereel door haar raam heeft gadegeslagen. Schuldbewust trek ik het poortje dicht; weer heb ik het gevoel iets te hebben gezien dat niet voor mijn ogen bestemd was.

'*Umm Asma*, zei hij dat? Dan is het een vriend van Ahmed, ja.' Hala zet een kannetje water op het vuur, schept er twee grote lepels koffie bij en begint te roeren. 'In de gevangenis noemen ze me zo,' glimlacht ze, 'het is een teken van respect.' Met roodverhitte wangen is ze thuisgekomen, drie andere vrouwen van gevangenen in haar kielzog. Nu loopt ze bedrijvig heen en weer, haalt de speciale kopjes voor visite uit de kartonnen doos in de kast, zet ze op een plateau, schenkt koffie in.

Het bezoek aan de mukhabarat is uitgelopen op een enorm spektakel. Veel familieleden van gevangenen waren tegelijk opgeroepen. Zodra ze binnen waren, begonnen de officieren van de mukhabarat die de bezoekvergunningen moesten uitschrijven, te schelden. 'We hebben de deuren van de gevangenis wagenwijd opengezet,' riepen ze, 'maar die koppige ezels willen er niet uit!'

Het zijn dezelfde officieren die met de gevangenen hebben gesproken, vermoedt Hala. 'De meesten weigeren blijkbaar het document te ondertekenen – de mukhabarat is ziedend over hun onbuigzaamheid.' Niemand heeft het document gezien, maar iedereen kent onderhand de inhoud: de gevangenen moeten beloven afstand te nemen van de partij waartoe ze vroeger behoorden, nee te zeggen tegen elke nieuwe partij die hen benadert en desgevraagd samen te werken met de mukhabarat.

'Ze denken dat ze sterker zijn dan wij!' schreeuwden de officieren. 'Maar dat zullen we nog weleens zien. Nu duurt het nog zeven jaar voor ze een nieuwe kans krijgen!'

'Zeven jaar, dat is tot de volgende verkiezingen,' zegt Hala gelaten.

Een vrouw die haar kind had meegebracht, zat op een stoel te huilen. 'Laat me naar mijn man toegaan,' smeekte ze, 'ik zal hem overtuigen om ja te zeggen.' Een vader riep dat hij zijn zoon nooit meer wilde bezoeken als deze inderdaad geweigerd had 'dat stomme papier' te tekenen.

Toen Hala aan de beurt was, keek de officier haar misprijzend aan. 'Jouw man is een eigenwijze hond,' beet hij haar toe, 'elf jaar zit hij vast, en hij weigert vrij te komen. En jij gaat hem nog steeds bezoeken! Jij denkt aan hem, maar geloof je dat hij aan jou denkt?'

'Ik doe het voor mijn kind,' zei Hala zwakjes.

'En geloof je dat hij aan zijn kind denkt?'

'Hij is vrij om te kiezen,' protesteerde Hala, al was ze daar op het moment dat ze het zei al niet meer zo zeker van. Beslist Ahmed niet tegelijkertijd over haar lot? En over dat van Asma? Wat stelt dat document eigenlijk voor? Ze zijn als gegijzelden, ze staan onder druk – heeft een verklaring die in zo'n situatie wordt ondertekend, wel waarde?

In de voorkamer praten de drie vrouwen op gedempte toon. De kachel ronkt, de sigaretterook hangt zwaar in de kamer en mengt zich met de scherpe geur van koffie. Ook Hala steekt een sigaret op, en legt de kastanjes die ze onderweg heeft gekocht op de kachel. Als Sahar belt, geven ze elkaar de hoorn door en vertellen met hoge stemmen van opwinding het verhaal van die ochtend. Hala imiteert de officier die haar toeblafte, waarop iedereen in lachen uitbarst. Maar Sahar is boos. Als haar man het document niet ondertekent, gaat ze hem nooit meer bezoeken, foetert ze. Hala knipoogt naar me: 'Dat moet ik nog zien!'

Tegen de tijd dat Asma uit school komt, is het in de voorkamer zo'n gezellige boel dat ze verbaasd om zich heen kijkt. 'Komt papa vrij?' 'Nee, nee, nog niet.' Hala reikt haar een gepofte kastanje aan. 'Morgen weten we meer.' Want na al zijn gescheld heeft de officier haar toch een vergunning gegeven om Ahmed morgen te bezoeken. Dreigend riep hij dat het de laatste keer was; als Ahmed niet van mening verandert, zal hij naar de gevangenis van Tadmur worden gestuurd. 'Ze hopen dat wij druk op onze mannen zullen uitoefenen,' zegt Hala, 'daarom hebben ze ons opgeroepen.'

'Ik ga mee,' beslist Asma, 'ik ga hem zeggen dat hij moet tekenen.' Hala trekt haar tegen zich aan: 'Oké, jij gaat mee. We zullen proberen hem te overreden.'

Als Hala de volgende middag thuiskomt, is ze minder opgewekt. Zwijgend ploft ze neer op de bank. Ze heeft gehuild, geloof ik. 'Wil je koffie?' Ze knikt. Ik hoor haar driftig praten aan de telefoon en als ik binnenkom met de koffie, zie ik dat ze weer huilt.

'Wat is er?'

'Oh, al die mensen, ik wou dat ze me met rust lieten!' Ze wijst naar de telefoon. 'Dat was mijn schoonmoeder. Ze zegt dat ik maar van Ahmed moet scheiden en met een andere man trouwen. Ze maakt zich zorgen dat ik anders op mijn oude dag niet genoeg kinderen zal hebben om voor me te zorgen!'

Asma is tegen haar aangekropen. Hala strijkt over haar haren. Ahmeds ouders, zijn broer Rashid en diens vrouw, ze waren allemaal naar de gevangenis gekomen om hem te vragen het gewraakte document te ondertekenen. Maar Ahmed wilde niet naar hen luisteren. 'Jullie weten niet wat er in dat document staat,' zei hij, 'ze willen dat we voor hen gaan werken!' Hij fluisterde, want naast hem stond een mukhabarat mee te luisteren. Ze wilden individuen de straat opsturen, zei hij, maar de kern van zijn partij had beslist dat ze alleen als partij naar buiten zouden komen, en niet voordat hun leider ook wordt vrijgelaten.

Hala zucht. 'Ik kan hem begrijpen, maar anderzijds... Toen we studenten waren, droomden we ervan om in de gevangenis te belanden: dat was het beste bewijs dat je aan de goede kant stond. Maar wat heeft het nu nog voor zin?' Ahmed en zijn partijgenoten zijn hard, zegt ze verdrietig – ze hebben Stalin als voorbeeld. Voor een partij als de hunne is geen plaats meer in het huidige Syrië, maar ze zijn te koppig om dat toe te geven. Het gewone leven wil hen terug, maar zij willen niet van hun troon afdalen om het gewone leven te betreden, zij willen helden blijven, en ze verlangen dat hun vrouwen zich even heldhaftig gedragen als zijzelf. Ze lacht bitter. 'Ze weten nog niet hoe mak wij inmiddels zijn geworden!'

Ook in de gevangenis waren spandoeken en verkiezingsposters opgehangen. *De gevangenen zijn de harde muur achter Ha-*

fez al-Assad, las ze ergens. 'Jouw nee betekent niets als de rest van het land ja zegt,' zei ze tegen Ahmed, 'de regering is sterker dan we hadden gedacht, je moet je verlies kunnen toegeven.'

Rashid probeerde ook op hem in te praten, maar Ahmed werd alleen maar boos. 'Het is hier niet zoals buiten,' zei hij, 'wij leven veel dichter op elkaar, wij kunnen elkaar niet zomaar laten schieten.'

Toen Asma zei dat ze wilde dat hij thuiskwam, begon hij te huilen. Maar bij het afscheid was hij gelukkig gekalmeerd. Hala vertelde hem over zijn medegevangene die gisteren bij ons aanbelde en niets tegen me wist te zeggen. 'Die jongen heeft hier jarenlang Frans geleerd!' lachte hij verbaasd.

Asma is opgesprongen en naar de slaapkamer gelopen. Hala kijkt haar na. 'Ik ben bang haar te verliezen,' zegt ze. Ahmeds vader was vanochtend aanvankelijk stil, maar ineens zei hij nors tegen Ahmed: 'Je moet vrijkomen, want je dochter wordt groot. Binnenkort moet er een man in huis zijn om haar ervan te weerhouden te ver te gaan.' *Te ver te gaan!* De schrik sloeg haar om het hart. Zullen ze Asma binnenkort beschouwen als iemand die door hen beschermd moet worden?

In de slaapkamer is Asma druk in de weer. Enkele dagen geleden heeft ze een pluche aap gekregen, die ze te zamen met haar poppen in een grote witte zak heeft gestopt zodat ze aan elkaar kunnen wennen. Vandaag houdt ze een kennismakingsbijeenkomst. Ze heeft een deken uitgespreid op de vloer en zet er alle poppen op, de aap in hun midden. Na een tijdje vindt ze dat het te koud is in de slaapkamer, vouwt de deken toe met alle poppen erin, slaat hem over de schouder als een dief zijn buit, en begint in de voorkamer opnieuw.

'Wat nu?' vraag ik aan Hala.

'Niets, we moeten afwachten.' Niet iedere gevangene schijnt hetzelfde document te moeten ondertekenen; Ahmeds vader zal informeren of de condities die aan zijn zoon worden gesteld, niet afgezwakt kunnen worden.

'En ondertussen gaat het leven verder,' zegt ze. Morgen wil ze naar het filmfestival, dat inmiddels in het Al-Sham Hotel is begonnen. Ze heeft gehoord dat een deel van de films die door de festivalcommissie werden geselecteerd, door de censuur zijn afgewezen. De discussie over Arabische films die medegefinancierd zijn door het Westen, is flink opgelaaid. Iemand heeft geroepen dat de zionisten de Arabische wereld proberen te infiltreren via de Tunesische film. Morgen zullen de cineasten hierover debatteren met het publiek.

'Het komt allemaal door de Vredesonderhandelingen, en door die waanzinnige verkiezingssfeer,' zegt Hala. 'Mensen hebben het gevoel dat ze te midden van al die *ja's* één keer *nee* moeten zeggen.'

'Maar ze zouden wel beter moeten kiezen waartegen ze...' Een flikkering in Hala's ogen doet me zwijgen.

In de conferentiezaal van het Al-Sham Hotel is de discussie in volle gang. De cineasten zitten aan een lange tafel en beantwoorden vragen uit het publiek. Na enig zoeken bespeur ik Hala. Ze zit gespannen op haar stoel, alsof ze elk moment kan opveren. De vrouw naast haar steekt haar hand in de lucht en vraagt het woord. Waar ken ik haar toch van? Zodra ze begint te praten, daagt het me: het is Fathia, de psychologe die na de Golfoorlog haar zwembad dichtgooide en een oriëntaalse tuin aanlegde. Fathia, die vond dat het vroeger in Oost-Europa zo slecht nog niet ging en die beweerde dat de omwenteling daar door het Westen was georganiseerd. Ze heeft een verbeten uitdrukking om de mond en houdt belerend haar vinger omhoog om haar woorden kracht bij te zetten. Het is niet moeilijk te raden waar haar betoog tegen gericht is. Ik wurm me naar voren en schiet een journalist aan die ik herken van de bijeenkomst in café Havana. 'Waar gaat het over?'

Hij haalt de schouders op. 'Allemaal hysterie.' Fathia raast maar door. Als ze klaar is, krijgt ze een daverend applaus van de sympathisanten rond haar. Hala, die met roodverhitte wangen heeft zitten luisteren, is opgestaan en loopt in mijn richting.

'Waar had Fathia het over?' vraag ik.

Ze kijkt me weifelend aan. 'Ik geloof dat ik je dat maar beter niet kan vertellen.'

Aan de tafel waar de cineasten zitten, draait Michel, een Palestijnse cineast die in Brussel woont, de microfoon naar zich toe. Hala luistert en begint na een tijdje te glimlachen. 'Hij praat net als jij!' fluistert ze.

'Hoezo?'

'Hij zegt dat de Arabieren niet eeuwig de schuld van hun problemen buiten zichzelf moeten zoeken, dat ze onder ogen moeten zien dat ze zelf verantwoordelijk zijn.' Michel trekt fel van leer tegen een van de vorige sprekers die hem heeft aangevallen over een pornografische scène in zijn film en hem ervan beschuldigde films te maken voor de Europeanen. Alle Arabieren die naar Europa komen, willen westerse pornofilms zien, zegt hij – waarom zou hij dan geen naaktscène mogen maken?

Nu wijst hij naar de televisiecamera die op hem gericht is. 'Waar denk je dat die camera gemaakt is – in het Westen! Alle technologie komt daarvandaan. Waar hebben we het eigenlijk over! Waarom importeren we parfum uit Parijs? Waarom hebben we zelf geen technologie? Dát zijn de vragen die we moeten stellen!'

Een andere cineast neemt de microfoon van Michel over. 'Dat is Nouri, de Tunesische filmer waar het allemaal om begonnen is,' fluistert Hala verhit, 'ze zeggen dat hij geld heeft gekregen van Canon, een zionistische filmmaatschappij.'

'Een plaatselijke krant heeft geschreven dat ik een zionist ben,' zegt de Tunesische cineast rustig. 'Dat is het drama van de Arabische Wereld: als iemand vlugger gaat dan een ander, wordt hij beschuldigd van zionisme.'

Hier en daar wordt gegniffeld, maar Hala's gezicht staat strak en vijandig. Ik kijk om me heen. Nooit heb ik hier zo'n openbare discussie meegemaakt. Mensen lachen, stoten elkaar aan, wisselen blikken van verstandhouding. Ik moet denken aan de chaotische meetings die ik in het begin van de omwenteling in Hongarije bijwoonde: dit lijkt wel een Arabische perestroika! Nu heeft de man die naast Fathia zit, het woord genomen. Zijn stem klinkt zo mogelijk nog onheilspellender dan de hare.

'Stop ons dan in de gevangenis als we het allemaal fout hebben gedaan!' roept Michel. Ik kijk tersluiks naar Hala. De zaal is verdeeld en al staan we naast elkaar en zullen we straks samen naar huis gaan, ik voel ineens dat we niet tot hetzelfde kamp behoren. Die blik in haar ogen, ik heb hem al eerder gezien, maar nooit zo duidelijk als vandaag. Achterdocht zit erin, maar ook angst, en iets wat ik nog meer vrees: xenofobie. Daarbuiten, in de wereld waarin de cineasten zich zo makkelijk lijken te bewegen, wordt het grote komplot beraamd: daar zijn de zionisten, met steun van het Westen, bezig de Arabieren kapot te maken. Na Canon wordt ook het Nederlandse Hubert Bals Fonds, waarvan sommige filmers geld hebben gekregen, als een joodse organisatie bestempeld.

Omar, een Syrische filmer die deels in Parijs woont en die tot nog toe geen woord heeft gesproken, trekt de microfoon met een vermoeid gebaar zijn kant op. 'Zelfs de Profeet is geëmigreerd,' zegt hij. De Profeet, geëmigreerd? Hij doelt wellicht op Mohammeds vlucht van Mekka naar Medina. De handelselite van Mekka was hem vijandig gezind: ze beschouwden hem als een bedreiging voor de bestaande tradities.

Omar is opgestaan en naar de uitgang gelopen. Zijn hele verschijning straalt elegantie en eruditie uit. Ik heb hem al eerder ontmoet; we hebben gemeenschappelijke vrienden in Parijs, waar hij een geacht regisseur is. Maar Hala kijkt hem na met een boze blik. Omar is een van de organisatoren van het festival en dus medeverantwoordelijk voor de rel die zich momenteel afspeelt: hij had volgens haar moeten weten dat veel van de geselecteerde films te controversieel waren. Bovendien willen de geruchten dat hijzelf voor zijn laatste film niet alleen geld van Frankrijk heeft gekregen, maar ook van plan is een flink deel van het Syrische filmbudget op te souperen.

Ik gebaar naar Hala dat ik even naar buiten ga, en loop naar Omar toe, die in de foyer met zijn handen in de zakken tegen de balustrade leunt. Op zijn gezicht ligt weerzin. 'De linkse mensen hier stellen me zo teleur,' zegt hij. 'Als je naar hen luistert, ontdek je hoe effectief het regime van dit land is: het heeft hun denken totaal gedood. De afgelopen twintig jaar zijn hun ideeën niet veranderd. De manier waarop ze praten over Amerika en het zionisme – het is alsof je een ambtenaar van het ministerie van binnenlandse zaken hoort!'

We leunen over de balustrade, die uitziet op de drukke lobby beneden waar Khairi als een pasja in een leren fauteuil zit, omringd door een groepje vrienden. Omar praat voor zich uit, bijna alsof hij het tegen zichzelf heeft. 'Dit land is nog het best te vergelijken met Roemenië onder Ceauşescu,' zegt hij. 'De onderdrukking is zo hevig dat de oppositie er helemaal door misvormd is. Ze zijn versteend, ze zijn absoluut niet nieuwsgierig naar wat er in de rest van de wereld gebeurt. Ze luisteren niet naar je, ze hebben hun antwoord al klaar voor je uitgesproken bent. Ik woon de helft van het jaar in Frankrijk, maar niemand stelt me ooit een vraag over het leven daar. Een cultuur blijft alleen levendig als ze haar geschiedenis integreert in de moderne tijd, in andere culturen. Daarvoor moet je eigenlijk bereid zijn je verleden te vergeten. Maar hier vlucht men in de geschiedenis, men praat erover alsof het een geïsoleerd iets is.'

Zijn woorden zijn een echo van wat Walid in Aleppo zei, maar ook mijn eigen gedachten klinken erin door. Ik kijk naar Khairi in de diepte. Hij heeft zijn arm over de leuning van zijn fauteuil gelegd, haalt zijn pijp uit zijn mond en mompelt iets onder zijn snor, waar zijn vrienden erg om moeten lachen.

'Misschien moet je gereisd hebben om zo over de dingen te kunnen praten,' zeg ik.

Omar knikt. 'Ze haten ons, ze haten elke cineast die het in Europa gemaakt heeft, die de brug naar het Westen heeft geslagen. Wie het waagt zich los te maken van zijn stam, wordt meteen een verrader genoemd. De stam wil dat iedereen als een zware steen naar de bodem zinkt. Ze verdragen niet dat sommige kleine steentjes bovendrijven, dat er uitzonderingen zijn.' Zijn stem klinkt boos, opstandig. 'Dit is een samenleving die naar beneden trekt. We krijgen een uitnodiging om allemaal in de *merde* te zwemmen.' Zwijgend kijkt hij me aan. 'Om de overgang naar een andere samenleving te kunnen maken, moet je kind zijn van je talent,' zegt hij bedachtzaam, 'en niet van je land, je stam of je politieke systeem.'

Achter ons klinkt geroezemoes. De discussie is afgelopen, mensen stromen naar buiten. Omar verontschuldigt zich als een bevriende cineast hem aanschiet. Hala praat verderop met een groepje mensen. Ze heeft een roze gebreide trui van Shirin geleend waar gouden draadjes in verwerkt zijn. Hij staat haar niet, hij maakt haar ronder dan ze is. Terwijl ik naar haar kijk, welt een wanhopige tederheid in me op. Ze is me in deze ruimte het meest nabij – een dierbaar zusje. Hoe graag zou ik haar de wereld laten zien die Walid en Omar bewonen, hoe graag zou ik haar mee willen trekken, die andere kant op.

Een van de mannen in haar gezelschap ken ik. Hij heeft in Rusland gestudeerd. Met driftige armgebaren staat hij iets uit te leggen; de anderen moedigen hem aan met hoofdknikjes en instemmende geluiden. Als ik dichterbij kom, draait hij zich abrupt naar me toe en zegt: 'Die Omar waar jij mee praatte, zijn moeder is een joodse.'

'Als Omar een jood is, ben ik het ook,' zeg ik fel. De anderen kijken gealarmeerd om zich heen om te zien of iemand ons gehoord heeft. Ik moet mijn grote mond leren houden, schiet het door me heen, het stikt hier van de mukhabarat. 'Gaan jullie nu alsjeblieft ook geen ruzie maken,' zegt Hala smekend, 'het is al erg genoeg.'

Ik loop de trap af, naar Khairi, die me met een breed gebaar uitnodigt om op de leuning van zijn fauteuil te komen zitten. 'Wat doe jij hier?' Hij grijnst. 'Dit zijn de enige dagen van het jaar waarop ik in het Al-Sham Hotel kan zitten zonder dat het hotelpersoneel me wegjaagt.' Hij stel me voor aan zijn vrienden. Als jongeman heeft hij in Egypte gewoond – hij kent sommigen uit die tijd. 'Dit is de enige mogelijkheid om hen te ontmoeten.'

'Ik zag je een paar dagen geleden,' zeg ik, 'je stond op de bus te wachten.'

'Ik?' Hij fronst zijn wenkbrauwen. 'Waar dan?' Ik vertel het hem. 'Dat was ik niet,' zegt hij beslist. 'Je hebt me verwisseld met iemand anders.'

Het lijkt me raadzaam een ander onderwerp aan te snijden. 'Was je bij de discussie?' Ik wijs naar boven.

Khairi lacht. 'Nee, nee, die volg ik van hieruit, ze komen het me allemaal vertellen.'

'En?' Het lijkt ineens belangrijk om te weten wat hij ervan vindt. Khairi trekt aan zijn pijp. 'Patriottisme,' zegt hij onder zijn snor, 'verkeerd patriottisme natuurlijk.'

Hala zit op het krukje bij de kachel, de handen gevouwen in de schoot. 'Wat zei Omar? Hij was zeker boos.' Moet ik haar vertellen wat hij zei? Ze zou het evenmin willen horen als ik het commentaar van haar vrienden. 'Hij is erg intelligent,' zeg ik dwars, 'ik vrees dat ik het nogal met hem eens ben.'

'Omar heeft het contact met het volk verloren. Hij wil te vlug gaan,' valt ze uit. 'Als hij ons achterlijk vindt, moet hij maar in Frankrijk blijven.' Ik zou willen dat ik naar haar kon luisteren zonder boos te worden, maar het lukt me niet. 'Wij wilden indertijd ook alles te vlug veranderen,' vervolgt ze, 'ik weet nu dat dat niet kan. De Duitsers deden ooit onderzoek naar het gedrag van spinnen: ze lieten een spin haar web maken en haalden het vervolgens voortdurend weg. Op het laatst werd de spin gek, ze wist niet meer hoe ze een web moest spinnen.'

Ze klemt haar handen ineen, alsof ze het koud heeft. 'Je kan niet begrijpen wat er op dit moment met ons gebeurt, en ik kan het je ook niet uitleggen. Niet in het Frans tenminste. Je zou Arabisch moeten verstaan om het te begrijpen.'

Nu nog mooier! Vijf maanden lang hebben we alles in het Frans kunnen bespreken, en plotseling is die taal niet meer toereikend! Het woord *obscurantisme* schiet door mijn hoofd, maar ik duw het met geweld terug.

'Het komt door al die *ja's* om ons heen. Iedereen wordt er zenuwachtig van. Ik heb zin om een groot bord in deze kamer te hangen met *nee!* erop. Voor één keer.'

'Maar je zegt nee tegen het verkeerde!'

'Waarom het verkeerde? Ik ben tegen al die coprodukties,

want wie meebetaalt, bepaalt ook wat er gezegd wordt.'

'Wat maakt het uit dat Frankrijk meebetaalt! Wil je dat alle Arabische filmers afhankelijk zijn van hun regeringen? Alsof die het zo goed met hen voorhebben!' Ik geloof inderdaad dat ik haar niet begrijp, of liever: ik wil haar niet begrijpen. Pater Léon zou lachen als hij me bezig hoorde. 'Jij gaat logisch met deze mensen om,' zei hij eens tegen me, 'dat moet je niet doen: je moet hen psychologisch benaderen, je moet luisteren naar wat er áchter hun verhaal zit. Het komt zo vaak voor dat mensen, net vóór ze ja zeggen, heel hard nee roepen.' Wellicht heeft hij gelijk, maar iets in me weigert dit te aanvaarden. Ik heb Hala nooit van zo'n afstand bekeken, ze is me altijd veel dichterbij geweest.

'Waar ben je toch zo bang voor?' vraag ik.

'Om mijn Arabische identiteit te verliezen.'

'Arabische identiteit!' Dat is een uitdrukking die ik haar nog nooit heb horen gebruiken. 'Wat moge dat dan wel zijn?'

Ze lijkt het zelf ook niet goed te weten. 'Ik wil vrij zijn om te kiezen wat ik wil,' zegt ze aarzelend.

Ik ben opgestaan; ik geloof dat ik een wodka nodig heb. Maar in de keuken word ik pas echt kwaad. Hoe krijgt ze het voor mekaar om na alle teleurstellingen die ze achter de rug heeft, te praten over Arabische identiteit! Ik loop terug naar de kamer. 'Wat bedoel je eigenlijk? Heb je het over de ellende die ik hier al maanden meemaak? Je man in de gevangenis, je familie die je geen moment met rust laat, geen stookolie, geen water, geen elektriciteit – is dat het wat je zo nodig wil behouden? Noem je dat vrijheid om te kiezen?'

Ze kijkt me verwijtend aan. 'Als je zo doorgaat, moet je je niet verbazen als ik het op een dag eens zal zijn met de anderen.'

'De anderen?' Maar ik hoef eigenlijk niet te vragen wat ze daarmee bedoelt – ik weet het al. Vanmiddag toen ik met Omar over de balustrade leunde, is de gedachte heel even door me heen geschoten. 'Heb je het over de moslimbroeders?' Hala knikt.

Even is het stil. Dan zeg ik, zachter ineens: 'Als iedereen die zich met het Westen associeert een verrader is, ben jijzelf dat dan ook niet? Uiteindelijk heb je mij in huis genomen – ik ben toch ook een westerling?'

'Jij bent anders dan de anderen,' zegt ze nauwelijks hoorbaar.

'Vind je dat? Ik beschouw mezelf anders als een typische Europeaan.' Hala plukt aan een gouden draadje in Shirins trui. 'Misschien heb je er inmiddels spijt van dat ik gekomen ben,' zeg ik.

'Nee, nee.' Verwoed schudt ze het hoofd. 'Het enige wat ik betreur is dat ik er niet in geslaagd ben je van dit land te laten houden.'

'Na alles wat ik heb beleefd? Hoe kan je verwachten dat ik hiervan houd?'

'Ik wilde je laten zien hoe het leven verder ging, ook al zit mijn man in de gevangenis...' Ze kijkt me hulpeloos aan. 'We zijn niet gewend om in het openbaar te discussiëren zoals vandaag. De laatste keer dat het gebeurde, was toen ik nog studeerde. Ze lieten alle intellectuelen vrijuit spreken, luisterden naar wat ze te zeggen hadden, en vervolgens begonnen de razzia's. Hoge functionarissen werden ontslagen, het kaderpersoneel van de universiteit werd verwisseld en veel mensen mochten niet meer publiceren. Misschien krijgen we nu wel weer hetzelfde.'

Terwijl ze praat, lijkt de wereld om ons heen zich te vernauwen. Wat een gevaren schuilen hier in onverwachte hoeken, hoe somber zijn de scenario's die door Hala's hoofd spoken. Stil zitten we tegenover elkaar. 'Het spijt me van daarnet,' zeg ik. 'We moeten geen ruzie maken, vooral wij niet.'

Hala knikt. 'Het komt allemaal door het festival,' zucht ze. 'Iedereen is bang voor elkaar. Als ze ons vaker lieten praten, zou het anders zijn.'

'Misschien wil je dat ik een tijdje wegga.' Weer schudt Hala het hoofd. 'Heb je daar niet aan gedacht? Dat ik maar weg moest?'

'Nee.'

'Eerlijk zeggen.'

'Vanmiddag dacht ik dat we even uit elkaars buurt moesten blijven. Maar dan zou ik jou hier hebben gelaten en naar mijn moeder zijn gegaan.'

Ik haal opgelucht adem. 'Wat is er toch met ons aan de hand? We zijn allemaal een beetje hysterisch geworden.'

Hala lacht. 'Te veel vrijheid,' zegt ze. Vijf uur heeft de discussie vandaag geduurd en als ze eraan terugdenkt, moet ze toegeven dat iedereen een beetje gelijk had. 'Ik heb tussendoor ook nog een documentaire gezien,' zegt ze geheimzinnig, 'over Assad nog wel!' De film was al een paar jaar oud en als iemand de moeite had genomen om hem opnieuw te bekijken, zou er zeker een stuk zijn uitgeknipt, want op een bepaald moment zei de commentaarstem: 'En Syrië maakte contact met progressieve landen', en verscheen Assad in beeld die Ceauçescu innig omhelsde!

Hala kijkt op haar horloge. Asma is bij een vriendinnetje in de buurt gaan spelen – het is tijd om haar op te halen. Ik ben blij met de blauwe trui die ik van pater Léon heb geleend, want buiten is het bitter koud. Onderweg neem ik Hala bij de arm. 'Is het voorbij? Geen ruzie meer?' Ze knikt, wijst naar een verkiezingsposter van Assad. 'Het komt allemaal door hem.'

Later die avond zitten we voor de tv. De stad is één grote bewegende massa. Meisjes van Asma's leeftijd zingen: *Hafez al-Assad beschermt ons, we hebben onze haren voor hem geknipt, en dragen een wapen.* Mannen dansen de *dabke*, zoals we destijds op de alawitische bruiloft in Latakia zagen. De minister van landbouw deint op iemands schouders door de straten en zelfs de sjeiks zwieren klappend in het rond. 'Het lijkt wel Afrika,' zegt Hala misnoegd.

Gewoonlijk trek ik me 's avonds terug om te schrijven, maar nu aarzel ik. Hoe zou Hala het opvatten, zou het niet zijn alsof ik een verslag schreef voor mijn Europese achterban? De lucht tussen ons is weliswaar geklaard, maar de woorden die gezegd zijn, dwalen nog door mijn hoofd en ik vraag me af of ze ooit zullen verdwijnen. Het is alsof ik een blik heb geworpen op wat de grenzen van onze vriendschap zijn en na alle emoties van de afgelopen uren, vervult dat me met een dof verdriet.

In de vroege ochtend rinkelt de telefoon en hoor ik Hala opgewonden praten. Het is vrijdag, Asma hoeft niet naar school, maar even later klinkt ook haar heldere stemmetje. Wat zou er gebeurd zijn? Ik trek mijn kamerjas aan. Asma ligt in de plooi van Hala's arm en kijkt met eekhoorntjesogen naar me op. 'Is Ahmed...?' Hala lacht. 'Nee, nee, er is een groep Palestijnen vrijgekomen. In het Palestijnenkamp zullen ze vandaag de *dabke* dansen!'

Ze trekt Asma tegen zich aan. 'Mijn dochter wil weten waar haar vader zal slapen als hij komt.' 'En?' 'In ieder geval niet bij ons, heeft ze besloten.' Hala woelt door Asma's haren. 'Het zal voor haar niet makkelijk zijn. Ze wil haar vader terug, maar ze wil haar plaats niet afstaan.'

De hele ochtend zijn ze in de weer als geliefden. Hala zet thee, roostert brood en maakt poppeschoteltjes met kaas, olijven en *makdous* – ingemaakte aubergines. Ze eten op hun knieën aan het lage salontafeltje, maar nog is het Asma niet intiem genoeg. Ze spant een deken tussen de fauteuil en de tafel waaronder ze zich installeert met haar aap, haar walkman en de resten van het ontbijt. Waakzaam tuurt ze naar buiten. Hala mag geen Frans meer met me praten en als ik een blik werp in haar spiegel op de gang, roept ze kwaad dat ik maar in mijn eigen spiegel moet kijken. '*Mais enfin,* Asma!' protesteert Hala quasi boos. Toch zijn de karbonkelogen onder de deken me minder vreemd dan Hala kan vermoeden. Keek zij de afgelopen dagen niet met dezelfde blik om zich heen? Hun beschermde leventje staat op het punt open te breken; ze hebben zo lang geen deel meer gehad aan wat er buiten gebeurt, dat ze zich het liefst willen verschuilen.

Hala en ik praten niet over gisteren, maar onze aanvaring is niet uit mijn gedachten verdwenen. Er zijn ineens zoveel dingen waar we het niet meer over kunnen hebben. Ik voel me onwennig en bekeken – alsof de kamers waar we maandenlang met zoveel gemak samen waren, te klein zijn geworden. Uiteindelijk zet ik me in de slaapkamer toch maar aan het schrijven. Hala brengt me thee, kijkt over mijn schouder mee. 'Gaat het?' Ze zou een college moeten voorbereiden, zegt ze, maar heb ik gezien hoe Asma vanochtend is? En vanmiddag moet ze naar het Palestijnenkamp om de ex-gevangenen te feliciteren.

'Mag ik mee?'

Even twijfelt ze, dan zegt ze resoluut: 'Nee, dat lijkt me niet zo'n goed idee. Er zijn vast veel mukhabarat.'

Als de bel gaat, trekt Hala haastig een kamerjas over haar nachtpon. 'Daar zal je Ahmed hebben!' Maar de bezoekers die bij het poortje staan, komen niet binnen. Asma zit, half verscholen in haar huisje, met gespitste oren te luisteren naar wat ze zeggen.

'Het is begonnen,' fluistert Hala als ze even later de kamer binnenkomt.

'Wat?'

'De problemen met de mukhabarat.' Mijn hart slaat over. Dus toch! Hala zoekt naar haar papieren, kan ze in de haast niet vinden, haalt de hele kast overhoop. Als ze terug naar de deur loopt, vliegt Asma achter haar aan. Ik sta verloren in de kamer. Moet ik me niet verbergen? Maar waar? En waarom eigenlijk? Wat heb ik misdaan?

Het poortje slaat dicht. Hala wappert met een briefje: een oproep om morgen bij de mukhabarat te komen. Asma springt angstig om haar heen in haar roze pyjama. 'Je gaat niet alleen, hoor, je moet iemand meenemen! Misschien houden ze je wel daar, net als papa!' Ik kijk naar haar met vertedering. Gewoonlijk is ze verlegen tegenover onbekenden, maar hoe vlug was ze bij het poortje toen ze hoorde wat er aan de hand was, hoe onvoorwaardelijk gooide ze haar kleine lichaam in de strijd. Ze liet de mannen zien dat Hala niet alleen was, dat ze rekening met háár dienden te houden.

'Zou het iets met mij te maken hebben?'

Hala haalt haar schouders op. 'Ik weet het niet, ze hebben

niets gezegd.' Ineens herinner ik me een eigenaardig telefoontje van een paar dagen geleden. Een mannenstem vroeg naar Hala. Toen ik zei dat zij er niet was, schakelde hij over op Engels. Zijn toon beviel me niet, hij was op een onhandige manier onbescheiden. Hij wilde weten hoe lang ik hier was, hoe ik heette. Zijn Engels was bar slecht; ik deed of ik hem niet verstond en zei dat hij maar moest terugbellen als Hala er was. 'Zou dat de mukhabarat zijn geweest?' Hala kijkt me afwezig aan. 'Wie weet.'

Ik maak mezelf duizend verwijten. Ik had niet naar café Havana moeten gaan, ik heb maar met iedereen staan praten en mijn mening over alles en nog wat geventileerd. Met Omar over de balustrade in het Al-Sham Hotel hangen, hoe kom ik erbij! En dan die onenigheid met Hala – het lijkt wel alsof ze op dit moment hebben gewacht om binnen te vallen. 'Moet ik niet weg? Lijkt dat je niet het beste?'

'Nee, nee. Als we gaan, gaan we samen.' Ze staart in gedachten voor zich uit. 'We zullen een tijdje naar mijn moeder verhuizen. Daar zijn we veiliger.' Naar tété! Tv kijken op klaarlichte dag, kibbelen, eten – en geen plek in het hele huis waar ik me terug kan trekken. Wat een duivelse speling van het lot, dat zelfs ik door de mukhabarat in haar armen word gedreven.

Hala ijsbeert handenwringend door de kamer. Heeft ze op het filmfestival iets verkeerds gezegd, of zouden ze haar aan de tand willen voelen over mijn aanwezigheid? Ze dacht dat het geen probleem was dat ik hier kwam, dat al die beperkingen voorbij waren nu Syrië zich tegenover de wereld van zijn democratische kant wilde laten zien. Maar ineens begint ze weer te twijfelen. 'Straks komt Ahmed uit de gevangenis en ga ik erin.'

'Waarom zou jij de gevangenis ingaan?'

'Buitenlanders mogen eigenlijk niet weten dat mensen hier leven zoals ik.' Ze kijkt me vertwijfeld aan. 'Zie je wat een absurde toestand? Niemand mag weten dat ik besta. Ik ben het geheim van Syrië.'

Het onheil rolt als een enorme sneeuwbal op me af. Wat weten ze over ons? Alles wat we ooit samen hebben gedaan, komt me even roekeloos en gevaarlijk voor. Zelfs Bagdad, de stad waar we elkaar hebben ontmoet, is een verboden plek. Hala is neergezegen op het krukje bij de kachel en bestudeert de oproep in haar hand, alsof ze probeert betekenis te ontlenen aan de voorgedrukte letters. De man die de mukhabarat vergezelde, was haar huiseigenaar. Hij zeurt al een hele tijd over de lage huur die zij betaalt: hij heeft geld nodig, hij zou haar woning willen verkopen. Zou hij de mukhabarat ingeschakeld hebben? Ook het gezicht van de mukhabarat kwam haar bekend voor. Woont hij misschien in de buurt, is het een actie van twee vrienden die haar een loer proberen te draaien?

Of heeft een van de winkeliers in de straat de mukhabarat ingelicht? De kippenverkoper die altijd in de deuropening staat, zijn rug naar het gekakel en de opstuivende veren; de kapper die elke middag zijn rekje met handdoeken buitenzet; de *foul*-verkoper op de hoek – langzamerhand verdwijnt alle onschuld uit ons straatje. 'Heb je die man met de plastic poppetjes weleens gezien?' vraagt Hala. 'Hij duikt soms op en verdwijnt dan weer. Volgens mij verkoopt hij nooit iets.' De sigarettenjongen met zijn leren jack, zijn arrogante blik, zijn meewarige glimlach – zou hij misschien?

'Wat wij tweeën nu doen,' constateert Hala, 'is hetzelfde als wat ik met mijn vrienden deed toen Ahmed was opgepakt.' De herinnering daaraan lijkt haar niet bang te maken, maar eerder tot rust te brengen. 'We moeten niet in paniek raken, geen ondoordachte beslissingen nemen.' Waarom zouden we eigenlijk naar tété vluchten? De huiseigenaar zou in zijn vuistje lachen! Het zou zijn alsof we schuld bekenden. 'Nee, we blijven,' zegt ze, strijdbaar ineens. 'En als ze ons lastig vallen, gaan we met stenen gooien, net als de Palestijnen.'

We moeten tegen niemand iets zeggen, besluit ze, en extra voorzichtig zijn aan de telefoon, want die wordt nu zeker afgeluisterd. Naar het Palestijnenkamp gaat ze niet – dat kan wachten. Tegen de avond heeft ze alles doordacht. Misschien valt het allemaal wel mee.

Asma hangt voor de tv. Zoveel *bizr* als vandaag heb ik haar nog nooit zien eten. In een razende vaart gaat ze door haar voorraad heen, de vloer ligt bezaaid met schillen.

Onrustig slaap ik in. In mijn droom is ons huisje niet langer afgeschermd van de straat door een schutting, en de poort is veranderd in een iel hekje. Passanten kijken onbeschaamd naar binnen en er staat een man bij het hek die allerlei vragen stelt. Is ons huis te huur of te koop? Ik wil dat hij weggaat, maar als ik probeer het hek te sluiten, merk ik dat het niet meer dicht kan.

’s Ochtends is Hala opmerkelijk kalm: zo meteen zal ze haar belagers in de ogen kijken en weten wat ze willen. Alles beter dan onzekerheid. Ze kleedt zich zorgvuldiger dan anders, maakt haar ogen op en verft haar lippen. ‘Want dat soort mannen wil een kwetsbare vrouw zien,’ glimlacht ze.

Als ik haar enkele uren later thuis hoor komen, ren ik naar het poortje. ‘En?’ Ze kijkt me bijna triomfantelijk aan. ‘Wat had ik je gezegd? De huiseigenaar!’ Zeker weet ze het niet, en hijzelf zou de laatste zijn om het toe te geven, maar alles wijst erop dat hij de zaak aan het rollen heeft gebracht. De officier van de mukhabarat was erg voorkomend. Hij zat er zelf ook mee, zo te zien. Hij bood haar koffie aan, en zelfs een sigaret. Hij wilde weten of ze haar huis onderverhuurde – wat verboden is, vooral als ik haar in buitenlandse valuta zou betalen.

‘Wat heb je gezegd?’

‘Dat je een vriendin bent. En dat de buurman zijn huis terugwil, dat hij me daarom heeft aangegeven.’

‘En dat is alles? Niets over het filmfestival?’

‘Nee, daar vroegen ze niet naar. Al weet je nooit zeker wat er gaat volgen. Misschien heeft de huiseigenaar nog meer in petto.’ Haar gezicht betrekt. ‘Zie je hoe ver het is gekomen? We zouden het systeem moeten bevechten, maar in plaats daarvan vechten we tegen elkaar.’ Ze heeft ook nog geprobeerd om iets te weten te komen over het lot van Ahmed, maar daar wist de officier niets van; dat was een andere afdeling, zei hij.

Hala kijkt de kamer rond. ‘We moeten iets doen, vind je niet? Ik wil hier al lang iets veranderen.’

'Wat dan?'

Ze wijst naar de kast met de glazen deurtjes. 'Zullen we die verzetten? Wat denk je?' Ik zie het nut van de expeditie niet in, maar Hala gaat meteen aan de slag. Als Asma thuiskomt, is de kast verplaatst en Hala dik tevreden. 'Toen ze Ahmed weghaalden, heb ik ook alles veranderd,' zegt ze. 'Het is het enige wat hier niet verboden is: de meubels in je huis zetten waar je wil.'

Tété belt en klaagt over de witte was die ze heeft gedaan: ze had er per ongeluk een zwarte sok bijgegooid, zodat alles grijs is geworden. Toen ze er bleekmiddel bijdeed, werd alles geel. 'Wie heeft er nu zo'n moeder!' lacht Hala als ze neerlegt. Ze hoopt maar dat de mukhabarat meeluistert; de volgende dagen zullen ze alles te weten komen over wat haar moeder gekookt heeft of van plan is te koken, over de zwangerschap van Shirin en de ruzies met Farid. 'Ze krijgen nog medelijden met me!'

Maar als het donker wordt, begint ze weer te tobben. Waarom was die officier vanochtend zo aardig? Zou het geen valstrik zijn? 'De huiseigenaar is nog niet klaar met me,' zegt ze verbeten. Plotseling trekt ze resoluut haar zwarte vest aan en loopt naar buiten. Asma wijst met een veelbetekenend gebaar naar het huis aan de overkant. Als Hala terugkomt, is ze buiten adem en duidelijk voldaan. Ze heeft de huiseigenaar de huid volgescholden. 'Je had zijn vrouw moeten zien! Ze zag geel van de schrik!'

Die nacht word ik wakker van geloop en gepraat in ons straatje. Mukhabarat, schiet het door me heen. Ik sta al naast mijn bed. Hala is ook wakker. 'Wat is er aan de hand?' We lopen naar het poortje, turen naar buiten. De mensen rennen ons voorbij, naar het einde van de straat. 'Brand,' fluistert Hala. Mannen schreeuwen, vrouwen gillen, de geur van rook kruipt in mijn neusgaten. 'Kortsluiting. Niets ernstigs,' sust Hala. Twee mannen uit de buurt die in pyjama zijn toegesneld, horen ons Frans praten en kijken bevreemd in onze richting. Instinctief duik ik weg. Maar even later steek ik mijn hoofd weer naar buiten. Ik mag toch wel nieuwsgierig zijn, zeker!

Naarmate de verkiezingen dichterbij komen, worden de slogans in de straten onwaarschijnlijker. '*Wij hebben Assad gekozen sinds de eeuwigheid tot na de eeuwigheid*,' leest Hala op een middag voor. Gerenommeerde Damasceense families hebben spandoeken voor hun huizen gehangen waarop ze Assad hun 'vader' noemen, en zelfs de ontwerpers van spandoeken laten zich niet onbetuigd: *Khaled, de affichemaker van Salhia, zegt ja tegen de leider.* 'Als een psychiater de moeite zou nemen om al die uitspraken te ontleden, zou hij het Syrische onderbewustzijn binnentreden,' zegt Hala. De vrijgelaten gevangenen zouden eigenlijk ook een *masira* moeten houden, vindt ze. Ze ziet het al voor zich, mannen op slippers in schamele gevangenisplunjes, haastig beschreven borden in de handen geklemd: *Hafez al-Assad is de held van alle Syrische gevangenen.*

'Hij haalt vast honderd percent,' voorspel ik.

'Honderd percent? Meer dan honderd zal je bedoelen!'

Op de ochtend van de verkiezingen worden we wakker van marsmuziek. De groenteman heeft twee boxen buitengehangen waaruit de muziek tot diep in de nacht zal blèren. *Hafez al-Assad is het symbool van de rechtvaardigheid. Hafez voor altijd.* Hala zou naar de universiteit moeten om te stemmen, maar ze gaat niet. Als ze nee zou stemmen, zou er meteen een onderzoek worden ingesteld, want alles wordt nagekeken. Iemand zal namens haar wel ja stemmen, vermoedt ze.

Twee dagen later verschijnt Assad op tv om zijn volk te bedanken voor het dansen in de straten, het slachten van de schapen, de enorme blijken van sympathie. Hala tuurt ongelovig naar het scherm. 'Zou hij niet weten dat het allemaal doorgestoken kaart was?'

Naar het resultaat van de verkiezingen lijkt niemand nieuwsgierig, maar op een middag komt Hala thuis met een anekdote. De campagneleider zou Assad gebeld hebben om hem te feliciteren. 'Slechts 389 mensen hebben tegen U gestemd, meneer de president, wat wilt U nog meer!' Waarop deze met grimmige stem zou hebben geantwoord: 'Hun namen.'

De stookolie is zo schaars geworden dat Hala met jerrycans in de rij staat bij het benzinestation. En nu laat de elektriciteit het tot overmaat van ramp ook nog afweten. Het komt door de verkiezingen, fluistert iedereen, er zijn kapitalen doorheen gejaagd. Als ze nu niet bezuinigen, is er aan het einde van de winter helemaal geen elektriciteit meer. Asma maakt haar huiswerk bij kaarslicht, Hala en ik zetten grote pannen met water op voor het bad. In de schaars verlichte badkamer hef ik op een avond het deksel van een dampende ketel op. De geur van soep walmt me tegemoet. Als ik me gewassen heb, ruik ik niet naar zeep, maar naar bouillon.

Berichten over de vrijlating van gevangenen blijven binnenstromen. Nu Ahmed vóór de verkiezingen niet is thuisgekomen, heeft Hala haar hoop gevestigd op de naderende feestdagen. 'Als hij met nieuwjaar niet vrij is, geef ik het op,' zegt ze.

Hayat, een van de drie vrouwen van gevangenen die onlangs bij ons op bezoek waren, ligt 's nachts wakker met buikkrampen van de zenuwen: ze is onlangs verhuisd naar Dummar, een nieuwbouwwijk buiten Damascus. Misschien kan de taxichauffeur haar huis niet vinden en toert haar man rond haar woning!

Bij de thuiskomst van sommige gevangenen spelen zich echtelijke drama's af. Een man die niet meer van zijn vrouw hield, had haar op het hart gedrukt hem te vergeten. Maar zij bleef hem trouw bezoeken. Op een nacht stond hij voor haar deur. Ze was zo verrast dat ze flauwviel. Toen ze bijkwam, was ze alleen: haar man was doorgelopen naar het huis van zijn ouders. Hala is hen gaan feliciteren; de man straalde, zegt ze, maar de vrouw zag er bleek en teruggetrokken uit.

Die avond krijgen we bezoek van een kennis van Ahmed die net is vrijgekomen. Hij heeft zijn zuster meegebracht, die hem wegwijs maakt in het labyrint dat Damascus voor hem is geworden. Hij is kalend en mager, hij wil koffie zonder suiker en de taart die Hala heeft gekocht, slaat hij af. Verlegen legt hij zijn hand op zijn maag: hij is nog niet gewend aan het eten 'buiten'. Hij noemt haar *umm Asma* en *mevrouw*, wat me na een tijdje begint te irriteren – alsof Hala niet op zichzelf staat, maar een afgeleide is van iets. Kan hij iets voor haar doen, vraagt hij, heeft zij alles? Alsof niet hij degene is die alles nodig heeft! Over de gevangenis praat hij nauwelijks en al spreekt hij een beetje Engels en branden de vragen op mijn lippen, ik durf ze niet te stellen. Na een half uur staat hij op en glimlacht verontschuldigend: hij moet verder. 'Ik wil leven,' zegt hij, 'ik wil alles tegelijk zien.' Zijn woorden verbazen me – ze passen niet bij zijn matte verschijning, zijn spaarzame bewegingen.

Na zijn vertrek ruimt Hala gelaten de bordjes op. 'Zo zijn ze allemaal als ze terugkomen,' zegt ze, 'dromerig en breekbaar.'

'Jij was niet bepaald enthousiast.'

'Wat wil je? Het is een gelegenheidsbezoek. Hij doet het voor Ahmed.' Ze gaat zitten, de bordjes op schoot, en zucht. 'Zie je dat ik er weer helemaal inzit? Ik kan er niet aan ontsnappen.' Over enkele dagen moet ze naar het huwelijk van een Palestijnse kennis die onlangs is vrijgekomen. 'Als je wil, gaan we samen.'

'Val ik daar niet te erg op dan?'

'Nee, nee, hij is al een half jaar terug.' Ze lacht. 'De mukhabarat heeft momenteel wel wat anders te doen!'

Ik denk aan mijn armzalige wintergarderobe. 'Wat dragen mensen op zo'n feest?'

'Oh, niks bijzonders. Er zullen veel oud-revolutionairen zijn, veel mensen die *nee* zeggen.' Ze haalt haar neus op. 'Er zijn er misschien wel bij die zich niet wassen!'

Asma neemt die avond een schoolboek mee; ze gaat zich vast vervelen, zegt ze. De taxi brengt ons naar een volkswijk aan de andere kant van de stad en stopt bij een aftands zaaltje. Op de gevel heeft iemand in een ver verleden een vrolijk bruidspaar geschilderd. Binnen treffen we Sahar en Aisha. We omhelzen elkaar. 'En?' 'Nog niets,' zegt Sahar triest.

De zaal is afgeladen met opgewonden pratende mensen, maar plotseling valt er een doodse stilte. Iedereen draait zich om en staart naar de ingang, waar de bruid en de bruidegom zijn verschenen. Zij draagt een lange witte jurk, hij een stijf blauw pak.

Als ze naar voren schrijden, barst een daverend applaus los. Hala heeft tranen in de ogen. '*Ce sont des moments volés de la tristesse*,' zegt ze.

Het bruidspaar neemt plaats op de vergulde stoelen op het podium. Als iedereen hen gelukgewenst heeft, staat de bruidegom op, strekt zijn rechterarm uitnodigend uit naar een oude vrouw in een traditionele jurk die op de eerste rij zit, neemt haar hand en leidt haar naar de dansvloer. Hij weet niet goed hoe hij met haar moet dansen, en ook zij lijkt zich onwennig te voelen in zijn armen. Zij klemt zijn hoofd tussen haar handen, trekt het naar zich toe, kust zijn voorhoofd en begint te huilen. Voorzichtig duwt hij haar van zich af, lacht naar het publiek en probeert verder te dansen, maar de vrouw huilt nu zo onbedaarlijk dat hij haar gegeneerd terugbrengt naar haar stoel. 'Is dat zijn moeder?' Hala knikt.

Maar even later worden alle emoties overschreeuwd door het bandje dat is ingehuurd. Hala's vrienden kijken elkaar aan en houden de handen tegen de oren terwijl de ene na de andere Egyptische schlager door de lucht dendert. 'Hoe krijgen ze het voor mekaar?' roep ik. Hala trekt haar linkermondhoek weifelend omhoog. Ook dat hoort bij de onzekerheid van ex-gevangenen, zal ze later zeggen: de bruidegom is zo lang weg geweest, hij weet niet meer hoe het op bruiloften toegaat, hij heeft het feest vermoedelijk door zijn familie laten regelen.

Na die avond begin ik Hala's angst voor Ahmeds thuiskomst beter te begrijpen. Het zal helemaal niet gaan zoals zij wil, ze zal meegezogen worden in een wervelwind van gebeurtenissen. Niemand zal haar vragen naar haar mening, ze zal zich moeten plooien naar de familierituelen. Het kameel en de schapen die Ahmeds ouders willen slachten, daar hoort natuurlijk een enorm feest bij, waar Hala's huis te klein voor is. Ze zullen Ahmed naar hun huis halen, en Hala en Asma ook. Dagenlang zullen ze gelukwensen in ontvangst moeten nemen van honderden vage kennissen.

Hala's huiseigenaar laat niets meer van zich horen en wat ik nooit voor mogelijk had gehouden, gebeurt: ons leven herneemt zijn gewone ritme. De stookolieverkoper is weer op komen dagen en heeft het reservoir tot de rand gevuld, wat Hala deed uitroepen: 'Nu kunnen we zwemmen in de stookolie!' Op een middag ga ik zelfs weer naar de ontmoeting in café Havana, waar het gonst van de geruchten. Iemand heeft op de radio gehoord dat er een grote groep gevangenen is vrijgekomen. De omroeper struikelde over zijn woorden toen hij het aantal voorlas, want tot nog toe heeft de regering nooit officieel toegegeven dat er in Syrië politieke gevangenen bestonden. Een van de journalisten aan tafel haalt onverschillig de schouders op. 'Drieduizend, zo weinig maar? En hoe zit het met die twaalf miljoen anderen?'

Ik bel naar Hala, maar ze is er niet. 'Dan staat haar man voor een gesloten deur als hij thuiskomt,' zegt Baghdadi. In een impuls trek ik mijn jas aan en neem een taxi naar huis. Asma's school is net uit – zouden ze misschien bij tété zitten? Tété's stem klinkt opgewonden. 'Ze waren hier net, ja. Ik geloof dat ze naar de gevangenis zijn gegaan om Ahmed op te halen.' Zodra ik neerleg, gaat de telefoon. Het is Sahar. 'Is Ahmed al thuis?' Even later belt Hala met dezelfde vraag. 'Nee, ik dacht dat jij...'

'Blijf waar je bent,' zegt ze, 'ik kom zo.'

Lacherig en buiten adem stommelen zij en Asma een halfuur later binnen, beladen met boodschappentassen. Toen Asma uit school kwam en het bericht op de radio hoorde, was ze niet meer te houden: ze moest en zou haar vader gaan halen. Tété's buurman bood aan hen naar de gevangenis te rijden. Hala had verwacht dat de poort wijd open zou staan en het plein ervoor afgeladen zou zijn met bussen, maar het was er opvallend stil. Toen ze aan de portier vroeg wat er aan de hand was, zei hij dat de gevangenis leeg was, dat ze allemaal vertrokken waren.

'Kijk eens wat ik heb gekocht.' Hala haalt een grote pan te voorschijn. Ze wil schapepoten maken, net als op de dag toen Ahmed gearresteerd werd. 'Misschien komt hij die nu eindelijk opeten.' In de keuken gaan ze meteen aan de slag. Asma snijdt hart, nieren en lever aan stukken alsof ze nooit iets anders heeft gedaan, Hala rent heen en weer naar de telefoon. Mensen die ze tien jaar niet meer heeft gesproken, bellen ineens op, uit het hele land. In het noordoostelijke Qamishly zijn drie bussen met gevangenen gearriveerd; bij de ingang van Hama staan duizenden mensen aan weerszijden van de weg te wachten. Tété belt om te zeggen dat ze op blote voeten naar Hala's huis zal lopen zodra Ahmed er is. 'Met blote voeten in de taxi zeker!' snuift Hala. Als Ahmeds moeder belt om te vragen of Asma bij haar is, is Hala even gealarmeerd: zou Ahmed vrij zijn gekomen en straks voor de deur staan om Asma weg te halen?

Aan het einde van de middag heeft ze een hele hoop losse eindjes informatie verzameld, die ze amechtig aan elkaar probeert te knopen. De gevangenen zijn voor hun vertrek gescheiden in twee groepen: de mannen die in het bezit waren van schoenen, en de pantoffeldragers. De laatsten mochten een paar espadrilles uitzoeken, waarna iedereen een biljet van honderd pond toegestopt kreeg. Bussen brachten hen om middernacht naar het centrum van de stad. Er zijn veel moslimbroeders vrijgelaten, en zelfs sympathisanten van de Iraakse Baath-partij, maar rond de partij waartoe Ahmed behoort, blijft het stil.

De keuken is opgeruimd en het hele huis ruikt naar schapepoten. Dan gaat de bel. 'Ik doe open! Ik!' Asma schiet overeind en vliegt naar de deur. Teleurgesteld komt ze terug: het is een jongetje uit de buurt dat door zijn moeder is gestuurd om te vragen of Ahmed er nog niet is. Hala zit in de voorkamer op het krukje bij de kachel, de handen werkeloos in haar schoot. Voor de zoveelste keer die dag hoor ik haar zuchten: '*La hawla ilallah*, Moge God mij helpen.' Ik probeer met haar te praten, maar het lukt me niet. Met lege ogen kijkt ze langs me heen de kamer in. Wat nu, vraag ik me af, wat moeten we nu doen? Hala is opgestaan. 'Ga je mee, Asma? We gaan een kerstboom kopen.'

Engelenhaar, kerstballen, blikken vogeltjes, gekleurde lampjes – uren zijn ze ermee in de weer. Als de nieuwslezer 's avonds het bericht over de vrijlating van 2864 gevangenen voorleest, zindert de lucht weer even van verwachting, maar lang duurt het niet. Ahmeds moeder belt, deze keer in tranen: haar man heeft gezegd dat ze Ahmed zullen vermoorden nu hij geweigerd heeft te ondertekenen.

Die avond leg ik mijn kleren zorgvuldig over mijn stoel. Als Ahmed vannacht met een bus in het centrum wordt afgezet, kan hij tien minuten later hier zijn. Maar Ahmed komt niet, die nacht niet en ook de volgende dagen niet. Asma heeft vakantie en brengt de meeste tijd door in de nis die ze onder de kerstboom heeft gemaakt en waar ze gaandeweg haar hele hebben en houden naar toe verhuist. Opgekruld op een dekentje, omringd door al haar poppen, ligt ze in zichzelf te praten terwijl ze naar de lampjes staart. Soms pakt ze de telefoon en voert ellenlange gesprekken met Rami, op haar rug, haar voeten spelend met de kerstballen. Ze vertelt hem dat haar moeder een zaal zal huren als papa thuiskomt.

Aangemoedigd door de kerstboom in huis ga ik naar de christelijke wijk en koop een kerststronk in de patisserie van Louise's broer. Asma is verrukt: er zitten plastic mannetjes op, en paddestoelen op dunne steeltjes. De taart moet op de binnenplaats staan, beslist ze, daar blijft ze het langst vers. We nodigen Louise uit, die haar vriend meebrengt. Asma praat honderd uit tegen Louise en kijkt tersluiks naar haar vriend. 'Heet hij echt Karim?' vraagt ze als ze weg zijn. Ik knik. 'Is hij moslim?' Weer knik ik. Dan zegt ze niets meer – ze weet genoeg.

Asma zit op de rand van mijn bed. Heeft zij me wakker gemaakt? Dat is nooit eerder gebeurd. Ze praat tegen me met een stemmetje zo lief en bekoorlijk dat ik helemaal week word, maar ik begrijp niet goed wat ze vertelt. 'Het is koud,' zeg ik, en sla de dekens opzij. Zonder protest kruipt ze naast me. Ik durf bijna niet te bewegen uit angst iets te doen waardoor ze me zal ontglippen. Ze heeft haar armpje om me heengeslagen en praat maar door. Na een tijdje begrijp ik wat ze probeert te zeggen. Het sneeuwt, heeft ze net op tv gezien. Niet in Damascus, maar in de bergdorpjes verderop. Ze pijnigt haar hersenen op zoek naar Franse woorden: een *garçon* van sneeuw zou ze willen maken met *boutons* op zijn buik. Ze wijst naar de telefoon naast mijn bed: zou ik Louise niet willen bellen, die heeft toch een auto? Misschien wil zij er wel met ons naar toe rijden.

'Wat hoor ik allemaal?' Hala duwt de deur open en kijkt lachend op ons neer. 'Dit is niet het moment om Louise te bellen,' zegt ze bestraffend, 'die heeft vast andere dingen aan haar hoofd.'

Asma is rechtop gaan zitten. 'Alle kinderen spelen in de sneeuw, behalve ik!' Kwaad kijkt ze haar moeder aan. 'Waarom hebben wij geen auto?'

'Niet ieder kind heeft een vader die politieke gevangene is.' Voor het eerst sinds dagen bespeur ik weer iets van trots in Hala's stem. Ze haalt Asma naar zich toe, wiegt haar in haar armen. 'Ben je soms vergeten wat we vanavond gaan doen? Nee toch?'

De weg naar Dummar is onverlicht. De flessen wijn aan mijn voeten zijn omgevallen, maar ik durf ze niet recht te zetten uit angst dat de warme schaal met eten van mijn schoot zal glijden. Ook Hala houdt een schaal vast; de folie glimt in de duisternis. Asma zit voorin. De hele dag heeft ze nukkig voor de tv gehangen waar kinderen met sleeën de heuvels afsuisden en sneeuwpoppen maakten, maar vanavond is ze weer met het bestaan verzoend. Ze heeft een pak met sterretjes in de handen geklemd die ze vannacht om twaalf uur zal aansteken.

Dit is oudejaarsavond zoals ze het gewend zijn. Sahar en Aisha zullen er zijn, en alle anderen. Hayat, de gastvrouw, heeft nog steeds buikkrampen van de zenuwen, al is het inmiddels duidelijk dat ook haar man niet zal thuiskomen. Ze zullen eten, drinken en dansen. Als de elektriciteit het doet, zullen de kinderen tv kijken terwijl de vrouwen op de grond zitten en praten over hun mannen in de gevangenis. Hala tuurt triestig uit het raam. Ze had gewild dat ze er voor één keer onderuit kon.

'Laten we dan naar Aleppo gaan,' stelde ik enkele dagen geleden voor. Een suite in het Baron's Hotel, een avond met Walid en zijn vrienden – ik zag het helemaal voor me. Maar toen tété het hoorde, werd ze hysterisch. Ze had niet lang meer te leven, riep ze, en nu wilde Hala uitgerekend op de laatste oudejaarsavond van haar leven naar Aleppo gaan! 'Chantage,' zei ik boos, maar ik merkte dat Hala zich al terug begon te trekken. 'En als Ahmed nu eens thuiskomt,' zei ze. Nee, het zou ongepast zijn om op dit moment naar Aleppo te gaan.

Sinds we in de taxi zitten, heeft ze nog geen woord gezegd. Zou ze aan Firas denken? Ze heeft hem de afgelopen week weer opgezocht. Als de vrouwen die op ons wachten, het wisten – ze zouden het haar niet vergeven. En toch heeft ze hem dezer dagen meer dan ooit nodig.

'Is er iets?' vraag ik aarzelend.

'Het is weer begonnen,' zegt ze.

'Wat dan?'

'Het wachten op Ahmed. Het zal nog jaren duren voor hij een nieuwe kans krijgt.' Ze zucht vermoeid. 'Ik ken de periode die gaat volgen, ik heb het al eens meegemaakt. De vorige keer duurde het een jaar voor ik over mijn teleurstelling heen was. Ik wil het niet meer, ik geloof er niet meer in.'

Nu mijn ogen gewend zijn aan de duisternis, zie ik dat we door een landschap van kale, grillige rotsen rijden. 'Ken je het verhaal van de vrouw en de *mudjadera*?' Zonder mijn antwoord af te wachten, begint Hala te vertellen. Een vrouw ontvluchtte haar huis omdat ze er genoeg van had elke dag *mudjadera* – een gerecht van rijst en linzen – voor haar man te maken. Ze posteerde zich langs de weg en werd opgepikt door een galante heer die voorstelde haar mee te nemen naar het strand, waar ze een romantische wandeling zouden maken, waarna ze misschien... Aangenaam verrast leunde ze achterover. 'Maar eerst,' zei de man, 'wil ik een restaurantje zoeken waar we *mudjadera* kunnen eten.'

Hala lacht, een vreugdeloze lach waar ik van schrik. 'Zo is het toch niet helemaal,' protesteer ik zachtjes, 'er zijn toch andere dingen...'

'Wat dan? Ik heb gezegd dat ik Ahmed niet meer zal bezoeken als hij niet tekent, dat ik een scheiding zal aanvragen, maar denk je dat ik dat zal doen? En zelfs als ik het doe, wat zou het uitmaken?' Ze heeft haar gezicht naar me toegekeerd. 'Als dit een roman was, dan zou er met de hoofdpersonen die met allerlei draadjes verbonden zijn aan de handeling, op dit moment iets dramatisch gebeuren, niet? Ze zouden sterven, of iets in hun leven zou ingrijpend veranderen. Maar hier gaat alles gewoon verder.'

Het is koud in de auto. Ik warm mijn handen aan de schaal en zie dat Hala hetzelfde doet. 'Ik heb altijd zo'n medelijden met vrouwen in Egyptische films,' zegt ze. 'Soms moeten ze van hun ouders trouwen met een man terwijl ze wanhopig verliefd zijn op een ander. Ik hoop altijd dat ze de man van hun dromen zullen volgen, maar uiteindelijk doen ze allemaal wat hun ouders willen. Ik ben bang dat het bij mij ook zo zal eindigen – als in een Egyptische film.'

Ze staart weer naar buiten. De toppen van de rotsen zijn hier en daar bedekt met een fijn laagje sneeuw. In de verte duiken de lichtjes van Dummar op. Hala tuurt opstandig in die richting. 'Iedereen blijft daar slapen,' zegt ze, 'maar wij niet, hoor, geen sprake van! Al moet ik teruglopen, met al mijn schalen onder mijn arm.'